海底兩萬里探險全地圖

Arctic

1868/6/16
旅程結束
海底20000里

6/1
與不明軍艦海戰

North America

5/15
來到紐芬蘭島

2/19
消失的大陸
亞特蘭提斯

2/18
第103日
航行10000里

2/12
穿越蘇伊士地峽
浮出地中海

4/16
第160日
航行17000里

Atlantic Ocean

4/20
對戰大章魚

4/9
美洲極東點
聖羅克角

2/7
駛進紅海

4/11
越過赤道

Africa

South America

Pacific Ocean

3/13
第126日
航行13000里

3/14
遭抹香鯨群圍攻

3/31
越過合恩角

3/16
進入南極圈

3/21
第134日
航行14000里
抵達南極

南極點 ▼

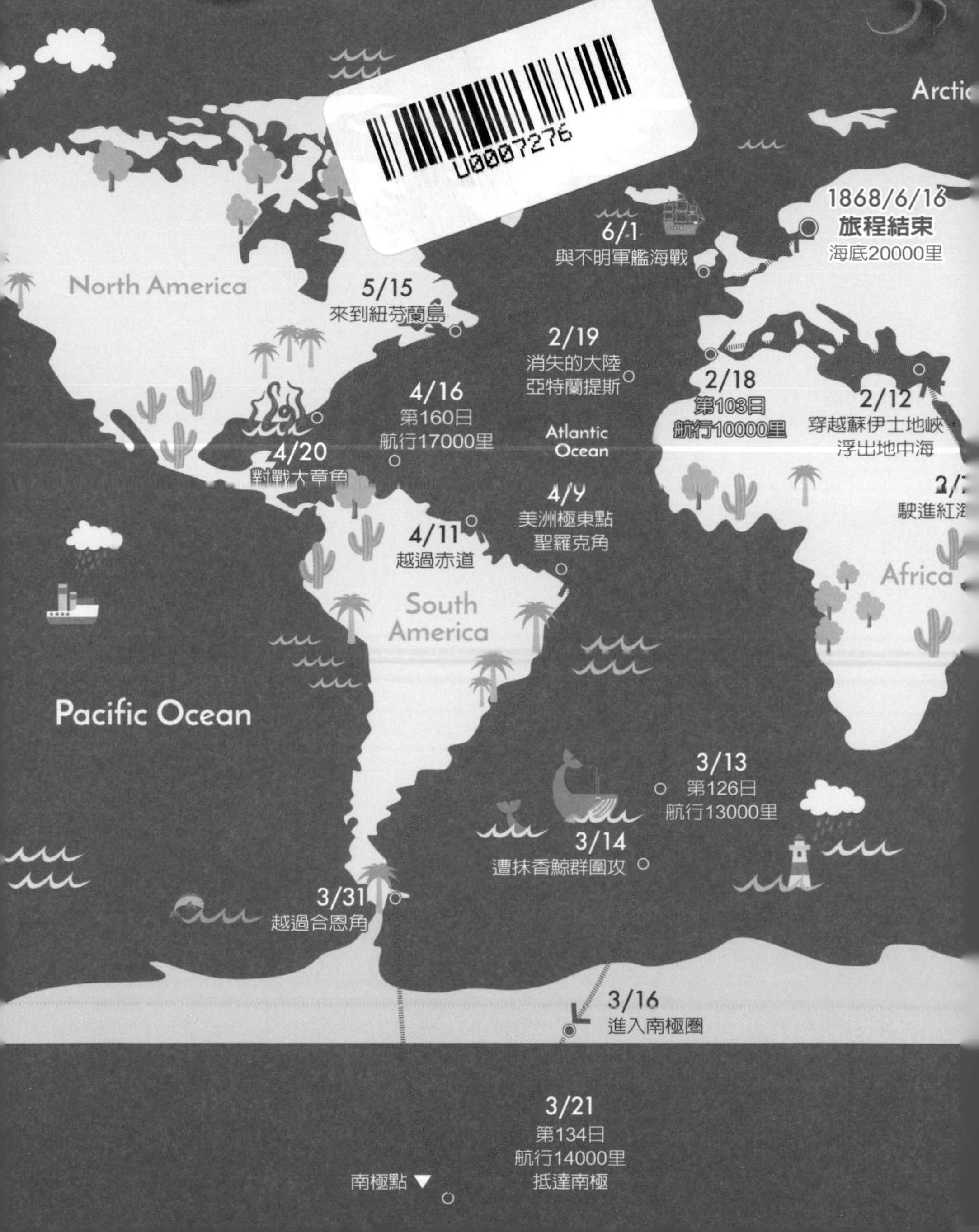

著

儒勒・凡爾納 Jules Gabriel Verne
(1828.2.8～1905.3.24)

科幻小說之父，法國小說家、劇作家、詩人，現代科幻小說的重要開創者之一。知名著作有《環遊世界八十天》、《海底兩萬裡》、《十五少年漂流記》……等。
據聯合國教科文組織的資料，凡爾納是世界上被翻譯的作品第二多的名家，僅次於阿嘉莎・克莉斯蒂，位於莎士比亞之上。聯合國教科文組織最近的統計顯示，全世界凡爾納作品的譯本已累計達4751種，他也是2011年世界上作品被翻譯次數最多法語作家。在法國，2005年被定為凡爾納年，以紀念他百年忌辰。

繪

阿方斯・德紐維爾 Alphonse de Neuville
（1835.5.31～1885.5.18）

法國學院派畫家，師承浪漫主義大師德拉克洛瓦，作品特色為強烈的戲劇性和愛國主義，並以普法戰爭主題的繪畫聞名，畫作多收藏於聖彼得堡冬宮與紐約大都會博物館。除了繪製油畫，也跨刀為凡爾納繪製《海底兩萬里》和《環遊世界八十天》的插畫。在《海底兩萬里》的110幅插畫中，他繪製了86幅（第12章起）。

艾鐸・里歐 Édouard Riou
（1833.12.2～1900.1.27）

法國插畫名家，長期與凡爾納合作，共繪製包含《海底兩萬里》在內的六本小說插畫。他的插畫場景活潑，人物形象鮮明。在《海底兩萬里》的110幅插畫中，有24幅出自他手（前11章），並以法國名將查拉將軍（Colonel Charras）為原型，繪製了著名的尼莫船長，其氣質突出，契合人物特性，連凡爾納也深表贊同。

譯

許雅雯
生於屏東，自清華大學中國文學系、高師大華語教學研究所畢業後，在海內外從事了近十年華語教學工作，也致力於語言政策研究。多年前定居里昂，一頭鑽進文字與跨語言的世界，譯有《布拉格漫步》、《我曾經愛過》、《誰殺了羅蘭巴特？解碼關鍵字：語言的第七種功能》(野人文化出版)。

海底兩萬里

無可取代的冒險經典！

Jules Gabriel Verne
儒勒・凡爾納——著
許雅雯——譯

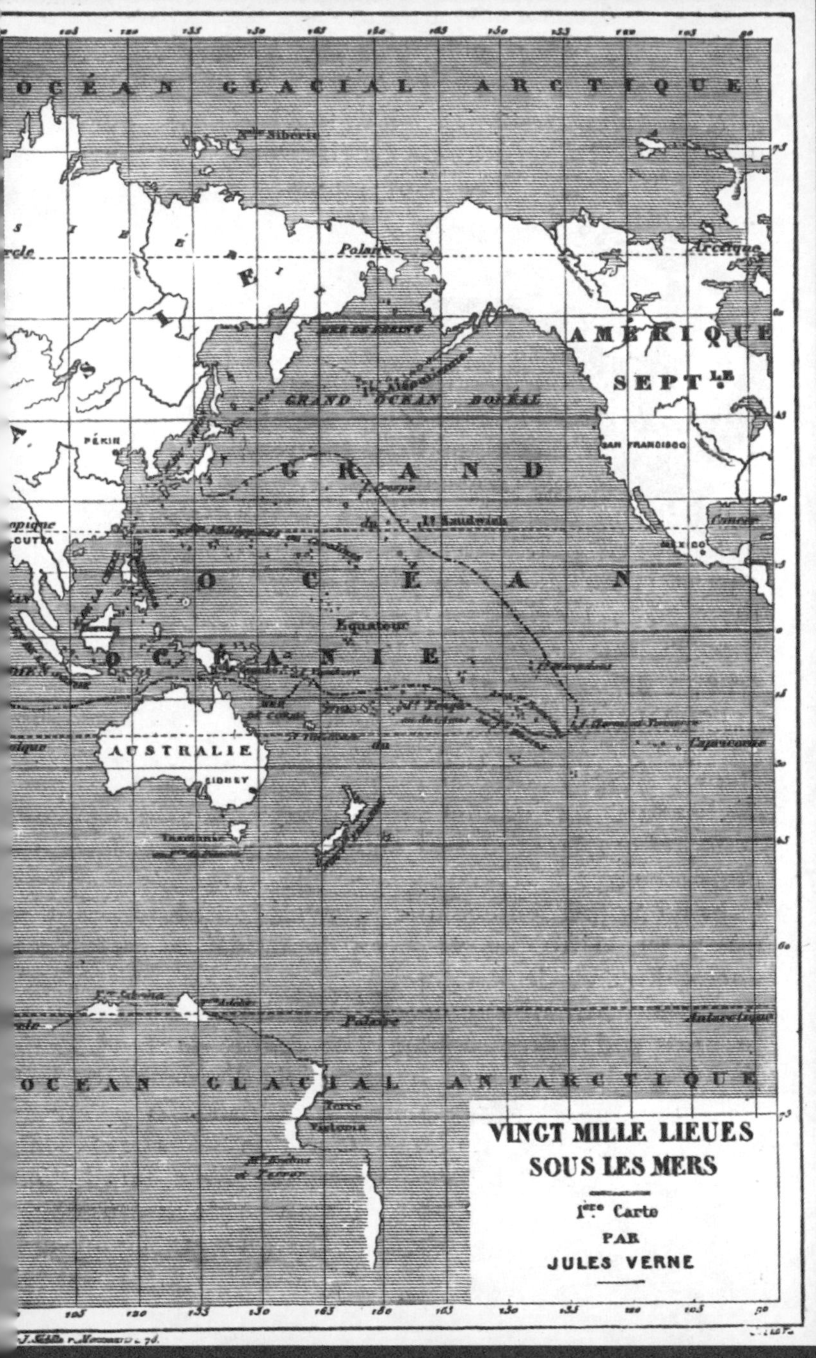
OCÉAN GLACIAL ARCTIQUE
Nlle Sibérie
Polaire
Arctique
MER DE BERING
GRAND OCÉAN BORÉAL
AMÉRIQUE
SEPTLE
PÉKIN
SAN FRANCISCO
GRAND
Iles Sandwich
Cancer
MEXICO
OCÉAN
Equateur
OCÉANIE
Capricorne
AUSTRALIE
SIDNEY
Tasmanie
Polaire
Antarctique
OCÉAN GLACIAL ANTARCTIQUE
Terre
Victoria
Mts Erebus
et Terror
VINGT MILLE LIEUES
SOUS LES MERS
1ère Carte
PAR
JULES VERNE

一八七〇年原版鸚鵡螺號探險地圖

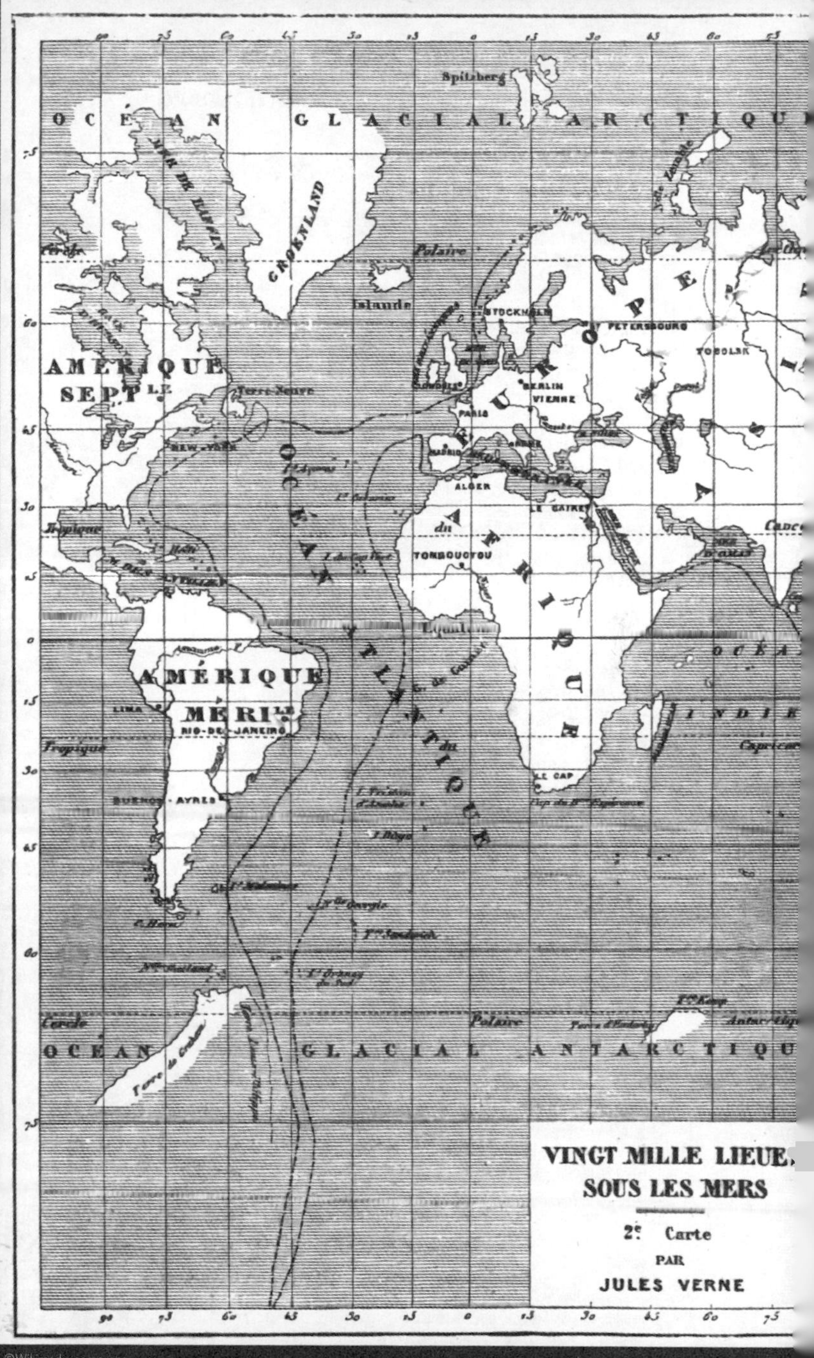

Golden Age 038

海底兩萬里

獨家繪製全彩探險地圖｜復刻1870年初版插圖110幅｜法文直譯精裝全譯本（二版）

Vingt mille lieues sous les mers

作　者　儒勒・凡爾納 Jules Gabriel Verne
繪　者　阿方斯・德紐維爾 Alphonse de Neuville
　　　　艾鐸・里歐 Édouard Riou
譯　者　許雅雯

野人文化股份有限公司
社　長　張瑩瑩
總編輯　蔡麗真
副主編　徐子涵
責任編輯　陳瑞瑤
校　對　魏秋綢
行銷經理　林麗紅
行銷企畫　蔡逸萱、李映柔
封面設計　周家瑤
美術設計　洪素貞

讀書共和國出版集團
社　長　郭重興
發行人兼出版總監　曾大福
業務平臺總經理　李雪麗
業務平臺副總經理　李復民
實體通路組　林詩富、陳志峰、郭文弘、王文賓、賴佩瑜
網路暨海外通路組　張鑫峰、林裴瑤、范光杰
特販通路組　陳綺瑩、郭文龍
電子商務組　黃詩芸、李冠穎、林雅卿、高崇哲、沈宗俊
專案企劃組　蔡孟庭、盤惟心
閱讀社群組　黃志堅、羅文浩、盧煒婷
版權部　黃知涵
印務部　江域平、黃禮賢、李孟儒
出　版　野人文化股份有限公司
發　行　遠足文化事業股份有限公司
　　　　地址：231 新北市新店區民權路 108-2 號 9 樓
　　　　電話：（02）2218-1417　傳真：（02）8667-1065
　　　　電子信箱：service@bookrep.com.tw
　　　　網址：www.bookrep.com.tw
　　　　郵撥帳號：19504465 遠足文化事業股份有限公司
　　　　客服專線：0800-221-029
法律顧問　華洋法律事務所　蘇文生律師
印　製　成陽印刷股份有限公司
初版首刷　2019 年 12 月
二版首刷　2022 年 9 月

ISBN：978-986-384-774-8（精裝）
ISBN：978-986-384-776-2（EPUB）
ISBN：978-986-384-775-5（PDF）

國家圖書館出版品預行編目（CIP）資料

海底兩萬里 / 儒勒 . 凡爾納 (Jules Gabriel Verne) 著 ; 許雅雯譯 . -- 二版 . -- 新北市 : 野人文化股份有限公司出版 : 遠足文化事業股份有限公司發行 , 2022.09
　面；　公分 . -- (Golden age ; 38)
譯自 : Vingt mille lieues sous les mers

876.57　　111012574

野人文化
官方網頁

野人文化
讀者回函

海底兩萬里

線上讀者回函專用 QR CODE，你的寶貴意見，將是我們進步的最大動力。

Vingt Mille Lieues sous les Mers
Riou
©Wikimedia commons

目錄

第二部

凡爾納科幻冒險文學特輯

野人文化編輯部

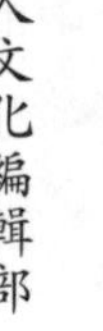

世上最多人閱讀的法國作家

法國西部的南特，位居羅亞爾河下游，過了出海口就是廣袤無垠的大西洋，此城沿岸商船絡繹不絕，自古以來就是法國的重要河港。時值一八三〇年代，這天陽光明媚，微風徐徐，城區的費多島（Île Feydeau）上，一名小男孩正出神地望著港邊一艘艘的三桅帆船。它們要開去哪呢？是遙遠南美洲的合恩角，還是神祕莫測的加勒比海？船上水手忙進忙出，裝卸著一批一批的貨物，小男孩心想，如果能登上船，前往充滿奇蹟與傳說的異國冒險，該有多快樂！

這名好奇的小男孩，就是日後人稱「科幻小說之父」的儒勒·凡爾納

晚年的凡爾納，攝於1892年。

凡爾納，攝於50歲左右，由攝影名家納達爾所攝。

（Jules Gabriel Verne）。凡爾納一生共寫下了六十六部長篇小說，包括代表作《環遊世界八十天》、《地心歷險記》、《十五少年漂流記》、《海底兩萬里》等。他的作品廣受歡迎，各個國家、各種語言的版本都有。至今一個半世紀以來，不知有多少讀者隨著他的文字，踏上一次又一次的奇想冒險。

一八七九年起，凡爾納正式成為史上翻譯著作第二多的作家，僅次於阿嘉莎．克莉斯蒂，且位於莎士比亞之上。

一八二八年二月八日，凡爾納出生於南特的費多島。他的父親皮

小仲馬（1824~1895），23歲時寫出了代表作《茶花女》。

法國文豪大仲馬（1802~1870），著有《基督山恩仇記》。

耶．凡爾納（Pierre Verne）是一名執業律師，母親蘇菲．德拉菲伊（Sophie Allote de la Fuÿe）是蘇格蘭後裔。身為家中長子，凡爾納自然被父親寄予厚望，期待將來能繼承父業，同樣做個法律人。凡爾納的課業自小就十分優異，小學成績總是前十名，還拿了數不清的獎盃、獎狀。然而，他三不五時就會帶著弟弟保羅（Paul Verne）來到港口，幻想著環遊世界的未知遠航。許多年後，這位偉大作家憶道：「每次我看到船隻揚帆出海，心思便飛到了船上。」

這位小探險家有一次真的上了船。那是一八三九年夏天，凡爾納十一歲的時候，他偷偷登上一艘航往印度的三桅

帆船，船隻已經準備啟航，然而，該說幸運或是不幸呢，這場冒險還未開始就讓家人發現了，凡爾納也被父親皮耶抓下船。這一次的「意外」讓凡爾納明白，從今以後他的冒險將只能在幻想中實現！

©Wikimedia commons
25歲的凡爾納。

一八四七年，父親將凡爾納送到巴黎攻讀法律，但是到了花都，凡爾納卻全心全意投入藝文圈。他時常參加文學沙龍，並且迷上戲劇，還結識了當時最具威望的大、小仲馬父子（Alexandre Dumas）。大仲馬十分賞識凡爾納，也鼓勵他從事寫作，於是凡爾納便以劇作家身分正式在文學界出道。一八五〇年，他與小仲馬合著的劇本《斷草》（Les Pailles rompues）上演，儘管佳評如潮，但凡爾納的文學志業仍然沒有得到父親支持，而且寫劇本也不足以支付日常開銷。因此，凡爾納取得法學學士後數年間，曾當過家教、祕書、巴黎歌劇院書記、證券經紀人，一直到他的小說大受歡迎，足以全職寫作之前，都只能利用每

天清晨查閱資料和創作。

一八五一年，凡爾納認識了雜誌編輯皮特爾—謝瓦利埃（Pitre-Chevalier），他主編的《家庭博覽》（Musée des familles）正需要一位懂得地理學、歷史、科學的作家，並且能將這些知識以通俗文筆推廣給大眾讀者。凡爾納自小就對這些學科有濃厚興趣，兩人一拍即合，《家庭博覽》馬上刊登了凡爾納的冒險小說初試啼聲之作〈墨西哥海軍的第一批艦隊〉和〈氣球旅行〉。

為《家庭博覽》寫小說的時期裡，凡爾納腦中產生了一個大膽想法，他想要創造一種全新的文體——科學小說（Roman de la Science），能把人類科學的新發現、新知識寫入故事當中。於是，凡爾納開始認真鑽研地理學、博物學、歷史學等學門，常常一大清早就泡在巴黎圖書館，翻找最新的學術報告。妙的是，大仲馬也正好有類似的創作構想，但自己無力寫成，他大力鼓勵凡爾納走這條路，因為他深信，凡爾納就是撰寫這種新體裁的最佳人選。

凡爾納的獨生子米歇爾（Michel Verne, 1861~1925），攝於1891年。

©Wikimedia commons

©Wikimedia commons

上／凡爾納與妻子奧諾蕾娜（Honorine de Viane Morel, 1831~1910）。1856年，兩人在亞眠相識，當時奧諾蕾娜已是育有二女的寡婦，隔年兩人結婚，女孩也成為凡爾納的繼女。

©Wikimedia commons

右／皮特爾－謝瓦利埃（1812~1863），攝於1861年。

用最嚴謹的科學之眼，行最奇幻的冒險之旅

一八六二年，剛當上爸爸的凡爾納在大仲馬的引薦之下，結識了鼎鼎大名的出版商赫澤爾（Pierre-Jules Hetzel）。赫澤爾的旗下作家包括巴爾札克（Honoré de Balzac）、喬治桑（George Sand）、雨果（Victor Hugo）等人，個個名聲響亮。他讀了凡爾納的小說草稿《氣球之旅》後，有意把這篇故事發展成長篇小說。同樣名為儒勒的這兩位才子意氣相投，他們交流彼此意見，數度修改，隔年，凡爾納的首部長篇小說《氣球上的五星期》出版，叫好又叫座，讓這位從小就不停幻想著驚奇冒險的作家終於一炮而紅。

此後數十年，兩人一直維持密切合作。起初，赫澤爾每月付給凡爾納五百法郎的薪資，讓他可以專職寫作，盡情發揮天馬行空的想像力。《地心歷險記》（1867）、《從地球到月球》（1868）、《海底兩萬里》（1871）、《環遊世界八十天》（1873）、《十五少年漂流記》（1888）……一本本科幻冒險經典不斷推出，不管男女老幼，都被凡爾納的奇思妙想所牽引，他就像是導遊一樣，帶領無數讀者環遊世界、漂流孤

壯年時期的凡爾納。

皮耶—儒勒・赫澤爾（1814~1886）。凡爾納的長年合作出版商。赫澤爾過世後，由兒子接班繼續出版凡爾納著作。

島、深入地心、潛入海洋、登上太空。

凡爾納名利雙收，成為法國有史以來最暢銷的作家之一。中年以後，他移居法國北部的亞眠，並一直在這座小城度過餘生。一九〇五年三月二十四日，因糖尿病急性併發症發作，在家人的陪伴下與世長辭，享年七十七歲。今天，亞眠市內有許多以凡爾納命名的地標，例如凡爾納大道、皮卡第儒勒・凡爾納大學等，都是為了紀念這位「用最嚴謹的科學之眼，行最奇幻的冒險之旅」的偉大作家。

亞眠凡爾納故居。凡爾納1882到1900年間居住此處，現已改建為凡爾納博物館。建築最大特色為天文台造型的屋頂。

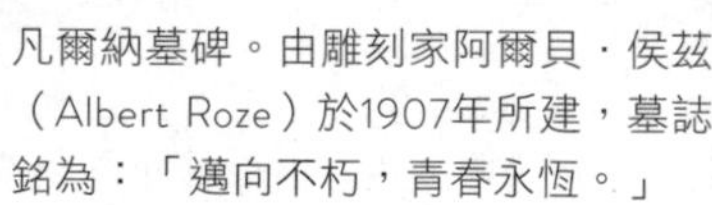

凡爾納墓碑。由雕刻家阿爾貝．侯茲（Albert Roze）於1907年所建，墓誌銘為：「邁向不朽，青春永恆。」

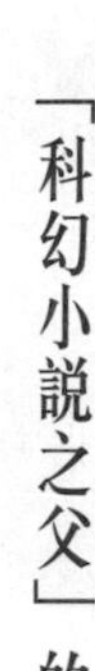

「科幻小說之父」的爭議

提到科幻小說之父，歷來通常指的是這三位：法國的儒勒．凡爾納、英國的H．G．威爾斯（Herbert George Wells, 1866~1946，代表作《時間機器》、《隱形人》、《世界大戰》等），以及美國的雨果·根斯巴克（Hugo Gernsback, 1884~1967，創辦第一本科幻雜誌《驚奇故事》）。其中較具爭議的，就是凡爾納。

原因在於，凡爾納並不認為自己寫的是「科幻」（science fiction, sci-fi）。他雖然創立了上述的「科學小說」，但意義與我們現在所謂的科幻小說有著天壤之別。凡爾納從小就展露出對旅行與冒險的熱情，比起外星人、時間穿越這類題材，他更感興趣的還是地理學、博物學這種以地球風物為對象的主題。儘管凡爾納寫過地心歷險、海底漫遊，甚至太空旅行這些當時不可能發生的故事，但他筆下看似神奇的科學與科技，都是以當前研究為本，再加上大膽卻又合理的「預言」所寫成。更關鍵的是，這些故事仍以驚險刺激的冒險為主軸，這才是凡爾納最為人喜愛之處。

再者，凡爾納也有一些著作並無科幻元素，而是純粹的冒險小說，例

如《格蘭特船長的兒女》（1868）和《環遊世界八十天》。因此，許多人會以「科幻冒險」來描述凡爾納的作品，便是這個道理。

不過，即便凡爾納的科學小說不等於今天的科幻小說，絕大多數論者仍然認同他的「科幻小說之父」地位，因為他可說是第一位有系統地把「科學」帶入小說的作家。凡爾納對科學技術的著迷與講究，讓他得以有憑有據地描寫各種奇妙事物的細節，不管是《地心歷險記》的地質奇觀、《從地球到月球》的太空旅行，還是《海底兩萬里》的鸚鵡螺號，都彷彿他親眼所見。而且，凡爾納當年假想的這些科技，許多都已經成了今天的現實！《從地球到月球》裡，凡爾納根據行星軌道計算出來的登月發射地點，竟然與一百年後的甘迺迪太空中心相距不到兩百公里。一九五四年，世界上第一艘成功運作的核子動力潛艇下水服役，為了向凡爾納致敬，它的名字就叫做「鸚鵡螺號」。

「但凡人能想像到的事物，必定有人能將它實現。」凡爾納這句名言，不只反映在他自己的作品，也啟發了許多創作者，讓科幻小說這個類型得以成立，並開啟後來一波又一波的科幻盛世。

鸚鵡螺號核動力潛艇。

©Wikimedia commons

上／凡爾納的簽名。

右／從凡爾納第二部長篇《哈特拉斯船長歷險記》開始，每部小說都冠上一個響亮的名號：《奇異冒險》（Voyages extraordinaires）。根據赫澤爾和凡爾納的安排，這套書籍是「囊括地理學、地質學、物理學、天文學等現代科學知識，又具有娛樂性」的龐大系列，共有65部。

第一部

01 神出鬼沒的海礁

一八六六年，一件難以解釋、令人匪夷所思的離奇事件印在許多人的心裡。除了以海為生的人對此激動萬分外，各種傳聞也在港口間蔓延開來，惹得沿海居民為之騷動，就連內陸民眾也興奮不已。來自歐陸與美洲的貿易商、船東、船長、各路航海人士、各國海軍將領，還有來自兩大洲的各國政府都對此事高度關切。

原因在於，當時好些船隻都在海上撞見了某個「龐然大物」，一個紡錘狀的長形物體，偶爾閃耀著磷光，體型比鯨魚大，速度也比鯨魚快得多。

各方的航海日誌中，對該物體或生物前所未見的移動速度、驚心動魄的活動能量、似乎是與生俱來的神祕生命力的描述如出一轍。若說是鯨類，它的體型卻比當時任何科學認定的種類都來得大。包括居維葉、拉塞貝德、杜梅里爾和德卡特法勒幾位著名科學家都聲明需眼見為憑，除非他們的智慧之眼確實看到，否則絕不承認它的存在。

捨棄對於該物體長兩百尺[1]過於保守的估計，以及寬達一浬[2]、長達三浬誇大其辭的說法，取其餘觀察結果的平均值來看，假若這物體確實存在，體型絕對超過迄今為止所有魚類學家確立的數值。

不過，它的存在的確是個無法否認的事實。更何況，人類的腦袋本來就充滿好奇，這奇聞異事引發的騷動可想而知。而那些將其視為天方夜譚的論調，本就該放水流了。

原因在於，一八六六年七月二十日，加爾各答－布納航運公司的希金森總督號輪船，確實就在距離澳洲東海岸五浬的洋面上遇見了這個移動中的龐然大物。貝克船長第一時間認定是某個不知名的海礁，正準備定位時，兩道水柱自那不明物體射出，水聲隆隆，直衝雲霄，足足有五十公尺高。由此可知，除非那海礁上有個間歇性噴泉，否則希金森號遇上的應該就是個鼻孔會噴出蒸氣水柱的海洋哺乳類生物了。

同年七月二十三日，西印度─太平洋航運公司的克里斯托巴．科隆號也在太平洋上遇到了同樣的事。短短三天內，牠就出現在地圖上相距將近七百海洋里格[3]的兩處，可見這魚類生物的移動速度多麼驚人。

十五天後，在離上述地點兩千浬處，國家航運公司的海維堤亞號和皇家郵船公司的尚農號，在美國和歐洲間的大西洋海面上迎面航行時，都在北緯四十二度十五分、西經六十度三十五分的地方目睹了這個怪物的身影。由於這兩艘自船首到船尾皆有約一百公尺長的船都比牠小，根據雙方同一時間的觀察，這隻哺乳類動物的長度估計最少也有一百零六公尺。然而，就算是經常出沒於阿留申群島的庫拉馬克島和恩克利克島附近的最大型鯨類，最長也不超過五十六公尺。

這類消息接踵而至，包括橫渡大西洋的佩雷爾號觀察到的資訊、英曼航線上埃特納號與怪物的不期而遇、法國軍艦諾曼地號的軍官們所寫的航海記錄、克萊德爵士號海軍參謀菲茨─詹姆士的精密定位，全都深刻影響了輿論。對那些天性隨興的國度而言，該現象不過是個玩笑；但在嚴肅務實的國家裡，人們卻看得很重。

這隻怪物在大城市裡風靡一時，咖啡館裡唱著牠的事蹟、報刊上嘲弄牠的故事、劇院裡也

1 尺：原文為 pieds（古法尺），一法尺等於三十二．五公分。二百尺即是六．五公尺。
2 浬：原文為 mille，可以指英里（哩）或海里（浬），因故事發生在海上，故此處指海里（浬）。一浬約等於一．八五公里。
3 海洋里格：原文為 lieues marines，里格是一個古老的距離單位，陸地上的里格指一個人在一小時內可以行走的距離（約四公里），海洋上則是指一個約一七五公分的人站立時可眺望的距離（約五．五五六公里）。

有關於牠的劇碼。街頭小報因此得以天花亂墜一番。從白鯨、北極的「摩比．迪克」[4]，到觸手足以纏住五百噸船隻並拖入深海的海怪克拉肯[5]，每份報刊一再發表各種想像中的巨大生物，賣到供不應求。就連各種文獻的引用也相繼出現，指出亞里斯多德和普林尼都承認這類怪物的存在，還有彭波畢丹主教的挪威記事、保羅．黑傑德的相關敘述，以及海林頓先生的報告。在這則報告中，海林頓先生聲稱一八五七年搭乘卡斯堤勇號出海時，曾見到那條只在舊雜誌《立憲》中現身過的大海蛇，語氣肯定，不容置疑。

接著，學術界與科學報刊上，持相反意見的雙方爆發了無止境的論戰。「怪物問題」激發了鬥志，科學派與感性派記者皆筆掃千軍，甚至還有些從海蛇戰轉變成人身攻擊，筆鋒銳利見血。

論戰持續了半年，難分勝負。包括巴西地理研究所、柏林皇家科學院、大英學會、華盛頓史密森尼學會發表的文章，印度群島報、穆紐神父的《宇宙報》、彼德曼的《通訊報》，還有法國與其他國家各大刊物的科學專欄都做出了反應，而其他小報則對反駁各家論述樂此不疲。當中一群作家以諷刺的口吻回敬反怪物派最愛引用的動物學家林奈的句子，主張「大自然不做蠢事」，請時人別再忽視自然的能力，接受海怪克拉肯、海蛇、摩比．迪克與其他水手的天馬行空。最後，一份令人聞之喪膽的諷刺刊物上出現了一篇文章，受到這些記者青睞，以希波呂忒（Hippolyte）之姿，把怪物推上舞台，祭出致命的一擊，在眾人的笑聲中結束了這場論戰。感性派最終戰勝了科學派。

一八六七年的頭幾個月裡，怪物問題銷聲匿跡，沒有捲土重來的跡象。直到某天，新的事件又喚醒了人們的記憶。這一次，它不再是個待解決的科學問題而已了，而是必須避免的、嚴肅的安全問題。這下情勢大轉，那隻怪物竟能變成小島、岩石、暗礁，而且神出鬼沒、行蹤莫測、難以捉摸。

一八六七年三月五日，蒙特婁航運公司的摩拉維亞號在夜間航行至北緯二十七度三十分、西經七十二度十五分時，船側右舷撞上了一座任何航海圖上都沒有標註的礁石。在風力的助勢和四百馬力的推進下，當時船隻前進的速度高達十三節[6]。若不是船體堅固卓越，摩拉維亞號早就被礁石開膛破肚，連同從加拿大登船的兩百三十七名乘客一起葬身海底了。

意外發生在清晨五點，天才剛破曉，值班的船員立刻趕到船尾查看。他們謹慎仔細的查看了海面狀況，但當下沒有發現任何異常，只見在離船尾三鏈[7]處有個漩渦，似乎是海面受到劇烈拍擊而產生。摩拉維亞號記下了事發地點後，又繼續航行，乍看之下似乎也無明顯破損的痕跡。究竟是撞上海中暗礁或是某艘失事巨輪的遺骸呢？無從得知。只知道回到船塢時，他們才發現船底部分龍骨已經斷裂。

儘管事態可謂嚴重，但若非三個星期後又發生相同事件，大概會和其他新聞一樣被拋諸腦後。幸虧後來出事的船隻國籍和所屬公司都頗有來頭，才引發一定程度的注意。

英國船東肯納德的大名應是無人不曉。這位精明的企業家一八四〇年時創辦了一家往來於利物浦和哈利法克斯之間的郵船公司，名下共有三艘四百馬力、重達一千一百六十二噸的木製輪船。公司開辦八年後，規模擴大至四艘六百五十馬力、一千八百二十噸的輪船，過兩年，又新添兩艘馬力與噸位更大的船隻。一八五三年，肯納德公司更新了郵運特權許可，馬上購入阿拉伯號、波斯號、支那號、斯科細亞號、爪哇號和俄羅斯號，全是繼大東方號後，當時最頂尖、

4 摩比・迪克（Moby Dick）：即《白鯨記》中的白鯨。
5 克拉肯（Kraken）：北歐民間傳說中的大海怪，形似章魚。
6 節：航速單位，即每小時一浬。
7 鏈：航海長度單位，每鏈約兩百公尺。

最寬闊的海船。直到一八六七年為止，包括八艘輪式和四艘螺旋槳式在內，已經擁有十二條海船。

之所以簡要介紹這些細節，就是為了讓各位了解這家航運公司舉足輕重的地位和它那聞名全球的精明管理。沒有任何航運公司的經營與生意能出其右。二十六年來，肯納德公司的郵船已橫渡大西洋兩千次之多，從未因故停駛，也沒有過誤點的情況，更沒有損失過任何信件、任何乘客或一艘船。因此，儘管來自法國的競爭對手實力堅強，肯納德始終是乘客的首選，近幾年的官方資料上都有詳細的記載。了解這些背景後，就不會對該公司最豪華的郵輪之一發生意外而引發的軒然大波感到驚訝了。

事情發生在一八六七年四月十三日，海面上風平浪靜，斯科細亞號正航行至北緯四十五度三十七分、西經十五度十二分，在一千馬力的推進下，船速約為十三．四三節。機輪的運轉十分正常。吃水深度為六．七公尺，排水量六千六百二十四立方公尺。

事故發生在傍晚四點十七分，當時船上的乘客們正聚集在大廳內享用餐前酒，斯科細亞號的船尾和左側機輪後方似乎與某個物體擦撞，造成輕微的晃動。

斯科細亞號並不是自己撞上的，是被對方撞了，與其說是挫傷，更像是被某種利器刺中或穿孔。由於撞擊力道非常輕微，若非貨艙管理員跑到甲板上大喊：「船要沉了！船要沉了！」大概沒人在意此事。

乘客們當下十分恐慌，所幸安德森船長立即出面安撫。而情況的確也沒有那麼危急，斯科細亞號分為七個艙室，皆由水密艙板隔開，應可應付某個區域進水的狀況。

船長火速趕往底艙，發現海水已灌入第五艙室，速度之快證明了漏洞相當大。幸虧鍋爐不在此艙中，否則一定會立即熄火。

接著，船長馬上下令停機，並派一名船員潛入水底勘查損害情形。過了一會兒，船員便回報船底有個直徑約兩公尺的大洞。這麼大的裂口無法即時修復，斯科細亞號只能在機輪半泡水的情況下繼續航行。當時船隻離克利爾海峽約三百浬，整整遲了三天才回到利物浦，港口人員等得心急如焚。

斯科細亞號一進到船塢後，工程師們便檢查了船身，在吃水線下方兩公尺半的地方發現一個規則的等邊三角形裂口時，他們簡直不敢相信自己的眼睛。鋼板裂痕極為平整，就是鑽孔機也鑽不出這樣的洞。看來這鑽孔的器具應是特殊鍛造而成，在鑿穿了四公分厚的鋼板後，還能抽身倒退，著實令人百思不得其解。

這就是事件的來龍去脈，再度引發社會輿論。自此，所有原因不明的海難全都被算到怪物的頭上。不幸的是，沉船事故實在太多，每年於船檢協會登載的就有三千艘，而船隻本身和船上物品失蹤的汽船和帆船起碼有兩百艘，那頭奇妙的生物只得負起所有責任。

總之，無論有理與否，這「怪物」都得承擔船隻失事的責任。託它的福，各大洲間的交通變得越來越危險。民眾因此大聲疾呼，要求不惜一切代價清理海域、清除海怪。

工程師檢查斯科細亞號。

02 贊成與反對

事件發生時，我剛結束美國內布拉斯加那片荒蕪之地的科學考察工作。當時，我是以巴黎自然史博物館客座教授的身分，被法國政府派去執行任務的。在內布拉斯加待了六個月後，我在三月底帶著珍貴的資料與樣本到了紐約，並預定五月底回法國。這之間的空檔，我就用來把大量的礦物、植物和動物資料分類歸檔。斯科細亞號事件就是在這段期間發生的。

這件事的來龍去脈我瞭若指掌，怎麼可能漏掉任何訊息呢？那些美國和歐洲的報導我讀了一遍又一遍，都沒有得到更深入的消息。我對這件事充滿了好奇，卻始終無法確定自己的立場，在兩派意見中搖擺不定。唯一可以肯定的是海裡一定有什麼東西，不相信的話，只要親自去摸摸斯科細亞號的傷口就知道了。

我到紐約時，這件事正鬧得沸沸揚揚。原本一群不學無術的人認為是漂浮島或捉摸不定的海礁，最後都被一一推翻。這也不無道理，除非這暗礁裡藏了個機器，否則怎麼能以這麼驚人的速度移動呢？

同樣的，浮動的船體或巨大的船骸也都行不通，理由仍在於移動速度過快。

如此一來，只剩兩種可能性，各自形成觀點截然不同的兩派。其中一派支持是個力大無比的怪物，另一派則贊成是一艘動力強大的「潛水艇」。

然而，儘管第二種假設可信度高，但經過歐美各國的調查後還是難圓其說。其餘的不提，誰能擁有那麼強勁的引擎呢？可能性太低了。再說，它是在何時何地、如何躲過所有人的雙眼製造的呢？

只有官方才能擁有破壞力如此強大的機器，尤其是在這個混亂的時代，人們千方百計強化武器的威力，興許是某個國家正暗中製造這種駭人的武器。步槍後是魚雷，魚雷後則是海底衝角[1]，接著，可能還有其他相抗衡的武器出現。至少我是這麼希望的。

然而，戰爭機器的假設在各國政府相繼發表聲明後也站不住腳了。畢竟牽涉到公眾利益，直接影響到跨洋交通，政府不可能隱瞞事實。更何況，這種建造海底船艦的工程怎麼可能躲過公眾的耳目呢？個人要保守這種祕密況且困難，更不用談一舉一動都受到敵對國監視的政府了，根本就不可能暗地進行這種計畫。

因此，在英國、法國、俄羅斯、普魯士、西班牙、義大利、美國，甚至土耳其都參與調查後，潛水艇的假設正式宣告出局。

於是，怪物又繼續優游大海，儘管小報不斷挖苦嘲諷，人們還是任由想像力馳騁，創造出更多稀奇古怪的魚類傳說來。

我一到紐約，就有不少人來請教我關於這起事件的想法。我在法國曾出版兩冊四開本的書籍，名為《深海祕聞》。這部作品深受學術界青睞，我也因此成為這個自然史神祕現象的專家。人們徵詢我的意見，我決定在事實真相未明前，採取否認的態度。但這個策略很快就碰壁了，我被趕上了架表態。紐約先驅報甚至邀請我以「受人尊敬的巴黎博物館教授皮耶·阿宏納」身分發表幾項看法。

既然無法保持沉默，我只好認真闡明自己的觀點，就政治和科學兩面談論這起事件。詳盡豐富的內容在四月三十日刊出，以下節錄幾段：

「因此，在檢視過各種假設後，我認為必須承認力大無窮的海底生物存在的說法，其餘都應否決。」

「我們對廣大的深海一無所知。探測器無從偵測。這萬丈深淵之中究竟發生了什麼事？水面下十二至十五浬處寓居著什麼樣的生物？這些生物的構造又是如何？實在難以推測。」

「然而，擺在我們眼前的問題可以用二分法處理。」

「人類要不就認識地球上的各種生物，要不就是不完全認識。」

「假設我們不完全認識所有的生物，假設大自然還有一些不為人知的祕密，還有一些尚未知曉的魚類，我們也只能承認還有些擁有適應『深海』環境器官的魚類或鯨類深藏在探測器未能抵達之處。由於某個突發事件、某次心血來潮或恣意妄為，無論是什麼原因，牠們每過一段漫長的時間就會浮上海面。」

「反之，若人類認得所有生物，就必須從已編目的海洋生物種類中找出對應的物種，如此一來，我就得接受巨型獨角鯨存在的事實。」

「一般的獨角鯨長度約若在六十尺，不妨把這個長度放大五倍，甚至十倍，加上等比例的攻擊力和攻擊器官，就可以得到我們討論的這隻生物了。牠的體型與尚農號測定的一樣，也擁有刺穿斯科細亞號的角和所須的力量。」

「其實，正如某些自然科學家所說，這條獨角鯨的角有如象牙和長矛等利刃，是個名符其實的鋼牙。獨角鯨利用這種利齒攻擊一般的鯨類，有人曾在鯨類身上找到這種刺穿牠們的大牙。也有人曾費盡大把力氣從船底拔出幾根，牠們的大牙就像鑽頭鑿穿木桶一般。巴黎醫學院的館藏中就有一支這種大牙，長達二．二五公尺，底部最粗也有四十八公分！」

「所以說啊！假設把攻擊力乘以十倍，移動的時速定為二十浬，重量乘以速度，就可以想像當時的撞擊力了。」

「因此，在沒有獲得更多資訊以前，我傾向獨角鯨的說法。一隻體型碩大的海洋生物，身

1 衝角：一種固定在戰艦艦首，用以撞毀敵船的突出武器。

上的武裝不是槍劍一類，而是名符其實的衝角，或是裝甲戰艦上的武器裝備，同時具備了戰艦的體型和強大的攻擊力。」

「如此一來，這些現象就解釋得通了。除非海面上根本什麼都沒有，儘管有人親眼見過、經歷過，甚至一再遭遇，這種假設仍舊是有可能的！」

最後這句話有點狡猾，只因我還想保有一點教授的尊嚴，不想給美國人留下笑柄。要知道，他們笑起來可是沒分沒寸的。因此我給自己留了個後路。但其實我接受「怪物」存在的說法。

這篇專文引發了熱烈的討論與廣大的迴響，文章的結論創造出許多想像空間，也因此匯聚了有志一同的群眾支持。人類天性喜愛天馬行空的幻想各種超自然現象，大海正好為那些巨大生物提供最佳的生長環境。大象、犀牛這些陸地上的動物站在海洋生物旁有如倉鼠。廣闊的海洋孕育了巨獸，目前已知最大的哺乳類動物都棲息在汪洋之中，或許還有體型更大的軟體動物藏身其中，或是令人望之生畏的甲殼類動物，比如一百公尺長的龍蝦或兩百噸重的螯蟹！有何不可呢？從前，各地質時期的物種，如四足動物、四手動物、爬蟲類、鳥類也都是從巨碩的體型開始演化的。造物者用大型模具創造出的生物是後來才隨著時間逐漸縮小的。相較於不停變化的地核，始終如一的汪洋為何不能在未知的深海中保有某個時期的大型化石呢？百年如一日、千年如一紀的海底，為何不能暗藏那些巨大物種的遺族呢？

可我必須停止這些無謂的幻想了！隨著時間發酵，這些幻想變成了可怕的現實！我的意思是，輿論開始傾向討論這隻奇怪的生物與傳說中的海蛇截然不同。

然而，某些人認為，此事純屬待解決的科學問題；另一些較積極的人，特別是美國人和英國人則堅持淨化海洋，清除這隻駭人的怪物，確保航道安全。

工商界的報刊大多支持這個看法。包括《海運商報》、《洛伊德海事報》、《郵輪》、《海洋與殖民》等刊物，以及各家以提高保險公司保費為目的的報刊更是一致贊成。

輿論既起，美國立即率先發難。紐約方面便著手準備遠征獨角鯨的計畫，高速驅逐艦林肯號早就蓄勢待發，海事軍火工廠也為法拉格特艦長敞開大門，為這位急於擴充船艦武力裝備的軍官效力。

然而，事情總是如此，就在人們決意追捕怪物時，牠就這麼銷聲匿跡了。接下來的兩個月間，沒有任何新消息，也沒有任何一艘船再撞見牠。這頭獨角鯨似乎感應到有項針對牠的陰謀。人們過度討論，就連跨洋海底電纜也傳遞了這則消息！甚至有人嘲笑稱這隻小精靈從中攔截了某些電報訊息，早已有所防範。

如此一來，那艘適合遠征且配有強大漁獵機具的戰艦一時間竟無所適從。正當群眾急不可耐之際，一艘自加州舊金山出發，航向上海的輪船聲稱三個星期前曾在北太平洋海域上撞見這隻巨獸。

這則消息引發軒然大波，法拉格特艦長即刻起航，一天也沒有耽擱。糧食生活用品一應俱全、艙底裝滿煤炭燃料、船員也都齊備了，就差生火開爐，便可航向大海！哪怕只是拖延半日也不得饒恕！反正，法拉格特艦長也是巴不得即刻出航呢。

林肯號離開布魯克林碼頭三小時前，我收到了一封信，內容如下：

致　紐約第五大道飯店，巴黎博物館阿宏納教授

先生：

您若有意加入林肯號遠征的行列，合眾國政府誠摯邀請您代表法國登艦。法拉格特艦長已為您保留專屬艙房。

祝好。

海軍部長J．B．霍布森敬邀

高速驅逐艦林肯號。

03 遵命

在收到J．B．霍布森來信前三秒，我還只想著要穿越美國西北部，壓根沒有追逐獨角鯨的心念。讀完這位尊敬的海軍部長來信三秒後，我終於明白了，追捕這令人不安的怪物，並將牠從世界根除是我這一生唯一的、命定的任務。

然而，我才剛結束一趟艱困的旅程，身心疲憊，渴望休息，一心只想著回到家鄉、朋友、位於植物園中的小窩和我那些寶貝收藏旁！就算如此，我出航的心意仍舊堅定不移。我把疲憊、朋友、收藏品全都拋諸腦後，毫不考慮的接受了美國政府的提議。

「反正，」我心裡盤算著，「條條道路通歐洲，這獨角鯨應能解我心思，領我回到法國海岸！為了討好我，這頭神氣十足的動物應該會選在歐洲海域束手就擒。最少也要帶個半尺長的利角回到自然史博物館才夠本。」

「顧問！」我心急的喊著。

顧問是我的男僕，忠心耿耿，陪著我四處探險。我很喜歡這個正直的法蘭德斯男孩，我們倆坦誠相待。他生性穩重、循規蹈矩、刻苦耐勞、處變不驚、心敏手巧。雖然名為顧問，卻從不主動給出意見，即便當面詢問也不會輕易開口。

由於常與植物園內的學者往來，顧問多少也學會了些事，我身邊也因此多了一位熟悉自然史分類的專家。他就像個雜技演員一樣，能敏捷地在各個門、群、綱、亞綱、目、科、屬、亞屬、種和其他變種等生物種類的階梯間穿梭。不過也就僅止於此而已。分門別類就是他的生活，除此之外就什麼也不懂了。他對分類理論十分著迷，卻不擅運用，我相信他大概分不出抹香鯨和一般鯨魚的差別！儘管如此，他仍然是個勇敢正直的男孩！

十年來，我為科學奔走四方，顧問一直跟隨左右，從不抱怨路途遙遠、顛簸勞頓。無論是多麼偏遠的國度，中國也好、剛果也罷，他總是二話不說，提起行囊就走，對他而言到哪兒都一樣。而且他的身體健壯、百病不侵，肌肉發達，可是卻看不到筋，我的意思是，少一根筋。

這小子三十歲，但我們之間的差距卻像是十五歲的男孩和二十歲的青少年。哦，請原諒我就這麼告訴你們我四十歲了。顧問只有一個缺點，過於拘謹，總是以第三人稱跟我對話，真讓人受不了。

「顧問！」我又喊了一次，同時忙著準備行李。

當然了，我從不懷疑這小子的忠誠。以往外出旅行前，我從不會詢問他的意見，但這次不同，這次出征的歸期不定，而且還是一趟危險四伏的旅程，畢竟我們追捕的是一隻能像砸碎核桃般把戰艦給擊沉的動物！即便是世界上最鎮定的人也得三思！顧問會怎麼回應呢？

「顧問！」喊了第三次。顧問來到我面前。

「先生找我嗎？」進到房裡時他這麼問。

「是的，小子。收好你和我的行李，兩小時後出發。」

「遵命。」顧問平心回應。

「別耽誤任何一點時間。所有的旅行用品全塞進箱子裡，外衣、襯衣、襪子，能帶多少就帶多少，動作快！」

「您收藏的樣本呢？」顧問提到。

「以後再回來拿吧。」

「什麼！那些古豬獸、始祖馬、高齒羊、古河馬跟其他生物的骨骸都留在這裡？」

「先寄放在旅館吧！」

「那您那隻活古鹿豚呢？」

「我們不在的這段期間會有人餵牠，我也會託人把這些動物寄回法國。」

「所以我們不回巴黎？」顧問問道。

「回……當然了……」我的口氣有點心虛，「只是要繞個彎。」

「您應該喜歡這個彎。」

「呵！沒什麼！路線沒那麼直而已。我們要搭林肯號出航。」

「遵命。」顧問平心靜氣地回答。

「那個，小子，這趟旅程是關於那隻怪物……那隻有名的獨角鯨……我們要去把牠清理掉！身為兩冊《深海祕聞》的作者，我自然是義不容辭。這是個光榮的任務……但也很危險！而且，我們沒有目的地！這怪物也可能很難應付！但我們還是要去！我們會跟一位勇敢果斷的艦長同行！」

「我和您同進退。」顧問答道。

「好好考慮，我不想瞞你。這趟旅程可能沒有歸途！」

「遵命，先生。」

十五分鐘後，行李全都備妥了。顧問迅速完成了這項工作，我相信裡面什麼也不缺，這小子分類衣服的能力就跟歸納鳥類和哺乳類一樣好。

旅館的升降梯送我們到位於二樓的大廳。沿著階梯下到一樓後，我走到總是擠滿人潮的大櫃台前結帳，再請飯店人員幫我把一包包的動物標本和乾燥植物寄往巴黎，並留下一筆足夠的錢託人餵養古鹿豚後，顧問跟在我身後上了一輛馬車。

我付了二十法郎的車資，一路從百老匯大道往聯合廣場的方向前進，再走第四大道至鮑維利街口，轉入卡特琳街後停在三十四號碼頭前。接著，卡特琳渡輪載著人和車前往紐約最大的

「遵命，先生。」

分區、位於東河左岸的布魯克林區。幾分鐘後，我們便抵達林肯號停泊的碼頭，船上的兩座煙囪已吐著卷卷黑煙。

我們的行李立即被送上軍艦的甲板。我趕緊登船並要求見法拉格特艦長。一名船員領著我走到後甲板，只見一名神氣十足的軍官朝我伸過手來。

「皮耶．阿宏納先生？」他問道。

「正是在下，」我回答，「法拉格特艦長？」

「沒錯。歡迎教授登艦，您的艙房已經備好了。」

寒暄一番後，艦長回到了他的工作崗位準備起航，而我則被帶到艙房裡。

林肯號是經過精心挑選並悉心裝備的軍艦，完全為這次的新任務量身而做。軍艦的速度很快，裝有蒸汽過熱機，可將蒸汽加壓至七個大氣壓力。在這種高壓下，林肯號的船速可以達到每小時十八．三浬，相當驚人，但可能還是無法與巨鯨比擬。

軍艦內部的設備非常符合此次航行任務需求。我對我的艙房也很滿意，位於船尾的房間正對著軍官們的休息室。

「看起來很舒適。」我對顧問說。

「請原諒我的用詞，」顧問回答，「我覺得就跟寄居蟹住在螺殼裡一樣舒適。」

我把顧問留在房裡慢慢安置行李，自己則上到甲板觀看啟航的準備工作。

法拉格特艦長正下令解開套在布魯克林碼頭上的最後幾根纜繩。也就是說，我要是遲到十五分鐘，甚至更短的時間，這輛驅逐艦便會逕自啟航，而我也就錯過這趟意義非凡、既神奇又難以置信的探險了。之後的描述再怎麼寫實，也會有人懷疑。

法拉格特艦長不願耽誤任何一天甚至一小時的時間，一心一意趕到那隻動物最近露臉的海域上。他把機師叫了過來。

「壓力足夠了嗎？」他問。

「足了。」機師答道。

「Go ahead（前進）。」法拉格特高喊。

艦長的命令通過氣壓傳聲筒傳入機房，技術員立即啟動了機輪。閥門才剛開，蒸汽便奔湧而入。橫向排列的長型活塞吱嘎作響，推動了機軸運轉，螺旋槳葉片拍動的速度逐漸加快，林肯號在上百艘擠滿圍觀群眾的渡輪與汽艇的護送下，莊嚴啟航。

布魯克林碼頭和東河沿岸這部分的紐約也是滿滿的人潮，五十萬人發自內心高喊三聲「嗚哈」，聲音此起彼落。成千上萬條手絹在萬頭攢動間飛揚，向林肯號致意，直到船艦駛出形成紐約城長島的海灣，進入哈德遜河域為止。

接下來，軍艦沿著紐澤西海岸前進，右岸上風光明媚，別墅櫛比鱗次。兩岸城牆上的砲台也在它經過時鳴聲致意。林肯號亦鳴砲回應，連升三次美國國旗，三十九顆星在後桅杆上閃耀星光。而後，軍艦改變航向，進入了帶有航標、環繞桑迪胡克峽灣的航道，沿著舌狀沙洲航行，上千名群眾再度歡呼喝采。

護航的船隻一直尾隨至此，直到看見那兩座標誌紐約入口的燈船才停止。

下午三點的鐘聲響起，領航員走下軍艦返回自己的快艇，開向在下風處等待的小船。林肯號添煤燃火，螺旋槳的速度越發提升，拍打著海浪。軍艦沿著長島棕黃、低平的海岸線前行，晚間八點時，火島西北方的信號燈也消失在視線之外了，它加足了馬力，朝漆黑的大西洋海域奔馳而去。

護航船隻一直護送到看見燈船為止。

04 尼德蘭

法拉格特艦長是個優秀的水手，受任這艘軍艦總司令當之無愧。他與軍艦一體同心，他就是軍艦的靈魂。那頭怪鯨的存在對他而言是無庸置疑的事實，因此，船上是不得討論這個問題的。他對此事的信念是出於直覺，而非理智，正如某些婆婆媽媽相信利維坦[1]真正存在一樣。既然怪物存在，那就必須把牠從海中除去，他甚至為此立誓。就某種意義上來說，倒有點類似希臘神話中，羅德島上的騎士狄厄多內．戈宗，正面迎擊傷害海島的蛇怪。他和獨角鯨非得戰個你死我活不可，沒有其他選項。

船上其他軍官都和艦長同聲相應，時常可以聽見他們聊天、討論、爭執並估算遇上怪物的各種可能性，同時也留意著遼闊的海面。好幾位船員都爭搶著爬上船桅值班，這職務在平常時候可是沒人願意接的苦差事。即使甲板燙得讓人站不住腳，只要太陽還掛在天邊，桅杆旁就擠滿了船員！然而，此時林肯號的船頭連怪物可能出沒的太平洋海水都還沒沾上呢。

還有一般的船組人員，他們一心盼望遇見獨角鯨，逮住牠、拖上船、大卸八塊。更別說法拉格特艦長懸賞兩千美金，無論是見習生或資深水手，不管是一般船員或軍官，只要率先發現怪物蹤影就可領賞。這麼一來林肯號上的每一雙眼能不放亮嗎？

至於我，也是一點也不落人後，每日都會親自觀察海面狀況，把這艘軍艦取名為「百眼號」一點也不為過。唯有顧問一人，對眾人津津樂道的問題一點也不感興趣，與滿船熱情的氣氛格格不入。

正如方才所言，法拉格特艦長為追捕巨鯨，悉心裝備船上的武器，就是正規的捕鯨船也沒有這麼齊全的設備。一般常見的武器，從手擲魚叉到雷筒槍的鉤箭，再到捕野鴨的霰彈刺槍，應有盡有。前方甲板上載了一座性能完善的大砲，配有後膛填裝管，砲壁厚、砲膛窄，這種模型曾在一八六七年的世界博覽會上展示。這台貴重的美式大砲可以輕易發射四公斤重的錐形砲彈，平均射程達十六公里。

林肯號上因此不缺毀滅性武器，但更厲害的是，隨行的人中也包括了捕鯨大王尼德蘭。

尼德蘭來自加拿大，身手非凡，在這危險的行業中無人可及。機靈冷靜、有勇有謀、本領高超，除非是特別狡猾或機靈，否則沒有任何鯨魚能躲過他的魚叉。

他年齡約莫四十，是個高大的男人（超過一百八十二公分），身形魁梧、神色嚴肅，有時脾氣暴躁，遭人妨礙時會勃然大怒。他散發出的氣質引人注目，特別是那炯炯有神的目光，更襯出鮮明的面部表情。

我認為法拉格特艦長請到他是個明智的選擇，無論是眼力或臂力，他一個人都抵得上整組船員。說他像個高倍望遠鏡和隨時準備開火的大砲是我能想出最好的比喻。

說他是個加拿大人，其實也是法國人，儘管他少與人交談，但我敢肯定他對我頗有好感，應該是我的國籍吸引了他。談話間，他會使用古老的拉伯雷式[2]語言，這種語言現今還在加拿大的某些省分中流通，正好也給了我聆聽的機會。這位捕鯨大王的家族來自魁北克，當年這個城市還屬於法國時，這個家族就以英勇捕魚為名了。

尼德蘭聊天的興致漸高，我也享受他談北極海域的冒險故事。他講起打魚和戰鬥的過程就

---

1 利維坦（Léviathan）：《希伯來聖經》裡所提到的一種怪物，一般形象是鯨魚和鱷魚的合體。

2 拉伯雷（François Rabelais, 1494-1553）：法國文藝復興時期作家，著有《巨人傳》。拉伯雷的譴詞造句講究聲韻協調，也善用各種修辭手段，對中古法語的發展有很大的貢獻。

捕鯨大王尼德蘭。

像唱詩，自然生動，宛若一部英雄史詩，也如加拿大的荷馬吟誦著北極版的《伊里亞德》。

這裡描述的他，是根據我現在對他的認識所言。那段時間我們同甘共苦，革命情感緊緊將我們聯繫起來！哦！勇敢的尼德！但願我還能再活一百歲，便有更多的歲月思念你！

那麼，尼德蘭怎麼看待海怪問題呢？坦白說，他一點也不相信獨角鯨的存在，是船上唯一和眾人意見相左的人，甚至避而不談，但我認為必須找一天跟他好好聊聊才行。

離港三個星期後，七月三十日那晚夜色迷人，軍艦行駛到巴塔哥尼亞海岸下風處三十浬附近的布蘭卡灣。我們這時已越過了南回歸線，麥哲倫海峽就在南方不到七百浬之處。不出八天，林肯號便能進入太平洋海域。

那天，我和尼德蘭坐在後甲板聊天，一邊望著這片人類至今無法探測到底部的神祕海域。話題很自然地帶到了獨角巨鯨，以及此次遠征成敗的各種可能性。後來，我見尼德一味聽著我說，自己卻不多談，索性單刀直入。

「怎麼，尼德，」我問道，「您怎麼能不相信我們正追捕的這隻鯨魚真的存在呢？難道有什麼原因讓您懷抱疑慮？」

捕鯨人盯著我看了好一會兒，習慣性地用手拍了拍寬闊的前額後閉上雙眼，似乎陷入思考，接著才開口：

「也許是吧，阿宏納先生。」

「不過，尼德，您是個專業的捕鯨人，對大型海洋哺乳類瞭若指掌，照理來說應該很容易接受巨大鯨類的假設，怎麼說也該是最後一個反對這個說法的人啊！」

「教授，您這麼想就錯了。」尼德回答，「一般人會認為劃過天際的彗星是很特別的事，認為地心住了一堆洪荒時代的怪物，但天文學家和地質學家勢必不會這麼幻想。捕鯨人也一樣。我追捕過許多鯨魚，逮住了不少也殺了不少，可是，無論牠們再怎麼強壯凶猛，也不可能

憑著尾鰭或巨齒就把輪船的鋼板鑽破。」

「可是，尼德，船身被獨角鯨牙刺穿的事故層出不窮。」

「木製的船是有可能的，」加拿大人回應，「但我也沒真的見過。所以，在找到真憑實據前，我都不認為鬚鯨、抹香鯨或獨角鯨會有這麼大的本事。」

「尼德，聽我說……」

「不，教授，除了這件事外，您想說什麼都可以。也許是個巨大的章魚呢？」

「尼德，那就更不可能了，章魚不過是軟體動物，顧名思義，牠的肌肉不太發達。就算有五百尺長，不屬於脊索動物的章魚根本不可能對斯科細亞號或林肯號這種船構成危害。所以啊，有關克拉肯或其餘海怪的幻想都應該視為無稽之談。」

「這麼說來，自然學家先生，」尼德蘭語帶諷刺，「您是堅信巨鯨存在囉？」

「是的，我這麼堅持是基於合理的推論。我相信有一種哺乳類動物存在，身強力壯，屬於脊索動物門，像是鬚鯨、抹香鯨或海豚，而且長有穿刺力驚人的角型長牙。」

「嗯……」捕鯨人應聲搖了搖頭，顯然不願信服。

「敬愛的加拿大朋友，請注意，」我接著說，「假如有一隻這樣的動物存在，假如牠寄居於海洋深處，不時到離水面幾浬的地方活動，就必須擁有強壯的身體構造。」

「為什麼需要這樣的身體構造？」尼德問。

「因為必須擁有強大的力量才能承受深海的水壓。」

「是嗎？」尼德眨了眨眼說。

「是的，我可以給您幾個足以證明的數據。」

「噢！數字是吧，什麼事都拿數字出來就可以了！」

「尼德，那是生意人的做法，但數學問題不是這樣看的。聽我說，就拿一個大氣壓相當於

三十二尺[3]高的水柱壓力來說好了。實際上，因為是密度大於淡水的海水，所以水柱的高度要再低一點。現在，當您潛入海裡時，上方的水深有幾個三十二尺，身體就得承受等比例的大氣壓力，也就是每平方公分面積會承受的公斤數。因此，海底下三百二十尺深度的壓力是十個大氣壓，三千兩百尺是一百個大氣壓，而當深度達到三萬兩千尺，也就是相當於二．五里格時，就會有一千個大氣壓了。也就是說，當您潛到這個深度時，每一平方公分的身體表面要承受的重量是一千公斤。尼德老兄啊，您知道您的身體表面積是多少平方公分嗎？」

「阿宏納先生，我對這個毫無概念。」

「大約一萬七千平方公分。」

「這麼多嗎？」

「實際上，每個大氣壓的重量比每平方公分承受的公斤量還重一點，所以這一萬七千平方公分其實應該等於一萬七千五百六十八公斤。」

「而我卻感覺不到？」

「的確感覺不到。您之所以沒有被這麼重的壓力壓碎，是因為進入體內的空氣也有相等的壓力，內外壓力達到完美平衡且互相抵銷的結果。但在水裡又是另一回事了。」

「這我理解，」尼德答道，認真了起來，「因為水只會包住我，不會進入體內。」

「正是如此。因此，水面下三十二尺處，你承受的壓力相當於一萬七千五百六十八公斤。三百二十尺就要乘以十倍，也就是十七萬五千六百八十公斤，若是三千兩百尺，則乘以一百倍，即一百七十五萬六千八百公斤，最後，三萬兩千尺的話，壓力就會達到一千倍，也就是一千七百五十六萬八千公斤。也就是說，您會像是從水壓機裡拉出來一樣，被壓得扁扁的。」

3 約相當於十公尺。

「見鬼了！」尼德說。

「是啊，親愛的捕鯨人，假設真有這種身長上百公尺，體型也相對龐大的脊索動物寄居在深海底下。按照牠那好幾百萬平方公分的表面積來計算，得承受數十億公斤的壓力。您可以估計一下，要頂住如此強大的壓力，牠們的骨骼和肌肉要有多大的抵抗力吧！」

「牠們得像這艘裝甲軍艦一樣，用八英寸厚的鋼板製成吧！」

「正如您所說，那麼，不妨再想想，像這樣的龐然大物，以特快車的速度撞上船身時，會造成什麼樣的損害。」

「沒錯……的確……也許吧……」加拿大人被這些數據動搖了，卻仍然不願低頭。

「所以，我說服您了嗎？」

「自然學家先生，有件事您說服我了。如果深海真的有這類動物存在，一定得像您說的那麼強大。」

「可是，頑固的捕鯨人，如果牠們不存在，您要如何解釋斯科細亞號遭遇的事故？」

「也許是……」尼德語帶遲疑。

「說下去啊！」

「或許……因為這不是真的！」加拿大人的回答無意間引用了阿拉戈[4]的名言。

這個答案只能說明這名捕鯨人固執的個性，不能說明任何其他問題。這一天，我沒有繼續強迫他。斯科細亞號的事故不容否認，船身上的洞大到非補不可。我其實並不認為一個洞可以代表什麼，但那個洞絕非憑空冒出，既然不是暗礁或潛艦的傑作，那就只能是某種動物尖銳的器官造成的了。

因此，在我看來，根據以上推論，這隻動物應該屬於脊索動物門、哺乳動物綱、魚形類、鯨目，且與鬚鯨、抹香鯨和海豚同科。至於應該列入哪個「屬」，或歸入哪一「種」，就有待今後查清了。想解開這個謎團，就得解剖這頭陌生怪物；要解剖牠，就得先逮住牠；要逮住牠，就得用魚叉叉住牠（這是尼德蘭的工作了）；要用魚叉叉住牠，就得先看到牠（這是船員的事）；要想看到牠，就得先遇上牠（這可就得碰運氣了）。

4 阿拉戈（François Arago, 1786-1853）：法國數學、物理與天文學家。

05 展開冒險

林肯號出航這段時間來大致一帆風順，只發生了一段小插曲，給尼德蘭一個大顯身手的好機會，也因此宣告了他是個值得信賴的人。

六月三十日這天，行經福克蘭群島時，艦長與幾艘美國的捕鯨船聯繫，得知這片海域沒有任何獨角鯨的消息。但其中門羅號的船長知道尼德蘭也在艦上時，特地拜託他協助獵捕一隻已經盯梢許久的鯨魚。法拉格特艦長盤算著正好藉機瞧瞧尼德蘭的能耐，便答應讓他去門羅號上幫忙。而這位加拿大朋友運氣也頗好，竟一次捕到了兩頭，先是直刺其中一頭的心臟，幾分鐘後又追捕到另一頭！

若有朝一日尼德蘭和那怪物正面交鋒，我是絕對不會把賭注壓在怪物身上的。

軍艦沿著美洲東南海岸全速前行，七月三日時，我們已經身在麥哲倫海峽開口處，維基尼角旁的海域了。然而，法拉格特艦長不願取道這曲折的海峽，因此指揮軍艦往南繞道合恩角。這項決定獲得全體船員的認同，事實上，真有可能在這狹窄的海峽上遇到獨角鯨嗎？多數的水手都認為牠無法通過此處，「體型太大了，過不去的！」

七月六日下午三點，林肯號在海峽南方十五浬處繞過了這座在美洲最南端遺世而獨立的孤島——一批荷蘭水手以故鄉的地名稱這裡為合恩角。接著，航道往西北延伸，再一天，船艦的旋槳就能拍打太平洋的海浪了。

「睜大眼睛、睜大眼睛！」林肯號上的水手們不斷重複著這句話。兩千美金的賞金迷惑著每雙眼和每對望遠鏡，催促它們盡全力放亮，一刻也不懈怠。船員們夜以繼日地觀察著海面，那些患有炫光症的水手，因視力在黑夜更佳，更比常人多了百分之五十的機會贏得這筆賞金。

我啊，對賞金一點興趣也沒有，但可也沒少留意海面的動靜。除了花幾分鐘用餐和睡覺外，其他時候無論晴雨，我都待在甲板上，寸步不離，時而伏在船頭舷牆、時而倚著船尾欄杆。我望穿那片棉絮般的白浪，直到視線再不能及的遠方，多少次都和船上的長官和船員們一起為出現在浪面上的黑色鯨背而激動不已。水手和軍官們自船艙內洶湧而出，個個心跳加速、滿眼金星，盯著鯨魚的動向。我張大雙眼，望得雙眼通紅，幾乎就要失去視覺，但顧問卻在一旁氣定神閒，冷冷地重複著：

「先生大可不必瞪得那麼用力，也許還能看得更清楚些！」

結果，根本是空歡喜一場！林肯號轉向朝那頭動物駛去，發現不過是隻尋常的鬚鯨或抹香鯨罷了。牠就在此起彼落的咒罵聲中揚長而去。

所幸接下來的日子風和日麗，航程進行順利。由於七月的南半球天氣和歐洲的一月一樣，本應正值天氣惡劣的季節，海面上卻風平浪靜，能見度佳，利於遠眺。

只有尼德蘭一人固執如舊。除了輪班到甲板上值勤的時間外，他甚至一點也不瞧向海面，至少在沒有發現鯨魚蹤跡的時候都是如此。十二小時中，這頑固的加拿大人有八個小時都在船艙裡看書或睡覺，根本置身事外，真是可惜了那原本應該可以派上用場的好視力。為此，我叨唸了他上百次。

「我說啊！」他回道，「阿宏納先生，海面上什麼都沒有啊，即便真的有什麼動物，我們怎麼就這麼幸運遇到？我們這不是在浪費力氣嗎？據說有人曾在太平洋北部的這片海域上見到這頭神出鬼沒的海獸，這我倒相信，但那之後已經過了兩個月了，根據那獨角鯨的脾氣，牠可不喜歡在同一個地方待上太久！牠移動的速度那麼快，您比我更清楚，大自然不做自相矛盾的

我待在甲板上，寸步不離。

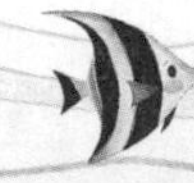

事，不會無故賦予一個天性遲緩的動物毫無用處的快速移動能力。所以說啊，要是那海獸真的存在，也早就跑得老遠了！」

他這番話我的確不知如何反駁。我們確實是在瞎找。但又能怎麼辦呢？再說，我們的機會極其有限。只不過至今還沒有人對這項計畫的成功與否表示懷疑，沒有一名水手敢打賭獨角鯨不存在或不會再出現。

七月二十日，我們在西經一百零五度的地方切過了南回歸線，同月二十七日，穿過西經一百一十度上的赤道線。確認了方位後，戰艦便一路西行，往太平洋中部海域而去。法拉格特艦長的想法頗有道理，應遠離獨角鯨會避免靠近的小島或大陸，往牠較可能活動的深水區駛去。「那些地方對牠來說太淺了！」船長這麼說道。因此，軍艦穿過了波摩杜群島[1]、馬克薩斯群島、桑威奇群島海域後，在西經一百三十二度的海面上切過了北回歸線，往中國海開去。

我們終於來到那怪物最後亮相的舞台上了！老實說，大家對船上的生活已經感到厭煩了。大家的心臟每天都在狂跳，再這麼下去應該會得動脈瘤絕症。全體船員陷入神經緊繃的狀態之中，情況難以言喻。我們吃不下也睡不著，站在船桅高處監視的船員因錯覺導致判斷錯誤，進而折磨全體船員，引發慌亂的情緒，這樣的情況一天不下二十次，我們的情緒總是處於激動亢奮的狀態，要不出現一些反應也難。

實際上，各種反彈相繼出現。過去三個月來，每一天都像一世紀那麼長！林肯號把太平洋北部的海面全掃了一遍，只要發現鯨類的蹤影就奮起直追，有時偏離航道，有時突然轉向或驟停，冒著引擎故障的風險，時而加足馬力時而熄火，從日本到美國間的海岸沒有一處不曾搜索。毫無所獲！只有那浩瀚無盡的波濤！沒有什麼獨角巨鯨、沒有海底小島、船隻殘骸、神出鬼沒

1 波摩杜群島（Pomotou）：即土阿莫土群島，今屬法屬玻里尼西亞。

的暗礁，更別提什麼超自然現象了！

反彈聲浪高起，大家先是灰心喪氣，接著興起了一絲懷疑的念頭。船上出現了另一種情緒，夾雜著三分羞愧與七分惱怒。被一個子虛烏有的怪物牽著鼻子走令所有人感到「愚蠢如驢」，但更多的情緒是憤怒！一年來堆積如山的論據一下子全部瓦解，此刻，眾人心裡想的只有補回失去的用餐和就寢時間，那些痴傻地犧牲掉的時間。

人性本就善變，容易從一個極端擺到另一個極端。原本最積極支持遠征的人，如今成了最激烈的反對者。反對的聲浪自艙底湧起，從鍋爐房到指揮部，可以確定，若不是法拉格特艦長的堅持，艦艇早就調轉船頭往回開了。

然而，也不能這麼徒勞無功地搜索下去。林肯號已盡了全力，沒有什麼好自責的。從來沒有任何美國海軍像林肯號的船員展現如此耐心和熱情，這是非戰之罪，回航是唯一選擇。

船員們向艦長表達了這個想法，但他不為所動，因此引發許多不滿，進而影響了船務工作。船員們並非叛變，經過一番僵持後，法拉格特艦長效法哥倫布，請大家再忍耐三天。三天內若怪物仍不現身，舵手就三轉舵輪，回轉歐洲海域。

這項承諾在十一月二日發布，馬上起了振奮士氣的作用。大海重拾關注，人人都想用滿載著回憶的目光再看它最後一眼，望遠鏡也因此再度受到重用。這是對獨角巨鯨發出的最後挑戰，總不能對這次的「出庭傳喚」置之不理吧！

兩天過去了，林肯號維持著低速前進。在這片怪物可能出沒的洋面上，眾人想盡辦法喚起牠的注意，或激發牠那遲鈍的神經。大塊的臘肉掛在船邊，不得不說，實在非常吸引鯊魚。林肯號停駛休息時，就由小艇在附近的海域上搜尋，保證不放過任何死角。但直到十一月四日夜幕低垂，海底的神祕面紗仍舊沒有被揭開。

小艇在附近的海域上搜尋。

第二天，也就是十一月五日中午，約定的期限到了。正午一過，法拉格特艦長就得履行諾言，調頭向東南方回航，與太平洋北部海域道別。

當時軍艦位於北緯三十一度十五分、東經一百三十六度四十二分。日本就在下風處不到兩百浬處。黑夜將至，八點的鐘聲剛剛敲響，厚厚的雲層遮住了明月，海水在船艦之下蕩漾。

我倚在船頭右側的舷牆上，顧問在我身旁望著遠方。船員們爬上桅杆纜繩，眺望著漸趨模糊暗沉的海平線，軍官們也拿著夜視望遠鏡持續搜索那片逐步昏黑的海面。有時，茫茫洋面上會閃起從雲層縫隙間透落的月光，接著又消逝在一片漆黑之中。我看了顧問，似乎感覺到這小伙子的情緒有所動搖。至少，我是這麼認為的。也許，他的神經終於為好奇心打動了。

「來吧，顧問，」我提議，「這可是最後一個讓兩千美元落袋的機會了。」

「先生，請容我說句話，」顧問答道，「我從沒想過得到這筆賞金，再說，政府大可把賞金提高到十萬美元的，它們並不會因此變窮。」

「你說的對，到頭來，不過是個愚蠢的行動。而我們也沒多做考慮就一頭栽進來了，浪費了多少時間和精力啊！要是沒來這趟，我們六個月前就已經回到法國了……」

「早就在先生的小公寓裡了，」顧問又說，「或是博物館裡！而我早就把先生蒐集的化石分類完了！先生的鹿豚也已經在植物園的籠中，吸引全城目光了！」

「沒錯，而且我在想，我們回去後肯定要遭到大家嘲笑的吧！」

「正是，」顧問淡然表示，「我也覺得人們會嘲笑您，我可以說下去嗎……？」

「說吧。」

「那好，您被嘲笑也是應該的！」

「確實如此！」

「像先生這樣的智者，不應該……」

顧問這番恭維的話還沒說完，船上的沉默中傳來一聲喊叫。是尼德蘭：

「喂！是牠，在下風處，就在前方！」

06 全速前進

叫喊聲一出，全體船員都擠到那位捕鯨手的身旁。艦長、軍官、船員長、水手、助理，就連工程師都拋下機器，掌管鍋爐的工人也顧不得爐火了。艦長命令停船，任由軍艦維持慣性滑行。

當時海面上一片漆黑，那加拿大人的視力再好，我還是對他發現了什麼、又如何發現那東西感到疑惑。我的心跳劇烈，簡直就要迸開了。

但尼德蘭沒有看錯，所有人都看到了他手指的物體。

距離林肯號右舷兩鏈處的海底似乎閃著光芒，顯然不是普通的磷光現象，不可能弄錯。那隻怪物就潛伏在水面下幾公尺處，發出耀眼而神祕的光芒，正如過去幾位船長的描述。一道道奇特的透射光肯定來自某個強大的光源。光線就在海面上暈成一片偌大的長橢圓形，橢圓的中心最為明亮，越往外側亮度漸弱。

「不過是一堆磷分子聚合在一起罷了。」一位軍官大聲說道。

「不，長官，」我堅定的回話，「無論是鷗蛤或紐鰓樽都發不出這麼強烈的光線。這個程度的光需仰賴電力……而且，你們看！你們看！牠會前後移動！朝我們這裡過來了！」

艦上驚聲四起。

「安靜！」法拉格特艦長下令，「迎風揚帆，滿舵！後退！」

水手們趕緊回到舵旁，工程師也立即進入機房。林肯號立即左轉了一百八十度，掉頭而行。

海底似乎閃著光芒。

「右滿舵，前進！」法拉格特艦長發號施令。

命令下達，軍艦迅速遠離光源。

哦，不，這麼說也不對。應該說船艦想遠離，但那隻超自然的動物卻以雙倍速度逼近。

我們嚇得幾乎喘不過氣來，驚愕的情緒勝於恐懼，個個瞠目結舌、呆若木雞。但那隻動物卻悠哉的追上我們，繞著航速十四節的軍艦打轉，用牠那光塵般的電網包圍整艘船。接著，牠游離兩、三浬，拖出一條磷光帶，就像蒸汽火車前進時，向後噴出的團團煙霧。突然，又以驚人速度自昏暗的海平線那端衝向林肯號，最後在離船二十尺的地方乍然靜止，光芒也一併滅了。光線並非逐漸減弱，而是突然耗盡似的瞬間消失，因此可以判斷不是潛進水裡。不久後，牠又從軍艦的另一側冒出，可能是繞過舷側，也可能是從船底潛來。衝撞事故隨時會發生，且將會是致命的一擊。

然而，軍艦的反應也令人感到意外，只管著逃命卻不反擊，本該是追捕怪物的一方卻甘心被追逐。我看著法拉格特艦長，他那向來沉著冷靜的臉上竟掛著莫名的驚愕神情。

「阿宏納先生，我不知道自己遇上的是何等強大的生物，不能貿然在黑夜中犯險。更何況，在不知道對方底細的情況下，該怎麼攻擊？又如何防禦？等天亮吧，到時候雙方的角色就會對調了。」

「艦長，您確定是牠嗎？」

「對，絕對是那隻獨角巨鯨，而且還帶電。」

「很有可能，」我補充道，「就跟電鰻和電鰩一樣不能靠近！」

「沒錯，」艦長回答，「要是牠還具有驚人的爆發力，那絕對是造物者創造出最可怕的動物了。正因如此，我才不敢輕舉妄動。」

這一夜，全體船員徹夜未眠。林肯號既拚不過對方速度，索性保持低速行駛。而一旁的獨角鯨也跟著減速，隨著浪頭搖擺起伏，似乎沒有退出戰局的意思。

然而，臨近午夜時，獨角鯨突然失去蹤影，或者，更精確的說，像隻停止發光的巨大螢火蟲。該不會是逃走了？怕就怕牠逃了，這可是我們不樂見的結果。但在凌晨十二點五十三分左右，海面上傳來一聲震耳欲聾的呼嘯，像是水柱高壓噴射發出的巨響。法拉格特艦長、尼德蘭和我趕緊站到後甲板上，朝昏暗的深海定睛望去。

「尼德蘭，」艦長問，「您常聽到鯨魚的叫聲嗎？」

「經常聽到，但從來沒聽過這種給我帶來兩千美金的鯨魚呼嘯。」

「您的確有資格拿到這筆賞金。不過，現在請您告訴我，這聲音是不是鯨魚從噴氣孔噴出水時發出的聲音？」

「就是這種聲音，但我們聽到的這個噴氣聲大得出奇，無可比擬。我們可以確定水裡的生物是隻鯨類沒錯。先生，您要是同意的話，天亮時，我想跟牠說兩句話。」

「那可得看牠願不願意聽了，蘭師傅。」我對他的話抱持懷疑的態度。

「如果牠只離我四支魚叉的距離，」加拿大人頂了回來，「牠最好乖乖聽我說話。」

「可是，要接近牠的話，」艦長接話，「是不是得幫您準備一艘捕鯨小艇？」

「最好是。」

「那豈非是要賭上我的船員的性命？」

「還有我的！」捕鯨人給了個簡而有力的回應。

清晨兩點，林肯號上風五浬處再度亮了起來，強度絲毫未減。即使隔了一段距離，還有風浪聲的干擾，鯨魚尾巴拍擊水面發出的聲響和急促的呼吸聲還是十分清晰。獨角巨鯨似乎浮出水面呼吸，大量的空氣灌進肺部，猶如蒸氣輸進兩千馬力的大汽缸中。

「嗯！」我心想，「這鯨魚擁有裝甲部隊般的力量，著實是條可觀的鯨魚！」

接下來的時間，我們一直保持警戒直到天明，同時也進入備戰狀態。舷牆邊整齊排列著各種捕撈工具。大副派人填好了可發射魚叉且射程一浬遠的喇叭口短銃，以及一把裝有致命爆破彈的野鴨長槍，再怎麼強大的動物也不可能倖免。尼德蘭埋首磨利魚叉，那武器在他手裡看來格外駭人。

清晨六點，天邊漸白，獨角鯨的電光也隨著黎明第一道曙光出現而消逝。七點，天已大亮，但過厚的晨霧遮蔽了天際線，就連最好的望遠鏡也看不清海面的情況。船員們滿是失望與憤怒。

我爬上了船尾桅杆，也有幾位軍官早已攀上桅杆頂端。

八點，團團濃霧隨著浪濤澎湃湧滾，逐漸揚起，海面隨之寬敞清朗。

突然，就像昨天夜裡，耳邊傳來尼德蘭的聲音。

「那傢伙就在左舷後方！」他大喊。

所有人立即朝他所指的方向望去。

距離軍艦一．五浬的浪上，浮出一公尺長的黑色軀體。牠的尾巴正猛烈拍擊，激起了偌大的漩渦。還沒見過任何生物的尾巴能如此有力的拍打浪花。後方寬闊的痕跡白沫飛揚，劃出一道綿長的弧線。

軍艦趨近那頭鯨魚。我盡情觀察著。尚農號和海維堤亞號有點高估了牠的長度，在我看來，大約只有兩百五十尺而已，寬度則難以目測。總之，牠的體型比例實在無可挑剔。

就在我定睛觀察時，牠的鼻孔噴出了四十公尺高的水霧，這種呼吸方式給了我判斷這種生物的依據。這種鯨類屬於脊椎動物門、哺乳動物綱、單體動物、魚型類、鯨目，至於屬於哪一科……我還不能確定。鯨目之下包含了三個科，分別是鬚鯨、抹香鯨和海豚，獨角鯨屬於最後一科。生物分類法每一科又分為好幾個屬，每個屬又有若干種，每個種內還會再細分。這幾項

都尚待確認，但我相信在老天爺和法拉格特艦長的協助下，肯定能找到答案。

船員們都焦急等候長官下達命令。艦長仔細觀察後，傳喚了工程師。工程師連忙跑來了。

「氣壓夠了嗎？」艦長問。

「夠了。」工程師答道。

「很好，加大火力，全速前進！」

命令一下，船員們高聲叫好。戰鐘已響，不一會兒，艦上的兩管煙囪吐出大量黑煙，甲板隨著鍋爐的震動搖晃了起來。

林肯號在強力螺旋槳的推進下，逕直朝怪物駛去。對方也任由軍艦迫近，直到距離半鏈之處才輕巧迴避，與船身保持安全距離。

這場你追我躲的戲碼大約持續了三刻鐘，軍艦始終無法迫近到低於兩個圖瓦茲[1]的距離。照這樣下去，我們永遠也追不上牠。

法拉格特艦長氣得揪起下巴上那團濃密的大鬍子。

「尼德蘭！」艦長高聲喊。

加拿大人應聲趕來。

「好了，蘭師傅，」艦長問，「您還是認為要放出小艇嗎？」

「不必了，先生，」尼德蘭回答，「除非這傢伙願意，否則我們是抓不到牠的。」

「那要怎麼辦？」

「盡量加速，請允許我站到船頭桅杆的支索上，等我們到達魚叉可及的距離時，我就丟出魚叉。」

1 圖瓦茲（toise）：法國古單位，約相當於一．九五公尺。

「沒問題，尼德，」艦長回應，「工程師，再提高鍋爐壓力！」

尼德蘭就定位。火力更加猛烈，螺旋槳每分鐘四十三轉，蒸汽自氣閥中呼嘯而出。測程儀丟入水中後，測得林肯號時速為十八．五浬

沒想到，那該死的怪物竟也以同樣時速游了起來。

軍艦維持同樣的速度緊追一小時後，兩者間的距離連一圖瓦茲也沒縮小！這對美國海軍最快的艦艇而言，可真是奇恥大辱。船員個個憋了一肚子氣，聲聲咒罵怪物，但那傢伙似乎一點也不在意。這時的法拉格特艦長不光揪起鬍子，甚至咬了起來。

他再次叫來工程師。

「氣壓已經到極限了嗎？」艦長問。

「是的。」工程師答道。

「閥門也加壓了嗎？」

「六．五個氣壓了。」

「加到十個氣壓。」

真是道經典的美國式命令。我想在密西西比河上的「賽船」想拉大距離時也會聽到一樣的話吧！

「顧問，」我問身旁勇敢的僕人，「你知道我們可能會被炸飛嗎？」

「您開心就好！」顧問應道。

也是！我得承認，這般冒險澆不熄我的熱情。

閥門加壓，鍋爐中塞滿了燃煤。風箱送入大量的空氣，火勢猛烈。林肯號持續加速，船桅自杆頭到底座晃動不止，滾滾濃煙險些堵塞在狹窄的煙囪裡。

測程儀再度被拋進水中。

「舵手，怎麼樣？」法拉格特艦長問。

「十九．三浬。」

「再加大火力！」

工程師聽命行事。氣壓表的指數上升到十。只是，那頭鯨魚顯然也跟著「加大火力」，毫不費力地跟上了速度。

簡直是場海洋追逐戰！我渾身顫抖，激動不已。尼德蘭手持魚叉堅守崗位。有好幾次，那鯨魚跟軍艦的距離明顯縮短。

「快追上了！快追上了！」加拿大人喊著。

但每次準備好出擊時，鯨魚便加速遠離，我也只能粗略估測時速約三十浬。就連在軍艦全速前行時，牠也挑釁似的繞船一圈！船上眾人自肺腑發出怒吼！

中午時分，情況跟早晨八點一樣，一點進展也沒有。

於是，法拉格特艦長決定採取更直接的手段。

「好！」他說，「這畜牲竟然還比林肯號快！那就讓我們瞧瞧牠能不能躲過錐形砲彈。前砲手就定位。」

船員立刻裝填船首的大砲。砲彈射出，卻從鯨魚上方幾尺高的地方劃了過去，在距離半浬遠處落下。

「換一個技術好一點的來！」艦長大喊，「誰能打中這畜牲，就能得到五百美元的獎勵！」

一名鬍子花白的老砲手，目光鎮定、神色從容地走向發砲的位置，調整砲管、仔細瞄準，當時的情景至今仍歷歷在目。一陣砲響震動天際，船員們的歡呼聲隨之傳出。命中目標，他擊中怪物了，只是，奇怪的事發生了，那砲彈竟然從怪物圓弧的表面上滑過，落在兩浬外的海水中。

©Wikimedia commons

一名鬍子花白的老砲手。

「搞什麼！」老砲手氣急敗壞，「難不成這傢伙身上裝了六寸厚的鐵板！」

「該死！」艦長破口大罵。

追逐戰再次展開，法拉格特艦長俯身對我說：

「我要追到這艘船爆炸為止！」

「沒錯，」我回應，「您做得對！」

現在只能祈禱牠的體力透支了，總不可能像蒸汽機那樣不知疲憊吧。但牠沒有任何異狀，時間分秒流逝，牠卻毫無疲態。

不過，林肯號不屈不撓的奮戰精神也實在值得讚揚，我想，在十一月六日這倒楣的日子，它應該至少航行了五百公里！但夜幕再度降臨，黑暗又籠罩了這片翻騰的洋面。

我以為這場遠征將要劃上句點，而我們也無緣見到那頭神奇的怪物了。但我錯了。

晚間十點五十分時，那道電光又在軍艦上風處三浬的地方閃了起來，透澈而強烈，一如昨晚。

獨角鯨似乎停止活動了。也許是累了一天，於是隨波入睡？法拉格特艦長的機會來了。

他下達了指令，為避免驚醒敵人，林肯號低速慢行。在海上成功突襲熟睡的鯨類，這樣的案例並不罕見，尼德蘭就不只一次得手。這位加拿大人這時轉回船首桅杆的鋼索上。軍艦悄悄迫近，在距離怪物兩鏈的地方關掉了引擎，只靠慣性滑行前進。船上全員屏氣凝神，甲板上一片寂靜。我們距離那熾熱的光源不到一百尺，刺目的光線漸趨強烈。

我趴在船首欄杆上，向下瞧見尼德蘭一手抓住船首桅杆的纜繩，另一手高舉魚叉。距離那靜止的鯨魚只有二十尺了。

下一秒，他的手臂猛力一揮，將魚叉拋出。一聲響亮的碰撞聲傳了回來，似乎是碰上了某個堅硬的物體。

電光瞬間熄滅，緊接著，兩道巨大水柱如傾盆大雨般撲在軍艦的甲板上，急流自船首奔向船尾，眾人因此東倒西歪，備用船具的繩索也應聲斷裂。

船隻遭到撞擊，我還來不及站穩，就從欄杆上被拋進大海裡去了。

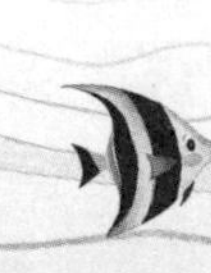

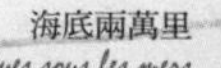

07 未知的鯨類

意外落水的確讓我受到不小的驚嚇，但當下的記憶猶新。

落水後，我先是被捲入約二十尺深處。我自認游泳好手，雖然不能和拜倫、愛倫坡相提並論，但潛到這樣的深度還不至於驚慌失措，用力蹬了兩下就回到海面上了。

浮上海面後，最緊急的事莫過於尋找軍艦。船上的人是否發現我失蹤了？林肯號掉頭了嗎？法拉格特艦長是否放下了小艇？我有沒有得救的希望？

夜深了。我隱約看見一團黑色的物體消逝在東方，火光也隨之隱沒。是軍艦。我覺得失去了希望。

「救命！救命！」我扯開嗓門大喊，同時拚命滑動手臂朝林肯號游去。

濕透的衣服黏在身體上，阻礙我的行動。我開始向下沉了！我要溺斃了！

「救命啊！」

這是海水灌滿我的嘴前，我的最後一聲掙扎，接著就被拖入了深淵之中……

這時，一隻強而有力的手臂抓住了我的衣服，我感覺自己被猛力拉回海面，耳邊傳來了一個聲音，沒錯，我聽見這句話：

「先生請靠在我的肩膀上，游起來會輕鬆一些。」

我一把抓住了忠心的顧問。

「是你！」我說，「是你！」

「是的，」顧問答道，「請先生吩咐。」

「剛才的撞擊也把你拋下海了嗎？」

「沒有。但身為您的僕人，自然是該跟在您身旁！」

這好小子認為這麼做是天經地義！

「那軍艦呢？」我又問。

「軍艦？您最好別對它抱太大的希望！」顧問翻了身後回答。

「什麼意思？」

「我的意思是，就在我跳海的時候，我聽到舵手們在喊：『螺旋槳和船舵斷了……』」

「斷了？」

「是的！被那隻怪獸的牙齒咬斷了。林肯號應該只受到這點傷，但對我們非常不利，軍艦已經不受控制了。」

「所以我們完蛋了！」

「也許吧，」顧問冷靜的回答，「但我們還可以撐上幾個小時，這幾個小時可以做很多事！」

顧問沉著的態度讓我重新振作起來，更奮力向前游，無奈身上的衣服重如鉛蓋，緊裹在身上，我實在難以行動。顧問見狀便說：

「先生，請允許我將衣服剪開。」

接著，他拿出一把刀，迅速地由上往下劃開，再俐落地脫下我的衣服，而我則拖著他游動。

他處理好後，換我為他做相同的事，然後兩人齊頭「航行」。

然而情況並未因此好轉。也許，船上沒有人發現我們失蹤，即便發現了，在船舵損毀的狀況下，也無法逆風掉頭搜尋。我們只能指望艦上的小艇了。

顧問冷靜分析現況後擬定了計畫。真是奇妙的個性！這心如止水的男孩竟然像在自家一樣

自在。

他認為唯一的希望在於林肯號派出小艇相救，我們要做的就是堅持等待，越久越好。我於是提議輪流出力，以免兩人同時耗盡體力，具體做法如下：其中一人先以仰式浮在水面，雙臂抱胸、雙腿伸直、保持靜止，另一人則負責游泳並推其前進。推動的時間不得超過十分鐘，如此循環，應能在海上漂浮好幾個小時，也許還能撐到天明。

機會渺茫！不過我們仍懷抱希望！再說，我們有兩個人。我得承認，雖然不太可能發生，但我可以肯定，當時的我就算要打破心中的幻想或是心生絕望，也是一點力氣也沒有！

軍艦與鯨魚撞擊的時間約莫是晚間十一點。我估計要再游八個小時才會天亮。我們兩個嚴格執行輪流出力的計畫。海面風平浪靜，並沒有花費太多體力。有時，我也會極目望穿那濃厚的夜幕，但怎麼看都只有我們兩人游動產生的粼粼波光。閃動的波光入手即碎，如鏡面般的水面遍布青色斑點。感覺就像在水銀裡游泳。

凌晨一點左右，強烈的疲憊感襲來，四肢開始嚴重抽筋，顧問盡力托著我，由他一個人撐起了兩條命。沒多久後，我聽到那可憐的男孩呼吸急促，應該是支持不了太久了。

「別管我了！別管我！」我對他說。

「丟下先生不管？絕不可能！我打算比您早淹死！」

這時，一陣風將烏雲吹向東方，月亮露出了臉，海面上閃動著光芒。這道光給予我力量，我抬起頭，朝四面搜索了一番，終於發現軍艦了。一團黑色的物體在距離我們五浬的地方，幾乎難以辨認。小艇呢？一艘也沒有！

我想扯開嗓子吶喊，但距離太遠，又有何用！我腫脹的雙唇吐不出任何一絲聲音。顧問還能說出幾個字，我聽見他反覆叫著：

「救命！救命！」

兩人輪流出力，以免同時耗盡體力。

我們暫停了一切動作，靜待回音。儘管充血的雙耳嗡嗡作響，但我似乎聽到另一端的回應。

「你聽到了嗎？」我有氣無力的問。

「聽到了！聽到了！」

顧問再次朝那個方向發出絕望的吶喊。

錯不了！的確有一個聲音在回應我們！會不會是另一個受困海面的遇難者，或是另一名因為撞擊而跌入海中的人？又或者是軍艦的小艇在黑暗中呼喚我們？

顧問用盡最後的力氣，靠上了我的肩膀。我拚命撐起他，他挺起上半身浮出水面，隨後又癱軟了下來。

「你看到什麼了嗎？」

「我看到了……」他低聲說著，「看到了……還是別說話好了……得保持體力！」

他看到了什麼？不知為何，我的腦海裡第一次浮現了那怪物的身影！但那人聲又是什麼？……這可不是聖經上記載的鯨吞約拿的故事！

顧問持續拖著我向前，不時抬頭張望，並出聲回應那個逐漸靠近的聲音。我幾乎聽不見他的聲音了，力氣消耗殆盡，手指僵直，手臂無力支撐，嘴唇發麻張大，灌滿了鹹水。寒氣襲來，我最後一次抬起頭，然後向下沉淪……

這時，我撞上了一個堅硬的物體，我本能的緊抓住它。接著，我感覺到被拖上了水面，腫脹的胸口消了氣，下一秒便暈了過去……

多虧有人在我身上反覆用力摩擦，我很快就醒了過來，雙眼微睜……

「顧問！」我小聲叫著。

「先生找我嗎？」顧問應聲。

這時的月亮已逐漸西沉，藉著最後一絲光芒，我看見了一張臉，那不是顧問，但我也立即

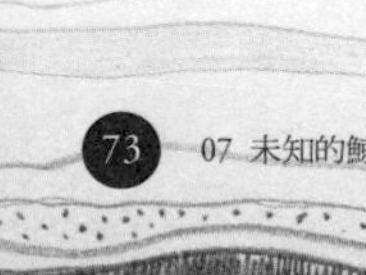
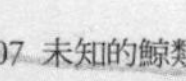

認出了對方。

「尼德！」我驚訝大喊。

「正是在下，我追著賞金而來！」加拿大人回應。

「你也是因為撞擊而被拋下了軍艦？」

「沒錯，教授，但我比您幸運，落海後沒多久便攀上了這座漂浮的小島。」

「小島？」

「更精確的說，是在我們那頭巨大的獨角鯨上。」

「尼德，請說清楚一點。」

「正要說，我明白為什麼我的魚叉傷不了牠，一碰到皮就彎了。」

「為什麼？尼德，為什麼？」

「因為這隻野獸啊，是鋼板做的！」

我需要讓頭腦清醒過來，重新回憶，檢視我之前的所有論點。

加拿大人最後這幾句話頓時扭轉了我的想法。我很快爬上這半浸在海中的避難島，用腳踏了幾下，確實堅硬無比，無法穿透，絕非其他大型海洋哺乳動物柔軟的皮質。

但這種堅硬的物體也有可能是一種古老生物的骨質甲殼，我倒可以把牠歸入兩棲爬蟲類，像是烏龜或鱷魚。

不過！事情可沒這麼簡單！我腳下這黝黑的背是光滑的，沒有鱗片覆蓋。受到撞擊時，它會發出鏗鏘的金屬聲，更令人難以置信的是，身上的鋼板似乎是靠螺絲拴緊的。

錯不了！別忘了整個學術界都為此困惑，南北半球所有水手因牠而心驚膽顫，這動物、這怪物、這自然現象，什麼都好，必須承認，竟是個更驚人的、甚至可能是人造的物體。

即使發現最奇幻、最神祕的生物，我也不會如此驚訝。造物主創造的東西，再不可思議，也有理可循。但眼前突然冒出這個造物主做不出，反由人類完成的神祕物體實在太令人困惑了！

然而，我們的確正躺在一艘潛水艇的背上，無庸置疑。依我看，它的外型應該是像一條大鋼魚。對此，尼德蘭早已提出了他的看法，我和顧問只能同聲附和。

「所以，」我說，「這船裡有發動機和操縱機器的船員囉？」

「顯然是，」捕鯨人答道，「可是，我已經在這座漂浮島上待了三個小時，似乎沒有看到任何生命跡象。」

「船沒動過嗎？」

「沒有，阿宏納先生。它只是隨波搖晃，沒有任何動靜。」

「但我們很清楚它的移動速度之快。所以，根據那速度需要機器推進，而機器需要有人操作，這樣的邏輯可以推出一個結論……我們得救了。」

「嗯！」尼德蘭並沒有被說服。

話一說完，這台奇怪的機器彷彿附和我似的，尾端翻起水花，看來它是由螺旋槳推進的。機器開始移動，我們趕緊攀住露出水面約八十公分左右的區域。幸虧移動速度並不快。

「只要它保持在水面上平行移動，」尼德蘭喃喃自語，「我就無所謂，但要是它一時興起向下潛，恐怕千金也換不回我們的命了！」

他還可以再提高價格，同樣是換不回來的。當下之急，就是要聯絡上關在機器裡的「生物」。我試著在表面尋找開口，尋找蓋板，用行話來說就是「人孔」。但成排的螺絲密實整齊，牢牢鎖緊了鋼板的接合處，找不到半點縫隙。

而且，這時海面上已經沒有月光了，四周重陷黑暗。我們得等到天亮才能研究進入這艘潛水艇的辦法了。

我們正躺在一艘潛水艇的背上。

如今，我們的命運全掌握在駕駛這部機器的神祕舵手上，他要是決定潛入海底，我們就死定了！撇開這件事不談，我是相信有機會與對方取得聯繫的，況且，若他們無法製造空氣，就得定時浮出水面更換儲存的氣體。因此，船內肯定有個和大氣層相通的開口。

至於法拉格特艦長相救的期待，我想還是完全放棄吧。我們現在正被帶往西邊，估計我們前進的速度並不快，大約是每小時十二浬。螺旋槳精準規律的拍擊著海浪，偶爾浮出水面朝高空噴出磷光閃閃的水柱。

凌晨四點，潛水艇開始加速。我們咬著牙抵抗這強大的驅力，不時還有大浪打在我們身上。幸虧尼德找到一個固定在鋼板上方的大錨，我們才有地方可以好好抓牢。

漫漫長夜總算過去了，我剩下的記憶不夠完整，無法一一描述當時的細節和感受，只有一件事留在我的印象中。海上的風偶爾靜止的時候，我似乎聽到了幾次模糊的聲音，那聲音從遠處傳來，短暫但和諧。這趟全世界都無法解釋的神祕海底探險之旅究竟隱藏了什麼祕密？船裡究竟是何方神聖？是什麼樣的機器造就如此不可思議的移動速度？

白晝降臨。清晨的濃霧包圍了我們，但不久後便也消散了。正當我要認真檢查平台狀的船頂時，我們感覺到船身正逐漸潛入水裡。

「呃，見鬼了！」尼德蘭大吼，一邊踹著腳下的鋼板，回音鏗鏘有力，「快給我打開，哪有這麼不會待客的航海人！」

但螺旋槳旋轉的聲音震耳欲聾，根本就聽不見他的吶喊。幸虧船在這時停止下沉。船裡突然傳來用力解開鐵栓的聲音，表面上一塊鐵板掀開來，有個人出現在我們眼前，怪叫了一聲後又消失了。

沒多久後，八名蒙面壯漢悄悄現身，把我們拖進了那奇妙的機器裡。

08 動中之動

綁架過程迅雷不及掩耳，我們都來不及反應。我不知道其他人被帶進這個浮動的監獄裡時有什麼感覺，但我自己倒是不寒而慄。我們惹到誰了？無疑是一群自成一格的新興海盜。

窄小的通道門才剛被關上，艙內的黑暗便包圍了我。由於剛從明亮的地方進到內部，我的眼睛一時無法適應，只感覺到赤裸的腳踏在鐵梯上。走在我後面的尼德蘭和顧問也被緊緊抓著。走下樓梯後，有扇門開了，但隨即又在我們身後關上，空留陣陣回音。

我們被留在裡頭。哪裡呢？我無法描述，更不可能想像。四周一片黑暗，伸手不見五指，幾分鐘後，我的雙眼還是沒有辦法覺察到一般在暗夜中可以掠捕到的任何一絲光。

一旁的尼德蘭倒是對他們的做法感到憤怒，為此大發雷霆。

「見鬼了！」他大喊，「這些人的待客之道倒比喀里多尼亞人好！就差沒吃人肉而已！要是會吃我也不意外，但話先說在前頭，我可不會乖乖就範！」

「尼德老兄，冷靜點，冷靜點，」顧問平聲靜氣的勸道，「省點力氣，我們還沒被送上烤肉架呢！」

「是還沒上烤肉架，」加拿大人回嗆，「但肯定是在烤箱裡了！這裡真是有夠暗，幸虧我的鮑伊刀還在身上，而且該派上用場的時候，我還是看得清楚它在哪裡。看那些混蛋誰敢先招惹我……」

「別氣了，尼德，」我對捕鯨人說，「再氣也沒有用。搞不好隔牆有耳！還是先想辦法搞清楚我們在哪裡吧！」

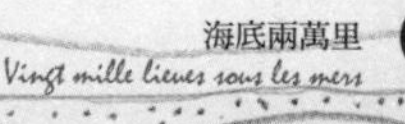

我起身摸索向前。才走了五步，就遇到一面以螺絲固定的鋼牆，一轉身，又碰到一張木桌，旁邊擺了幾張板凳。地板上鋪了紐西蘭麻製成的草蓆，腳步聲因此全被吸收。空無一物的牆上摸不出任何門窗的痕跡。朝反方向走的顧問在這裡與我會合，一起走回艙室中央。我們估計這個空間長約二十尺、寬十尺。至於高度，就連人高馬大的尼德蘭也碰不到頂。

半小時過去了，沒有發生任何事，這時，一道強光突然射入已熟悉黑暗的雙眼。關著我們的牢房突然亮了，充滿了某種發光的物質，光線強到我一時間無法忍受。憑此白光和強度，可以判斷是來自某個電力照明，也是形成潛水艇外圍奇妙磷光現象的原因。我不由自主的閉上雙眼後再張開，才發現光源來自艙頂一個半透明的半圓球體。

「總算看清楚了！」尼德蘭高聲說。他的手上握著刀子，做出防備的姿勢。

「是啊，」我應聲，但同時也反駁，「可是我們的情況仍然沒有比較明朗。」

「先生請耐心等待。」一派鎮定的顧問說。

突如其來的光線正好讓我仔細觀察了艙室的環境。室內只有一張桌子和五張椅子。隱形的艙門應該是密閉的，聽不見任何外面的聲音。這艘船內彷彿一片死寂。船究竟是在海上前行，還是潛入深海了？我一點頭緒也沒有。

但那發光的球不會無故亮起，希望船裡的人很快就會出現。對於刻意要忘記的人，是不可能為他們點亮明燈的。

我的推論無誤。門外響起開鎖聲，門打開後，兩個男人走了進來。

其中一位身材矮小，但滿身精實的肌肉，肩膀雄厚寬闊，四肢壯碩，神情嚴肅，黑髮與落腮鬍濃密，目光如炬，眼神犀利，渾身散發法國南方普羅旺斯人特有的生命力。狄德羅[1]曾強

1 狄德羅（Denis Diderot, 1713-1784）：法國哲學家、文學家，被稱為百科全書之父。

©Wikimedia commons

尼德手上握著刀子，做出防備的姿勢。

調人的舉手投足都有其意涵，眼前這位矮小男子就是最佳見證。照理來說，他使用慣用語言的時候，應該會有大量的擬人、借代和換置等修辭法，但我無法驗證，因為他從頭到尾都用一種我毫無概念的獨特方言說話。

另一個人可得好好描述了。要是葛哈帝歐雷或恩格爾[2]看到這個人，定能立刻看透他的性格。我很快就掌握了他的幾個特點：昂首挺胸、兩側肩膀線條呈現漂亮的弧線、烏黑的雙眼沉著堅定，代表他是個有自信的人；膚色白皙，顯示他的冷靜；收放自如的眉心代表著他是個精力充沛的人；最後，呼吸時胸廓的強力起伏，象徵他的勇氣過人。

此外，這個男人應是心高氣傲，他的眼神堅毅沉著，反應出過人的思維。整體而言，他的表裡如一，按面相師之言，無疑是個坦率真誠的男子。

他的現身令我「不由得」安心了下來，雙方想必是有討論的空間。

我很難斷定這人究竟是三十五歲還是五十歲，身材魁梧、前額寬闊、鼻梁直挺、嘴型線條鮮明、牙齒整齊、雙手細長，若用手相學用語來說，他的「心靈」完美，也就是說，雙手與他高貴熱情的靈魂相稱。我從未見過如此賞心悅目的外形。還有一個特徵，他的雙眼間距頗大，因而增加了四分之一的視野。後來我也證實了他的視力比尼德蘭好上一倍。他注視某個物體時會皺起眉頭、壓低眼皮，藉此縮小視野範圍，然後緊盯不放！瞧那眼神！彷彿能將拉開距離而縮小的物件放大！彷彿能看透你的靈魂！彷彿能看透眾人眼中黑暗不明的大海，洞察海洋深處！……

這兩位陌生人頭戴海獺皮做成的貝雷帽，腳穿海豹皮靴，身上的衣服由一種特殊質料製

2 葛哈帝歐雷（Louis Pierre Gratiolet, 1815-1865）：法國解剖學家、動物學家。恩格爾（Ernst Engel, 1821-1896）：德國統計學家、經濟學家。

©Wikimedia commons

我很難斷定這人究竟是三十五歲還是五十歲。

成，突顯出身材也便於活動。

較高大的那位顯然是船長，他不發一語，仔細打量了我們後轉向另一人，以一種我聽不懂的語言說起話來。那方言聽起來語調和諧、柔軟，壓在母音上的重音變化多端。另一人點頭同意，用我完全無法理解的語言補充了幾句。接著，他望向我，好像正問我什麼。

我用法文清楚告知我聽不懂他的語言，但對方似乎也沒聽懂，情況變得有點尷尬。

「先生要不要試著把我們的遭遇告訴他們，」顧問建議，「這兩位先生也許可以從中抓到幾個字！」

於是，我重述了整個探險的過程，字正腔圓、鉅細靡遺。首先，我介紹了三人的名字與身分，我自己是阿宏納教授、顧問是我的僕人、尼德蘭師傅則是名捕鯨人。

眼神溫和沉靜的那位先生靜靜聆聽著，態度謙和，全神貫注。但從他的表情可以得知他沒有聽懂任何一句。我說完後，他也毫無回應。

也許可以試試英語，也許他們聽得懂一點這種幾乎通行全世界的語言。我的英語水平和德語差不多，都足以用來閱讀，但無法保證以正確的方式對話。然而，現下最要緊的就是讓對方理解。

「來吧，輪到您了，」我對捕鯨人說，「蘭師傅，露一手盎格魯撒克遜人最道地的英語吧，要比我說的更好一點。」

尼德也不推託，把我剛才說過的話又重複了一遍。我大致聽懂了內容，基本上和我說的一樣，只是敘述方式有些差別而已。這加拿大人因個性使然，邊說邊演，唱作俱佳。他奮力強調自己有如犯人般被抓進來的橋段，認為這是蔑視人權的行為，質問對方是以哪條法律扣留他，甚至引用拉丁文的人身保護令，揚言控告非法監禁他的傢伙。他在艙房裡比手畫腳、聲嘶力竭，最後還以手勢表示我們快要餓死了。

這話倒是實在，我們幾乎忘了這件事。

但捕鯨人的一番話似乎也沒比我的精明，他為此十分驚訝。眼前這兩位先生眉頭皺也不皺，顯然對阿拉戈和法拉第[3]的語言都不熟。

這下麻煩了，我們用盡了會說的語言，現在不知道該怎麼辦了。這時，顧問開口了：

「先生要是同意的話，我可以用德語試試。」

「什麼！你會德語？」我驚呼。

「不好意思，我就是個弗萊芒人。」

「怎麼會，我高興得很，說吧，小子。」

顧問於是以冷靜的口吻，第三次描述了我們的經歷。只是，儘管詞彙優雅、音調優美，德語的故事還是沒有起任何作用。

最後，逼不得已，我只能把過去所學搬了出來，試著用拉丁文講一遍。西塞羅要是聽了，肯定會摀上耳朵，把我攆到廚房裡去。但無論如何，我還是擠出了一些句子，只是結果也不太正面。

這最後的掙扎也宣告失敗了，兩個陌生人以陌生的語言交換了意見後便離去了，就連一個通行世界各國的安撫手勢也沒有。門就這麼關上了。

「卑鄙無恥！」尼德蘭怒吼，第二十次暴怒，「這什麼！我們用了法語、英語、德語、拉丁語，竟然沒有得到半點回應，太無禮了！」

「尼德，冷靜點，」我對怒氣沖沖的捕鯨人說，「憤怒無濟於事。」

「可是，大教授，」我這位暴躁的同伴應道，「您知道我們很有可能會餓死在這個鐵籠裡嗎？」

「哎！」顧問接話，「心靜下來，我們還可以撐好一陣子！」

「兩位，」我又說，「不要絕望。我們的處境的確很糟，但還是等等吧，現在先說說你們對這船的船員和船長有什麼看法。」

「該說的我都說了，」尼德蘭嗆道，「都是些混蛋……」

「好！那他們是哪國人？」

「混蛋國！」

「尼德兄，世界地圖上還沒標註這個國家，我承認這兩個陌生人的國籍很難斷定！目前能確定的是，他們不是英國人，也不是法國人或德國人。可是我敢說這船長和他的副手應該來自低緯度國家，他們看起來像南方人。會不會是西班牙人、土耳其人、阿拉伯人或印度人？光看外表無法肯定。還有他們說的話，真是一點也聽不懂。」

「看吧，麻煩就在不可能懂所有的語言，」顧問接話，「或者應該說問題出在沒有統一的語言！」

「有什麼屁用！」尼德蘭又說，「你們難道沒聽見他們有自己的語言嗎，一種用來打擊要飯的勇士的語言！我說，世界上哪個國家不懂張開嘴、動動下巴、咬咬牙再抿一下嘴唇的意思？無論是魁北克、波摩杜、巴黎或其他地方都一樣，都是說我餓死了！給我東西吃！……」

「唉！」顧問說，「就是有人天生愚拙。」

門在他說這話時開了。一名侍從走了進來，帶來了航海用的衣服，包括上衣和短褲，都是我沒見過的材質。我趕緊換上，其他人也跟著換了。

就在我們更衣時，侍從（可能又聾又啞）擺好了桌子，放上三副餐具。

3 法拉第（Michael Faraday, 1791-1867）：英國物理學家。

「這才像話，」顧問說，「算是個好的開始。」

「哼！」捕鯨人的怒氣未消，「這種鬼地方會有什麼好吃的？龜肝？鯊魚肉？白斑角鯊魚排？」

「讓我們拭目以待！」顧問答道。

餐盤上蓋著銀製鐘罩，整齊的擺上了桌子，我們各自就坐。看來，我們面對的是文明人，若非被電光包圍，我真要以為自己身處利物浦的阿德費飯店或巴黎的格宏飯店了。雖說缺了麵包和酒，但水卻是乾淨清涼的。不過終究是水，滿足不了尼德蘭。上桌的菜色中，我認得幾種精心料理的魚，另外還有些料理，雖然都很美味，但我無法道出內容，就連是植物還是動物都說不出來。至於餐具，個個精美別緻，無論是湯匙、叉子、刀子或盤子，都刻上了一圈名言，如下所示：

MOBILIS IN MOBILI

N

動中之動！只要把句中的IN解釋為「之中」而非「之上」，這句話就完全符合這艘潛艇的特質了。而字母N應該就是神祕的海底艦長名字字首！

尼德和顧問沒想那麼多，只顧著狼吞虎嚥，而我也趕緊跟上他們。看來，不必再擔心我們的命運了，顯然這船的主人並不打算餓死我們。

萬事皆有終點，一切終將過去，包括連續十五小時的飢餓，在我們吃飽喝足後，睡意襲來。這漫長的一夜中，我們與死神搏鬥，的確是該好好睡上一覺了。

「天啊，我肯定可以睡個好覺。」顧問說。

「我也睡了！」尼德蘭接話。

這兩人就地躺到草蓆上，沒多久就沉沉睡去。

至於我，雖然也很睏，卻無法輕易入眠。我的腦袋裡千頭萬緒，太多待解的謎團，太多畫面撐住我的眼皮！我們身在何處？是什麼神奇的力量把我們帶到這裡？我覺得，或者應該說我認為，這機器正在深入海底。噩夢糾纏著我，我在這神祕之處見到了大批的未知生物，而這潛水艇似乎也是牠們的一員，活生生的，會移動的，真是太神奇了！……之後，我的思緒平靜了下來，幻想在迷濛的睡意間消逝，我也進入了夢鄉。

兩人就地躺到草蓆上。

09 尼德蘭的憤怒

我不知道我們究竟睡了多久，但肯定不會太短，因為這一覺醒來我們的疲憊已經消失殆盡。我是三人中第一個醒來的，另外兩人都還沉睡著，像一團肉縮在各自的角落。

我從那硬得要命的草蓆上起身後，頓時感到神清氣爽，於是又重新觀察了這個房間。屋裡的擺設照舊，牢房還是牢房，囚犯仍是囚犯，唯獨侍從趁我們熟睡時收拾了餐桌。沒有跡象顯示接下來的情況會有任何改變，我不禁擔心起，也許我們就要在這個籠子裡度過餘生了。

雖然昨夜的胡思亂想已不再困擾我，但我還是感到煩躁，胸口鬱悶不已。我感到呼吸困難，不夠新鮮的空氣讓肺部感到不適。這牢房雖然寬敞，但我們顯然是用掉裡頭大部分的氧氣了。事實上，每個人每小時得消耗一百公升的含氧空氣，等到所有的氧氣都變成二氧化碳後，就無法再供人呼吸了。

因此，有必要趕緊為這牢房更換空氣，不只是這房間，整艘潛艇都需要。

我的心中浮起一個疑問，船長是如何為這漂浮船換氣的？是使用化學方法，將氯酸鉀加熱釋放氧氣，或以氫氧化鉀吸收碳酸嗎？若真是如此，為了取得必要的原料，他必得定期靠岸。或者只是用高壓把空氣儲存在船裡，再依需求釋放空氣呢？不無可能。也有另一個更方便、更經濟實惠的方法，就是和鯨魚一樣，浮出水面呼吸，每二十四小時換一次氣？無論是哪個方法，都應該趕緊啟動才行了。

事實上，我現在已經不得不加快呼吸速度，吸取房間內所剩無幾的氧氣了。就在這時，飄來一股帶海水鹹味的新鮮空氣，我頓時感到清爽無比。是海風沒錯，是那帶來生氣、充滿碘味的海風！

我張大嘴，讓那新鮮的空氣分子灌滿肺部。此時，我感覺到一陣搖晃，震動的幅度雖然不大，但還是有感的。這艘船，這隻鐵皮怪物浮出水面跟鯨魚一樣呼吸了。這下艦艇換氣的方式揭曉了。

我一邊把新鮮空氣吸進胸腔，一邊尋找輸入空氣的管道，或是稱它「輸氣管」也行。我很快就找到了它，就在門上方有個通風口，連接了一個管道，藉此汰換空氣、補足艙房氧氣。

正觀察到一半，尼德和顧問在這股清新空氣的刺激下醒了。他們揉了揉眼，伸個懶腰後便站了起來。

「先生睡得好嗎？」顧問一如往常，有禮的詢問。

「好小子，我睡得非常好，」我回答，「您呢，尼德蘭師傅？」

「睡得可沉了，可是我不確定是不是錯亂了，我好像聞到海風的味道？」

討海人絕不會弄錯這種事。我向加拿大人解釋他睡著時發生的事。

「哦！」他說，「這下林肯號和獨角鯨相遇時聽見的鳴叫聲就說的通了。」

「沒錯，蘭師傅，那是它的呼吸聲！」

「可是，阿宏納先生，我完全不知道現在幾點了，該不會是晚餐時間了吧？」

「我敬愛的捕鯨人，您說是晚餐時間？這麼說，至少也是午餐時間了，因為應該是隔日了沒錯。」

「也就是說，」顧問答道，「我們睡了二十四小時。」

「我想是的。」我回應。

「我也同意。」尼德蘭接話，「總之，不管是晚餐或午餐，只要那個侍從送來，我都歡迎。」

「兩餐一起來好了。」顧問說。

「沒錯，」加拿大人附和，「我們要吃兩餐，全都要好好享受。」

「好啦！尼德，等等吧，」我回答，「看來那些陌生人不想餓死我們，畢竟，如果要這麼做，昨天晚上就不該送晚餐來。」

「搞不好是想把我們養肥一點！」尼德反駁。

「我不這麼認為，」我回應，「又不是落入食人族手裡！」

「就那麼一餐很難下定論，」加拿大人認真了起來，「誰知道那些人是不是很久沒嚐到鮮肉了。三個優質健康的活人，一個教授、一個僕人在這時出現……」

「別胡思亂想了，蘭師傅，」我回應捕鯨人，「特別是別和主人家針鋒相對，只會讓情況更糟而已。」

「總之，」捕鯨人，「我快餓死了。而現在不管是午餐還是晚餐，沒有任何一餐送來！」

「蘭師傅，」我又說，「我們得跟著船上的規矩，我想我們的胃可能比廚師的用餐鈴響得早。」

「是啊！我們應該同步一下。」顧問淡定的說。

「顧問，我就知道你會有這樣的反應。」加拿大人不耐煩的說，「你幾乎是沒有脾氣！永遠都若無其事的模樣！你一定是那種會禱告兩次，寧願餓死也不會抱怨的人！」

「抱怨又有何用？」顧問反問。

「就是要發發牢騷啊！聊勝於無。要是那些海盜，我是基於尊重才叫他們海盜的，以免某位不准我叫他們食人族的教授生氣。要是那些海盜以為把我關在這個悶死人的籠子裡就聽不見我破口大罵，那可就大錯特錯了！我說，阿宏納先生，您坦白說，您認為他們會把我們關在這裡多久？」

「說實話，蘭兄，我知道的並不比您多。」

「得了，您怎麼想的？」

「我認為我們因緣際會遇上了某個祕密。倘若這潛艇的人不想讓祕密外流，而且這個祕密甚至比我們三條命還重要的話，我們就有生命危險了。否則，只要一有機會，這頭生吞我們的怪物就會把我們吐回有我們同伴的世界去。」

「除非他們要把我們收編成船組人員，」顧問說，「決定把我們留在這裡……」

「直到某架比林肯號更快、更強的軍艦拿下這賊窩，把船上的人和我們送上桅杆頂端呼吸最後一口新鮮空氣。」

「分析得很好，蘭師傅。」我回應，「但據我所知，對方還沒就這件事提出相關建議。所以現在討論對策也是無益。我再說一次，多點耐心，見機行事，暫時不做任何反應，反正也沒什麼可以做的。」

「恰恰相反！教授先生，」捕鯨人仍堅持己見，「一定得做點什麼。」

「哦？做什麼？」

「逃跑。」

「就連在陸地上的監獄都很難越獄了，更何況是個海底監獄，這辦法是行不通的。」

「來吧，尼德兄，」顧問反問，「您怎麼回應先生這番話？我還以為美洲人向來不會技窮的！」

捕鯨人神情尷尬，啞口無言。以我們的處境，根本就不可能逃跑。但每個加拿大人身上都有半個法國人的基因，從尼德蘭的回答中可見一二。

「那麼，阿宏納先生，」他思考了一會兒後說，「您不想想那些無法越獄的人會怎麼做嗎？」

「不知道。」

「很簡單，就想個辦法好好留在裡面。」

「這個自然，」顧問應道，「總比在上面或下面好！」

「但得先把獄卒、看守和侍衛都丟出去才行。」尼德蘭補充。

「您說什麼？您該不會是打算奪船吧？」

「我是認真的。」加拿大人答道。

「不可能的。」

「為什麼不可能？有可能會等到好機會，到時候我們沒道理不把握。如果船上只有二十來人，那可阻止不了兩個法國人和一個加拿大人。我是這樣想的！」

看來，與其爭論下去，不如先同意他的看法比較好。所以我回答：

「蘭師傅，我們就靜觀其變吧。但在機會來臨之前，請您務必耐住性子。我們必須靠智取，輕舉妄動也求不來好機會。請答應我別再發脾氣了。」

「我答應您，大教授。」尼德蘭的口氣讓人不太放心，「我不會再口出惡言、動手動腳，即便是飯菜不照正常時間端來也一樣。」

「一言為定，尼德。」我對加拿大人說。

我們的對話到此告一段落，各自陷入沉思。坦白說，儘管捕鯨人自信滿滿，我還是不敢心存幻想，也不認為會有尼德蘭口中的大好機會出現。這潛艇的操作如此穩健，船員人數肯定不少，要是起衝突，我們要面對的會是一支強大的隊伍。況且，當務之急在於能夠自由活動，而我們就連一點逃離這個鐵皮密封空間的方法也沒有。再說，倘若那古怪的船長有任何祕密（目前看來極有可能），更不可能放任我們在船上自由行動了。現在，他究竟是想以暴力相待，還是找一天把我們丟在地球上的某個角落？無從得知。每個假設都有可能，我想若要重獲自由，就得先變成捕鯨人才行。

話說回來，我能明白尼德蘭的腦子裡裝了太多想法，所以才會心浮氣躁。我可以聽見他那些卡在喉頭的低聲咒罵，也看見他逐漸變得張牙舞爪。他起身，像隻籠中獸般遊走，對著牆壁拳打腳踢。隨著時間流逝，飢餓變得更加難耐，但那侍從遲遲沒有現身。若他們真想善待我們，也未免把我們這些遇難者忘記太久了。

此時的尼德蘭飽受他那大食量的胃折磨，火氣越來越大，儘管他已承諾，但我還是擔心他見到船上的人時會一發不可收拾。

又過了兩個小時，尼德蘭爆發了。這加拿大人大喊怒吼，但全是徒勞無功。鐵牆沒有任何回應，船上似乎一片死寂。船沒有在動，否則我肯定能察覺螺旋槳驅動船體時的輕微震動。船很可能已經潛入深海，離陸地非常遙遠了，這死氣沉沉的氣氛著實令人發寒。

我不敢想像會被遺忘、隔離在這空間裡多久，剛才與船長見面後萌生的希望漸漸幻滅。那個男人溫柔的眼神、仁慈的相貌、高雅的舉止全都從記憶裡消失了。如今，這位高深莫測的男子在我眼裡大概、肯定是殘忍無情。我覺得此人不但沒有人性，也沒有任何同情心，同類將他視為不可饒恕的敵人，而他也懷抱著難解的深仇大恨！

這男人，該不會存心餓死我們，把我們關在這狹窄的牢房裡，讓我們因飢餓難耐而挺身抵抗？這可怕的念頭侵占了我的腦袋，加上各種胡思亂想，我覺得自己就要發瘋了。顧問始終保持冷靜，尼德蘭則是使勁的嘶吼。

這時，外頭傳來一些聲音，金屬地板上響起腳步聲。門鎖轉動，門開了，侍者走了進來。

我都還來不及反應，加拿大人已經衝向那個倒楣鬼了。他推倒對方，掐住他的脖子。侍從被那雙孔武有力的手掐到喘不過氣來。

顧問上前試著從快窒息的受害者身上拉開捕鯨人的手，我也趕緊助他一臂之力，正當混亂

加拿大人已經衝向那個倒楣鬼了。

之際，我竟聽見一句法文：

「冷靜點，蘭師傅，教授先生，您也是，請聽我說！」

10 討海人

說這話的是船長。

尼德蘭一聽跳起身。

被掐個半死的侍從在主人示意下搖搖晃晃的離去，本該被加拿大人惹惱的侍從一點反應也沒有，可見這船長的權威。就連顧問也露出了感興趣的神情，我則是驚訝不已，只能靜待事情發展。

船長倚在桌角，環抱雙臂，仔細打量了我們一番，他在猶豫什麼？是後悔剛才說了法文嗎？很有可能。

我們沉默了好一陣子，沒有人願意先開口。

「先生，」對方用沉穩且穿透力十足的聲音說道，「我會法語、英語、德語和拉丁語。我其實可以在初次碰面時就回應各位，只是我偏好先了解你們再思索對策。你們複述了四次遭遇，內容毫無出入，我也因此確認了你們的身分。現在我可以肯定，能與在國外進行科學考察的巴黎博物館自然史教授皮耶．阿宏納先生、他的僕人顧問和美國海軍軍艦林肯號上的加拿大捕鯨人尼德蘭相遇純屬意外了。」

我欠身表示同意，這句話並非問句，我也沒必要回答。此人口齒清晰、不帶口音、句句簡潔、用詞精確、條理分明，唯獨缺乏一種「親切感」。

他接著說：

「您想必是認為我的第二次來訪隔得太久。原因在於，確認了各位的身分後，我斟酌良久

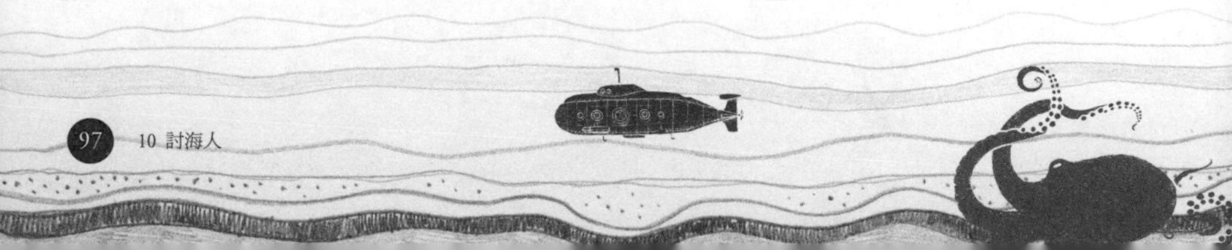

才決定如何安置各位。這之間我猶豫許多，你們經過一番折騰來到一個與世隔絕的男子面前，打亂了我的生活……」

「並非刻意為之。」我回應。

「並非刻意？」眼前的陌生人抬高了音量反問，「難道林肯號在各海域追捕我不是刻意的嗎？你們登船同行不是有意的嗎？尼德蘭師傅朝我丟了魚叉也不是存心的？」

我對這段話裡隱忍的怒氣感到驚訝。然而，對於這些質問，我都可以合理回應，回應如下：

「先生，想必您還不知道美洲和歐洲大陸上關於您的討論。您的潛水艇造成多次撞擊，在兩大洲間引發眾多輿論。您可以不知道人們為了挖掘這個只有您掌握的神祕現象提出了多少假設，但不能不明白林肯號以為自己追捕的是一頭強悍的海怪，因此才會來到太平洋北海海域，並不計一切代價驅趕牠。」

船長的嘴角露出一絲淺笑，語氣放緩後說：

「阿宏納先生，您敢肯定那艘軍艦不會像追捕怪獸一樣，追逐、砲擊一艘潛水艇嗎？」

這個問題倒令我尷尬，因為法拉格特艦長肯定不會遲疑的。對他而言，摧毀這種設備就和獵捕獨角巨鯨一樣責無旁貸。

「這樣您就能明白，」陌生人接著說，「我為什麼有權將各位視為敵人了。」

對此，我沒有做出任何回應。對於對方極力推翻的論點，即使有再好的理由也無用，又何必堅持爭論呢？

「我猶豫許久，」船長又說，「我並沒有招待你們的義務。要是想擺脫你們，更沒有必要再見。大可把你們丟回先前你們避難的船頂平台，然後潛入海中，徹底忘記你們的存在。這也是我的權利吧？」

「野獸或許有這種權利，」我回應，「但文明人沒有。」

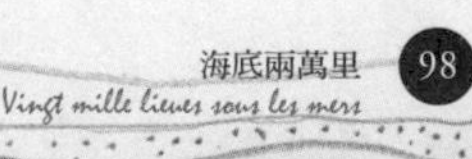

侍從在主人示意下搖搖晃晃的離去。

「教授，」船長激動反駁，「我並非您所謂的文明人！基於某種只有我個人認同的理由，我才脫離社會。因此，我也沒有必要遵循那些規範，你們最好別在我面前提起這些東西！」

這話說的很明白。眼前這陌生人的眼中燃起了怒火與輕蔑之光，看得出他過去的人生肯定是精采無比。他不僅置身社會規範之外，甚至獨立自主，是真正沒有束縛的人，沒人可以影響他！他連水面上的攻擊都能全身而退，還有誰有本事追進海底？哪一艘船能抵抗他的潛艇？即便擁有再厚的外殼，有哪一艘裝甲艦，承受得了這潛艇衝角的衝擊？沒有人能質疑他的做法。上帝（要是他相信）和良知（要是他擁有），應該是他唯二依從的信念。

這些想法快速在我腦海裡轉了一遍，那陌生人則是不發一語、陷入沉思，彷彿進入自己的世界。我對他既敬畏又好奇，就像伊底帕斯面對獅身人面獸時的心情。

沉默好一陣子後，船長終於再度出聲了。

「正因如此，我才會猶豫不決，但我想自身的利益不應超越任何人與生俱來的同理心。命運既然把你們丟到船上，那就留下吧。你們可以自由行動，不過相對的，你們必須同意一個條件。你們只要口頭應允即可。」

「先生請說，」我回答，「我想應該是正常人可以接受的條件吧？」

「是的，條件如下。有些時候，某些意外事件發生時，我必須將你們關進艙房裡數小時，甚至數日，依情況而定。我並不希望使用暴力，所以遇到這種狀況，或是其他狀況時，還請你們服從。如此一來，我才能負起責任，保你們周全，畢竟我不希望各位看到不該看的。這個條件可以接受嗎？」

這麼說來，船上必定有不尋常的事，而那些仍遵從社會規範的人是不該看到的！但這件事跟我接下來即將遇到的驚喜相比，應該算是最輕微的吧。

「我們接受這個條件，」我回答，「只不過，先生，我有個問題想請教，就一個。」

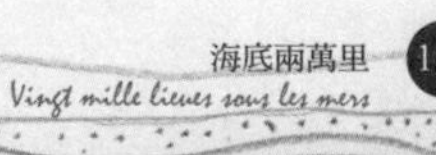

「請說。」

「您方才表示我們可以在船上自由行動？」

「完全自由。」

「那麼請問您所謂的自由為何？」

「就是自由來回走動，自由探看觀察船上發生的所有事情，除了少數情況外。就是跟我和我的同伴們有相同的自由。」

顯然，我們的理解有出入。

「先生，請見諒，」我又說，「可是這種自由，不過是允許囚犯可以在牢房內自由行動而已，遠不及我們所想。」

「你們該知足了！」

「什麼！也就是我們必須放棄回國的念頭、放棄朋友、放棄父母嗎？」

「是的，先生。不過也可以拋開世俗的束縛和人們自以為是的自由，並沒有你們想像的糟！」

「可是，」尼德蘭叫道，「我可不能保證不會藉機逃跑！」

「蘭師傅，我不需要您的保證。」船長冷淡回應。

「先生，」我忍住怒氣開口，「您這是仗勢欺人！太殘忍了！」

「不，先生，這叫仁慈！你們可是我的階下囚，只要一句話，我就可以把你們丟回海洋深處，可是我卻收留了你們！你們攻擊我了！你們不請自來，闖進了世上任何人都不該知道的祕密之中，我存在的所有祕密！而你們竟然還以為我會把你們送回那個不該再認得我的陸地上！不可能的！留著你們，並非為了保全各位，而是保全我自己！」

船長這番話很明白的說明了他的立場，任何意見都無法左右這項決定。

「先生，您這麼做是讓我們在生與死之間做抉擇嗎？」

「簡截了當。」

「朋友們，」我下結論，「人家都這麼說了，我們也沒什麼好回答的。我們也不必對船長做任何承諾。」

「完全不用。」陌生人如此回應。

接著，他又以較為溫和的語氣說：

「現在，請容我把話說完。阿宏納先生，我認識您，要不是您的同伴也在，我想您可能不會對我們之間的緣分有所怨言。您可以在與我的興趣相關的研究藏書中找到您之前出版的那本關於深海的著述。我經常閱讀參考。您已經窮盡陸地上的科學可以發揮的極限了，但那並不完整。教授，我必須告訴您，在我船上的時光，絕非虛度。您將開啟一段奇幻的旅程，您將會經常感到驚訝，甚至驚愕。源源不絕的奇景將會讓您一飽眼福，再多也不厭倦。我還要環遊海底世界一周，也許是最後一次了，誰知道呢？我會一再檢視這片大海還能做的研究。對我和我的船員來說並不稀奇，但從今日起您將置身新天地，您應該感謝我，多虧我，您將見到其他人從未看過的事物，我們的星球將為您呈現它最深層的奧祕。」

不可否認，船長這番話對我產生莫大的影響。他抓住了我的弱點，一時間，我甚至忘了再多美好事物也換不回我的自由，只打算以後再解決這個大問題。於是，我欣然回應：

「先生，儘管您和人類切斷聯繫，但我相信您還保有一些人類的情感。您收留我們這些遇難者的恩惠，我們沒齒難忘。至於我，我不否認，如果對科學知識的渴望能勝過對自由的渴望，那麼與您相遇就是我最大的補償。」

我還以為船長會上前握手言和，但他什麼也沒做，我為他感到遺憾。

「我還有最後一個問題。」這名神祕男子似乎準備離去，我連忙開口。

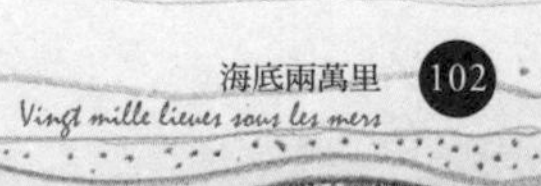

「請說。」

「我應該怎麼稱呼您？」

「先生，」船長回答，「對您而言，我是尼莫船長，而您和您的同伴對我來說，只是鸚鵡螺號的乘客。」

尼莫船長喊了人，侍從便再度出現。船長用我聽不懂的外語下達命令後，轉向加拿大人和顧問，對他們說：

「你們的艙房裡已經備妥餐點了，請隨他前往。」

「那麼我就恭敬不如從命了！」捕鯨人應道。

顧問和他終於走出這間被關了超過三十個小時的牢房。

「好了，阿宏納先生，我們的午餐也備好了，請跟我來。」

「悉聽尊便。」

我尾隨在尼莫船長身後，牢房的門後是一條電力照明的走廊，應是船艦內部的走道。又走了十幾公尺後，另一扇門在我眼前開啟。我走進一間裝潢樸實的餐廳，兩側擺放了鑲嵌烏木雕飾的橡木櫃，上方的層架陳列著光彩奪目的陶器、瓷器和玻璃器皿；下方層架的餐盤因天花板撒落的光線閃耀著光芒。而那天花板則彩繪了細緻的圖案，房間裡的光線因此顯得柔和許多。餐廳中央已擺上一桌豐盛的菜餚。尼莫船長指定了位置請我入座。

「請坐，」他說，「像個餓死鬼一樣大吃大喝吧。」

午餐菜色中大部分是海產，另幾道則不知是何物。必須承認味道很好，口感雖然特殊，倒也吃得慣。多樣的菜色感覺都富含磷質，推測應該都是海鮮。

尼莫船長看著我，我沒開口，他已猜中了我的心思，主動回應了我亟欲了解的問題。

「桌上大部分的食材您不認識，」他說，「但請安心食用，都是些營養又健康的東西。我已經好一段時間沒有碰陸地上的食物了，身體也不見得較差。我那些健壯的船員伙食也跟我一樣。」

「所以，」我提問，「這些食材全都來自海洋？」

「是的，大海供應我一切所需。有時我撒網捕食，拉上來的魚網都幾乎斷裂。有時，我也會到杳無人煙的地區漁獵，追逐深居於海底森林的野味。我的家畜，就和海神涅普頓的老牧人波帝斯所放養的牲畜一樣，優游於浩瀚的海底林場。我擁有一大片自己開發的田地，物產全是造物者親手播種。」

我頗驚訝的望著尼莫船長，回應了他的話：

「我完全理解您的漁網得以供應這一桌佳餚，卻不太明白您如何追捕海底森林的野味，更想不通菜單上為何會有肉類，雖然也只是很小一塊。」

「先生，」尼莫船長說，「我絕不食用陸地的獸肉。」

「可是，這些……」我指著盤裡剩下的幾片肉說。

「教授，您以為是獸肉的這些東西其實只是海龜肉。這裡還有幾片海豚肝，您大概以為是燉豬肉吧。我有位能幹的廚師，善於保存這些海產。每道菜都嚐嚐，這是醃海參，馬來人認為這是世界無雙的美味，還有那個鮮奶油，是用鯨魚奶和北海大墨角藻提煉的糖製成；最後，我得推薦您海葵果醬，味道可不輸最美味的水果製成的果醬。」

我一一享用了這些菜餚，嚐鮮的心態大於品評，尼莫船長則接著述說他那些不可思議的經歷。

「阿宏納先生，這片海洋，這片哺育大地、源源不絕的海洋並不只供我糧食，就連我的衣服，覆在您身上的衣料，都是用貝類的足絲織成的，紫羅蘭色則是用古時的紫紅色混上地中海海兔萃取的紫色而成。您在艙房浴室中看到的香水是將海生植物蒸餾加工而成，您的床是用海

©Wikimedia commons

這些食材全都來自海洋？

洋裡最柔軟的海藻葉做成，羽毛筆取自鯨魚鬚，墨汁則來自墨魚或槍烏賊的汁液。源自大海的一切，終將回歸大海。」

「船長，您真是熱愛大海。」

「是的，我愛她！海洋就是一切！她占地球表面百分之七十的面積，她的氣息是純淨而爽健的。在這片大漠中，總能感覺到生命的律動，永不孤寂。海洋運載了玄妙、奇異的事物，她是波動、是熾愛、正如你們一位詩人所言，她是生生不息的。而且啊，教授先生，大自然也賜予她三種主要的元素，礦物、植物和動物。海洋中較常見的動物包含四類植形動物、三種節肢動物、五種軟體動物、三種脊索動物，還有哺乳類、爬蟲類以及無以計數的魚類。這些無止境的生物共有一萬三千多種，其中僅有十分之一出現在淡水中。地球的生命始於大海，誰能肯定是否也終於大海！海洋寧靜平和，不屬於任何獨裁者。海平面上的獨裁者可以恣意濫權、爭奪、搶掠，用陸地上那一套凶殘的制度對待她，但在海平面下三十尺，那些人的權力止步，他們的影響不再，勢力終結！啊！先生，海裡的生活才是真的生活！只有在這裡才能自主，只有在這裡才不用對任何人俯首聽命！只有在這裡才擁有真正的自由！」

說到激動之處，尼莫船長突然停了下來。是因為察覺自己的情緒超越了平時的審慎？還是說的太多了？他在房裡來回踱步了好一陣子，十分激動。待心情平復後，神色也恢復了平常的冷靜，才轉向我：

「好了，教授，要是您想參觀鸚鵡螺號，我願意帶路。」

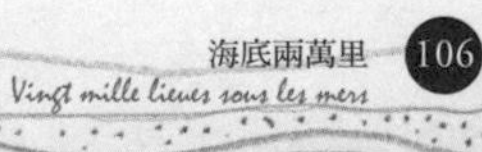

11 鸚鵡螺號

尼莫船長起身，我尾隨在他身後，一道通往後方的雙層門開啟，我們走進一間與剛才的餐廳大小相等的房間。

這是間圖書室。鑲銅的紫檀木書櫃上汗牛充棟，全部以統一規格裝訂而成。書櫃沿牆而立，下方連接長形的栗色皮製沙發，弧線舒適完美。輕巧的斜面書桌可任意來回移動，做為閱讀檯使用。圖書室的正中央是張大桌，上頭擺滿小冊子，其中夾雜著幾份早已過期的報紙刊物。四個半嵌入天花板的球形霧面燈罩灑落和諧的白光。我滿心欽佩的觀賞這間精心布置的圖書室，簡直不敢相信自己的雙眼。

「尼莫船長，」我對正坐上長沙發的主人說，「這間圖書室堪比陸地上的宮殿，何況它還能隨您潛入如此深海，真是令人讚嘆。」

「教授，您說如此隱祕、安靜的場所上哪裡找？」尼莫船長回答，「您在博物館裡的辦公室能提供如此舒適的空間嗎？」

「沒有，跟您這間比起來遜色多了。您應該有六、七千本藏書吧……」

「一萬兩千本，是我和陸地唯一的連結。打從鸚鵡螺號潛入水中的那天起，我與世界再無關聯。那天，我買了最後幾本書、幾本冊子和幾份報紙，從此，我便認為人類再也沒有新的思想和論述了。對了，教授，這些書您可以隨意翻閱、自由使用。」

謝過尼莫船長後，我走近書櫃。用各種語言寫成的科學、倫理學、文學書籍應有盡有，唯獨不見政經相關書籍，感覺是禁書。令我感到好奇的是，這些書籍並未分類，亦不分語種，說明了鸚鵡螺號船長可隨取隨讀，完全無礙。

我還注意到這些著述不乏古今大師的經典之作，全是人類在歷史、詩歌、小說與科學方面最偉大的成就，從荷馬到維克多．雨果，從色諾芬到米希雷，從拉伯雷到喬治．桑，一應俱全。但真正投入巨資的，顯然是科學類書籍，機械、彈道、水利、氣象、地理、地質等科學著作所占的比例不亞於自然史，由此可知船長的研究重心。架上還擺放了洪堡德、阿拉戈、傅科、聖克萊爾．德維爾、夏萊、米奈．愛德華、郭德斐、廷得、法拉第、貝特洛、瑟奇修士、彼得曼、莫銳、阿格西等人的著作，另外還有科學院的論文集、各地理學會的簡報等等，我的兩本著作也在顯眼之處，或許它們正是尼莫船長以禮相待的原因。自約瑟夫．伯蘭特的著作《天文學之父》這本書上，我得到一個確切的日期。我知道這本書於一八六五年間出版，由此可推測鸚鵡螺號啟航的時間應晚於此年，因此尼莫船長頂多是三年前才開始他的海底生活。我試著尋找更近期的作品，以便確認日期，不過不要緊，將來有的是時間，我可不願為此耽擱奇幻鸚鵡螺號的探索之旅。

「先生，」我對船長說，「感謝您允許我使用圖書室，這裡盡是科學珍藏，我定會善用。」

「這裡不只是圖書室，」尼莫船長說，「也是間吸菸室。」

「吸菸室？」我驚呼，「可以在船內吸菸？」

「當然。」

「這麼說來，我不得不認為您和哈瓦那還有聯繫了。」

「完全沒有，」船長回答，「阿宏納先生，請試試這根菸，雖然不是來自哈瓦那，但若您是行家，絕對會滿意。」

我取過菸，形狀的確像哈瓦那生產的倫敦菸，但看上去似乎是以金色菸葉捲製而成。我用以銅製盆腳支撐的小火盆點燃了菸，深吸了一口，對兩天沒抽菸的癮君子來說，簡直通體順暢。

圖書室。

「真棒，」我說，「可是裡面不是菸草。」

「不是，」船長應道，「這根菸並非來自哈瓦那，也非產自東方，而是由一種富含尼古丁的海藻製成，同樣是大海的產物，算是珍品。您還懷念倫敦菸嗎？」

「船長，從今日起，它再也入不了我的眼了。」

「儘管抽吧，不必管這些菸的來歷，儘管不受法規控管，但我想品質還是不會差到哪裡去。」

「正好相反，品質好得很。」

這時，尼莫船長打開了一扇正對著方才圖書室入口的門，帶我走進一個空間寬敞、燈火通明的廳房。

這是一間四方形的艙房，角落斜切，長十公尺、寬六公尺、高五公尺。淺雕阿拉伯式花紋的天花板透出明亮柔和的白晝光源，照亮了這間博物館。廳內的收藏看得出是經過一雙聰敏且肯下重本的巧手搜集而來，包含大自然與藝術界的各式寶藏，凌亂卻不失美感的擺設有別於一般畫廊，稱之為博物館一點也不為過。

牆面掛了圖形樸素的掛毯，毯上展示著約三十幅大師畫作，每幅之間以陳設武器用的盾牌隔開。我認出了好幾幅價值連城的作品，大部分都在歐洲的私人收藏館或畫展中欣賞過，就連早期各派大師的畫作也有，包括拉斐爾的聖母、達文西的聖女、科雷吉歐的仙女、提香的仕女、威羅內塞的朝拜、牟里羅的聖母升天、霍爾班的自畫像、維拉斯奎茲的修士、里貝拉的殉道者、魯本斯的主保瞻禮、兩幅特尼爾茲的弗萊芒風景圖、傑拉德·杜、梅茲和保盧斯·波特的三幅小型畫作，還有兩幅傑利柯和普呂東的作品、幾幅巴克赫伊森和韋爾內的海景。現代畫作則有德拉克洛瓦、安格爾、德崗、特羅容、梅松尼爾、杜比尼等，另有幾座大理石或青銅製的等比例縮小古代經典雕像，精巧細緻，全都放置在座架上，散布於這間華麗的博物館內。鸚鵡螺號

©Wikimedia commons

這是一間四方形的艙房，角落斜切。

的船長曾預告我會感到驚訝不已，此話果真不假，我已開始有此感受了。

「教授，」這位怪人又說，「這廳室亂七八糟的，招待不周還請見諒。」

「先生，」我回答，「並非刻意打探您的身分，只是想請問您是藝術家嗎？」

「不過是業餘的而已，以前就很愛收藏人類創作的這些美麗的藝術品。我是個熱衷於收藏藝術品的人，樂此不疲，因此獲得某些價值不菲的藏品。這是我對那在我心中已逝的陸地最後的紀念。在我眼裡，你們所謂近兩、三千年的近代藝術家與古代的藝術家是一樣的，我並不特別區分。大師是沒有年代的。」

「那這些音樂家呢？」我指著隨意嵌在管風琴邊的韋伯、羅西尼、莫扎特、貝多芬、海頓、梅耶貝爾、耶羅爾德、華格納、歐貝爾、古諾和其他為數眾多的名家樂譜問道。

「這些音樂家啊，」尼莫船長回答，「我認為他們都和奧菲斯同一個年代，因為在死人的記憶中，沒有年代的區別。而我早已死去，就和您那些早已長眠於地下六尺的朋友們相同！」

尼莫船長沒有再多說，似乎陷入沉思。我滿心澎湃的望著他，暗自分析他臉上那些古怪的神情。他倚靠在精美的馬賽克桌邊，眼裡已沒有我的身影，忘了我的存在。

我想留給他一些空間，於是便獨自觀賞起滿室的珍品。

藝術品旁也陳列了一些罕見的自然界物種，占有重要地位。主要包含植物、貝類和其他海洋物種，應該都是尼莫船長親自發現的。廳室正中央有座噴泉，以燈光照明，噴出的泉水會回流至下方巨蚌之中。這種貝殼是無頭軟體動物中體型最大的，邊緣鑲有細緻的花飾，圓周大約六公尺，比威尼斯共和國送給法國國王法蘭索瓦一世的還要大，當時巴黎聖敘爾皮斯教堂還曾取其中兩個製成大型聖水池。

貝殼水盆周圍有一排高雅的銅框玻璃櫥窗，裡頭擺放了一般自然學家難得一見的各種珍貴海洋物種。每一個都分類並貼上了標籤，身為教授的我自然興奮不已。

櫃中收藏了珊瑚蟲與棘皮動物的標本，這兩類都屬於植形動物，前者包含笙珊瑚、扇形柳珊瑚、敘利亞軟海綿、摩鹿加群島的海木賊、海筆、挪威海域中可愛的逗點珊瑚、各式海月桂、海雞冠。由於我的老師米奈．愛德華曾對石珊瑚做過詳細的分類，我還認出了可愛的海蛞蝓、波旁島的石珊瑚、安地列斯群島的「海神戰車」和其他各式珊瑚。這些奇妙的珊瑚骨最終將堆集成島，再連結成大陸。至於外表多刺的棘皮動物則包括海盤車、海星、五角海百合、毛海星、流盤星、海膽、海參等，物種齊全。

任何稍有神經質的貝殼學家來到另幾個陳列豐富軟體動物標本的櫥窗前肯定都會為之傾倒。我眼前所見是一整套無價之寶，時間有限，無法細數，僅能點出一二備忘：印度洋海域優雅的國王錘頭貝，白色的斑點規則排列，在紅棕色外的映襯下更為鮮明；鮮豔多刺的皇家海菊蛤，此類標本在歐洲的博物館中很少見，我估計至少值兩萬法郎；新荷蘭[1]海域常見卻不易捕獲的錘頭貝；塞內加爾的番海扇，易碎的白色雙殼，彷彿吹口氣就會像泡泡般消失；數種邊緣有皺褶葉狀石灰質管的爪哇噴壺貝，以及業餘收藏界非常搶手的一整套馬蹄螺標本，黃綠色的是在美洲海域捕到的、紅棕色的則產自新荷蘭島附近，而自墨西哥灣來的花紋呈瓦狀排列，南洋海域的則呈放射狀；還有最罕見的紐西蘭馬刺螺、精美的硫櫻蛤、珍貴的浪花介蟲及維納斯螺、特蘭奎巴港的海獅螺、外殼閃著珠光大理石紋的蠑螺、中國海的綠鸚鵡螺、鮮為人知的葛諾督利芋螺、在印度和非洲用作貨幣的各種瓷貝、東印度群島最珍貴的「海洋之光」；最後是海螺、燕子螺、金字塔螺、海蝸牛、卵形貝、螺旋貝、榧螺、筆螺、冠螺、荔枝螺、蛾螺、豎琴螺、岩螺、法螺、蟹守螺、響螺、風螺、蜘蛛螺、帽貝、哨子螺、龜螺，這些都是精緻脆弱的螺類，科學家一一為牠們取了迷人的名字。

1 新荷蘭（Nouvelle-Hollande）：即澳洲舊名。

除此之外，在那些特製的分類小格裡，還展示了精美的珍珠串，它們在燈光的照射下熠熠生輝。出自紅海江珧的玫瑰珍珠、取自彩虹鮑的綠珍珠，還有黃、藍、黑等其他海域各種軟體動物和北海某些蚌類產出的奇珍異寶。最後還有幾件自稀有貝類中取出的珍珠標本，堪稱無價之寶，其中幾顆比鴿子蛋還大，價值超過旅行家塔維涅以三萬法郎賣給波斯國王的珍珠，也遠比馬斯喀特領袖擁有的那顆，我一直以為獨一無二的寶珠來得名貴。

由此可知，這些收藏品的價值根本無從估計，尼莫船長勢必花費百萬才能蒐集到如此繁多的樣本。正當我思索著船長用來滿足收藏欲的錢自哪裡來時，他開口打斷了我的思緒：

「教授，您研究起我的貝類藏品了啊。對自然學家而言，它們的確很有吸引力。但對我而言，它們還有其他魅力，因為這些貝類都是我親自採來的，地球上沒有一處海域能逃過我的搜尋。」

「船長，我明白的，我懂這種漫步於寶庫之中的樂趣。您是靠自己創造珍寶的人，您的海洋生物收藏沒有一家歐洲博物館能相提並論。但我要是再讚美下去，等到見識到這艘裝載它們的潛艇時可就要辭窮了！我無意探測您的隱私，但必須承認鸚鵡螺號本身的驅動力、運轉設備、強大的推進器都引發我高度的好奇心。我發現展示廳牆上也掛了許多我不知用途的儀器，請問方便讓我知道嗎？……」

「阿宏納先生，」尼莫船長回答，「我說過，您在船上是自由的，因此，您可以參觀鸚鵡螺號的任何一個角落，可以盡可能的仔細觀察，我也樂於為您導覽。」

「先生，真不知該如何感謝您，但我不想濫用您的好意，只想知道那些物理儀器的用途……」

「教授，我房裡也有相同的儀器，我很樂意在那裡為您解說。但在這之前，請瞧瞧我為您準備的艙房。您總得知道自己被安置在鸚鵡螺號的哪個地方吧。」

於是，我跟著尼莫船長走進廳室斜角的其中一扇門，又回到外頭的直廊上。他領著我往船頭的方向前進，走進一間不只是艙房，而是有床、浴室和其他家具的雅房中。

我連忙感謝這位主人。

「隔壁就是我的房間，」他一邊說，一邊打開另一扇門，「我的房間正好面對著我們剛才離開的廳室。」

我走進船長的臥室。室內的陳設簡樸，就像修士的房間，一張鐵床、一張辦公桌、幾個盥洗用的家具。房內的燈光昏暗，沒有一處堪稱舒適，只見必備品而已。

船長指向一張椅子。

「請坐。」他說。

我坐下來後，他便開始說明。

12 萬能的電力

「先生，」尼莫船長指著懸掛於牆上的設備說道，「這些都是鸚鵡螺號航行需要的儀器，和展示廳裡的一樣，我擺在這裡隨時監控航行的情況和我在大海中的確切位置。部分的儀器您也認得，像是測量鸚鵡螺號內部溫度的溫度計、衡量氣壓並預測天氣變化的氣壓計、標示大氣濕度的濕度計，還有天氣瓶，裡頭的化合物分解時，表示風暴即將來臨；羅盤，用來指引方向；六分儀，藉由太陽高度可以換算成所在緯度；航海表，用來計算經度；最後是日視和夜視的望遠鏡，鸚鵡螺號浮出海面時，我就可以觀測天際。」

「這些都是海員常用的儀器，」我回答，「我知道它們的用途。倒是另外這些儀器，想必是因應鸚鵡螺號的特殊需求所備。這個指針不停跳動的刻度盤，是流體壓力計吧？」

「正是。放入水中即可測得外部壓力，同時指出船體所在的深度。」

「那這些新穎的儀器呢？」

「這些是水溫計，測量各水層的溫度。」

「還有這些我猜不出用途的設備又是什麼？」

「教授，這些儀器我可得解釋一下了，」尼莫船長說，「請聽我說。」

他沉默了一會兒後才接著說：

「這是個強大、忠誠、快速、簡便的物質，用途廣泛，主宰了這艘船的一切。船上的事務全靠它。它能照明、加熱，是船上所有機器設備的靈魂，它是電。」

「電！」我感到十分驚訝。

「是的。」

「不過，船長，您的船隻移動速度之快，是電力所不及的。至今，我們所用的電能仍有侷限，只能產生少量動力！」

「教授，」尼莫船長回應，「我的電不是一般的電，我能透露的就這麼多。」

「先生，我不打算追根究柢，單純為此效果感到訝異罷了。但我還是有個問題，若您不便回答也無妨。您用來生產這不可思議元素的物質應該消耗得很快，比如鋅，而您又與陸地斷絕往來，請問是如何補充的？」

「您總有一天會知道的，」尼莫船長回答，「首先，要先知道海底蘊藏著鋅、鐵、銀、金等礦物，絕對是可開採的。我從未想過借用陸地上的礦物資源，只想從海洋本身取得製造電力的方法。」

「海洋？」

「是的，教授，而且方法很多。我大可在不同深度埋下隱線構成電路，利用不同的溫度取得電力，但我偏好另一個更便利的系統。」

「什麼系統？」

「您很清楚海水的成分，一千克的海水中，有百分之九十六．五是水，百分之二．七左右是鈉，還有一些微量元素如氯化鎂、氯化鉀、溴化鎂、硫酸鎂、硫酸和碳酸鈣，由此可見氯化鈉的含量其實很可觀。我就是從海水中提取鈉來合成我需要的元素。」

「鈉？」

「是的，先生。鈉和汞混合後即可代替元素表中的鋅。汞是用之不盡的，只有鈉是消耗品，但海洋能持續供應。我還能告訴您，鈉電池應是效能最好的電池，電力比鋅電池高出兩倍。」

「船長，我完全理解您採到的鈉有多好。沒錯，海水中有鈉，可是仍須加工，簡言之，就

尼莫船長指著懸掛於牆上的設備。

是得提煉。這是如何做到的？您的電池當然可以用來提煉，但如果我沒弄錯的話，電力設備消耗的鈉恐怕要比提取的量還多，結果就是您消耗的鈉比生產的多。」

「所以，教授先生，我不用電池提取，而是煤炭的熱力。」

「陸地上的煤炭？」

「應該說是海洋煤炭。」尼莫船長糾正。

「您有能力開採海洋煤炭？」

「阿宏納先生，您會見到的。請不要著急，您有的是時間。只需記住一件事，我擁有的一切都來自大海，海洋供我電力，電力為鸚鵡螺號帶來熱能、光能和動能，生命皆源自於此。」

「而不是您呼吸的空氣？」

「噢！我也能自造所需的空氣，但沒有這個必要，我可以隨時浮出海面。話說回來，儘管供應新鮮空氣的不是電力，但它至少發動了強力幫浦，把空氣存在特殊的儲存槽內，我才能視需求潛入海底，待多久都可以。」

「船長，」我回應他，「我由衷敬佩。您找到了人類在未來可望找到的物質，真正的電能。」

「我不曉得他們能不能找到，」尼莫船長口氣冷淡，「無論如何，您現在已經知道我怎麼運用這個珍貴的物質了。它能持續不斷的普照四方，這是陽光所不能及。現在，請看這個時鐘，它也是靠電力運轉，準確度堪比世上最好的天文鐘。我按義大利的制度把表盤分為二十四小時，畢竟在我這裡不分白晝黑夜，也沒有太陽和月亮，隨我入海的只有這人造光！請看，現在是上午十點。」

「分秒不差。」

「電力還有另一個用途。懸掛在我們眼前的這個刻度盤，是用來表示鸚鵡螺號的行駛速度，只要用一條電線把它跟測程螺旋槳連接起來，指針就會呈現潛水艇的實際航速。請看，我們現在正以十五浬的中速前進。」

「太了不起了，」我回應，「船長，您的確選對了物質，竟能取代風、水和蒸汽。」

「還沒結束呢，阿宏納先生，」尼莫船長站起身，「請隨我來，我們到鸚鵡螺號的後半部繞繞。」

我的確已經看完這艘潛艇的前半部了，自船頭到船體中心的格局如下：長五公尺的餐廳，和同樣五公尺的圖書室間以水密艙板隔開，用以防止海水灌入。接著是十公尺長的大展示廳、五公尺長的船長臥室、二．五公尺長的我的臥室，皆以水密艙板隔開；最後這一段到船頭間是空氣儲存槽，總長七公尺。艙板上皆裝設氣密橡膠閥門，就算船體有漏洞，也能確保鸚鵡螺號安全。

我隨著尼莫船長穿過船側通道，來到船身中央。兩道水密艙板間夾著一口井，牆上架了一座鐵梯直通井口，我問了梯子的用途。

「可以通往高速小艇。」他回答。

「什麼！您還有一艘小艇？」我實在太驚訝了。

「是啊，一艘性能很好的高速小艇，輕巧、不易沉，可以在海上閒晃或捕魚。」

「所以必須浮出水面才能使用嗎？」

「不必，小艇放置在鸚鵡螺號上一處量身訂做的凹洞裡。全艇皆以水密甲板密封，並以強力螺絲固定。這道梯子通往鸚鵡螺號上方的人孔，只要穿過這一頭，再進入小艇的人孔中即可。分別關上鸚鵡螺號這一頭和小艇上以壓力拴緊的人孔後，鬆開錨栓，就會以驚人的速度浮上水面了。然後我才打開緊閉的甲板，豎起桅杆、揚起船帆或是使用船槳，便能優游海面。」

「可是要怎麼回到潛艇呢？」

「不是我回來，是鸚鵡螺號過來。」

「等您的命令？」

「等我的命令。兩船間有電線相連，發個電報即可。」

「還真是方便呢！」這些事聽得我心醉。

離開通往頂部平台的樓梯井後，我們來到一個兩公尺長的艙房，顧問和尼德蘭正在裡面大快朵頤。隨後開啟的是廚房大門，那是間長三公尺的艙房，緊連著幾間寬大的食物儲藏室。這裡的電力比起煤氣更有效率、用途更廣，幾乎所有的烹煮都靠它。爐灶底下的電線接了鉑棉，熱度因此更穩定均勻。電同時也加熱蒸餾器，提供適合飲用的優質純水。廚房旁有間設備完善的浴室，水龍頭隨時供應冷、熱水。

廚房隔壁是船員的工作室，長五公尺。因為房門緊閉，我看不見內部陳設，否則應能知道維持鸚鵡螺號運作需要的人數。走道盡頭是第四道水密艙板，隔開工作室與機房。門開了，我走進尼莫船長安裝運轉機器的房間，看得出來他肯定是個一流的工程師。

這間機房燈火通明，長度至少二十公尺。機房內部分為兩區，一區儲藏製造電力的元素，另一區則擺放提供螺旋槳動力的機器。

才走進機房，我就被充斥其間的特殊氣味嚇到了。尼莫船長見我神色有異，便對我說：

「那是使用鈉所產生的氣體，影響不大。為此，我們每天早上都會徹底讓潛艇通風，清淨空氣。」

他說這話時，我已經深深被鸚鵡螺號的機器設備給吸引，逕自研究了起來。

「您可以看到，」尼莫船長解釋，「我使用的是本生系統[1]，而不是倫可夫系統，後者的

1 本生（Robert Wilhelm Bunsen, 1811-1899）：德國化學家，一八四一年發明碳鋅電池，也稱「本生電池」。倫可夫（Heinrich Daniel Ruhmkorff, 1803-1877）：德國科學家，發明「倫可夫線圈」。

我深深被機器設備給吸引，逕自研究起來。

效力不足。本生使用的成分不多，但根據經驗，它能產生較為強大的力量。產出的電力會傳到船後方，藉由大型電磁鐵，讓一組由槓桿和齒輪組成的特殊系統運轉，並驅動螺旋槳主軸。螺旋槳的直徑有六公尺，渦輪直徑七．五公尺，每秒最高可達一百二十轉。」

「那船速最高可達？」

「每小時五十浬。」

這其中必定還有其他祕密，但我也無意追根究柢。電力如何能產生如此強大的能量？看似無極限的能量是從何而來？難道是某種新線圈產生的高壓電？或經由某種可無限增強效力的不知名槓桿系統傳輸而來？令人匪夷所思。

「尼莫船長，」我說，「我已看過結果了，但並不求更多說明。我見過鸚鵡螺號在林肯號前行駛的狀況，很清楚它的速度，但光會前進是不夠的，還得知道往哪個方向走，得能向左向右向上向下才行！您是如何潛入深海，並承受不斷增加、甚至可能達到上百個大氣壓力的阻力？又是如何浮上海面的？最後，如何維持適合的深度？這些問題是否太冒昧？」

「完全不會，」船長遲疑了一下後回答，「教授，既然您再也不能離開這艘潛艇，就到大廳來一趟吧，那裡才是真正的工作室，您會了解所有您想知道的一切！」

13 數據

沒多久後，我們已經坐在大廳的長沙發上抽雪茄了。船長在我眼前攤開了一張繪製了鸚鵡螺號平面、剖面及立體構造的詳圖，開始對我說明：

「阿宏納先生，你腳下這艘船所有的尺寸資訊都在這裡了。船體兩端呈圓錐狀，中間是長條圓柱體，形似雪茄，倫敦已有好些船隻都使用這種船形。圓柱體從頭到尾正好七十公尺，橫梁最寬處有八公尺，並未按高速輪船十比一的標準規格建造，但由於長度足夠，吃水線以下船體得以充分延伸，排水容易，不妨礙船隻航行。

有了這兩個數據，您只要簡單計算一下，就能得到鸚鵡螺號的表面面積和體積了。面積為一千零十一．四五平方公尺，體積則是一千五百．二立方公尺，換句話說，當船完全潛入水中時，排水量是一千五百立方公尺或公噸。

設計這艘船的平面圖時，我希望船維持平衡不動時，吃水深度須占船身的十分之九，水面上僅露出十分之一。因此，排水量也只達體積的十分之九，也就是一千三百五十六．四八立方公尺或公噸。建造時就按前述尺寸，不得超過這個重量。

鸚鵡螺號有雙層外殼，內殼與外殼以T型鐵相連，船體甚為穩固。正因這種細胞狀設計，船身結構猶如一塊實鐵，堅固難摧。因為結構緊密，而非仰賴鉚釘旋鎖，所以船殼也無斷裂的可能。整艘船的構造整合齊一，材料組裝完美，才能對抗海上的狂風巨浪。

兩層船殼的材料都是鋼板，密度約為海水的十分之七或八，第一層至少有五公分厚，重三百九十四．九六噸。第二層包著龍骨，龍骨高五十公分、寬二十五公分，僅重六十二公噸。最

船長在我眼前攤開了鸚鵡螺號的詳圖。

後還有各種機械、艙板和內橫梁等總重九百六十一．六二公噸，加上第一層三百九十四．九六公噸，合計一千三百五十六．四八公噸，這樣清楚嗎？」

「很清楚。」我答道。

「所以，」船長接著說，「鸚鵡螺號漂浮時，僅會露出十分之一的船體。如果我裝了總容量等同十分之一船體的儲水槽，也就是一百五十．七二公噸，當我把水槽裝滿水時，船的排水量或重量達一千五百零七公噸就可以完全潛入水中了。教授，原理就是如此。儲水槽位於鸚鵡螺號下層側邊，打開閥門引水，水位滿了以後，浮出水面的船體便會開始下沉。」

「很好，船長，可是實際操作應該會有難度。我能理解浮出水面這部分，不過潛入水中時，潛艇難道不會受到壓力的推擠而往上升嗎？每三十尺的水柱應該都會產生一個大氣壓，也就是每平方公分承受一公斤的壓力。」

「當然會。」

「所以，除非您是把鸚鵡螺號全灌滿水，否則我實在無法理解船是怎麼潛入海裡的。」

「教授，」尼莫船長回答，「不該把靜力學和動力學混為一談，這麼做就大錯特錯了。到達深海層其實花不了多少功夫，因為物體都有向下的特性，待我說明。」

「我洗耳恭聽。」

「如果我要知道鸚鵡螺號下沉時需要增加多少重量，只需留意海水隨著水深壓縮的體積即可。」

「這是當然。」我應道。

「然而，如果海水不是絕對無法壓縮，至少也是難以壓縮的。事實上，根據最新的估算，每增加一個大氣壓力，或是每三十尺的水柱壓，海水的壓縮比例頂多是千萬分之四百三十六。要是沉入一千英尺，等同承受一千公尺的水柱，也就是一百個大氣壓力，我就得留意壓縮的量，

也就是十萬分之四百三十六。因此，我必須把船的重量提升到一千五百一十三．七七公噸，而非一千五百零七．二公噸，不過也就是增加了六．五七公噸罷了。」

「這麼少？」

「就這麼少。而且教授先生，這也不難驗證。何況我還有好幾個容量高達百噸的備用儲水槽，想沉多深都沒問題。若想上升貼近海面，只須排水即可。若想讓鸚鵡螺號浮出十分之一，就排空所有儲水槽。」

有這些數據輔助，我沒什麼好反駁的。

「船長，我承認您的計算無懈可擊。」我回應，「既然每天這麼操作都沒有問題，我要是再質疑就太不識相了。只是還有件事我認為執行時會有困難。」

「什麼事？」

「當您潛入一千公尺深處時，鸚鵡螺號的外殼應承受了一百個大氣壓力。這時，如果您想排空備用儲水槽，以便減輕重量浮出水面，幫浦就得先克服這一百個大氣壓力，等於每平方公分一百公斤。而這力量……」

「電力就可以克服，」尼莫船長連忙解釋，「我一再強調，這些機器使用的動力幾乎沒有極限，鸚鵡螺號的幫浦力大無窮，您應該也見識過上回它朝林肯號噴出的強力水柱了。對了，為了保護船上的設備，只有潛入一千五至兩千公尺的深度時，我才會啟用備用儲水槽。如果只是心血來潮想到水下二或三里格的深度，就會使用另一種較為繁複但效果也不錯的方法。」

「什麼方法？」我問道。

「這就牽扯到駕駛鸚鵡螺號的方式了。」

「洗耳恭聽。」

「要控制這艘船向左向右轉，也就是水平航行時，我用的是一般的寬葉舵，安裝在船尾，

靠輪軸和滑輪轉動。但我也能讓鸚鵡螺號垂直移動，靠的是裝在船身兩側吃水線上的一塊活動斜板，由船內的強力手把直接操控。當斜板與船身平行時，船就平行前進，傾斜時，鸚鵡螺號就會按照傾斜角度在螺旋槳的推動下前進，或是按我的意願下沉或上升。假如我想快速到達海面，只需操作螺旋槳，讓水壓推動船體垂直向上，鸚鵡螺號就會像灌滿氣的氣球迅速升空。」

「太厲害了！」我大聲叫好，「但在深海裡，舵手如何按您要求的路線前進？」

「舵手在一個裝有玻璃窗的艙房裡工作，位置在鸚鵡螺號上方的突起處，裝有透鏡玻璃。」

「承受得了水壓的玻璃？」

「正確無誤。石英玻璃不耐撞，但能承受高壓。一八六四年，北海海域上就曾進行過電光捕魚的實驗，當時人們就曾看過這種材質的玻璃板。它的厚度僅七公厘，可以承受十六個大氣壓力，強熱光亦可穿透，但熱度分散不均。而我使用的這塊玻璃厚度至少二十一公分，也就是比當年厚了三十倍。」

「這我同意，但尼莫船長，在深海裡無論如何是需要光線才能前進的，您是如何在漆黑的海中……」

「舵手的玻璃罩艙後方裝有強力的電光反射鏡，可以照亮半浬的水域。」

「了不起，真是太了不起了！我現在總算弄懂令學者們絞盡腦汁也想不出來的獨角鯨磷光現象了！我想順便請教，造成轟動的鸚鵡螺號和斯科細亞號相撞事件是場意外嗎？」

「純屬意外，先生，我當時正在水面下兩公尺的深度航行，看起來似乎沒有造成嚴重的後果。」

「完全沒有，那麼您又如何解釋和林肯號的衝撞？」

「教授，我對這艘美國海軍最精良的軍艦感到火大，它攻擊我，我當然得自衛！但我頂多是讓軍艦失去傷害我的能力而已，它大可至最近的港口維修。」

「噢！船長，」我真心讚美，「鸚鵡螺號真是太不可思議了！」

「是啊，」尼莫船長真情流露，「我把它當作親生骨肉一般疼愛！你們的船如同荷蘭神學家所言，在危機四伏的大海中會遭遇各種危險，然而處在鸚鵡螺號中，人們再也不必提心吊膽，雙層船殼如銅牆鐵壁，用不著擔心船體變形，也無須顧慮風帆船桅受力過大而彎曲，更沒有船帆被風吹走的問題；沒有鍋爐，可以避免蒸汽爆炸；鋼造而非木製的船體沒有火災之憂；使用電力能源，不必操心燃煤耗盡；而且潛艇大多時候在深海中獨來獨往，不會與其他船隻碰撞，水面下數尺處，平靜無波，不必再對抗狂風暴雨！先生，這艘船太完美了！倘若工程師對船體結構和造船者有信心，造船者又比船長有信心，您就不難理解我為何一心信賴鸚鵡螺號了，因為它的船長、造船者和工程師都是我！」

尼莫船長的語氣中帶著滿滿的自信，眼裡閃耀著熱情，手舞足蹈，簡直變了個人似的。他說的沒錯，他對這艘船的愛有如父對子的親情一般！

「所以，尼莫船長，您是個工程師囉？」

但我還有個問題，雖然有點冒失，但不問不快，只能順口提了。

「是的，先生，我還住在陸地上時，曾在倫敦、巴黎和紐約求學。」

「那您是如何在沒有人知道的情況下建造這驚人的鸚鵡螺號的？」

「阿宏納先生，船體的每個零件都是從世界各地寄到一個我提供的假地址。龍骨是在法國的勒克勒佐鍊造；螺旋槳主軸來自倫敦的佩西公司；船殼鋼板由利物浦的立爾德公司生產；螺旋槳主軸是向格拉斯哥的史考特公司訂購的；儲存槽由巴黎的卡西公司製作；機械是普魯士的克魯伯公司；船首衝角是瑞典穆塔拉市的工作坊；精密的儀器則是由紐約的哈特兄弟提供。每家廠商收到的設計圖署名都不同。」

「可是，」我又問，「即使零件備齊，總還是得組裝、配置吧？」

「教授，我在一座海上荒島建了工廠。我的工人，也就是那些由我一手訓練出來的勇敢夥伴就在那裡完成了我們的鸚鵡螺號。工程結束後，我就放火消滅了島上所有的痕跡，要是可以的話，我甚至打算炸了那座島。」

「所以，我應該可以推測建造的成本非常龐大吧？」

「阿宏納先生，一艘鋼材船艦每公噸要價一千一百二十五法郎，鸚鵡螺號重一千五百公噸，一共是一百六十八萬七千法郎。加上裝備的費用兩百萬法郎，若再算入我個人的收藏，總價應達四、五百萬法郎。」

「尼莫船長，我還有最後一個問題。」

「請說。」

「所以您很富有嗎？」

「家財無以計數，就連法國上百億的國債都能付清！」

我盯著眼前這位誇口的怪人，他以為我會輕信於他嗎？時間會為我找到答案。

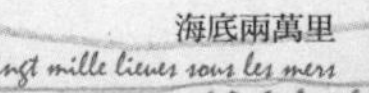

放火消滅了島上所有的痕跡。

14 黑潮

地球表面被海水覆蓋的部分估計有三億八千三百二十五萬五千八百平方公里，等同三萬八千多公頃，這一大片水達二十二．五億立方里，若換作球體，直徑為六十里格，重量為三百億億公噸。想知道這個數字有多大，就得了解一百億億是十億的十億倍。這樣的水量差不多等於地球所有河川流注四萬年所累積的量。

地質世時，水時期緊接著火時期而來。地表最初汪洋一片，要到志留紀，山峰才逐漸顯露，島嶼若隱若現，時而遭區域性洪水淹沒，再重新冒出頭，然後彼此相連，形成大範圍陸地，最後才確定成為我們今日看到的地理上的各洲大陸。固態陸地占去了海洋面積三千七百六十五．七萬平方浬，等同於一百二十九．一六億公頃。

按各洲的地理配置可分隔出五大水域：北極海、南極海、印度洋、大西洋和太平洋。

太平洋介於南北兩個極圈之間，東西兩岸則分別是美洲和亞洲，經度跨越一百四十五度，洋流範圍寬廣、流速慢，潮汐起伏不大，雨量充沛，海面最為平靜。命運引領我在最奇特的處境下來到這片海洋。

「教授，」尼莫船長說，「您願意的話，我們現在可以一起確認一下方位，並決定這趟旅程的起點。現在時間是十一點四十五分，我準備浮上海面。」

船長按了三下電鈴，幫浦便開始排空儲水槽的水，流體壓力計的指針隨鸚鵡螺號上升擺動，最後停了下來。

「到了。」船長說。

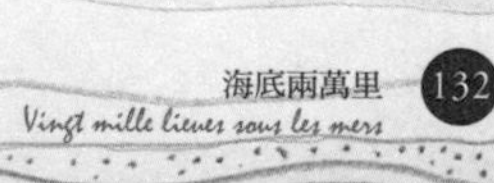

我走向通往平台的中央樓梯，攀上金屬階梯，蓋板已打開，我來到鸚鵡螺號的船頂。

平台僅露出水面八十公分，鸚鵡螺號的船頭和船尾呈紡錘狀，船身確如一支長雪茄。我注意到船殼的鋼板略呈瓦狀交疊，看似大型陸生爬蟲動物的鱗片，怪不得使用再好的望遠鏡，也會把這艘船看成海洋動物。

平台中央有艘半嵌入船體的小艇，狀似微微隆起的瘤。平台前後各有一個不太高的罩艙，外罩傾斜，部分安裝厚玻璃透鏡。其中一間罩艙為舵手專用，另一間裝有照明路線的強力探照燈。

海面風平浪靜，天色清朗，長形的船身幾乎感覺不到海浪的波動。東風徐徐，吹皺了洋面。天邊萬里無霧，視野極佳。

放眼望去毫無一物，不見礁石、不見島嶼，更不見林肯號蹤影。只有一片蒼茫。

尼莫船長拿著六分儀測量太陽高度，應是為了確認緯度高低。他等了幾分鐘，直到太陽與海面齊平。觀測時，他全身肌肉都是靜止的，手裡的儀器也和大理石一般固定。

「中午了，」他說，「教授，可以走了嗎？」

我又朝這片偏黃的日本近海看了最後一眼，便回到展示廳內。

船長記下了方位，並按數據算出經度，再核對先前每小時觀測的角度，最後對我說：

「阿宏納先生，我們現在的位置是東經一百三十七度十五分……」

「根據哪一條子午線？」我迫不及待的詢問，期待船長的答案能透露他可能的國籍。

「我參考好幾條子午線，分別是巴黎、格林威治和華盛頓，不過，為表達對您的敬意，我以通過巴黎的子午線為準[1]。」

這答案什麼也沒透露。我只能鞠躬回禮。他又接著說：

「以巴黎子午線為準，我們正位於東經一百三十七度十五分、北緯三十度七十分，也就是

尼莫船長拿著六分儀測量太陽高度。

距離日本海岸約三百浬。我們就從十一月八日正午開始全新的海底探險之旅。」

「願上帝保佑！」我回道。

「現在，教授，」船長又說，「我就不陪您做研究了。航行方向已設為東北東，深度五十公尺。這些地圖點出了一些重點位置，您可以參考。展示廳隨您使用，容我先失陪了。」

尼莫船長告辭離去，留我獨自沉浸在各種思緒之中，心神圍繞著這位鸚鵡螺號的船長打轉。這怪人會不會以沒有國籍自豪？我是不是永遠也不會知道他來自哪個國家？他對人類的仇恨是否會轉為可怕的報復行動？這深仇大恨來自何方？會不會是個懷才不遇的學者，套顧問的話說，就是「飽受不公對待」的天才，一個現代伽利略、或是像莫銳[2]這樣的人，一生的研究毀於政治革命？難以斷言。命運將我拋上他的船，我的命就握在他的手中，他待客的態度冷淡，但還算殷勤。只是他至今沒有握過我的手，也沒有主動伸手示好。

我整整苦思了一小時，試圖解開縈繞心頭的謎團。後來，我才開始注意攤在桌上的那張大幅地圖，找到我們剛才確認的經緯度交叉點。

海洋和陸地一樣有江河分布。這些潮流很特別，可按溫度和顏色辨識，其中最廣為人知的便是「灣流」。科學界將地球上的五個主要洋流位置區分為北大西洋、南大西洋、北太平洋、南太平洋和南印度洋。過去，南印度洋上可能還有另一道洋流，當時裏海和鹹海還與亞洲各大湖相連。

地圖上我指出的位置正好有一股洋流通過，名為日本暖流，即所謂的黑潮。這股暖流始於

1 巴黎子午線即目前的東經二度二十分十四．〇二五秒。在一八八四年國際本初子午線大會確定以格林威治子午線為經度〇度以前，巴黎子午線也是本初子午線的競爭者，至今仍有部分法國製圖學者會在地圖上標示巴黎子午線。

2 莫銳（Matthew Fontaine Maury, 1806-1873）：美國海洋學家，也是海洋學之父。

孟加拉灣，受回歸線陽光直射升溫，穿越麻六甲海峽，順著亞洲沿岸前進，環繞北太平洋，直至阿留申群島，當地樟木樹幹與物產隨流運輸，鸚鵡螺號也將順著這道洋流前進。我的眼神隨洋流而走，直到它沒入太平洋深處，彷彿我也漂向遠方。這時，尼德蘭和顧問出現在展示廳門口。

我這兩位好夥伴被眼前琳瑯滿目的收藏嚇得目瞪口呆。

「我們在哪裡？我們是在哪裡？」加拿大人喊著，「魁北克博物館嗎？」

「先生，您高興的話，」顧問說，「我想我們應該是在索梅拉爾[3]的住所！」

「兩位，」我示意請他們進房，「你們不在加拿大，也不在法國，確實是在鸚鵡螺號上，五十公尺深的海裡。」

「既然先生如此肯定，自然要相信先生的話。」顧問應聲，「可是坦白說，這展示廳的規模連我這弗萊芒人都不免驚奇。」

「是吧，小子，你就看個仔細吧，因為對你這種分類好手來說，這裡的藏品絕對夠你忙的。」

不需要我多說，這好小子已經俯身貼近櫥窗，低聲唸著自然學家的專業用語了：腹足綱、蛾螺科、瓷螺、馬達加斯加貝螺等。

此時，一旁不太熟悉貝類的尼德蘭問起我與尼莫船長的交談狀況。我是否探出他的來歷了？他來自何方？要往何處去？要把我們帶到多深的海底？成千上萬的問題問得我一時答不過來。

我把所有知道的訊息全告訴他，或者應該說，把所有我還不知道的都提出來問了他，看看他那頭有沒有任何消息。

「什麼也沒看到、什麼也沒聽到！」加拿大人回答，「我連一個船員也沒看到。難不成他們也是靠電力發動的？」

「電力發動！」

「好吧！也只能這麼想了。倒是您，阿宏納先生，」尼德蘭執意不改，「您也不能告訴我船上有多少人嗎？十個？二十個？五十個？還是一百個？」

「蘭師傅，我無法回答您。而且，請相信我，最好先放棄奪取鸚鵡螺號或逃跑的念頭。這艘船是現代工藝的傑作，這輩子若是沒見到，我肯定抱憾終身！能穿梭在這些奇珍異寶之間，就算是落到我們這種處境也是心甘情願。所以，請您放鬆一點，用心欣賞周邊的一切吧。」

「欣賞！」捕鯨人高聲，「問題是在這鋼板監獄裡，我們什麼也沒看到，接下來也不會看到什麼！我們是在摸黑前進，是在盲目航行……」

尼德蘭才說出最後這幾個字，房裡就突然陷入黑暗，伸手不見五指。明亮的天花板燈光瞬間全滅，我的眼睛一時適應不來而感到一陣疼痛，正如同在漆黑之中突然見到強光的感覺。

不知道等在前頭的是驚喜或是意外，我們只能閉上嘴，不發一語的等著。這時，某種東西滑動的聲音傳來，像是鸚鵡螺號兩側的壁板正在移動。

「完了，完了！」尼德蘭說。

「水螅目！」顧問喃喃自語。

忽然，展示廳兩旁的長形開口間亮了起來。海水在電光照射下閃耀，兩片水晶板隔開了我們和海水，想到這脆弱的玻璃可能會碎裂，我不禁顫了一下；但其實在堅固的銅架支撐下，應該再大的壓力都能承受吧。

鸚鵡螺號方圓一浬內的海域全都一覽無遺，真是壯觀的景色！筆墨難以形容！光線穿透了

3 索梅拉爾（Alexandre Du Sommerard, 1779-1842）：法國考古學家、收藏家。

透明水層的光影變化，以及朝海水上下漸層暈染的柔和色彩，誰能畫得出來？

大家都知道海水的透光性佳，也知道它比岩層湧出的水更清澈，再加上懸浮於海面的礦物質和有機物質，海水的透明度又更提升。某些海域，如安地列斯群島附近的沙床距離海面一百五十公尺都還清晰可見，陽光也可照射到三百公尺深處。但在鸚鵡螺號行進的深海裡，電光是從波濤內部向外輻射的。我們看到的不是光亮的水，而是液態的光。

如果我們接受艾倫貝格認為海底存在磷光的假設，那麼大自然真的是為海底生物們留下了最精采的奇觀。我此時此刻看到的變化萬千的光影就是最佳證據。展示廳的兩側各開了一扇窗，我透過它們望著這片未經開發的深淵。廳內的昏暗更顯窗外明亮，隔著透亮的水晶窗，我們就像水族館裡的觀眾。

因為缺乏參照物的緣故，鸚鵡螺號感覺像是停在原地。只有偶爾被衝角劃開產生的水紋從我們眼前快速掠過。

我們看得如痴如醉，雙肘支在玻璃窗前，直到顧問開口，才打破因看得瞠目結舌而持續了好一陣子的沉默：

「尼德兄，您剛才說要欣賞，來吧，這下可有得看了！」

「太妙了！太妙了！」加拿大人抵擋不住美景的誘惑，一時忘了他的憤怒和逃亡計畫，「能看到這等奇觀，跑再遠也值得！」

「啊呀！」我讚嘆，「現在我可明白那人的生活了！他為自己打造了一個世界，獨享這令人震撼的景觀！」

「那魚呢？」加拿大人東張西望，「魚都在哪裡！」

「重要嗎，尼德老兄？您又認不得牠們。」

「你說我嗎？我可是個漁夫！」尼德蘭高聲抗議。

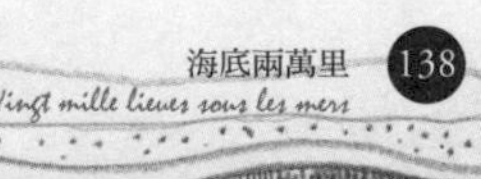

隔著透亮的水晶窗，我們就像水族館裡的觀眾。

兩人就這個問題吵了起來，其實他們都認得魚類，只是認得的方法天差地別罷了。

眾所周知，魚類屬於脊索動物門中的第四綱，也就是最後一綱。精確的定義是「具有雙循環系統、冷血、靠鰓呼吸、生活於水中的脊椎動物。」可以分成兩大類：一類是長有硬骨脊椎的硬骨魚；另一類則是具有軟骨脊椎的軟骨魚。加拿大人也許知道這兩類的區別，但顧問知道的更多，如今他和尼德有了交情，更不能示弱。於是他說：

「尼德兄，您是魚類殺手，一個很有本領的漁夫，捕過無數這種有趣的物種。但我敢保證您不知道怎麼分類。」

「我知道，」捕鯨人認真答話，「分為能吃的和不能吃的。」

「那是饕客的分法，」顧問應道，「您知道硬骨魚和軟骨魚的差別嗎？」

「應該懂。」

「那這兩類下的小分類呢？」

「這就不知道了。」加拿大人回答。

「那就對了！尼德兄，記好了！硬骨魚可細分為六目[4]，首先[5]，是棘鰭目，上顎完整、活動自如、鰓如髮梳。這一目又分為十五科，已知魚類中有四分之三屬於此科，鱸魚就是這一目的代表。」

「滿好吃的。」尼德蘭說。

「第二目，」顧問接著說，「腹鰭目，鰭長在下腹及後胸，而不長在肩胛骨上，這一目可分為五科，絕大部分的淡水魚都屬於這一目，代表的魚是鯉魚、梭魚。」

「呸！」加拿大人不以為然，「淡水魚！」

「第三目是鰈形目，鰭長在下胸，與肩胛骨相連，又分四科，代表的魚有高眼鰈、黃蓋鰈、大菱鮃、菱鮃和龍利魚等。」

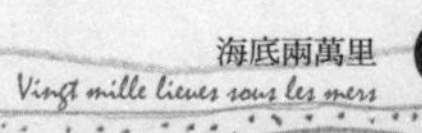

「美味啊！美味！」捕鯨人大讚，只顧著以能否食用的角度分類。

「第四目，」顧問鍥而不捨，「無鰭目，身長、無腹鰭，覆有黏性厚皮。底下只有一科，代表的魚是鰻魚、電鰻。」

「平淡無味！」尼德蘭答。

「第五目，刺魚目，上下顎完整，活動自如，鰓由許多細鬚組成，成對排列。底下也只有一科，代表魚類是海馬、龍馬魚。」

「不好吃！不好吃！」捕鯨人說道。

「最後是第六目，魨形目，頜骨固定在骨側，顎弓嵌在顱骨縫中，牢牢固定，這一目魚沒有真正的腹鰭，下有兩科。代表的魚是魨魚和翻車魚。」

「這種魚拿來煮真是汙辱鍋子了！」加拿大人喊道。

「尼德兄，您都聽懂了嗎？」學者顧問說。

「一點也不懂，顧問兄。」捕鯨人答，「但看你說的起勁，就說下去吧。」

「至於軟骨魚，」顧問從容的接續，「只有三個目。」

「太好了。」尼德說。

「首先是圓口目，口部是可靈活運動的環狀，鰓上有許多孔洞。底下只有一科。典型魚種是七鰓鰻。」

「看樣子挺可愛的。」尼德蘭回答。

「第二目，鯊總目，鰓與圓口目相似，但只有下顎能自由活動。這一目在軟骨魚綱中是最

4 凡爾納在本書提及的生物分類和命名，已與現代不一樣，且虛實參雜。故僅供參考，非現代生物學的定義。

5 這裡顧問為了展現學識，刻意使用拉丁文 primo，呼應各種生物類別的拉丁文。後段亦同。

重要的，包含兩科。典型魚種是魟魚和鯊魚。」

「什麼！」尼德驚呼，「魟魚和鯊魚屬於同一目！好吧，顧問兄，為了魟魚著想，我建議別把這兩種魚放在同一個魚缸裡！」

「第三目，鱘形目，鰓和一般魚類相同，鰓蓋骨下只有一條縫，鰓隨蓋骨開合，下分四屬，代表魚為鱘魚。」

「哦！顧問兄，您把最好的擺在最後。至少我是這麼認為啦。都說完了嗎？」

「是的，尼德，」顧問答道，「不過得先聲明，知道這些不代表全懂了。因為科又分屬、亞屬、種、變種……」

「是哦，」捕鯨人俯身貼上玻璃窗，「這不就來了一堆變種的！」

「是啊！好多魚，」顧問驚呼，「簡直就像在水族館裡一樣！」

「不，」我回應，「水族館畢竟是個大水槽，而這些魚就像天上的鳥兒一樣自在。」

「沒錯！顧問兄，快說說牠們的名字吧！」尼德蘭說。

「我辨不到，」顧問答，「得問我的主人才行！」

的確，這好小子是個分類狂，卻不是自然學家，我不確定光看外表他是否認得出金槍魚屬中的鮪魚。反觀加拿大人，他便能立即喊出這些魚的名稱。

「鱗魨。」我說

「而且是中國鱗魨！」尼德蘭回應。

「鱗魨屬、鱗魨科、魨形目。」顧問喃喃自語。

尼德和顧問若能合體，肯定是個傑出的自然學家。

加拿大人說的對，這是一群鱗魨。正在鸚鵡螺號周圍游蕩的這些魚身形扁平、表皮粗糙、背脊帶刺，四排豎起尖刺隨著尾巴不斷擺動。再沒有比牠們外型更出色的生物了，上灰下白，

是啊！好多魚。

金色的斑點在黑色浪濤中閃耀。幾條鰩魚混在其中優游，好似迎風飛揚的布幔。最讓我驚喜的，是一隻中國鰩魚，上半身呈暗黃色、腹部則是粉紅色，眼睛後方有三根刺。這種魚很少見，拉塞貝德[6]也只在日本圖冊中見到過，因此懷疑牠的存在。

這隻海洋部隊護送著鸚鵡螺號整整兩個小時。牠們嬉戲跳躍、爭奇鬥豔、爭先恐後。我在其中認出了一隻青隆頭魚、有兩道黑紋的鬚鯛、白身紫斑的圓尾蝦虎魚，還有這海底世界最賞心悅目、藍身銀首的日本鯖魚、光聽名字就能認出的琉璃鯖魚、魚鰭藍黃交錯的鯛魚、尾鰭上有黑帶的橫紋魚、束著六條精美腰帶的環紋魚、嘴形如笛的笛口魚或長吻魚，其中還有一些長達一公尺、日本蠑螈、多刺的海鰻，和身長六尺、小眼靈活、利牙大口的海蛇等。

我們的驚訝之情持續了好一段時間，讚嘆不斷，尼德喊出名字，顧問分類，而我，我則沉醉在魚群靈活的身影和優美的體形之中。能夠直擊活生生、優游自然環境的動物真是前所未有的體驗。

眼前的生物實在太多了，包含整個日本與中國的各類魚種，看得我們眼花撩亂，無法一一列舉。這些奔游的魚比天上的鳥類還多，想必都是受電光吸引而來。

突然，客廳恢復明亮，銅板艙壁關了起來，萬千變化的壯麗景致也消失了。但我仍沉浸其中，久久不能自已，直到視線飄到掛在牆上的儀器才回到現實。羅盤依舊指向北北東、流體壓力計標示五個大氣壓，代表船在五十公尺的深處航行，電動計程儀則顯示時速為十五浬。

我等著尼莫船長現身，但他並未前來。時鐘的指針指向五點。尼德蘭和顧問返回他們的艙房，我也轉回我的。晚餐已備妥，有美味的玳瑁湯，白肉是切片的羊魚，魚肝製成另一道料理，還有比鮭魚更可口的帝王神仙魚排。

晚間，我閱讀、筆記、思考。直到睡意來襲，才躺上大葉藻床沉沉睡去。而這時，鸚鵡螺號正隨黑潮疾馳。

6 拉塞貝德（Bernard-Germain de Lacépède, 1756-1825）：法國博物學家，著有《自然通史》。

15 邀請函

隔天，十一月九日，我足足睡了十二個小時才醒來。顧問來到房內，一如往常問候：「先生睡得好嗎？」接著就開始工作。加拿大人還在房裡睡著，好像這一輩子都睡不夠似的。這小伙子喋喋不休的說著，我卻不怎麼搭理，所有心思都繫在尼莫船長身上。自昨日談話後，他就沒再露面，希望今天能見到他。

我很快就穿好了貝足絲製的衣服，這材質一再引起顧問的好奇心。我向他解釋這是以某種光滑柔軟的纖維製成，來自地中海沿岸盛產的貝類「江珧」。因為這種材質柔軟又保暖，從前人們會用來製造華美的布料、絲襪和手套。鸚鵡螺號的船員不需使用陸地生產的棉花、羊毛、蠶絲，也能做出品質優越的衣服。

衣服穿好後，我便前往大廳。那裡空無一人。

於是，我埋頭研究起玻璃櫥櫃內的貝類珍藏，也鑽進了大量的植物標本之中，當中盡是罕見的海洋植物，儘管已經風乾，仍保有鮮明的色彩。我在這些珍貴的水生植物中發現環生藻、孔雀藻、葡萄葉蕨、岩藻、赤細藻、扇形蕨和形似扁平菌蓋，長久以來都被分在植形動物類中的盤菌菇，最後則是一系列的海藻植物。

白天就這麼過了，始終不見船長現身，廳內的壁板也沒有再開過。或許是怕我們一下看了太多美景變得麻木吧。

鸚鵡螺號持續朝東北東前進，時速為十二浬，深度介於五十至六十公尺間。

隔天，十一月十日，同樣的空無一人，同樣的冷清。沒有見到任何船員，尼德和顧問大部分時間都和我在一起，對於船長的隱身感到不可思議。那怪人難不成是病了？或是改變主意，要用其他方式處置我們了？

反正，根據顧問的觀察，我們的確享有完全的自由，餐飲也是精緻美味。再說船主信守承諾，沒什麼好抱怨的，我們遇上這種事還能因禍得福，更無權責怪對方了。

我從這一天開始撰寫探險日記，如此一來，才能精確詳細的記載發生的事，比如現在便有個小細節要說：我使用的紙張是以大葉海藻製成的。

十一月十一日一大早，鸚鵡螺號內的空氣變得新鮮許多，看來是船回到洋面更換儲存的氧氣了。我走向中央樓梯，登上平台。

清晨六點，海上烏雲密布、海面灰暗但天氣穩定，幾乎不見波濤。尼莫船長會來嗎？希望能見到他。但我只看到待在玻璃罩裡的舵手。我坐在擺放小艇的船身突出部分，盡情呼吸著帶海洋鹹味的空氣。

濃霧隨著陽光的照耀逐漸消散，驕陽自東方海面升起，水波在陽光照射下如火花般閃耀。散落在高空中的雲朵色彩鮮明，無數「貓舌[1]」預告這是有風的一天。但對於連暴風雨也不怕的鸚鵡螺號而言，這點風根本不算什麼！

我欣賞著這令人愉悅的日出，心情大好、朝氣蓬勃。這時，我聽見有人走上平台的聲音。我猜測是尼莫船長，正準備打招呼時，才看到是船副走了上來，就是首次與船長會面時見過的那位。他站上平台，似乎沒有發現我。他的雙眼貼著高倍望遠鏡，全神貫注的觀察了四面八方。檢查完畢後，他靠近蓋板，說了句話。因為接下來的每個早晨，他都在同樣的情況下說出一樣的句子，所以我記了下來。內容如下：

1 貓舌：邊緣呈鋸齒狀、輕薄小巧的白雲（原註）。

水波在陽光照射下如火花般閃耀。

「*Nautron respoc lorni virch.*」

這句話的意思我不得而知。

船副說完這句話後就進入船艙了。我想鸚鵡螺號就要潛入海底航行了，所以走回蓋板處，穿過走廊回到自己的臥房。

五天過去了，情況沒有任何改變。每天清晨，我都會爬上平台，同樣的人說同樣的話。但尼莫船長始終沒有出現。

十一月十六日這天，我已不再指望見到他，但就在我和尼德、顧問回到臥室時，發現了一封給我的便箋。

我急忙拆開，字跡工整清晰，字型有點像歌德體，類似德文。

便箋內容如下：

致　鸚鵡螺號　阿宏納教授

一八六七年十一月十六日

尼莫船長敬邀阿宏納先生參與明早於克雷斯波島森林舉行的狩獵行動。期望先生務必撥冗前來，亦歡迎先生攜伴。

鸚鵡螺號指揮官

尼莫船長

「狩獵！」尼德大喊。

「而且是在克雷斯波島的森林！」顧問接話。

「所以這怪人是要到陸地上嗎？」尼德蘭又說。

「上頭是這樣寫的沒錯。」我又看了一次便箋。

「那麼！當然要接受邀請啊，」加拿大人說，「只要能踏上陸地，我們就能想出對策。而且，吃點新鮮野味我也不會介意的。」

尼莫船長對陸地顯然是厭惡至極，卻又邀約至陸地上的森林狩獵，這其中的矛盾我無意深究，只顧接受邀約。

「先看看克雷斯波島是什麼地方。」

我查看了世界地圖，在北緯三十二度四十分、西經一百六十七度五十分的地方找到一座一八〇一年由克雷斯波船長發現的島嶼，舊西班牙地圖上該島的名稱為羅卡・德・拉・普拉達，意思是「銀岩」。所以目前我們與出發地點大約相距一千八百浬，前進的方向稍有修正，現在鸚鵡螺號正朝東南方行駛。

我把這座孤立在太平洋北部海域中的小岩島指給同伴看。

「倘若尼莫船長偶爾會登陸，至少也是選擇荒島。」

尼德蘭點頭示意，接著便隨顧問離去。那位不說話也沒表情的侍從隨後送來了晚餐，我吃完便睡了，但心中還是充滿了疑慮。

隔天，十一月十七日，我醒來時察覺鸚鵡螺號靜止不動，趕緊換好了衣服便進到展示廳裡。

尼莫船長已經在裡面等候了，見我進來，他站起身問候，並詢問是否方便與他同行。

他對八日來不見蹤影的事隻字未提，我也就不便多問，只回應我和夥伴都將一同前往。

「可是，先生，」我補了一句，「我有個問題請教。」

「阿宏納先生，請說，能回答的我一定回答。」

「好的，船長，您既然與陸地斷絕關聯，為何又擁有一座小島上的森林？」

「教授，」船長回答，「這座森林無需太陽的光與熱，沒有獅子、沒有老虎、沒有豹或其他四足動物出沒，只有我知道它的存在，也只為我生長。而且這座森林不在陸地上，而在海底。」

「海底森林！」我不禁大喊。

「是的。」

「您要帶我去？」

「沒錯。」

「步行嗎？」

「而且不會弄濕您的腳。」

「還要狩獵？」

「是的，狩獵。」

「手持獵槍？」

「手持獵槍。」

我望著船長，臉上沒有一絲恭維之情。

「這人的腦子一定有問題。」我心想，「大概已經病了八天了，可能至今沒有痊癒。太可憐了，我寧願他怪裡怪氣也別發瘋！」

我的心思應該在臉上表露無遺，但尼莫船長也只請我隨他去，我也就聽命行事了。

我們來到了餐廳，早餐早已備妥。

又是飽餐一頓，餐點內容包括各種魚類和海參切片、上等的植形動物、以雙葉紫藻和同瓣藻製成的開胃菜。飲料是清水，我學著船長加幾滴利口酒，這種酒按堪察加半島的方式，從一種名為「掌形藻」的植物中提煉而成。

尼莫船長先是顧著吃飯，不發一語。過了一陣子後才說：「教授，當您收到我的狩獵邀請

又是飽餐一頓。

時，您還以為我做了件違背原則的事。待我向您解釋是座海底森林後，您又認為我瘋了。教授，您不該如此輕易的評判他人。」

「可是，船長，您不覺得……」

「請聽我說完，再決定是否要把我當成瘋子或是沒有原則的人。」

「請說。」

「教授，人類只要備足可呼吸的空氣，即可在水底生活，這件事您和我一樣清楚。就像工人進行海底工程時，他們會穿著防水衣，頭戴金屬頭盔，藉由幫浦調節氣壓和空氣傳輸量，工人就能呼吸到海面上的空氣。」

「您指的是潛水裝備。」我說

「是的，但在全副武裝的情況下，人無法自由活動。身上繫了一條輸送空氣的橡膠管，其實就是與陸地相連的鎖鍊。如果我們也得這樣和鸚鵡螺號繫在一起，那根本就走不遠。」

「那要怎麼做到行動自如？」我問。

「用您的兩位同胞，胡嘉侯和德納胡茲發明的潛水裝備，只是我又按需求做了改良，如此一來就能適應新環境，身體器官也不會有任何不適。這種裝備包含一個厚鋼製成的儲氣罐，我用五十個大氣壓把空氣壓縮在裡面。這個儲氣罐固定在軍用背包上，上半部有個盒子，裡面裝有氣閥控制，空氣只有在正常的氣壓下才會逸出。胡嘉侯的裝備有兩條橡皮管，連接一個遮住口鼻的罩子與裝有空氣的盒子，一條吸氣用、一條呼氣用，可根據需求用舌頭控制開關。但海底的壓力還是很大，不得不像潛水員那樣，戴上接著這兩條呼吸管的圓形銅盔。」

「很完美，可是帶上的空氣應該很快就會用罄了，而且當空氣中的含氧量只剩百分之十五時，恐怕會難以呼吸。」

「是這樣沒錯，但阿宏納先生，我提過鸚鵡螺號的幫浦可以用高壓儲存氧氣，這個裝備裡

的空氣也可以供應九到十個小時。」

「那我也沒什麼好質疑的了，」我應道，「只是要問您，在深海底下您如何照明？」

「阿宏納先生，使用倫可夫儀即可。氧氣背在背上，照明設備則繫在腰間。這個探照燈裝有本生電池，只是不用重鉻酸鉀發電，而是用鈉。感應線圈蒐集電池產生的電力，傳送到特製燈籠，燈籠裡裝有玻璃曲管，管中保有少量二氧化碳。通電時，二氧化碳會發亮，提供持續不斷的乳白色光源。我就靠這些設備呼吸和探索。」

「尼莫船長，您對我的每項異議都有無懈可擊的回覆，我也不敢再質疑了。然而，雖然我不得不認同胡嘉侯和倫可夫的儀器，但對您要我帶上的槍還是持保留的態度。」

「我說的可不是有火藥的槍。」船長回答。

「那是氣槍囉？」

「是。船上又沒有硝石、硫磺、煤炭，要怎麼製作火藥？」

「對了，」我又說，「海水的密度是空氣的八百五十五倍，要射擊的話，可得克服這麼大的阻力。」

「這麼說不太正確。富爾頓曾設計一把槍，後來由英國人菲利浦・科爾和伯利、法國人福希、義大利人隆地等人改良後，配有特殊的封閉裝置，可以在水中射擊。但我再重申一次，我沒有火藥，是以鸚鵡螺號幫浦製造的大量高壓空氣取代。」

「那應該也是很快就耗盡了。」

「這個嘛！我不是有胡嘉侯的儲氣罐嗎？必要的時候也可以供應空氣，只要裝個特製的龍頭即可。再說，阿宏納先生，您稍後將會親身體驗，海底狩獵其實花費不了太多的空氣和子彈。」

「可是在這種光線昏暗，液體密度又遠高於空氣的情況下，子彈應該打不遠，殺傷力也不大吧？」

「先生，相反的，這把槍每一發都是致命的，遭擊中的動物，即使只是輕擦而過，也會立即倒地。」

「為什麼？」

「因為發射的不是尋常的子彈，而是由奧地利化學家列尼伯赫發明的小玻璃彈，我的船上有大量存貨。這些玻璃彈都以鋼殼包覆，底下再用鉛加重，等同縮小版的萊頓瓶，內藏高壓電。只要稍微撞擊就能釋出電力，再強壯的動物也會應聲倒地。而且，這些子彈和四號子彈差不多大，一般獵槍可裝十發。」

「我無話可說了，」我站起身，「給我槍吧，您去哪，我就去哪。」

尼莫船長領著我往船尾走去，經過尼德和顧問的艙房時，我順道叫上了他們。

然後，我們來到一間位於機房旁的小艙房，準備在裡面穿上海底漫遊的服裝。

16 海底漫遊

這小房間確切來說是鸚鵡螺號的武器室兼更衣室，牆上掛著十二套潛水服，靜待海底漫遊者使用。

尼德蘭一看這些潛水設備便面露厭惡之情，不肯穿上。

「尼德兄啊，」我說，「我們剛才說的克雷斯波島森林可是個海底森林呢！」

「是嗎！」捕鯨人難掩失望，他想吃新鮮野味的幻夢滅了，「您呢？阿宏納先生，您也打算穿上這套衣服嗎？」

「非穿不可，尼德師傅。」

「隨便您了，」捕鯨人說著，聳了聳肩，「至於我，除非有人強逼，否則我是不會穿的。」

「尼德師傅，沒有人會強迫你的。」尼莫船長說。

「顧問也要去冒險嗎？」尼德問。

「先生去哪，我就去哪。」顧問回答。

船長叫來了兩名船員協助我們穿上厚重的潛水裝備，這一身衣服為橡膠材質、無縫線，一體成形，得以承受巨大壓力，可以說是一套彈性很好又堅固的甲冑。衣褲相連，褲管下連著鞋底釘了重鉛的厚重鞋子。上衣織滿銅片，有如鐵甲，保護胸口免受水壓衝擊，肺部功能也能正常運作。袖口則接上完全不妨礙雙手動作的柔軟手套。

十八世紀有些服裝相繼發明且受到相當大的讚賞，比如軟木盔甲、無袖背心、航海衣、潛水箱等，但跟這幾套改良過的潛水服相比，簡直小巫見大巫。

尼莫船長、一位有如海克力斯般力大無窮的夥伴、顧問還有我，全都快速穿好了潛水服，就差沒把頭關進金屬頭盔裡了。但在此之前，我請求船長讓我仔細看看我們的配槍。

一位鸚鵡螺號船員為我取來一把簡易的獵槍，槍托是鋼製的，中空，容量頗大，用來儲存壓縮空氣。扳機可控制閥門，將空氣送入金屬槍管。彈匣位於槍托最寬處，可存放二十幾發電力子彈，利用彈簧自動送入槍膛，擊出一發後，另一發便隨之上膛待命。

「尼莫船長，」我說，「這把武器太完美了，操作起來也很簡單。真想立刻試試。不過我們該怎麼進到海底呢？」

「教授，鸚鵡螺號已經潛到海面下十公尺了，我們準備出發。」

「怎麼出去？」

「馬上就會知道了。」

尼莫船長戴上圓盔，顧問和我也跟著做了，還一邊聽見加拿大人語帶諷刺的說著「打獵愉快」。潛水服的領口附有一圈銅製螺絲，和頭盔拴在一起。頭盔上開了三個以厚玻璃防護的圓孔，只要轉頭就能看到各個方向的景致。我們一戴好頭盔，背在背上的胡嘉侯裝置就開始運轉，我個人認為呼吸時沒有任何不便。

倫可夫照明儀掛在腰帶上，獵槍在手，準備出發。可是，坦白說，穿上這一身厚重的潛水服和鉛做的鞋，簡直就像被釘在甲板上般寸步難行。

但這種狀況似乎早就納入考量了，我感覺到有個人把我推進更衣室旁的小房間，其他人也跟著被推進來，在密閉閥門關上的聲音響起後，房內便陷入一片漆黑。

幾分鐘後，耳邊傳來一陣尖銳的吹哨聲。一陣寒意自腳底往胸部竄了上來，顯然是海水從某個水孔流進船內，灌滿了整個房間。鸚鵡螺號側邊的另一扇門開了，射入一道微光，照亮四周環境，沒多久，我們已經踏進海底了。

準備出發。

此刻，我該如何描述海底漫步帶給我的震撼？這麼奇妙的體驗，言語難以名狀！縱使拿起畫筆，也無法揮灑出這片液體獨特的光影效果，更何況是羽毛筆呢？

尼莫船長帶頭，他的夥伴隔著幾步跟在我們身後，顧問和我挨著彼此前進，彷彿還期待就算隔著這金屬外殼也能交談。這時我已感覺不到身上衣服、鞋子、儲氣罐和圓盔的重量了，只是頭在裡面晃來晃去，活像杏仁殼裡的杏仁。理論上，所有物體進入水中後，會失去和排出水量相等的重量，現在的我完全體驗了阿基米德原理了。我不再是一團癱瘓的物體，而是個行動自如的自由人。

陽光自海面上射下，光線可達海底三十尺，穿透力令人驚嘆。陽光輕易穿透水層，散出各種色彩，一百公尺內的物體清晰可辨。在這之外的區域暈染了青藍的色澤，漸遠漸深，最後隱沒於暗潮之中。事實上，周圍的海水對我來說就像另一種氣體而已，密度大於陸地上的空氣，但透明度卻不相上下。頭頂上是平靜無波的海面。

我們的腳下踩著細緻平坦的沙地，不見一般沙灘上被海水沖刷而形成的波紋。這片光彩奪目的地毯簡直就像塊反光鏡，反射陽光的強度驚人，產生的反射光應能穿透所有液體。如果我堅持自己身在海底三十尺，會有人相信嗎？

我在這片明亮且布滿細微貝殼粉末的沙地上走了一刻鐘，鸚鵡螺號的船身如一塊長礁，漸漸消失在視線之外。但它的燈光未滅，當夜幕降臨時，這道光將指引我們回到船上。我相信，只在陸地上見過白晝耀眼光芒的人一定很難想像我眼前的景象。陸上的空氣充滿塵埃，光照下顯得朦朧，但若是在海裡，電光傳遞的過程沒有雜質干擾，能見度無可比擬。

我們不停走著，廣闊的海底平原彷彿沒有邊際。我用手撥開水簾，走過後它們又在我身後閉合，腳印也迅速被水壓抹平。

後來，我似乎瞥見了什麼東西，由於距離太遠顯得模糊，靠近後才認出是這趟海底之旅首

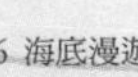

次見到的礁石群，上面鋪滿了各種植形動物，我一眼就被這特殊景觀打動了。

時間是上午十點。陽光照射波浪的角度較為傾斜，經過海水折射，光線有如穿透稜鏡般四散，花朵、岩石、幼苗、貝殼、珊瑚蟲等一經映照，邊上便泛起太陽光譜的七彩。各種色彩交錯重疊，簡直是奇觀，讓人大飽眼福，就像帶著綠色、黃色、橘色、紫色、靛色、藍色的萬花筒，總之，就是瘋狂的畫家盡情揮灑的調色盤！我恨不得能告訴顧問我此刻的激動，和他一起共評共享！恨不得能和尼莫船長與他的夥伴一樣，靠約定手勢傳達心思！無奈我只能和自己對話，明知道可能消耗更多空氣，還是禁不住在銅製的頭盔裡驚聲尖叫。

面對壯麗的美景，顧問和我一樣駐足欣賞。這小子當然是對眼前各類植形動物和軟體動物充滿興趣，顧著分類、再分類。珊瑚蟲和棘皮動物俯拾即是，各種柳珊瑚、離群索居的星狀珊瑚、從前被稱作「白珊瑚」的處女珊瑚叢、菇狀的刺珊瑚菌、以肉盤吸地狀似花朵的海葵，一旁還環繞著蔚藍的銀幣水母，各種海星遍布池地，疣狀海星的觸手，好似水仙子繡製的蕾絲，隨著我們走過而挑起的水波搖擺。沙地上布滿不計其數、耀眼奪目的軟體動物活化石，像是環紋扇貝、鍾頭貝、截形斧蛤（真正活蹦亂跳的貝類）、馬蹄螺、紅冠螺、天使翼風螺、海兔螺和其他取之不盡的海洋生物，我實在不忍踩過牠們。但我必須前進。僧帽水母從我們頭頂游過，青色的觸手拖曳著身軀浮游。這些傘狀的水母，有的是乳白色、有的是淺粉色，觸手圍繞了一圈，遮住我們的陽光。還有紫紋水母，身上閃耀著磷光，在黑暗中為我們照亮前進的道路！

這四分之一浬的路程充滿了各式美景，但我無法駐足，尼莫船長向我招手，讓我趕緊跟上。沒多久後，地質變了，原本的沙質地變成了黏糊的爛泥，美國人稱之為「淤泥地」，僅由含二氧化矽和石灰質的貝類構成。接著，我們行經海藻地，海水尚未沖走這些海洋植物，留下了茂密的植被。這片密密麻麻的草坪輕柔順腳，足以媲美最柔軟的手工編織地毯，它們不僅在我們腳下展現綠意，就連頭頂也布滿了青翠草皮。水面上漂浮著層層的海生植物，大多屬於藻類。

藻類名目眾多，人類知曉的就有二千多種。我看見長帶墨角藻漂浮著，有的呈球形，有的呈管狀，還有凹頂藻、葉子纖細的金魚藻、貌似仙人掌的掌狀紅藻。我發現，綠色植物偏好集中在海水表層，紅色海藻位居中層，獨留黑色或棕色的水生植物待在海洋深處，從而形成層次分明的海底花園和花圃。

這些藻類是造物主賜予的奇觀、全球植物界的奇蹟之一。地球上最小與最大的植物都出自這一家族，人類曾於五立方公釐的大小之內算出容納了四萬株藻類幼苗，也曾採集一條超過五百公尺的墨角藻。

我們離開鸚鵡螺號大約一個半小時了，時間接近正午。我察覺現在的陽光垂直照入，不再經過折射，因此奇幻的色彩逐漸消失，頂上的翠綠和湛藍也已淡去。幾個人的步伐一致，踏地傳出的聲音特別響亮。水是比空氣更好的媒介，傳播速度比空氣快了四倍。身在水中，再細微的聲音都會快速傳遞，習慣陸地聲音的耳朵難免不適應。

這時，我們走上了一個斜坡，光線也變得單調。我們已達一百公尺深處，身上承受著十個大氣壓力，但因身穿特製的潛水衣，除了手指血液循環有點不順外，絲毫沒有任何感受，手指也很快恢復正常。照理來說，穿著笨重的裝備行走兩個小時應該要感到疲憊了，但我的精神還是很好，反而因為海水的助力，行動意外容易。

我們已經深入海底三百尺了，還是可以感受到微弱的陽光。原本的豔陽變成了淺紅的暮色，做為白晝與黑夜的分野。不過，我們還是看得很清楚，倫司夫儀暫時派不上用場。

這時，尼莫船長停下腳步。等到我跟上後，他伸手指向不遠處一片昏暗之地。

「應該就是克雷斯波島了。」我心想。而事實證明，我的想法無誤。

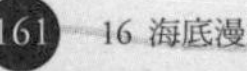

©Wikimedia commons

克雷斯波島海底奇景。

17 海底森林

我們總算來到森林邊緣了，這裡無疑是尼莫船長擁有的廣大領地中最美的區域之一。他把森林視為己有，彷彿自己擁有開天闢地第一人般的權力。不過話說回來，又有誰能與他爭奪這片海底資產？又有哪個拓荒者會比他更大膽，手持大斧開墾這片陰暗的灌木林？

這片林地裡有許多高大的喬木，穿過如拱廊般的林道後，我的目光立刻被排列獨特的枝葉吸引了，至今還未見過如此生長的樹木。

地面上沒有一點草，灌木枝芽不朝外蔓生，也不彎曲、不朝橫向生長。所有的枝幹都朝海面延伸而去，每一絲、每一條、每一片全都豎直如鐵枝。墨角藻和藤類因為生長環境過於密集，也只能垂直向上生長。它們全都靜止不動，即使用手撥開，一放手就會立即恢復原狀，這裡根本就是直線條王國。

很快的，我就對這些奇怪的生長方式見怪不怪了，也開始習慣四周較為昏暗的環境。林地上布滿尖石，很難一一躲開。這裡的植物品種應有盡有，甚至比陸地上兩極或熱帶區還豐富。只不過，剛進到這裡的前幾分鐘，我竟無法分辨植形動物和水生植物，把動物當成植物看待了。但在這海底世界裡，動物和植物實在太相似了，誰能不弄錯呢！

我觀察到這裡的植物都以枝幹底部表皮觸地，因為沒有根，所以支撐的地面是否穩固並不重要，沙子、貝殼、甲殼或是石子都可以，只需要一個支撐點就夠了，無需任何養分。這些植物獨立生長，它們的存在仰賴海水滋養，長出來的大部分不是葉子，而是奇形怪狀的薄片，顏色也不豐富，只有玫瑰紅、胭脂紅、青綠、橄欖綠、黃褐和棕色。我也再度看到孔雀藻，這回可不是鸚鵡螺號上的乾燥標本，而是開了屏、招來微風的生命體；還有猩紅色的赤細藻、可食用的細長嫩芽海帶、纖細彎曲而且伸直可高達十五公尺的腔囊藻、莖部上寬下窄的盤菌菇，以及其他許多海藻植物，都是不開花的。某個風趣的自然學家曾說：「海底無奇不有，那裡的動物會開花，而植物不開花！」

在各種如溫帶樹種般高大的灌木之間和底層較陰涼潮濕處，聚生了不少鮮豔花叢，形成植形動物的籬笆，上面長滿曲紋珊瑚、觸角呈清透的淺黃狐尾藻、密如草叢的鈕扣珊瑚；為了提供更完整的想像，也得提一下在樹枝間穿梭、有如成群蜂鳥的蠅魚；還有刺顎尖鱗的黃色蠹蟲魚、飛魚、松球魚在我們腳邊跳躍，活像一群鷸鳥。

將近一點時，尼莫船長做了手勢讓我們停下休息，正合我意，大家就在像箭一般直挺的翅藻間躺了下來。

片刻的休息有如久旱甘霖，只差不能與同伴暢談了。我們根本沒辦法說話，也不可能回答，所以我只能把銅製的大頭伸向顧問。這小伙子雙眼裡閃著欣喜，他在銅盔裡擠眉弄眼，表示對這趟旅程的滿意之情，那嘴臉可說是世上最滑稽的。

我很驚訝在海底走了四個小時竟沒有覺得特別餓，難以解釋箇中原因。相對的，睡意卻襲捲而來，正如所有的潛水員。我的雙眼在厚實玻璃窗罩內沉沉的闔上，隨即被難以抗拒的睡意淹沒，先前大概是持續走動才挺過來的吧。我看著尼莫船長和健壯的同伴躺在這晶瑩剔透的水裡，便有樣學樣。

我不知道自己昏睡了多久，醒來時，太陽已逐漸西沉。尼莫船長已經起身，我也伸展了一下四肢。這時，一個意外的物體讓我跳了起來。

一隻高達一公尺的巨大海蜘蛛在幾步之處瞪著我，正要向我身上撲來。儘管身上的潛水衣很厚，這怪物應該咬不了我，但我還是感到恐懼。顧問和另一名鸚鵡螺號的船員此刻也醒了。

有如怪物的巨大海蜘蛛。

船長指向那醜陋的甲殼類動物，一旁的船員立刻開了一槍，怪物的大腳就在我眼前抽搐變形。

這次經驗讓我警覺這海底的昏暗世界中，還會有其他更可怕的動物出沒，而我的潛水服可能抵擋不了牠們的攻擊。在這之前，我從未想過這種可能性，接下來應該提高警覺才是。我原本以為這段時間的中場休息意味著海底漫步的終點，但我錯了，尼莫船長並沒有轉回鸚鵡螺號，反而繼續這趟勇敢的冒險之旅。

地勢持續走低，坡度越來越陡，我們正往海底深處走去。大約三點左右，我們來到一處峽谷，兩旁崖壁峭立，深度是一百五十公尺。幸虧我們的潛水設備完善，才能在超越人類至今所能潛入的九十公尺極限。

儘管手邊沒有任何測量儀器，我還是能斷定身處海底一百五十公尺，因為我知道海水再清澈，陽光也不可能照射到更深的地方。而目前我們所處的位置，正好變得漆黑無比，能見度不及十步。正當我摸索前進時，眼前閃過一道強烈的白光。是尼莫船長的倫可夫儀亮了，他的同伴跟著開了燈，顧問和我也照做。我轉動一個小螺絲，接通線圈與玻璃彎管，在四盞燈的照射下，海底世界方圓二十五公尺的範圍內全亮了起來。

尼莫船長持續往森林深處走去，灌木叢越來越稀少，我發現植物比動物還要快消失。失去水生植物的土地變得貧瘠，但大量的植形動物、節肢動物、軟體動物和魚類依然比比皆是。

我邊走邊想，倫可夫儀發出的燈光肯定會吸引某些黑暗水層的居民前來。但牠們就算靠近，也始終和我們保持一定的距離，獵手們根本無從下手。好幾次，我都看到尼莫船長舉槍瞄準，但觀察一陣子後又放棄射擊，繼續前進。

最後，大約四點左右，我們這趟驚奇之旅總算要結束了。我們眼前矗立了一大片壯觀的岩壁，層層堆疊的大塊岩石、雄偉的花崗岩峭壁、暗不見底的巖洞，就是沒有一處可攀爬。這裡就是克雷斯波島的盡頭了，前方就是陸地。

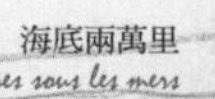

船長突然止步，朝我們做了停止往前的手勢，儘管我多想穿越這道牆也非得遵命。尼莫船長的領地就到此為止了。再往前就是他不願涉足的陸地。

我們踏上了歸程，仍由尼莫船長領頭，踩著堅毅的步伐前進。我想我們並非按原路返回，這條新的路非常陡峭，走來十分費力，我們也很快就靠近海面了。然而，返回水面的速度也不能過快，以免驟然減壓導致人體機能嚴重失調，對潛水員造成致命內傷。陽光很快又出現了，而且越來越亮，但太陽已貼在海平面上，光線折射的作用使得七彩光芒再度環繞各種物體。

在水深十公尺的地方，我們的身旁圍繞著各種小魚，數量比天上飛鳥還多，行動也更為敏捷，只是沒有見到任何值得開槍的水棲獵物。

這時，我看到船長急忙舉槍，瞄準灌木叢裡某個移動的物體。子彈射出時，我聽到一聲微弱的哀鳴，一隻動物在離我們幾步遠的地方倒下。

是隻漂亮的海獺，唯一生活於海洋之中的四足動物。這隻海獺長達一．五公尺，應該價值不菲。牠的背部毛皮呈咖啡色，腹部為銀白色，這種上好的皮料在中國和俄羅斯市場上極為搶手，光憑那細緻的光澤，至少值兩千法郎。我非常喜愛這種特別的哺乳動物，圓頭、短耳、圓眼、像貓般的白鬍鬚、腳掌有蹼和爪、尾巴毛茸茸的。這種珍貴的食肉動物在漁民的獵捕下變得非常稀少，如今主要躲藏在太平洋北方海域，瀕臨滅絕危機。

船長的同伴上前抓住海獺，扛上肩後，我們又重新上路了。

接下來的一小時內，腳下都是細沙平原，地勢起伏不定，有時只距離海平面兩公尺。我可以清楚看到我們映在水面的倒影，同樣的動作，同樣的姿勢，完全一致，只差在倒影是頭朝地、四肢朝天罷了。

另有個值得一提的景象，是天上快速成形又突然消散的厚雲。但我馬上就明白了，我看到的雲層是海底各種厚度的長浪反射而來，甚至還有破碎的浪頭擊中海面激起無數浪花而形成的

船長朝我們做了停止往前的手勢。

「羊群浪」，以及從我們頭頂快速飛掠海面的大鳥影子。

就在這情況下，我見證了史上最令獵人激動的神氣射擊。一隻大鳥展開寬大的翅膀朝我們飛來，清晰可見。尼莫船長的同伴等牠離海面僅幾公尺時舉槍射擊，大鳥應聲墜落，掉到這位槍法了得的獵人身旁。是隻美麗的信天翁，堪稱海鳥中最討喜的品種。

回程的計畫並沒有因此插曲而中斷，接下來的兩個小時，有時踩過沙地平原，有時是寸步難行的海藻草原。說實話，我實在走不動了，幸虧遠遠看到半浬外有道微光穿透昏暗，那是鸚鵡螺號的燈，應該不出二十分鐘就能回到船裡。登船後，我就能盡情呼吸了，這時，我已經感覺到儲氣瓶供應的氣體含氧量不足，卻沒想到會節外生枝，延遲了上船的時間。

事情發生時，我走在船長後方二十步，突然看見他回過頭急忙朝我走來，用他有力的雙手把我推倒在地，他的夥伴也對顧問做了相同的事。一開始，我對這突如其來的舉動感到疑惑，但發現船長也躺在身邊一動也不動時，便安心了。

我躺在地上，一叢海草掩蔽行蹤，當我抬起頭時，發現一些巨大的物體閃著磷光自眼前呼嘯而過。

認出威脅我們生命的生物時，我的血液瞬間凝結！是一對虎鯊，這是一種可怕的鯊魚，擁有巨大的尾鰭，目光黯淡無神，嘴鼻周圍布滿圓孔。牠們的血盆大口與鐵一般強壯的下顎可以輕易把一個人咬碎！不知道顧問是否忙著分類，至少我在看到這銀白色的魚腹、尖牙利齒的大嘴時，一點也想不出科學觀點，受害者的心理多於自然學家。

所幸這對貪婪成性的動物視力很差，沒發現我們就游走了，只有淺褐色的魚鰭稍微碰觸到而已。我們奇蹟似的逃過了一劫，此番情況的危險程度可比在陸地森林遇到老虎還高。

在電光的指引下，我們在半小時後抵達鸚鵡螺號。外艙門依舊開著，待我們進入房間後，尼莫船長就將它關上了。接著，他按下一個按鈕，我聽見船內幫浦運轉的聲音，周圍水位逐漸

一隻大鳥展開寬大的翅膀朝我們飛來。

降低，不一會兒，房內的水就排空了，內門這時才打開，我們進入了更衣室。

我們花費了好大的力氣才把潛水衣脫掉，拖著筋疲力盡、飢餓難耐的身體回到我的房間，心裡還讚嘆著這趟驚人的海底之旅。

18 太平洋底四千里

翌日，十一月十八日清晨，我完全恢復了精神，於是我登上平台，正好聽見鸚鵡螺號的船副重複每日必說的句子。我估計應該是和海況有關，也可能是說：「沒有發現任何東西。」

海面確實是空無一物，放眼望去沒有任何船帆，經過一夜，克雷斯波島的高地也已不復見。大海像一片稜鏡，吸收了各種顏色的折射光，唯獨釋出藍色，反射到四面八方，染出了一片靛藍的布，大片的波紋絲光隨著波濤規律起伏。

正當我傾心觀賞這片海色之際，尼莫船長出現了。他似乎沒有注意到我，只顧著觀察天象。觀察完畢後，他將雙肘倚在探照燈罩上，目光消融在海面之上。

此時，平台上又來了二十幾名鸚鵡螺號的船員，個個身強體壯，他們來收回夜間撒下的漁網。這些水手看上去來自不同國家，但似乎都是歐洲臉孔，我能分辨出的有愛爾蘭人、法國人、幾個斯拉夫人、一個希臘人或克里特人。因為這些人都沉默寡言，就算開口，也使用彼此才聽得懂的一種奇怪方言，我怎麼也猜不出來，只能放棄。

漁網被拉上船了，是一種拖網，看起來是諾曼第沿海使用的款式，寬大的網袋以浮標和一條纜繩串起了每個網眼並將它們撐開。船員戴上了鐵製手套拉住網袋，在海底拖行了一陣子，將所有的魚群一網打盡。今天經過的海域魚貨豐富，捕獲許多特殊品種，像是動作滑稽、有如丑角的鮟鱇魚、長有觸鬚的黑色康氏馬鮫、帶紅色細紋的波紋鱗魨、汁液帶劇毒的新月魨、幾條橄欖色的七鰓鰻、銀色鱗片的長吻魚、電力堪比電鰻和電鰩的帶魚、身上有棕色橫紋的鱗弓背魚、淡綠色的鱈魚和各種鰕虎魚等，最後，還有幾種體型較大的魚，如身長約一公尺、頭部隆起的鯵魚、藍銀相間的藍鰭金槍魚、三條雖然游得很快但也沒逃出拖網的鮮美鮪魚。

估計這一網捕上來的魚貨應該超過千磅，成績斐然，但並不意外。其實拖網已經拖放好幾個小時，捕獲了無數水生動物。鸚鵡螺號航速很快，加上電光的吸引力，優質的海鮮源源不絕。

各種海產立即從艙蓋送往下方的食物儲藏室，有些將趁新鮮食用，有些則妥善保存。

魚貨已補足、空氣也換新，我想鸚鵡螺號又該繼續海底漫遊了，因此我也準備進到房內。沒想到尼莫船長突然轉過身，直接跳過寒暄，劈頭就說：

「看這片海，不就是個真實的生命體嗎？不也有憤怒和柔情的時刻嗎？昨夜，她和我們一起入眠，過了平靜的夜晚，又再次甦醒！」

這人不道早安，也不說晚安！感覺就像是他接續一個已經起頭的話題似的。

「看，她在陽光的輕撫下醒了！白晝的生活再次展開！研究海洋的肌體運作是件有趣的事，她有脈搏、有血管、會抽動。莫銳說的沒錯，海洋自有一套如動物血液循環般的系統。」

尼莫船長顯然並不期待我會有所回應，若只是回答「當然」、「一定」、「沒錯」也沒什麼意義。他是在和自己對話，每句中間停頓許久，是種發聲冥想。

「是的，」他說，「海洋的確具有獨立的循環系統，造物者只需供給熱量、鹽和微生物即可帶動循環。熱能造成密度差異，形成順流和逆流。還有不存在於極區，但在赤道帶很常見的蒸發作用，促使兩極和熱帶的水不停循環交換。除此之外，水氣上升與下降的過程，構成海洋的呼吸，令我感到驚訝。水分子在海面受熱後下沉至海底，密度在零下二度達到最高值，冷卻後變得輕盈，再度浮上海面。您在極圈內就可以看到這種現象，也會因此了解，在大自然充滿遠見的法則束縛之下，為什麼只有海面會結冰！」

聽到尼莫船長這句話，我不禁思忖：「極圈！難不成這個膽大包天的傢伙要把我們帶到那裡去！」

但尼莫船長陷入了沉默，靜靜的凝視這片他全心全意且持續不斷研究的大海。過了一會兒才又說道：

「還有鹽分，海水的含鹽量很可觀，教授，要是把溶解在海裡的鹽分全解析出來，會得到四百五十萬立方里格；若是平均鋪在地表上，可以形成一層厚度達十公尺的鹽層。別以為這些鹽分是大自然隨意安排的，完全不是，因為有鹽分，海水才不易蒸發，而且風也不易帶走過量的水氣，最後化成液態水，淹沒整個溫帶地區。鹽分大有用處，維持了全球生態的平衡！」

船長停頓了一下，起身在平台上走了幾步又回到我身邊繼續說：

「至於草履蟲，這些量達上億的微生物，每一小滴水中就有上百萬隻，八十萬隻不過重一毫克，卻扮演了重要角色。牠們吸收海鹽、消化水中的固態物質，是真正建造了石灰質陸地的生物，珊瑚礁和石珊瑚都是牠們的傑作！水滴中的礦物質被消耗後重量變輕而浮上水面，再因吸取海水蒸發後留下的鹽分而變重下沉，再度為微生物帶來可供取用的養分。一來一往，一上一下，流動不歇，生生不息！海洋的生命，比陸地還要蓬勃、還要繁榮、還要無窮，處處充滿生機，人們口中致命的海洋，卻是無數生物，和我個人的生命泉源！」

每當尼莫船長談起這些事時，他就會判若兩人，而我也會受他這美妙的情緒感染。

「所以，」他又接著說，「這才是真實的生活！我打算建立水上城市、海底城鎮，裡頭的屋舍會像鸚鵡螺號一樣，每天早晨浮上水面換氣。可以的話，會是自由的城鎮、獨立的都市！可是，誰知道會不會有專制的……」

船長猛力揮了手，沒有把話說完，直接轉向我開啟新的話題，彷彿是要揮走某種不悅的思緒。

「阿宏納先生，」他問我，「您知道海洋的深度嗎？」

「知道，至少讀過一些主要的數據。」

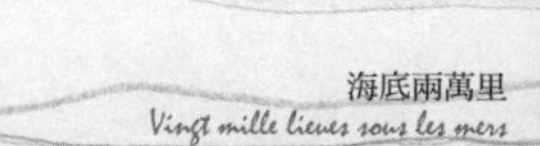

「方便告訴我嗎？必要時便能派上用場。」

「我只記得幾個，」我回答，「沒記錯的話，北大西洋的平均深度是八千二百公尺，地中海是兩千五百公尺。最令人驚嘆的是南緯三十五度附近的南大西洋海域，測得一萬兩千公尺、一萬四千零九十一公尺和一萬五千一百四十九公尺不等的數據。總之，假設把海底拉平，平均的深度是七公里左右。」

「好的，教授，」尼莫船長回答，「希望之後可以給您更精確的數據。至於目前所處的太平洋海域深度，我可以告訴您，只有四千公尺而已。」

說完這句話，尼莫船長就往蓋板走去，消失在樓梯的另一端。我跟在他身後，也回到展示廳裡。沒多久後，螺旋槳便開始運作，計程儀上顯示時速為二十浬。

幾天過去了，幾個星期也過去了，很少見到尼莫船長現身，偶爾才見上一面。倒是船副會定時來到廳內，在地圖上標記航行位置，因此我很清楚鸚鵡螺號的行進路線。

顧問與尼德經常和我一起，顧問給他的好友描述上次海底漫遊所見的奇觀，加拿大人聽了後悔不已。但我希望以後還有這樣的機會能到海底森林一遊。

大廳內的壁板幾乎每天都會打開好幾個小時，我們盡情窺探海底世界的奧祕，從不厭倦。

鸚鵡螺號大致朝東南方前進，潛水深度維持在一百到一百五十公尺之間。唯有某日，不知道吹的什麼風，船側斜板突然展開，船身斜潛入兩千公尺的深度。當時溫度計顯示四．二五度，這個溫度無論處於哪一個緯度都是一樣的。

十一月二十六日清晨三點，鸚鵡螺號於西經一百七十二度越過北回歸線。二十七日，行經桑威奇島，一七七九年二月十四日，庫克船長就是在此地遭到殺害。出發至今，我們已經航行了四千八百六十里格。這天早上，我登上平台，看到兩浬外的下風處就是夏威夷島，那一系列七座群島中最大的一座。沿岸耕地縱橫，山脈連綿、與海岸線平行，火山群林立，以海拔高達五千公尺的毛納基亞火山為首。我們的拖網在附近打撈到許多不同品種、形狀奇特的孔雀尾珊瑚，是這一帶海域的特產。

鸚鵡螺號持續朝東南方航行。十二月一日在西經一百四十二度的地方穿過了赤道，接下來的日子航速很快，也沒有發生任何意外，同月四日，已可見馬克薩斯群島。距離我們三浬遠的地方，南緯八度五十七分、西經一百三十九度三十二分就是努庫希瓦島的馬丁角，該島是這附近法屬群島中最主要的島嶼。由於尼莫船長不願靠近陸地，我只能遠眺海平線那端鬱鬱蔥蔥的山脈。拖網在這裡也捕撈了鮮美的魚種，例如藍鰭金尾、肉質鮮美無比的鬼頭刀、幾無鱗片但美味可口的隆頭魚、帶骨顎的石鯛、口味堪比金槍魚的淺黃色長鰭鮪魚，每一種魚都很值得列進船上的菜單中。

離開這些由法國國旗庇護的迷人島嶼後，鸚鵡螺號在十二月四日至十一日間航行了兩千浬左右。期間值得一提的是，我們遇上了一大群魷魚，這種奇特的軟體動物與墨魚非常相似。法國漁夫們稱之為槍烏賊，屬於頭足綱、雙鰓科，與墨魚和魟魚相同。

古代的自然學家曾深入研究這種生物，如果真如蓋倫[1]前一個時代的希臘醫生阿特內所言，雅典政治集會廣場上的雄辯家曾拿牠們當作許多比喻，同時也是當時富人家中的美味佳餚。

鸚鵡螺號在十二月九日至十日晚間遇上這隊喜好夜行的軟體大軍，數量應有成千上萬。牠們正隨著鯡魚和沙丁魚的移動路線，自溫帶海域往溫暖的地方游去。我們透過厚水晶玻璃看著牠們經過船身，牠們擺動觸管，高速倒退游行，追食其他魚類與軟體動物，吃小魚、或被大魚吃掉，揮動著大自然安放在牠們頭下方的十隻有如髮絲的腕足，好似充了氣的蛇群亂舞。鸚鵡

1 蓋倫（Aelius Galenus, 129-210）：羅馬帝國時期的希臘醫生、哲學家。

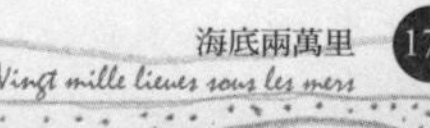

我們遇上了一大群魷魚。

螺號速度雖快，卻也與這群動物同行了好幾個小時，拖網亦滿載而歸。其中，我認出了九種由道比尼[2]分入太平洋海域的品種。

這段旅程中，大海不停為我們展示最令人讚嘆的美景。精采無限、變幻無窮，簡直目不暇給。我們不僅受邀觀賞造物者在水中的傑作，還能深入觀察海底世界的奧祕。

十二月十一日白天，我待在大廳中閱讀，尼德蘭和顧問透過半開的艙板觀察外頭光照明亮的海水。鸚鵡螺號是靜止的，儲存槽是滿的，此處水深一千公尺，除了偶爾出現的幾條大魚外，這個區域基本上沒有海洋生物。

我讀著尚．馬賽的著作《胃的僕人》，正品味其中精妙時，顧問打斷了我的興致。

「先生，您可以來一下嗎？」他的語氣有點不對勁。

「怎麼了，顧問？」

「請看。」

我站起身，貼近玻璃窗向外望去。

在強烈電光的照射下，一個靜止的黑色龐然大物懸浮於水中。我仔細觀察眼前的巨大物體，試圖分辨是哪一種鯨類，但一個念頭閃過腦海。

「是艘船！」我大叫。

「是的，」加拿大人說，「一條沉船！」

尼德蘭說的沒錯，眼前是艘沉船，斷裂的支索還掛在鐵鍊上。船身狀況很好，看來是幾小時前才失事的。船桅在離甲板二尺高的地方斷成三截，說明這艘船沉沒前被迫犧牲了桅杆。船體朝側邊傾倒，艙內已完全進水，持續往左側倒下。船的骨架在波濤間載浮載沉，這番景象令

2 道比尼（Alcide d' Orbigny, 1802-1857）：法國自然史學家。

眼前是艘沉船。

人悲嘆，但更感傷的是，甲板上還躺著幾具被纜繩纏身的屍體！我數了一下，共有四個男人，其中一個還站在舵旁；還有一個女人，手中抱著孩子，半踏出艉樓的天窗。那是個年輕的女子，在鸚鵡螺號燈光強力照射下，還沒被海水泡爛的臉部表情清楚可見。她曾奮力掙扎，把孩子高高舉起，可憐的小傢伙雙臂仍緊摟著媽媽的脖子！四名船員的動作十分駭人，身體因不自然的動作而扭曲，為掙脫纏身的繩索而努力。唯有那名舵手保持鎮定，表情堅定嚴肅，花白的頭髮貼著前額，僵硬的手還緊握在舵上，彷彿仍在這深海底下駕駛著已遇難的三桅杆前進！

多麼怵目驚心的場景啊！我們看得目瞪口呆，心跳加速，親眼見到船難的場景，就像拍到他們的最後一幕！而且，我已注意到幾隻雙眼發亮的大角鯊，被肉體吸引朝著這個方向游來！然而鸚鵡螺號這時已轉向，繞過遇難的船，那一刻，我瞥見船尾牌子上的文字：

佛羅里達號，桑德蘭港

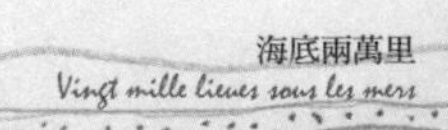

19 瓦尼科羅島

這可怕的場景不過是一連串海難的序幕，鸚鵡螺號接下來還會遇到更多。打從駛進船隻往來較為頻繁的海域後，我們就經常看到腐爛的船隻殘骸，在更深的海底，還有早已鏽蝕的火砲、彈藥、鐵錨、鐵鏈，以及數以千計的鐵製物品。

然而，我們依舊乘著鸚鵡螺號，與世隔絕地生活在其中。十一月十一日，我們看到了波摩杜群島，過去這裡曾是布干維爾島的「危險群島」，全長五百里格，從東南東到西北西跨越南緯十三度三十分至二十三度五十分，西經一百二十五度三十分至一百五十一度三十分。自迪西島到拉查雷夫島，群島面積共三百七十平方里格，共含六十個小島，其中也包含法國保護地甘比爾群島。這些小島全是珊瑚礁島，珊瑚蟲緩慢卻持續的堆積隆起，最終將把這些島連結起來。然後，新形成的島嶼又會跟鄰近的群島相連，到時，紐西蘭和新喀里多尼亞，一直到馬克薩斯島之間將形成一片大陸，並成為第五大洲。

某天我對尼莫船長提起這理論，他的反應很冷淡：

「地球上需要的不是新大陸，而是新人類！」

鸚鵡螺號正巧航向群島中最神祕的島之一，克萊蒙－托內爾島。這座島在一八二三年時被密涅瓦號的船長貝爾發現，多虧這座島，我才能研究形成這些島嶼的石珊瑚體系。

石珊瑚與一般珊瑚不同，表面覆有一層硬化石灰質，鼎鼎大名的學者米奈．愛德華按表面構造將它們分為五類。石珊瑚的細胞內住著數十億的微生物，牠們分泌的石灰質長期積澱，最後形成岩石、礁石、小島和大島嶼，在此處正好形成一個圓環，圈出一個礁湖或內湖，開口處與海相通。有時也會產生類似新喀里多尼亞沿岸和波摩杜群島的大堡礁，或是像留尼旺島和模里西斯島那樣，生成高聳陡峭的珊瑚岩壁，附近的海域卻有如深淵般深不見底。

只沿著克萊蒙—托內爾島的海底崖壁航行了幾鏈，我便飽覽這些由微小勞工建造的巨大工程，滿心讚嘆。這些崖壁主要由火珊瑚、微孔珊瑚、星珊瑚和腦珊瑚等珊瑚組成，珊瑚蟲在波動較大的洋面繁殖，因此，牠們的造礁工程是從海水上層開始的，過剩的分泌物再從上逐漸往下沉積，至少達爾文是這麼解釋珊瑚礁成因的。也有其他理論贊成石珊瑚的造礁工程是從水下幾尺的高山或火山頂開始沉積，但我個人認為達爾文的理論比較可信。

我就近觀察了這些奇特的峭壁，探測器顯示其垂直深度超過三百公尺，在船身電光的照射下，原本就發亮的石灰質更顯璀璨。

顧問問我，形成這些巨大的珊瑚屏障需要多長時間，我回答學者們認為一世紀的沉澱可以達到八寸高，這個答案讓他大吃一驚。

「所以，要堆成這麼大規模的牆，需要……？」

「好小子，需要十九萬兩千年，這可把《聖經》的紀年拉長了。另外，像煤炭的形成，就是森林被洪水淹沒後礦化的結果，所需的時間又更長了。可是，我得補充一點，《聖經》裡記載的『日』指的不是從日出到日落，而是一段時間，因為太陽並非創世紀首日就存在了。」

鸚鵡螺號浮出水面後，我盡情觀賞了低窪且林木蔥鬱的克萊蒙—托內爾島，探查它生成的全貌。島上的石珊瑚顯然遭到龍捲風與暴風雨的侵襲變成了沃土，大概是在某天，暴風從鄰近陸地吹來了幾粒種子，與石灰岩層裡夾雜的腐爛魚類和水生植物混合。或者，一顆椰子被海浪推上這塊新海岸，在此落地生根。樹苗長成了大樹，留住了水氣，積聚成小河，植被漸成。然後，微生物、幼蟲、成蟲寄生在被風吹倒的樹幹上，海龜來到附近生蛋、鳥兒在樹上築巢，生命循環就這麼展開了。而後，人類受綠草和沃土吸引而來，島嶼就此形成。這就是微生物的大

工程。

傍晚時分，我們離克萊蒙－托內爾島越來越遠，直到整座島消融在大海之中。鸚鵡螺號明顯改變了行進方向，在西經一百三十五度越過南回歸線後，轉向往西北西前進，重返熱帶區。但無論陽光如何毒辣，我們都不會受熱氣影響，畢竟海面下三十至四十公尺的地方，海水終年不超過十到十二度。

十二月十五日，我們與迷人的社會群島及優雅動人、號稱太平洋之后的大溪地道別。這天早晨，我在下風處幾浬的地方看到這座島高起的山峰。沿島水域為我們的餐桌添了許多美味鮮魚，其中有鯖魚、金槍魚、長鰭鮪和幾種名為海鰻的海蛇。

至此，鸚鵡螺號已經航行了八千一百浬，而行經東加群島後，計程儀顯示為九千七百二十浬。這裡是亞果號、太子港號和波特蘭公爵號的葬身之地；而航海家群島則是法國航海家拉彼魯茲的朋友朗格勒船長被殺之地。接著，鸚鵡螺號來到維提群島，當年團結號上的全數船員和可愛約瑟芬號那位來自南特的船長比羅就是被島上的野人殺害的。

維提群島南北共長一百浬、東西寬九十浬，位於南緯六至二度、西經一百七十四至一百七十九度間，由眾多島嶼、小島、島礁組成，主島是維提島、大地島和坎達武島。

荷蘭航海家塔斯曼於一六四三年發現這個海域的群島，也就是托里切利發明氣壓計、路易十四登基的那年。哪一個事件對人類最有貢獻呢？就留給各位判斷吧。之後，庫克船長於一七一四年、丹特雷卡斯托船長於一七九三年都曾造訪這些島嶼，直到一八二七年，法國探險家杜蒙．杜維勒才真正摸清了這些島嶼的相對地理位置。鸚鵡螺號持續前行，來到威利亞海灣附近，這裡是首位解開拉彼魯茲遇難謎團的狄永船長進行大冒險的可怕舞台。

這片海灣盛產優質生蠔，我們捕撈了好幾回，上桌後，照古羅馬哲學家塞內卡的方式毫無節制的大快朵頤。這種軟體動物屬於牡蠣種，是科西嘉海域常見的生物。威利亞海灣的生蠔產量原本應是非常可觀的，若不是遭到種種破壞，應該早就堆積成山了，畢竟一個生蠔可以產下兩百萬個卵呢。

這回，尼德蘭不必再為吃多了生蠔而擔心了，因為生蠔是絕不會引起消化不良的食物。事實上，人體每日需攝取三百一十五克的氮素，至少得吃下十六打這種無頭的軟體動物才夠。

十二月二十五日，鸚鵡螺號來到新赫布里群島的海域。這個群島是一六〇六年由葡萄牙航海家基羅斯發現的，一七六八年時，航海家布根維勒前往探險，一七七三年，庫克船長才為它命名。

群島由九座島組成，形成一條走向為北北西至南南東的帶子，跨越南緯十五至二度、西經一百六十四至一百六十八度。接著，我們貼著歐胡島沿岸前行，正午時，我觀察了這座島，島上綠樹林立，中央矗立了一座高聳的山峰。

這一天是聖誕節，尼德蘭看來對於無法慶祝聖誕感到難過，畢竟是個家庭團聚的節慶，對新教徒而言極為重要。

我大約有八天沒見到尼莫船長了，二十七日早晨，他總算步入展示廳，臉上始終一副只離開五分鐘的表情。當時，我正專心研究鸚鵡螺號的航線，船長走向我，用手指了地圖上的一個點，並吐出一個字：

「瓦尼科羅島。」

這個名字具有魔力，當年拉彼魯茲的小船就是在這些小島間失蹤的。我聽到後驟然起身。

「要開往瓦尼科羅島嗎？」

「是的。」船長回答。

「那我可以參觀這座羅盤號與星盤號失事的著名小島囉？」

「只要您願意。」

瓦尼科羅島。

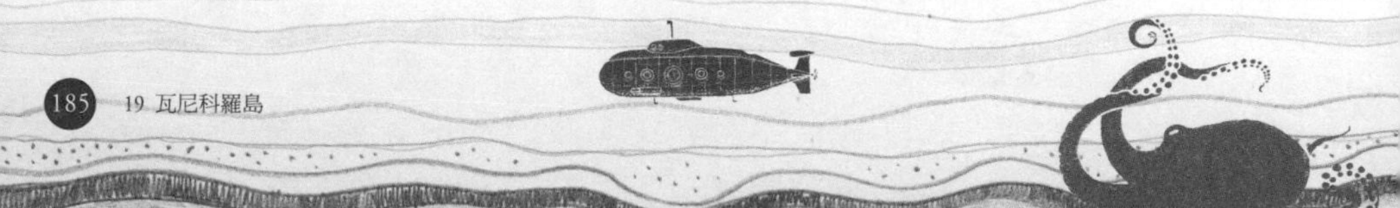

「我們何時會到瓦尼科羅島？」

「已經到了。」

我隨著尼莫船長登上平台，瞪大眼往天際線掃視了一圈。

最後在東北方看到兩座大小不一的火山，周圍環繞了一圈含括範圍達四十浬的珊瑚礁。我們所在的位置正是杜維勒稱之為搜索島的瓦尼科羅島。島的座標為南緯十六度四十分、西經一百六十四度三十二分，正對著瓦努島的一座小港口。島上自海灘到山巔似乎都蓋滿了植被，高達四百七十圖瓦茲的卡波哥峰俯視全島。

鸚鵡螺號自一條狹窄的水道穿過外圍岩石帶，駛進內圈，這裡水深約三十到四十英尋[1]。我看到沿岸紅樹林的綠蔭下，站著幾個野人，似乎因為我們來訪而滿臉驚訝，該不會以為這艘黑色長型、貼著水花前進的物體是某種應該戒備的鯨類吧？

這時，尼莫船長問我對拉彼魯茲船難的了解……

「跟大家知道的一樣。」我回答。

「那麼，方便告訴我大家都知道些什麼嗎？」他語帶諷刺的反問。

「那有什麼問題。」

於是，我說了杜蒙．杜維勒最後幾次探尋的成果，以下是簡要內容。

一七八五年，法王路易十六指派拉彼魯茲及其副手朗格勒船長進行環球航行，兩人各自指揮羅盤號和星盤號兩艘輕巡航艦出發，從此音訊全無。

一七九一年，法國政府為尋找兩艘船艦的下落，派出兩艘大型運輸艦，分別命名為搜索號與希望號，當年十二月二十八日自布列斯特出發，指揮官是布胡尼．丹特雷卡斯托船長。兩個月後，阿爾貝瑪勒號某個名叫伯溫的船長指證，在新喬治亞沿岸見到兩艘巡航艦的遺骸。然而，丹特雷卡斯托船長並不相信這個不甚確實的消息，仍然根據杭特船長回報拉彼魯茲船難發生的

地點，往阿德默勒蒂群島開去。

然而，搜尋未果。希望號和搜索號甚至經過了瓦尼科羅島，卻未做停留。最後，在這趟不幸的旅程中，丹特雷卡斯托船長和兩名副手、好幾位船員都葬身海底。

後來，一名熟悉太平洋海域的老船長狄永總算發現了一些遇難船隻的蹤跡。一八二四年五月十五日，他駕著聖派翠克號行經屬於新赫布里群島的提柯皮亞島附近海域時，一名印度水手划著獨木舟上前攀談，賣給他一把銀質利劍，上頭印有刀刻文字。印度水手聲稱六年前曾在瓦尼科羅島上見到兩名歐洲人，他們因船隻多年前在島礁擱淺而落難。

狄永船長推測對方說的，就是多年前失蹤消息震驚全世界的拉彼魯茲。根據印度水手所言，瓦尼科羅島附近有許多遇難船隻的殘骸，狄永船長原想一探究竟，但受阻於風浪未能成行。

他回到了加爾各答，成功說服某個亞洲航運公司與印度航運公司支持他的探險計畫，並撥派一艘同樣名為搜索號的船隻供他使用。一八二七年一月二十三日，他在一名法國官員的陪同下出航了。

搜索號在太平洋停泊多次後，於一八二七年七月七日在瓦尼科羅島下錨，停泊地點就是鸚鵡螺號目前所處的瓦努港。

狄永船長在此搜集了許多遇難船隻的遺物，包括鐵器、船錨、滑輪套索、石砲、十八號的砲彈、天文儀器的殘片、船尾欄杆的碎塊，還有一口標有「巴贊製造」字樣的銅鐘，這是一七八五年布列斯特兵工廠的出廠標誌。至此，船難真相大白。

狄永在失事現場待到十月，搜集了完整的證據。離開瓦尼科羅島後，他前往紐西蘭，一八二八年四月七日抵達加爾各答，隨後返抵法國，受到法國查理十世的熱情款待。

1 英尋（Brasse）：即英文的 fathom，兩手臂伸開的長度，大約等於一．八三公尺。

然而，杜蒙．杜維勒對狄永的這些成果並不知情，已自行往別處尋找船隻失事地點。當時的確有人從一條捕鯨船的報告中獲悉，有些徽章和一枚聖路易十字勳章在路易西亞德群島和新喀里多尼亞島的野人手中。

因此，杜蒙．杜維勒指揮星盤號出海，在狄永離開瓦尼科羅島兩個月後，停泊在荷伯特港，並在當地得知狄永的成果。除此之外，他還聽聞加爾各答團結號有個名叫詹姆士．賀伯斯的大副曾停靠在南緯八度十八分、東經一百五十六度三十分的某個小島上，看見當地人使用鐵棍和紅色織布。

杜蒙．杜維勒一時不知所措，不知是否該相信那些不大可靠的報刊登出的新聞，最後還是決定循著狄永的線索找下去。

一八二八年二月十日，星盤號來到提柯皮亞島，找來一名定居島上的逃兵當嚮導與翻譯，往瓦尼科羅島前進。二月十二日抵達附近海域，沿著礁石群航行至十四日，直到二十日才終於駛進礁石圈內，停泊在瓦努港。

二十三日起，數名軍官繞島搜尋，帶回了幾個不甚重要的殘骸。但當地居民或否認或閃躲，就是不肯帶他們到失事地點。其可疑的行跡令人懷疑他們可能沒有善待遇難者，而他們畏懼的模樣，似乎也是害怕杜蒙．杜維勒此番前來是為了替拉彼魯茲和其他落難兄弟復仇。

直到二十六日，對方在接受禮品，並了解沒有任何報復行動後，才同意領著大副賈克奇諾到失事地點。

該處介於巴古島礁和瓦努島之間，水深約三至四英尋，到處可見船錨、大砲、鐵塊和鉛塊，表面皆已覆滿石灰質。星盤號的小艇和捕鯨船開至此處，船員們費盡九牛二虎之力，才把重達一千八百磅的錨、八磅重的生鐵砲管、一個船塊和兩架銅砲拉上岸。

杜蒙．杜維勒還從當地居民那裡得知，拉彼魯茲在岩礁間失去了兩艘船艦後，還曾造了一艘比較小的船離開，結果還是再度失蹤……去哪裡了呢？無人知曉。

星盤號的這位船長於是在紅樹林下立了衣冠塚，紀念這位將名留千史的航海家與他的夥伴。一座簡易的四方底金字塔立在珊瑚礁底座上，裡頭沒有任何會引起當地居民覬覦的貴重物品。

完事後，杜蒙．杜維勒準備離開，沒想到卻因島岸衛生環境過差，船員紛紛感染熱病，就連他自己也沒躲過，因此直到三月十七日才離去。

然而，法國政府擔心杜蒙．杜維勒不知狄永的發現，派遣了當時正停靠在美洲西岸的貝庸內斯巡航艦前往告知。船艦由勒格宏．德托莫蘭指揮，在星盤號離去數個月後抵達瓦尼科羅島，卻沒有發現任何新的資料，只知道當地野人對拉彼魯茲的衣冠塚相當敬畏。

這些就是我對尼莫船長描述的大致內容。

「所以，」他問道，「至今不知遇難者建造的第三艘船在瓦尼科羅島的哪個地方？」

「不知道。」

尼莫船長沒有接話，只做了個手勢讓我隨他至大廳。鸚鵡螺號潛入了海底幾公尺處，壁板接著開啟。

我趕忙走到玻璃窗邊，窗外珊瑚層下鋪滿了珊瑚菌、管珊瑚、海雞冠和狐尾藻。無數迷人的魚類穿梭其間，包括雜斑盔魚、刻齒雀鯛、單鰭魚、笛鯛、金鱗魚等。我也發現了一些無法打撈的殘骸，如鐵扣、船錨、大砲、砲彈、絞盤索具、船頭柱等，全都證明曾有船隻在此遇難，如今，這些東西都成了活生生的花壇。

正當我凝視著這些令人鼻酸的殘骸時，尼莫船長語氣凝重的對我說：

「拉彼魯茲船長在一七八五年十二月七日指揮羅盤號與星盤號出航。先是停靠植物灣，造訪了友人群島[2]、新喀里多尼亞，再往聖克魯斯島與哈派群島的諾穆卡島。接著，船隻行抵瓦

尼科羅島外不知名的礁岩。當時羅盤號在前，在礁岩南端觸礁擱淺，趕去救援的星盤號也跟著落難。羅盤號當場全毀，而救援的星盤號在下風處擱淺，又撐了幾天。當地居民還算款待遇難船員，他們也就暫居島上，以兩艘大船的殘骸建造了第三艘船，但部分船員甘願居留島上。其他船員或體弱、或染病，全隨拉彼魯茲離開。他們朝著所羅門群島航行，卻沉沒在主島西岸的失望角與滿意角間！」

「您是怎麼知道這些事的？」我驚聲問道。

「這是我在最後失事地點找到的東西！」

尼莫船長拿出一個白鐵製的盒子，上面印有法國軍隊標記，明顯遭到鹽水腐蝕。他打開鐵盒，裡頭放了一張泛黃的紙，上面的字跡仍清晰可見。

那是法國海軍指揮給拉彼魯茲的指令，邊上還有路易十六的御批呢！

「噢！對一個水手而言，應當是死得其所了！」尼莫船長說，「珊瑚墓是個安寧之地，但願老天別讓我和我的船員葬身其他地方！」

2 友人群島：東加群島的舊名。

裡頭放了一張泛黃的紙。

20 托雷斯海峽

十二月二十七日至二十八日晚間，鸚鵡螺號以高速駛離瓦尼科羅島，朝西南方行駛。三天內，我們航行了自拉彼魯茲失事處到巴布亞東南角間蜿蜒的七百五十里格水道。一八六八年一月一日清晨，顧問來到平台上找我。

「先生，」這位勇敢的小子對我說，「我能祝您新年快樂嗎？」

「當然，就像在巴黎植物園的辦公室裡一樣。我接受你的祝福，然後回禮答謝。只是，我現在得知道『新年快樂』在我們目前處境中的確切意義。是說今年會結束軟禁，還是祝這一年能繼續這趟奇幻之旅？」

「老實說，」顧問答道，「我也不知道該怎麼對先生說才好。我們的確看到了許多奇妙的物事，這兩個月來，我們一點也不無聊。驚喜之後還有更驚喜的事發生，再這麼持續下去，還真不知如何結束。可是我覺得，我們以後再也遇不到這種機會了。」

「是的，再也遇不到了。」

「而且，尼莫先生人如其名[1]，就算不在也毫無防礙。」

「你說的沒錯。」

「先生請見諒，但我覺得快樂的一年應該就是能看遍所有奇觀的一年。」

「盡覽奇觀嗎？那可需要很長的時間啊，尼德蘭會怎麼想呢？」

「尼德蘭的想法正好與我相反，」顧問答，「他是個積極樂觀又能吃的人。成天看魚吃魚還是不夠。沒酒、沒麵包、沒肉吃，這對一個撒克遜人來說挺折磨的。牛排是他們的家常菜、白蘭地和琴酒也是喝個不停！」

「對我來說，食物倒不成問題，很適應船上的飲食。」

「我也是，」顧問回應，「我想留下，蘭師傅卻想逃跑。所以新的一年若我過得不好，他就過得好，反之亦然。如此，只有一個人是心滿意足的。但無論如何，我祝先生心想事成。」

「謝謝你，顧問。只是我得把回禮先擱著了，容我暫時以握手代替，這是我目前僅有的。」

「先生，沒有比這個更慷慨的了。」顧問答道。

說完後，這好小子就走了。

一月二日，自日本海出發至今，我們已經航行了一萬一千三百四十浬，等同於五千兩百五十里格。現在，鸚鵡螺號的船頭衝角正面對滿是珊瑚的危險海域，位於澳洲東北角。我們的船與可怕的暗礁保持著幾浬的距離前進，一七七〇年六月十日，庫克船長的船隊差點就在此處沉沒，幸虧被撞斷的珊瑚礁正好卡在船底裂縫中，他們才能逃過一劫。

我非常期待領教這條長達三百六十里格的暗礁帶。眼前海濤洶湧，不停撲打著群礁，撞碎了浪花，發出如雷聲般震耳欲聾的迴響。可是此時鸚鵡螺號啟動了船側斜板，潛入海水深處，我便無法再觀看這片高聳的珊瑚岩壁，只能退而求其次，轉為觀賞拖網捕撈到的魚貨。其中，我看見了長鰭鮪魚，這種魚和鮪魚同種，都屬於大型鯖魚，兩側呈淡藍色，身上有橫紋，但會隨長大而自然消失。這一大群魚伴我們前行，成為我們餐桌上的佳餚。另外還撈到大量的金頭鯛，身長半寸，吃起來像旗魚；還有會飛的魴魚，堪稱海中飛燕，夜黑時會發出鱗光，時而劃破長空，時而照亮水底。還有軟體動物與植形動物，包括各種海雞冠、海膽、錘頭貝、馬刺螺、海獅螺、蟹守螺和玻璃螺等。至於植物，有美麗的浮游海藻類，包括海帶和巨藻，海藻的身上

1 尼莫（Nemo）的拉丁文意思是「沒有此人」、「不存在的人」。

有細孔，會分泌出一種黏液。我甚至在其中採集到切林紅藻，一種被博物館歸為珍品的藻類。

穿過珊瑚海兩天後，一月四日，我們來到巴布亞島的海岸。尼莫船長這時對我說，他打算取道托雷斯海峽進入印度洋。船長的話至此，沒有更多。尼德則樂見這項計畫能帶著他靠近歐洲海域。

托雷斯海峽向來被視為危險地帶，除了暗礁遍布外，還得時時提防出沒在沿岸的土著。這片海峽隔開了紐西蘭和巴布亞（又稱新幾內亞）。

巴布亞島全長四百里格，寬一百三十里格，面積四萬平方里格。島介於南緯零度十九分和十度二十分、東經一百二十八度二十三分和一百四十六度十五分間。正午，大副測量太陽高度時，我們已看見阿爾法克山脈起伏的山峰已矗立在我們面前。

這片土地是一五一一年時，由葡萄牙人佛朗西斯科．塞拉發現的。之後登岸造訪的人絡繹不絕，包括一五二六年的唐侯塞．德莫內塞、一五二七年的格里哈爾瓦、一五二八年的西班牙將軍阿爾瓦．德薩弗德哈、一五四五年的吉戈．歐泰、一六一六年的荷蘭人舒丹、一七五三年的尼古拉．斯維克，還有塔斯曼、唐皮耶、福梅勒、卡特黑、愛德華、布干維爾、庫克、弗荷斯、麥克．格魯伊、一七九二年的丹特雷卡斯托、一八二三年的杜佩雷、一八二七年的杜蒙．杜維勒。法國航海家德．赫恩濟先生曾說：「馬來西亞是黑人的家園。」我想這次的航行應該就有機會面對安達曼土著了。

鸚鵡螺號來到世界上最危險的海峽，就連最有勇氣的航海家也不敢貿然通過。唯有路易．帕茲．德．托雷斯自美拉尼西亞的南方海域回來時曾經穿越；一八四〇年，杜蒙．杜維勒的船隻在此擱淺，幾乎失去了所有的生命與財產，如今在海上戰勝無數險境的鸚鵡螺號就要親身領教這片珊瑚礁的厲害了。

托雷斯海峽寬約三十四里格，只是布滿無數島嶼、小島、岩礁和大石，船隻幾乎無法行駛。

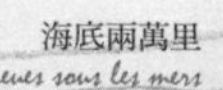

正因如此，尼莫船長做足了萬全準備。鸚鵡螺號貼著水面緩慢前進，螺旋槳如鯨魚尾巴般輕拍著浪。

我和兩個夥伴藉此機會上到無人的平台，駕駛艙就突出在我們面前，沒弄錯的話，尼莫船長肯定就在裡面親自指揮鸚鵡螺號前進。

我手上有幾份詳盡的托雷斯海峽地圖，是由海道測試工程師文森東·杜穆稜與當時擔任少將的古豐·戴伯測量、編繪而成。他們兩位都曾是杜蒙·杜維勒最後一次環球航行時的參謀人員。這幾份地圖和金恩船長所繪的都是盡善盡美，這條狹窄水道的地理一目了然，我便仔細研究起來。

鸚鵡螺號周圍海浪洶湧。浪濤以二·五浬的速度自東南往西北奔流，衝撞著突出水面的珊瑚礁，形成片片碎浪。

「真是險惡的海況！」尼德蘭對我說。

「的確是，」我答道，「就連鸚鵡螺號這樣的船也很為難呢！」

「那該死的船長可得對航道十拿九穩才行，」加拿大人又說，「因為我可瞧見前方大片的珊瑚礁岩，只要撞上，船身鐵定碎成千片！」

他說的沒錯，海況千鈞一髮，但鸚鵡螺號像施了魔法一般，竟從這些凶惡的暗礁間輕鬆滑過。他盡量避開了星盤號、勤勉號的航線，選擇從北邊通過，因為杜蒙·杜維勒就是在這裡喪命的。抵達默里島後，船身又轉向東南，往昆布蘭水道駛去。

正當我以為他要持續前行時，他又轉往西北，穿越星羅棋布的無名大小島，往圖德島和摩非斯水道而去。

我擔心著尼莫船長是否過於猖狂，竟想走上這條毀了杜蒙·杜維勒兩艘巡航艦的水道時，船又二度轉向，切向西方，朝葛伯侯島前進。

時間是下午三點，浪花依舊四處飛濺，海水滿潮。鸚鵡螺號逐漸靠近一座島嶼，近到我看得見沿岸長滿了林投樹。我們與其保持二浬的距離航行。

突然，一陣撞擊把我震倒。鸚鵡螺號撞上暗礁了。船停住不動，稍微向左舷傾斜。

我站起身時，尼莫船長和他的副手已經來到平台上了。他們檢查船身狀況，用我聽不懂的方言交換了幾句。

目前的情況是這樣的，船右舷二浬處是葛伯侯島，海岸線由北往西呈弧形延伸，宛如巨大的手臂。潮汐漸退，南方和東方海面已有幾塊珊瑚礁露頂。我們的船在滿潮時擱淺，這一帶潮水漲落的幅度不大，對鸚鵡螺號來說非常不利，可能很難再擺脫困境。不過船身結構夠堅固，並沒有任何損壞，不致於沉沒或解體，只是也許永遠都要卡在這暗礁上，尼莫船長的潛水艇可就完蛋了。

正當我胡思亂想時，船長走了過來，一派的冷靜沉著、氣定神閒，沒有任何情緒。

「出事了嗎？」我問。

「只是小事故而已。」他回答我。

「可是這個小事故可能會逼得你回到逃離許久的陸地，當個陸地居民！」

尼莫船長用莫名其妙的表情看著我，做了個否定的手勢，顯然是告訴我，沒有任何力量能迫使他踏回陸地。然後又接著說：

「況且，阿宏納先生，鸚鵡螺號沒有沉沒，還能帶你到海洋深處綜覽奇觀。旅程才剛開始，我可不願這麼快就失去與你同行的榮幸。」

「可是，尼莫船長，」我假裝忽略剛才那句話夾帶的諷刺，「鸚鵡螺號是在滿潮時擱淺的，太平洋的潮汐起伏不大，如果您無法減輕載重。我實在看不出要怎麼讓它再次浮起來。」

「教授，你說的對，太平洋的潮汐起伏不大，可是托雷斯海峽的高低水位仍然有一．五公

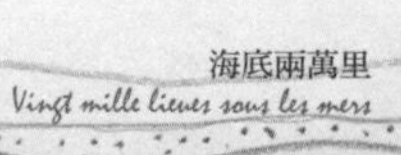

一陣撞擊。

尺的落差。今天是一月四日，五天內就是滿月了，到時候，如果這顆有求必應的星球不能如我所願造成夠高的水位，那才叫我驚訝呢。」

語畢，尼莫船長便隨副手進入鸚鵡螺號了。船身依舊靜止不動，彷彿已經被珊瑚礁覆上了一層石灰質，緊黏在上頭無法分離。

「先生，這什麼情況！」船長剛走，尼德蘭便前來詢問。

「什麼情況！尼德兄，我們得等待九號的滿潮了，聽說月亮可能會大發慈悲助我們浮到水上。」

「就這樣？」

「就這樣！」

「所以船長不打算拋錨入海，不用機器拉鏈，或嘗試其他方法？」

「只要等待潮水就夠了！」顧問回答得很乾脆。

加拿大人看了顧問一眼，聳聳肩。這是他內心裡的水手對此事的反應。

「先生，」他又說，「相信我，這塊鐵不論是在海上或海下，絕對是動不了了，現在頂多只能秤斤賣一賣。我想，現在就是與尼莫船長不告而別的時候了。」

「尼德兄，」我答道，「我對鸚鵡螺號還是有信心的，再等四天，我們就知道太平洋的潮汐能不能助我們浮起了。再說，要是我們身處英國或普羅旺斯海岸，那還能考慮逃跑，但我們現在可是在巴布亞沿岸，這又是另一回事了。要是到時鸚鵡螺號真的沒浮起來，屆時再逃跑也不遲。我總覺得逃跑的事非同小可。」

「那至少可以上岸走走吧？」尼德蘭沒有放棄，「這是一座島，島上有樹，樹下有陸生動物，動物身上有骨有肉，我還真想咬上幾口。」

「我也覺得尼德兄有理，」顧問說，「我同意他的想法。先生能否詢問好友尼莫船長，能

不能派船送我們到島上？我想我們也該到堅實的地表上走走，以免忘了怎麼走路了。」

「我可以問他，但他會拒絕。」我答道。

「請先生試試，」顧問說，「這麼一來，我們也能探知他的好意可以到什麼程度了。」

結果出乎意料，尼莫船長答應了我的請求，相反的，還非常大方，甚至沒有要求我承諾返回。不過，要在巴布亞逃亡實在是件可怕的事，我可不能縱容尼德蘭冒這個險。與其落入巴布亞的野人手裡，還不如被關在鸚鵡螺上好些。

小艇已備好供我們隔天使用。我根本沒想過詢問尼莫船長是否與我們同行，更不認為船上會有任何一人跟隨，因此，只能靠尼德蘭駕駛小艇了。況且，我們離陸地最多只有二浬，在暗礁之間駕駛小艇，對這加拿大人來說簡直就像遊戲一樣輕鬆，不像駕駛大船那麼驚險。

隔天，也就是一月五日，我們將小艇自甲板上卸下，移出凹槽，自平台上滑入海面。兩個人就完成了這件事。小艇上已有划槳，登船即可。

八點鐘，我們帶上獵槍和斧頭離開了鸚鵡螺號。海面上風平浪靜，微風自陸地上吹來。顧問和我持槳拚命划動，尼德掌舵，穿越礁岩遍布的狹窄水道。小艇操作起來順手，我們快速前進著。

尼德蘭難掩內心喜悅，就跟逃出監獄的囚犯一樣，壓根沒想過還得再回去。

「肉！」他說，「我們可以吃肉了，好吃的肉唷！真正的野味啊！只可惜少了麵包。倒不是嫌棄海鮮，但也不能老是吃一樣的東西啊，來塊新鮮野味，放在燒紅的炭火上烤，變換口味真是爽快。」

「真是個貪吃鬼！」顧問接話，「害我口水直流。」

「還是得弄清楚這座森林有沒有獵物，以及牠們是否大到會反過來追殺獵人。」我說。

「好啦！阿宏納先生，」加拿大人的牙齒似乎已經磨得跟斧頭一樣利了，「如果島上沒有

其他四肢動物，那我就吃老虎，吃腰間肉。」

「尼德兄真令人放不下心。」顧問答話。

「無論如何，」尼德蘭又說，「沒羽毛的四足動物也好，有羽毛的兩腳動物也罷，都等著挨我第一槍吧。」

「唉！蘭師傅衝動的毛病又發作了！」

「阿宏納先生，不必擔心，」加拿大人又說，「只管用力划，不出二十五分鐘，就能給你端上獨門料理了。」

八點三十分，鸚鵡螺號的小艇順利穿過了葛伯侯島周圍的珊瑚環礁，進入內部沙區。

21 登陸數日

雙腳踏上陸地時，我的心情激動不已。尼德蘭踩了踩土地，彷彿宣示所有權似的。其實我們離開陸地不過兩個月，照尼莫船長的說法，我們是「鸚鵡螺號的乘客」，但實際身分卻是囚犯。

只花了幾分鐘，我們就離海岸一個射程左右的距離了。地面幾乎全是石珊瑚沉積而成，某些乾涸的河床上殘留了花崗岩碎片，說明這個島嶼的原始地質結構。島上林木密布，形成壯觀的綠蔭幃幔，遮蔽了地平線。高度約有兩百英尺的巨木間以藤蔓相連纏繞，微風吹拂時，簡直成了天然吊床。這些植物包括含羞草、榕木、木麻黃、柚木、木芙蓉、林投和棕櫚樹，在綠蔭的庇護下，大樹根周圍長出許多蘭科、豆科和蕨類植物。

然而，加拿大人根本不把巴布亞島上這些美麗的花草植物看在眼裡，與其拈花惹草不如找些實用的東西。他發現了椰子樹，二話不說便劈開幾個，我們喝著椰子汁、吃椰子肉，心滿意足，可見我們還是吃膩鸚鵡螺號的食物了。

「太美味了！」尼德蘭說。

「完美！」顧問也說。

「我想，」加拿大人又說，「你那位尼莫先生應該不會反對我們把椰子帶上船吧？」

「應該不會，」我回答，「但他不會吃的。」

「不吃拉倒。」顧問說。

「那不是更好，」尼德蘭回嘴，「還能多留幾個給我們。」

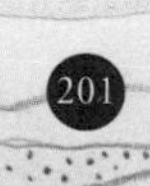

壯觀的綠蔭幃幔，遮蔽了地平線。

「只是，」我對正準備攻擊另一棵椰子樹的捕鯨人說，「椰子雖然是好東西，但在裝滿小艇前，還是理智一點，看看島上還有沒有其他有用的東西吧。鸚鵡螺號的廚房肯定很歡迎新鮮蔬菜。」

「先生說的對，」顧問答腔，「我建議把小艇分成三個部分，一區放水果，一區放蔬菜，第三區就放野味，雖然我們現在連個影子也沒見著。」

「顧問，先別灰心。」加拿大人回答。

「繼續往前吧，」我說，「島上雖然看似無人，卻可能躲著對獵物一點也不像我們這麼講究又來者不拒的人！」

「嘿嘿！」尼德蘭動了動嘴，意在不言中。

「喂！尼德！」顧問嚷道。

「我啊，是打從心底開始體會人肉的誘人之處了！」加拿大人回應。

「尼德！尼德！你說這什麼話啊！」顧問抗議，「人肉耶！我對自己的生命安全感到憂慮了，虧我還跟你同住一個艙房！該不會哪天醒來發現被你吞了半個身子吧？」

「顧問兄，我是挺喜歡你的，但也沒有喜歡到無故把你吃掉的程度。」

「我才不信，」顧問答，「快去打獵！非得抓點什麼塞住這食人族的嘴，否則哪天醒來，先生的僕人就只剩幾塊肉末，再也無人服侍了。」

我們一路聊著走進了昏暗的森林，在這林木之間漫無目的的走了兩個小時。

幸運之神眷顧，我們還真的找到可食用的野菜，還有一種熱帶地區最值得食用的珍貴食物，足以彌補船上食材的不足。

我說的是麵包樹，葛伯侯島上產量很多，而且我也注意到這裡的品種是無籽的，馬來西亞人稱之為「利瑪」。

這種樹與其他樹木最大的差別在於樹幹筆直，高達四十尺。樹頂呈優雅的圓弧狀，多瓣闊葉，自然學家一眼便能認出這是曾成功引進馬斯克林群島的「桂木」。茂密的枝葉間會垂落碩大的球狀果實，寬約一寸，外表粗糙，呈六角形，是大自然賞賜給不產小麥地區的植物，不需特別農耕，一年中有八個月會結果。

尼德蘭對這種果實非常熟悉，在無數次的航行途中早已嚐過，也知道如何處理可食用的部位。因此，他一見到果實立刻食指大動，不得不吃。

「先生，」他對我說，「要是不吃一點果肉，我會饞死的。」

「吃吧，尼德兄，儘管吃吧，我們來到這裡就是為了體驗。」

「花不了太久時間。」加拿大人回答。

於是，他利用透鏡聚光，點燃了枯枝生火，火苗劈啪作響的聲音真令人感到愉悅。一旁的我和顧問負責挑出最好的果實，有的果實還不夠熟，粗厚表皮下還有一層白色果肉，纖維質極少。還有很多已熟透變黃，富含膠質，只等著採食了。

這些果實沒有果仁，顧問捧了近一打給尼德蘭，讓他切成厚片，放在炭火上烤，邊烤邊唸：

「等著看吧，先生，這麵包可香的呢。」

「尤其是在很久沒吃到的狀況下。」顧問說。

「這東西比麵包還好，是美味的甜點。先生從來沒吃過嗎？」

「沒有。」

「那好，準備享受它特別的風味吧。你們要是沒再要求第二個，我就不當捕鯨王！」

幾分鐘後，果實迎火烤的那面已經焦透，裡面包著白色的糊狀果肉，看起來像是鬆軟的麵包，味道又像朝鮮薊。

不得不承認這麵包著實美味，我吃得津津有味。

「可惜這果肉無法保鮮，帶上船也沒用。」我說。

「先生，你多想了！」尼德蘭大叫，「你那是自然學家的說法，但我可是從麵包師傅的角度行事。顧問，再摘些果實，回程時可以帶走。」

「那你打算怎麼處理它們？」我問加拿大人。

「把果肉做成發酵的果泥，這樣就能保存不腐壞，想吃的時候，只需在廚房裡煮一下，雖然會有點酸味，但還是很美味。」

「那麼，尼德師傅，現在有了麵包，應該就不缺其他東西了吧……」

「當然還缺，缺水果，至少也缺蔬菜！」加拿大人回答。

「那就去找些水果和蔬菜吧。」

摘完麵包樹的果實後，我們便動身備齊「陸地」大餐。

辛苦尋找沒有白費力氣，接近中午時，我們已經採了大量香蕉。香蕉是熱帶區長年生長的水果，馬來人稱之為「皮桑」，可以生吃也可以熟食。除了香蕉以外，我們也找到味道很重的菠蘿蜜、鮮甜的芒果和大得不像話的鳳梨。採集這些水果花了我們大半時間，但成果頗為豐碩。

顧問一直觀察著尼德，這位捕鯨人走在前頭，一邊穿越森林、一邊順手採摘野果，應能滿足他的需求。

「好了，」顧問問道，「尼德兄，應該不缺什麼了吧？」

「嗯哼！」加拿大人應聲。

「什麼！你還抱怨啊？」

「都是些蔬果，哪能算得上全餐，」尼德答道，「這些都是餐後水果、點心而已，湯呢？烤肉呢？」

「的確，」我說，「尼德承諾給我們吃排骨的，現在看來要出包了。」

「先生，」加拿大人回答，「狩獵都還沒開始呢，怎麼斷言呢，稍安勿躁！總會見到有羽毛或皮毛的動物，萬一這裡沒有，別處肯定有……」

「而且萬一今天沒有，明天肯定會有，」顧問又補充，「我們不能走太遠，該是時候返回小艇了。」

「什麼！已經要回去了嗎！」尼德大叫。

「我們得在天黑前回去。」我說。

「現在到底幾點了？」加拿大人問。

「至少兩點了。」顧問回答。

「陸地上的時間過得真快！」尼德蘭嚷道，然後又嘆了一口氣。

「走吧。」顧問回應。

我們穿過森林往回走，路上又多了不少收穫，掃蕩了大量的棕櫚果，都是爬上樹頂才採到的；還有一些馬來人稱為「阿布羅」的青豆和優質的山藥。

抵達小艇時，我們幾乎超載了。然而，尼德蘭還是嫌補給品不足，所幸命運之神待他不薄，上船前又看到了好幾棵樹，高達二十五至三十英尺，屬棕櫚樹。這種樹和桂木一樣珍貴，在馬來西亞都被視為最有用的物產。

這種植物是西谷椰子，無須特別種植、照料，跟桑樹一樣靠自身的嫩枝與種子繁殖。

尼德蘭知道該怎麼處理這種樹，他舉起斧頭，猛力揮砍，沒多久，兩、三棵倒地。只要看看葉片上有沒有白色粉末，就能知道成熟與否。

我望著他，以自然學家的觀點，而非餓死鬼的眼神觀察。他先從每棵樹幹剝下一層一寸厚的樹皮，樹皮上覆滿了細長交錯的纖維網，纏繞成許多網結，並以某種膠狀的細粉彼此黏成一體，這種細粉就是西谷米，可食用，是美拉尼亞人的主食。

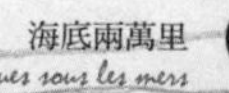

©Wikimedia commons

尼德蘭舉起斧頭。

這時，尼德蘭像劈柴一樣把樹幹劈成小塊，留待稍後提取細粉。提取的方法是拿一塊布濾掉纖維，放在太陽底下晾乾後，放進模具凝固。

傍晚五點，我們滿載而歸，半小時後便回到鸚鵡螺號了。我們上船時沒有遇到任何人，這巨型的鋼製圓柱體就像遭到棄置似的。我們將帶回的食物搬上船後，我回到了臥房，晚餐已備好，吃過飯後我就睡了。

隔天，一月六日，船上情況依舊，船內寂靜無聲，毫無生氣。小艇靜置在船邊，仍在我們昨天停靠的地方。我們決定再去葛伯侯島一趟，身為獵手，尼德蘭希望比昨天幸運，因此打算到森林的另一邊試試。

天一亮，我們就出發了。浪濤朝著岸邊沖擊，小艇也因此不斷推進，沒多久就抵達小島了。登陸後，我們一致認為應跟隨加拿大人的直覺，由他領頭帶隊，但他的一雙長腿經常把我們遠拋在後頭。

尼德蘭往西岸走，涉過幾道急流淺灘後，來到一處茂密樹林所包圍的高地。幾隻翠鳥徘徊水邊，不等我們靠近就跑了。這種謹慎態度證明牠們非常熟悉我們這類兩足動物，由此可知，就算島上無人居住，也經常有人造訪。

穿過一片肥沃的草原後，我們來到一座小樹林旁，林中鳥類成群，盡情歡唱，自由飛翔。

「只有鳥而已。」顧問說。

「但也有可以吃的！」捕鯨人回答。

「哪有啊，尼德兄，我只看到幾隻普通的鸚鵡而已。」顧問爭辯。

「顧問兄，」尼德正經了起來，「鸚鵡對沒有其他食物可吃的人來說，就是雉雞。」

「我插句話，」我說，「這種鳥只要妥善處理，絕對值得上桌。」

此處繁茂的枝葉下，的確有一大群鸚鵡穿梭其中，只等著有人教牠們說話。我們眼前五顏六色的長尾鸚鵡正成群鳴叫；鳳頭鸚鵡一本正經，似乎在思索著某個哲學問題；一群鮮紅的吸蜜鸚鵡飛過，宛如薄紗隨風飄逸；犀鳥最多嘴，邊飛邊吵；巴布亞鸚鵡天藍色的羽毛最為細緻，還有其他各種迷人的鳥類，但都不可食用。

然而，此處還有一種僅棲息於阿魯群島和巴布亞島的特殊鳥類尚未現身，但我相信命運會讓我很快就一睹其風采。

穿過一片較為稀疏的矮林後，我們發現灌木叢後有一片平原。樹叢裡飛出許多美麗的鳥兒，因身上的長羽毛排列特殊，只能逆風飛翔。牠們色澤豔麗，飛行時在空中劃出優美的弧線，令人目眩神迷，我一眼就認出了牠們。

「天堂鳥！」我驚嘆。

「雀形目，鳳鳥類。」顧問接話。

「雉雞科？」尼德蘭問。

「我想應該不是。可是蘭師傅，我相信憑你的身手，必能抓到一隻熱帶區最鮮美的生物！」

「教授，雖然我要魚叉比操槍在行，但還是可以試試。」

馬來人賣給中國人大量的天堂鳥，為捕獲牠們無所不用其極，有時會在牠們喜歡棲息的樹頂上設圈套，或拿強力膠黏住牠們，甚至在鳥兒習慣飲用的泉水中下毒。我們手上只有獵槍，只能趁牠們飛起時射擊，但命中率極低，我們的確也因此浪費了一些彈藥。

約莫上午十一點時，我們翻過了占據島中央的第一座山脈，仍然一無所獲，飢腸轆轆。獵人們總是自信不會空手而回，可這次真是錯了。沒想到顧問這時開了兩槍，竟意外獵得了午餐。中彈的是一隻白鴿和一隻斑尾林鴿。顧問手腳俐落，拔毛、串枝後放到已生起旺火的枯枝上燒烤。在他炭烤這兩隻鮮美野味時，尼德就在一旁準備麵包樹果實。然後，我們把白鴿和斑尾林鴿連皮帶骨吃個精光，全都讚不絕口。這些野鴿經常吃肉豆蔻，肉裡帶著香料味，可口極了。

「簡直就像用松露養大的雛雞一樣。」顧問讚嘆。

「好了，尼德，現在還缺什麼嗎？」我問加拿大人。

「阿宏納先生，還缺四隻腳的。」尼德蘭回答，「這些鴿子不過就是開胃菜，嚐嚐味道的小零嘴罷了！沒宰掉一頭有肋骨的動物絕不善罷干休！」

「我也要活捉一隻天堂鳥才會滿足。」

「那就繼續打獵吧，」顧問接話，「但得回頭往大海的方向走才行，我們已經爬過了第一列山峰，最好還是回到森林裡去吧。」

這個主意倒是中肯，我們馬上就往回走。步行一小時後，我們來到一片全是西谷椰子的樹林。幾條無害的蛇從腳邊竄過。天堂鳥一見我們就飛走，正當我放棄所有希望時，走在前頭的顧問突然彎下腰，發出一陣歡呼，捧著一隻美麗的天堂鳥回到我身邊。

「做得好！顧問！」我讚道。

「先生過獎了。」顧問回答。

「不不，好小子，做得太好了。不但是活捉，還是赤手空拳捉到的！」

「先生若仔細瞧瞧，就知道沒什麼了不起的。」

「哦？怎麼說？」

「因為這鳥醉成一隻鵪鶉了。」

「醉？」

「是的，先生，我在肉豆蔻樹下抓到牠的，當時牠正在狂食。你看，尼德兄，這就是貪吃的下場！」

「鬼扯！」加拿大人反擊，「這兩個月來我也只喝了一次琴酒，不必嚇唬我！」

於是，我檢查了這隻不大正常的鳥，顧問說的沒錯，天堂鳥的確被特殊的汁液醺醉了，全

身無力，飛不起來，連走路都有困難。但我並不擔心，酒精退後牠自然會醒的。

巴布亞島與鄰近島嶼共有八種鳥類，天堂鳥是最美麗的一種。而這隻是所謂的「大祖母綠」天堂鳥，是非常稀有的品種。牠的身長三寸，頭相對較小，眼睛也小，靠近嘴邊。但牠身上的色彩搭配非常美妙，黃色尖喙、棕色腳爪、紫紅色羽翼的末端為淺褐色，頭與後頸則是淡黃色，咽喉處呈祖母綠，腹胸為棕栗色。尾巴上有兩束毛茸茸的角狀羽乜，尾翼輕巧細長，整體色彩渾然天成，當地人還為牠取了一個詩情畫意的名字「太陽鳥」。

我由衷希望能把這天堂鳥中最珍貴的品種帶回巴黎，贈送給植物園，因為園內還沒有任何活生生的天堂鳥。

「所以，這種鳥真的很罕見嗎？」加拿大人問道，聽那口氣就知道他是一名從未自藝術觀點評價過獵物的獵人。

「非常罕見，兄弟，尤其是活的。牠們即便死了，都還是重要的貿易商品，所以有的土著會想辦法製造贗品，就像我們做假珍珠、假鑽石一樣。」

「什麼！有人做假天堂鳥？」顧問驚呼。

「是的。」

「先生知道土著怎麼做的嗎？」

「瞭若指掌！每到颳東風的季節，天堂鳥尾巴周圍的羽毛會開始脫落，自然學家把這些毛稱為副翼毛。做偽鳥的人會蒐集這些羽毛，把可憐的長尾鸚鵡的毛拔掉，再巧妙的黏上天堂鳥副翼毛，然後在接合處染色，替整隻鳥上漆後，再把這些特殊工藝產品寄給博物館和歐洲的業餘收藏家。」

「真厲害！」尼德蘭嘆道，「雖然不是真的鳥，羽毛卻是真的，反正不是拿來吃，感覺也不會造成什麼困擾！」

©Wikimedia commons

「大祖母綠」天堂鳥。

現在，我達成活捉天堂鳥的願望了，但加拿大獵手的心願還沒有。幸好，就在兩點左右，尼德蘭捕到了一隻肥美的野豬，當地人稱之為「巴利烏當」。這兆為我們帶來了貨真價實的四足動物野味，大受歡迎。尼德蘭對自己這一槍感到非常得意，那頭野豬也在遭電力彈擊中後立刻斃命。

加拿大人先割下半打的排骨準備烤來當晚餐吃，接著又剝了牠的皮並清除內臟，然後又繼續打獵去了。尼德和顧問這回佳績不斷，捕獲許多獵物。

這兩人拍打了灌木叢，趕出一大群袋鼠，牠們用富有彈性的雙腿迅速跳離，但再快也快不過電力彈，照樣在奔馳中被一槍斃命。

「哎！教授，」尼德蘭殺紅了眼，扯開嗓門大喊，「這野味太棒了，特別是燉煮，一定好吃！鸚鵡螺號的伙食要大大進步了！兩隻、三隻、五隻！想想我們有那麼多肉可以吃，船上的人卻連肉末也沒有！」

加拿大人興致正旺，要不是分心講話，應該已經把整群袋鼠都殺光了！但他還是獵了一打才罷手。顧問告訴我們，袋鼠屬於無胎盤哺乳類動物第一目。

這種動物體型嬌小，是「兔袋鼠」的一種，經常藏身樹洞，移動速度飛快；雖然肉不多，但肉質相當優異。

我們非常滿意狩獵成果，得意的尼德甚至提議明天再次造訪這座歡樂島嶼，他打算將可吃的四足動物全數捕盡，卻沒料到接下來即將發生大事。

晚上六點，我們回到海灘上，小艇依然在原地。鸚鵡螺號像一塊長型礁石，在離岸二浬的波濤間冒出頭。

尼德蘭一刻也不耽誤，連忙張羅晚餐大事。他的手藝堪稱精湛，令人佩服。「巴利烏當」肋排放到炭火上炙燒，沒多久後空氣中就香氣四溢！

我這時發現自己竟被加拿大人感染，出神望著鮮嫩的烤豬！請原諒我的罪惡，如同我原諒蘭師傅一樣，以同理心看待！

這頓晚餐美味無比，除了原本的烤肋排，還有兩隻斑尾林鴿加菜。西米漿、麵包果、幾顆芒果和半打鳳梨，再加上酸椰子汁，怎能不開心？我甚至覺得兩位夥伴已經樂得神智不清了。

「今晚別回鸚鵡螺號好嗎？」顧問提議。

「不如永遠都別回去了吧？」尼德蘭附和。

這時，一塊石頭落在我們腳邊，硬生生打斷了捕鯨人的話。

尼德獵了一打袋鼠。

22 尼莫船長的電網

我們沒有起身，但都朝樹林望去。我原本要送進嘴裡的食物停在半空，尼德蘭則是趕緊塞了一口。

「石頭是不會從天空掉下來的，」顧問說，「要不然就該叫隕石了。」

第二顆石頭飛來，是顆經過精心磨製的圓石，打落顧問手裡美味的鳥腿，這下坐實了他的推測。

我們三個都站了起來，扛起獵槍，準備回擊。

「是猴子嗎？」尼德蘭喊道。

「差不多，」顧問回，「是野人。」

「回小艇！」我邊說邊往大海方向走去。

看這情勢，的確應該撤退，二十來個野人從矮樹林邊上冒了出來。樹林遮住右方地平線，離我們有百步遠。

小艇停靠在距離十圖瓦茲的地方。

野人緩緩靠近，張牙舞爪，雖沒有追趕，但石頭和利箭如雨點般不斷落下。

尼德蘭捨不得拋棄獵物，儘管危險迫在眉睫，還是一手抱起了野豬，另一手拖著袋鼠，迅速收拾食物。

兩分鐘後，我們已經退到了沙灘上，以最快的速度把補給食物和彈藥搬回小艇、推進大海、架好船槳。才划不到兩鏈的距離，岸邊已聚集了百來個野人，大呼小叫、比手劃腳。他們衝進海裡，追到水深及腰處才罷休。我望向鸚鵡螺號，想確定野人是否引起了他們的注意，派幾個人到平台上查看。沒有，這台巨大機器安穩的躺著，絲毫不見人影。

二十分鐘後，我們登上鸚鵡螺號，平台上的蓋板開著，我們繫妥小艇後便進入船艙。我走進大廳，裡頭傳來樂音，是尼莫船長正躬身彈奏管風琴，沉醉於動人的音符之中。

「船長！」我出聲喊了他。

他沒聽見。

「船長！」我伸出手碰了他，同時又叫了一次。

他嚇了一跳，轉過身來。

「噢！教授，是你啊？怎麼樣！狩獵還好嗎？植物標本採集順利嗎？」

「是，船長，」我回答，「但我們引來了一群兩足動物，就在附近，我有點擔心。」

「兩足動物？」

「野人。」

「野人！」尼莫船長語帶諷刺回道，「教授，你踏上地球的某片陸地，遇到野人，然後覺得驚訝？哪裡沒野人？再說，所謂的野人一定比其他人糟嗎？」

「可是，船長……」

「在我看來，哪裡都有野人。」

「好吧！」我答道，「你要是不想在鸚鵡螺號上見到他們，最好採取一些措施，小心為上。」

「教授，放心吧，沒什麼好緊張的。」

「可是他們為數眾多。」

「你估計有多少人？」

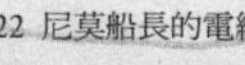

「至少百來個。」

「阿宏納先生，」船長的十指又回到鍵盤上，「就算整個巴布亞島的野人全都湧上海灘，鸚鵡螺號也不怕他們的攻擊！」

船長的指尖滑過鍵盤，我注意到他只彈黑鍵，因此聽起來有蘇格蘭情調。他馬上就忘了我的存在，沉浸在自己的世界裡，我便不再打擾。

再次回到平台時，夜幕已降，因為緯度低的關係，太陽下山速度很快，沒有黃昏。葛伯侯島變得面目模糊，只能看到岸上火光熠熠，看來野人還不願離去。

我獨自在平台上待了好幾個小時，雖然偶爾還是會想到那些野人，不過受船長堅定的信心影響，已不再擔心了，只把心思多放到熱帶地區綺麗的夜景上，把野人拋到九宵雲外。我的思緒隨著十二星座飛向法國，再過幾個小時，這些星辰將在法國的夜空上閃耀。一輪皓月掛在眾星間，我不禁想到，這顆忠實又善良的星球後天將會繞回這個位置，掀動浪潮，把鸚鵡螺號帶離珊瑚礁床。午夜將至，漆黑的海面和島岸樹林都悄然無聲，我返回自己的艙房，安穩入睡。

這一夜相安無事，巴布亞人可能見到海灣上停著龐然怪物而卻步，否則一夜沒關的蓋板可以說替他們開了入侵鸚鵡螺號的方便之門。

一月八日清晨六點，我登上平台，朦朧的夜色逐漸亮開，晨霧消散，島嶼現蹤，先是沙灘，接著是山峰，一一顯現。

野人還在原地，人數比昨夜更多了，可能有五、六百人。其中幾個趁退潮前進，爬到珊瑚礁頂，與鸚鵡螺號的距離不到兩鏈。我可以清楚看到他們的身形，是巴布亞人沒錯，身材健美，輪廓鮮明，前額寬闊隆起，鼻子大又挺、牙齒潔白，和努比亞人一樣有黝黑發亮的膚色，使得羊毛般蓬鬆捲曲的紅髮更為搶眼，刻意割裂拉長的耳垂上掛著骨珠。這些野人大多赤身裸體，但我發現其中幾個女人穿著草裙，腰間繫著藤編腰帶。另外還有幾個領頭的，脖子上掛著新月

野人在鸚鵡螺號附近徘徊。

形飾物和紅白玻璃珠項鍊。幾乎所有人都佩戴了弓箭和盾牌，肩上背了某種網袋，裝滿圓石，裝上彈弓即可輕易發射。

其中一名首領離鸚鵡螺號非常近，仔細觀察著船體。他披著香蕉葉編成的披巾，邊緣呈鋸齒狀，色澤鮮明，應該是階級很高的「瑪多」。

這人離我很近，擊斃他易如反掌，但我認為還是等對方實際表現敵對態度再說。歐洲人對上野人，最好還是自衛而不主動進攻。

退潮期間，野人一直在鸚鵡螺號附近徘徊，並沒有太大的動作，只是重複嚷著「阿賽」一詞，根據手勢可知，他們在邀我上岸，但我認為還是拒絕的好。

這天，小艇一直沒有離開大船，蘭師傅因無法補給食物而感到失望。手藝精湛的他便利用這段時間把葛伯侯島帶回的野味和西谷米一一加工。至於那些野人，在上午十一點海水淹沒珊瑚礁前就退回陸地上了。然而，沙灘上的人數大幅增加，可能來自附近小島，或是巴布亞島的其他地區，唯獨不見任何獨木舟。

我什麼也不能做，便想在這片清澈水域中撈取一點東西，水底大量的貝殼、植形動物和海生植物全都清晰可見。若真如尼莫船長所言，明日大潮時，鸚鵡螺號將隨海水浮起，那麼今日就是我們停留在這片海域的最後一天了。

我讓顧問拿來一個輕便的撈網，就像捕撈生蠔的那種。

「那些野人現在怎麼樣？」顧問問我，「先生請見諒，但我其實覺得他們看起來不像壞人！」

「可是他們會吃人啊，小子。」

「食人族也可以是好人啊，」顧問答道，「就像貪吃和正派一樣，兩者並不衝突。」

「好吧！就當他們是老實的食人族，會老實的吞掉俘虜。但再怎麼老實，我也不想被吞，

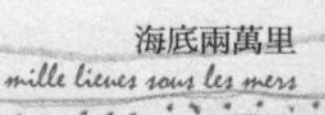

而鸚鵡螺號的船長似乎沒有要採取任何動作，所以我還是得自行戒備。現在，開工吧！」

接下來的兩個小時，我們奮力捕撈，但始終沒有撈到任何稀有物種。撈網裡盡是驢耳貝、豎琴麥螺、黑斑螺。特別值得一提的是，撈到了至今見過最美的鎚頭貝，還有海參、珍珠生蠔和十幾隻小海龜，通通送到船上的廚房裡保鮮。

此時，我無意間摸到一件珍寶，應該是非常罕見的自然突變種。當時顧問正把撈網抬起，網中裝滿各種常見的貝類，突然，我快手一伸，從裡面抓出一粒貝殼，發出貝殼學家發現新物種的驚呼，大概也是人類所能發出最尖的聲音。

「呃！先生怎麼了？」顧問嚇了一跳，連忙問我，「被咬了嗎？」

「不，小子，不過找到這種東西，就算犧牲一根手指，我也心甘情願！」

「什麼東西？」

「這個貝殼。」我捧上戰利品。

「不過是個尋常的榧螺，斧蛤屬、櫛鰓目、腹足綱、軟體動物門……」

「沒錯，可是這一顆的螺紋是從左向右旋的！」

「怎麼可能！」顧問驚叫。

「真的，小子，是個左旋貝！」

「左旋貝！」顧問重複了我的話，心情激動。

「看牠的螺紋。」

「噢！先生，請相信我，」顧問捧著這顆珍貴的貝殼，雙手不住顫抖，「我從沒有這樣激動過。」

我可以理解他的激動！大家都知道，正如自然學家發現的，大自然主要以右旋為法則，所有的星球與衛星，都是從右往左自轉運行；人類也是，大多習慣使用右手多於左手，因此，大部分的工具、機械、樓梯、門鎖、鐘表的發條等，都是由右向左配置。自然界也依循這個法則發展出貝殼的螺紋，都是以右旋為主，顯少例外，一旦發現左旋螺紋的貝殼，收藏家甚至不惜以重金收買。

顧問和我目不轉睛盯著手上的寶物，我正說著要把它帶回博物館裡收藏，一個野人拋了顆石頭過來，正巧打碎了顧問手中的珍品。

我絕望大叫！顧問一把抓起我的獵槍，瞄準十公尺遠那個丟石頭的野人。我正想出手阻止，子彈已經發射，擊碎了對方手臂上的護身手環。

「顧問，顧問！」我高聲喊了他。

「什麼啊！先生沒看到這吃人肉的傢伙開始攻擊我們了嗎？」

「豈能為區區一個貝殼送上人命！」我說。

「哼！這無賴！」顧問怒吼，「我寧願他打碎的是我的肩膀。」

顧問這話倒是實在，但我不能附議。如今情勢已變，只是我們沒有早些意識到而已，鸚鵡螺號已被二十幾艘獨木舟包圍了。這些獨木舟都是用掏空的大樹幹製成，細長狹窄，便於航行，兩側配有浮在水面的竹竿以便穩定船身。操作獨木舟的野人半裸著身體，技術嫻熟，看著他們不斷逼近，我不由得擔心了起來。

這些巴布亞人顯然曾與歐洲人往來，了解他們的船隻。但海灣上停著這麼一艘長形的鋼鐵圓柱體，沒有船桅，也沒有煙囪，他們看了作何感想？肯定認為不是好東西，所以一開始才敬而遠之。可是看到它靜止不動，膽子也就漸漸壯大了，意圖一探究竟，而這正是我們要阻止的進一步接觸。我們沒有發得出大聲響的武器，嚇阻效果有限，就像缺了雷聲的閃電嚇不到人，儘管閃電才會造成真正的傷害，也沒有人會害怕。

這時，獨木舟更靠近鸚鵡螺號了，飛箭如雨般射向船身。

顧問一把抓起我的獵槍。

「見鬼了！這是下冰雹吧！」顧問說，「可能還帶毒呢！」

「得通知尼莫船長才行。」我趕緊返回船艙。

我來到大廳中，不見人影，於是冒昧敲了船長艙房的門。裡頭傳來一聲「請進」，我走進房內，發現尼莫船長正埋首計算，紙上寫滿了X和其他代數符號。

「打擾到您了嗎？」我客氣的詢問。

「的確，阿宏納先生，」船長回道，「不過你來找我，想必是有重要的事吧？」

「非常重要，我們被野人的獨木舟包圍了，用不了多久，數百名野人就會攻進來了。」

「哦，」尼莫船長淡定回答，「他們是划獨木舟來的？」

「是的。」

「那好！關上蓋板即可。」

「是的，我就是來告訴你……」

「再簡單不過了。」船長回應。

於是，他按下一個按鈕，向值班船員下令。

「好了，先生，這樣就可以了，」過了一會兒後，他對我說，「小艇已經收好了，蓋板也關上了。你不必擔心，我想這些人是打不破這銅牆鐵壁的，你們軍艦的砲彈不也領教過了嗎？」

「不是的，船長，還有另一件事要擔心。」

「什麼事？」

「明天早上同一時間，我們還是得打開蓋板為鸚鵡螺號換氣……」

「先生，我同意，這艘船的確是採鯨魚呼吸的方式換氣。」

「可是，如果到時候巴布亞人占領了平台，不知道您如何阻止他們入侵。」

「所以，你認為他們會上船。」

「我敢肯定。」

「既然如此，就讓他們上船，沒有理由阻止他們。其實，這些巴布亞人也挺可憐的，我也不希望因為造訪了葛伯侯島而造成任何一個可憐人傷亡！」

語畢，我正準備離去，尼莫船長卻請我留步，讓我坐到他身邊，問起了我們到陸地上探險和狩獵的情況，看樣子，他無法理解加拿大人對肉的渴望。後來，我們又聊了不同的話題，尼莫船長雖然還是不大流露情緒，但已變得親切許多。

我們也聊到鸚鵡螺號的處境，因為我們正處於杜蒙．杜維勒擱淺的海峽，便順道聊起這個人：

「這位杜維勒先生真可說是你們最偉大的水手之一，最有智慧的航海家之一！」船長對我說，「他就是你們法國人的庫克船長！這可憐的智者！他曾對抗過南極浮冰、大洋洲的珊瑚礁、太平洋的食人族，最後卻不幸在一場火車意外中喪生！要是這個堅毅的男子在生命最後幾分鐘內還能思考的話，你覺得他會想些什麼？」

說到此，尼莫船長顯得有些激動，也感染了我的情緒。

接著，我們拿起了地圖，一起重溫這位法國航海家的功績，包括環球航行、兩次南極探險並發現阿德利島和路易—菲利浦地（現葛拉漢地）兩塊陸地，最後還完成大洋洲主要群島的海道測量與繪製。

「你們這位杜維勒在海面上做的事，我在海底也都做了。」尼莫船長說，「海底做起來更容易，成果也比他的更完整。星盤號和勤勉號不斷遭受狂風暴雨侵襲，不比鸚鵡螺號，我可以在平穩的艙室裡工作，而且是真正的海洋居民！」

「不過，船長，」我說，「杜蒙．杜維勒的巡航艦和鸚鵡螺號有一處相似。」

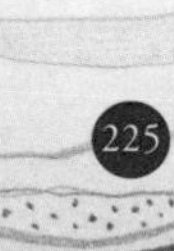

「哪裡？」

「鸚鵡螺號現在也和那兩艘船一樣擱淺了！」

「先生，鸚鵡螺號沒有擱淺，」尼莫船長冷淡回應，「它本來就該在海床上休息的。杜維勒為了讓巡航艦脫險，費盡了九牛二虎之力，我卻不必這麼做。星盤號和勤勉號差點葬身海底，我的鸚鵡螺號至今安然無恙。明天，在我說定的時間點，大潮將會從容的托起船身，這艘船也將繼續航行。」

「船長，」我說，「我對這點毫無質疑。」

「明天，」尼莫船長起身，「明天下午兩點四十分，鸚鵡螺號將浮起，毫髮無傷離開托雷斯海峽。」

這句乾脆俐落的話說完後，尼莫船長便欠身示意，讓我離開。於是，我回到自己的房間，顧問已等在裡頭，迫不及待想知道我和船長談話的結果。

「小子，我剛才一臉擔心鸚鵡螺號會受到巴布亞野人威脅，結果卻被他酸了一頓。所以我只能告訴你，相信他，安心睡吧。」

「先生不需要我為您做任何事？」

「不需要。尼德蘭在做什麼？」

「先生請見諒，」顧問回答，「尼德兄正忙著做袋鼠肉餅，想必十分美味。」

顧問離去後，我躺上床，卻輾轉難眠。頭頂上傳來野人爬上平台跺腳吼叫的聲音，震耳欲聾。一夜就這麼過了，船員們依舊沒有動靜，就像在裝甲堡壘內的士兵，絲毫不在意鐵甲外爬行的螞蟻一樣。

清晨六點，我就起床了。蓋板尚未開啟，船內自然還沒換氣，但裝滿空氣的儲存槽這時已開始運行，及時釋出幾立方的氧氣，補足鸚鵡螺號內缺氧的空氣。

的準備。

我待在艙房裡工作，直到中午都沒有見到尼莫船長的影子，船員似乎也沒有在做任何啟程的準備。

我又等了一陣子才往大廳走去，座鐘上指著兩點半。再過十分鐘，海潮將漲至最高，若真如尼莫船長所言，鸚鵡螺號很快就會擺脫礁石，否則就得再等上好幾個月才有可能離開珊瑚礁床了。

這時，船身竟提早震動了起來，我聽見船殼與粗糙的石灰質珊瑚礁摩擦發出的吱嘎聲。兩點三十五分，船長現身大廳。

「我們要準備啟航了。」他說。

「哦！」

「我已下令打開蓋板。」

「那巴布亞人呢？」

「巴布亞人？」尼莫船長聳了聳肩。

「他們不會闖進鸚鵡螺號嗎？」

「怎麼闖？」

「從你下令打開的蓋板那裡。」

「阿宏納先生，」尼莫船長語氣平靜，「沒有人能從那裡進入鸚鵡螺號的，即使蓋板是開的。」

我盯著尼莫船長。

「不懂嗎？」

「完全不懂。」

「好吧！來，你自己看看。」

我來到中央樓梯，尼德蘭和顧問也在那裡，正驚訝的看著幾個船員打開蓋板，外頭的怒吼和各種叫囂響徹雲霄。

蓋板朝外開啟，二十幾個駭人的面孔立刻湧了上來。第一個野人一把手放到樓梯扶手上，立即被一股不知名的力量推倒，嚇得落荒而逃，一邊發出淒厲的哀嚎。

接著，其他十個同伴也學他抓了扶手，全都遭到同樣的命運。

顧問看得入迷，生性狂暴的尼德蘭則衝向樓梯，才搭上扶手就被擊倒在地。

「見鬼了！」他喊著，「我被電了！」

這下我可明白了。這樓梯的扶手能接通船上電力，變成直達平台的金屬導電體，任何人碰了它，都得領教強力電擊的震撼。要是尼莫船長把整艘船的電流都送過來，那可是會致命的！確切來說，他在來犯者和自己之間架起了一張電網，任何人都不得越雷池一步。

巴布亞人遭到電擊後倉皇撤退，我們看著可憐的尼德蘭發狂似的破口大罵，努力忍住不笑，一邊安慰，一邊為他按摩。

此時，鸚鵡螺號在最後一波潮水推動下順利浮起，正好是船長預定的兩點四十分。螺旋槳緩慢沉穩的拍打海水，船速漸快，鸚鵡螺號駛向海面，甩開了托雷斯海峽危機四伏的水道，重回汪洋大海。

其他十個同伴全都遭到同樣命運。

23 強迫睡眠

隔天，一月十日，鸚鵡螺號重新潛水航行，船體在海洋中層行駛，船速快得驚人，我估計時速至少三十五浬。螺旋槳的轉速快到我跟不上，更不用說計算轉動圈數了。

這神奇的電力，除了提供鸚鵡螺號動力、熱能、照明外，還能保護其不受外來攻擊，讓它成為一艘神聖的方舟，任何人都不得褻瀆，否則將遭電擊。我對這艘船的敬佩之情無以復加，更連帶佩服造船的那位工程師。

我們朝著西方筆直前進，一月十一日，我們繞過了位於卡本塔利亞灣東端、東經一百三十五度、南緯十度的韋塞爾岬。這一帶的礁石仍然很多，但較為零散，而且地圖上皆有明確標識。鸚鵡螺號因此輕易避開了左側的錢幣礁和右側的維多利亞礁，在同樣緯度、東經一百三十度的航線上勇往直前。

一月十三日，我們來到帝汶海，船長認出了位於東經一百二十二度與海同名的帝汶島。此島面積一千六百二十五平方里格，由拉者（Rajah）統治，他們自稱鱷魚的子孫——這也是人類所能追溯到最古老的始祖。這些帶有鱗甲的祖先在島嶼河流裡大量繁殖，人人崇敬。當地人愛護牠們、奉承牠們、供養牠們並獻上年輕女子為食，若有任何外人膽敢冒犯這些神聖的蜥蜴，就等著好自為之了。

但鸚鵡螺號沒必要與這些醜陋的動物打交道。帝汶島只在中午船副記錄方位時出現了一下，而我也只見到其中一個名為羅地的小島而已，島上女子的美貌在馬來市場聞名遐邇。

鸚鵡螺號在此轉向西南方，朝印度洋前進。尼莫船長那奇妙的腦袋又要把我們帶往何方

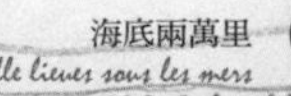

呢？回到亞洲？或是往歐洲海岸駛近？一個千方百計躲開人煙的人，應該不太可能做出上述決定！難道是往南走？繞過好望角和合恩角，朝南極去？還是要再回到太平洋，那片鸚鵡螺號可以自在航行、無人打擾的海域？時間會給我們答案的。

一月十四日，我們總算穿越了卡地亞、伊貝尼亞、塞恩卡巴坦與斯考特等所有阻礙液體的固態礁岩，徹底遠離陸地。鸚鵡螺號特地放慢了速度，隨意航行，有時潛入海裡，有時浮出水面。

這段航程中，尼莫船長對不同深度的水層溫度進行了有趣的實驗。通常，這些資料須使用相當複雜的儀器測量，無論是高水壓下容易破裂的玻璃管探測器，或是金屬電阻儀表，結果都有待商榷。然而尼莫船長卻是親自入海，直接把溫度計投入各水層探測，得到的數據即時又準確。

鸚鵡螺號有時會灌滿儲水槽下潛，有時則傾斜側板入海，逐漸進入三千、四千、五千、七千、九千公尺的深海，也因此測得了無論在任何緯度，凡超過一千公尺深的海水，溫度永遠維持在四．五度的結果。

我對這些實驗很有興趣，隨著船長投注大量心力。有時，我也會想，他做這些探勘的目的為何。是為了對人類有所貢獻嗎？不太可能，畢竟總有一天，這些研究成果將會和他一起葬身某個不知名海域！除非他準備把探測結果交給我，那就表示這趟奇幻之旅會有終結的一日，只是我還看不到歸期罷了。

無論如何，尼莫船長把蒐集了各項數據後彙整出的全球主要海域海水密度報告也給了我一份。我因此受益匪淺，只是無法實行科學驗證。

一月十五日早上，我和尼莫船長在平台上散步，他問我是否知道不同深度的海水密度。我給了否定答案，並解釋科學界至今尚未有確切的觀測資料。

「我做了，」他說，「而且數據保證精準。」

「這樣啊，」我回答，「不過鸚鵡螺號活在另一個世界，船上科學家探得的奧祕根本不會傳到陸地上去。」

「教授，你說的對，」他沉默了一會兒後說，「的確是另一個世界，對陸地上的人而言，這裡就跟那些和地球一起繞行太陽的行星一樣陌生。就像從來沒有人知道土星或木星學者的研究成果一樣。然而，命運讓我們相遇，讓我有機會告訴你觀測結果。」

「願聞其詳。」

「教授，如你所知，海水密度比淡水大，但並非到處一致。假設淡水密度為一，我的數據顯示大西洋的密度是一．〇二八，太平洋是一．〇二六，地中海是一．〇三。」

「哦！」我心想，「他也到過地中海啊？」

「愛奧尼亞海是一．〇一八，亞得里亞海則是一．〇二九。」

看來，鸚鵡螺號並沒有避開歐洲繁忙的海域，或許，他很快就會帶我們到比較文明的大陸。尼德蘭要是知道了，肯定高興得不得了。

接下來好幾天，我們都在做各種實驗，包括不同深度海水的含鹽量、導電性、色譜、透光度等。無論任何測試，尼莫船長都得心應手，待我也十分慷慨友善。但幾日後，我又不見他蹤影了，又只好獨自在他的船上度日。

一月十六日，鸚鵡螺號停在距水面僅幾公尺處，像是睡著般關掉了所有電力設備，螺旋槳也停止了，船隻隨波逐流。我猜測船員正在進行內部維修，畢竟機器強烈運轉後，還是有必要檢修。

正因如此，我和我的同伴目睹了一大奇觀。這一天，大廳內的艙板是打開的，由於關上了燈，波濤也顯得模糊了。天空烏雲密布，風雨欲來，就連海水的最上層也昏暗不明。

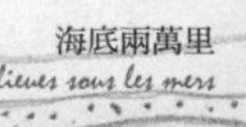

在這種條件下觀測海況，再大的魚看起來也不過是一團模糊的影子。這時，鸚鵡螺號突然亮了起來，一開始，我還以為是船燈打開而照亮了海水。但在迅速觀察後，才發現並不是燈光，是我搞錯了。

原來是鸚鵡螺號正好漂進了磷光層，由於海色暗沉，更顯得磷光耀眼。這些光是無數個發光的微生物聚集而成，牠們滑過金屬船身時，也因反射效果更增加亮度。我發現明亮水層間劃開的幾道閃光，猶如火爐裡熔化流動的鉛，又像燒至白熱的金屬塊。因為光芒太強，反而沒有掃開所有陰影，而是讓某些本來明亮之處成了陰影。不，這不是我們習慣的靜止光！閃耀的光具有特殊的力量和律動！這光給人的感覺是活的！

這一大片光的確來自大量群聚的海洋纖毛蟲和夜光藻，牠們是半透明的膠狀球體，帶有絲狀觸鬚，每三十立方公分的水中，數量可達兩萬五千隻。而且，在水母、海星、海月水母、海鷗蛤和其他會發出磷光的植形動物陪襯下，亮度更是加倍。這些磷光植形動物體內充滿了分解過的海洋有機物，也許還有各種魚類分泌的黏液。

鸚鵡螺號在明亮的光波中漂浮了好幾個小時，就連大型海洋動物都在其中嬉戲，有如傳說中的火蜥蜴一樣。我也在其中看到幾隻優雅敏捷的鼠海豚，牠們是不知疲憊的海底小丑；還有長達三公尺的平鰭旗魚，這種魚十分聰明，總能預知暴風雨的到來，利劍般的大嘴偶爾會碰撞到大廳窗戶；後來，也出現了一些體型較小的魚，如各類鱗魨、逆鉤鰺、短吻鼻魚和其他上百種魚類，在明亮的水光間劃出一道道紋彩。

這光彩奪目的景致令人心醉神迷！是否因為某種氣候條件的變化而強化了這個現象？也許是風雨正襲捲海面？不過，位於幾公尺深處的鸚鵡螺號並未感受到狂風暴雨，只是在平靜無波的海底從容浮沉。

我們在這種情況下航行，沿途各種精采奇觀層出不窮。顧問忙著幫他那些植形動物、節肢

動物、軟體動物和魚類分門別類。日子過得很快，我也不再計較過了多久。尼德蘭按自己的習慣，為平淡的船艙生活找樂子。我們就像蝸牛，逐漸適應各自的殼內生活，而且我得承認，變成蝸牛挺容易的。

所以，我們都對這種生活感到輕鬆自然，早已不再想像陸地上還存在著另一種不同的生活模式了。然而，這時發生了一起事件，提醒我們目前的處境有多麼詭異。

一月十八日，鸚鵡螺號來到東經一百零五度、南緯十五度的海域，風雨欲來，波濤洶湧。強風自東方呼嘯而來，氣壓計已下降數日，預告大自然將展開一場搏鬥。

我登上平台時，船副正在測量時角。我照例等著那句每天必說的句子，沒想到他竟改口說了另一句同樣聽不懂的話。才剛講完，尼莫船長就出現了，拿起望遠鏡望向天邊。

船長一動也不動，持續了好幾分鐘，雙眼緊緊盯住鏡頭內的目標。隨後，他放下望遠鏡，與船副交談了十幾句。大副看來情緒激動，難以自持，但尼莫船長較沉得住氣，依舊沉著冷靜。看樣子，船長似乎提出了某些異議，大副的回答非常直接了當。從他們的語氣和手勢中，我至少看出了這些。

而我，我自己也留意了他們觀察的方位，什麼也沒發現，只見海天之間的海平線格外清晰。尼莫船長在平台上來回踱步，從這一頭走到另一頭，看都不看我一眼，也許是沒有看到我吧。他的步伐篤定，卻不如平常規律，偶爾會停下腳步，雙臂環抱胸前，觀察大海。他能在這浩瀚的海面上找到什麼？此刻鸚鵡螺號離最近的海岸少說也有幾百浬呢！

大副再次舉起望遠鏡，死盯住海平線那端，來回跺腳，躁動不安的模樣與船長的沉著鎮定形成強烈對比。

不過，這個謎團應該很快就會真相大白，因為尼莫船長已下令提高推進力，加速轉動螺旋槳了。這時，船副又要船長注意某件事。船長立即停下腳步，舉起望遠鏡轉向船副指出的方位

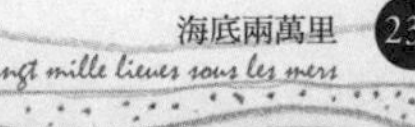

©Wikimedia commons

他始終盯著海平線。

察看，觀察了很久。我倍感納悶，於是起身至大廳內取來一副我平常使用的高倍望遠鏡，把它架在平台前端突起的船燈燈罩上，打算徹底搜索眼前這片海面與天際。

可是，沒等我的眼睛貼近鏡片，手上的望遠鏡就被硬生生抽走了。

我轉過身，站在眼前的是尼莫船長。他彷彿變了一個人似的，眉頭緊蹙，眼中冒著一股陰火。他的牙齒半露，挺直的身體握著拳頭，腦袋也因此顯得內縮。整個人被恨意包圍，動也不動，望遠鏡自他的手上滑落，滾到腳邊。

我剛才無意間引發他的怒火了嗎？難道這難以理解的男人以為我撞見某個鸚鵡螺號乘客不該知道的祕密？

不對！他的怒氣不是針對我，因為他的眼中沒有我，而是停留在天邊那神祕的一隅。

尼莫船長總算控制了情緒。猙獰的面目又恢復了往常的鎮定。他對大副說了幾句我聽不懂的話，然後轉向我。

「阿宏納先生，」他語氣急切，「我要求你遵守一項我們之前達成的協議。」

「哪一項？」

「必要時，把你和你的同伴關起來，直到我認為可以放你們自由為止。」

「你說了算。」我直視著他回答，「但可以問個問題嗎？」

「不行。」

這兩個字意味著我沒有討價還價的餘地，只能服從。

我進到船內尼德蘭和顧問的艙房告知船長的決定，各位可想見加拿大人的反應，而我也沒時間多作解釋。這時四名船員已站在門口等待，把我們帶到當初來鸚鵡螺號時度過第一晚的艙房裡。

尼德蘭想反抗，但船員一把關上了門當作回應。

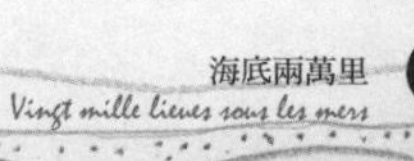

「先生能告訴我這是怎麼回事嗎？」顧問問道。

我把剛才發生的事說了一遍，他們和我一樣驚訝，但也是一頭霧水。

我陷入沉思，尼莫船長怪異的神情在我腦海裡揮之不去，此刻，我無法把這兩件互為因果的事件連結起來，只有一些亂七八糟的假設。就在這時，尼德蘭把我從千頭萬緒中喚了回來：

「看！午餐已經送來了。」

飯菜的確已經上桌，顯然尼莫船長在加快鸚鵡螺號航速時，也令人備妥了午餐。

「先生能聽我一句嗎？」顧問對我說。

「說吧。」我回答。

「好的！請先生吃點東西，畢竟我們不知道將發生什麼事，最好還是準備一下。」

「顧問，你說的對。」

「可惜，」尼德蘭說，「只有船上的海味而已。」

「尼德兄，」顧問回話，「你怎麼還抱怨，有午餐可以吃就很好了！」

這句話切斷了捕鯨人所有的怨言。

我們入座吃飯，各自沉默吃完了餐點，但我吃得很少。顧問為防萬一，「硬著頭皮」吃完；尼德蘭雖不滿意，卻一口也沒少吃。餐後，我們各自找了個角落靠著休息。

這時，照亮艙房的圓球燈泡熄滅，我們陷入一片漆黑之中。尼德蘭很快就睡著了，令我驚訝的是，顧問竟也不省人事了。正當我疑惑著他怎會有如此濃的睡意時，自己的腦袋也陷入了昏沉，儘管努力睜開雙眼，眼皮仍不聽使喚，不由自主的閉上。同時，我還產生了一些幻覺，渾身不對勁，顯然是剛才吃下的食物裡加了安眠藥！看來為了不讓我們了解尼莫船長的行動，關進牢房是不夠的，還得強迫我們睡上一覺才行！

外頭傳來蓋板關閉的聲音，海浪的輕搖也已停止，鸚鵡螺號離開水面了嗎？是否又潛入了

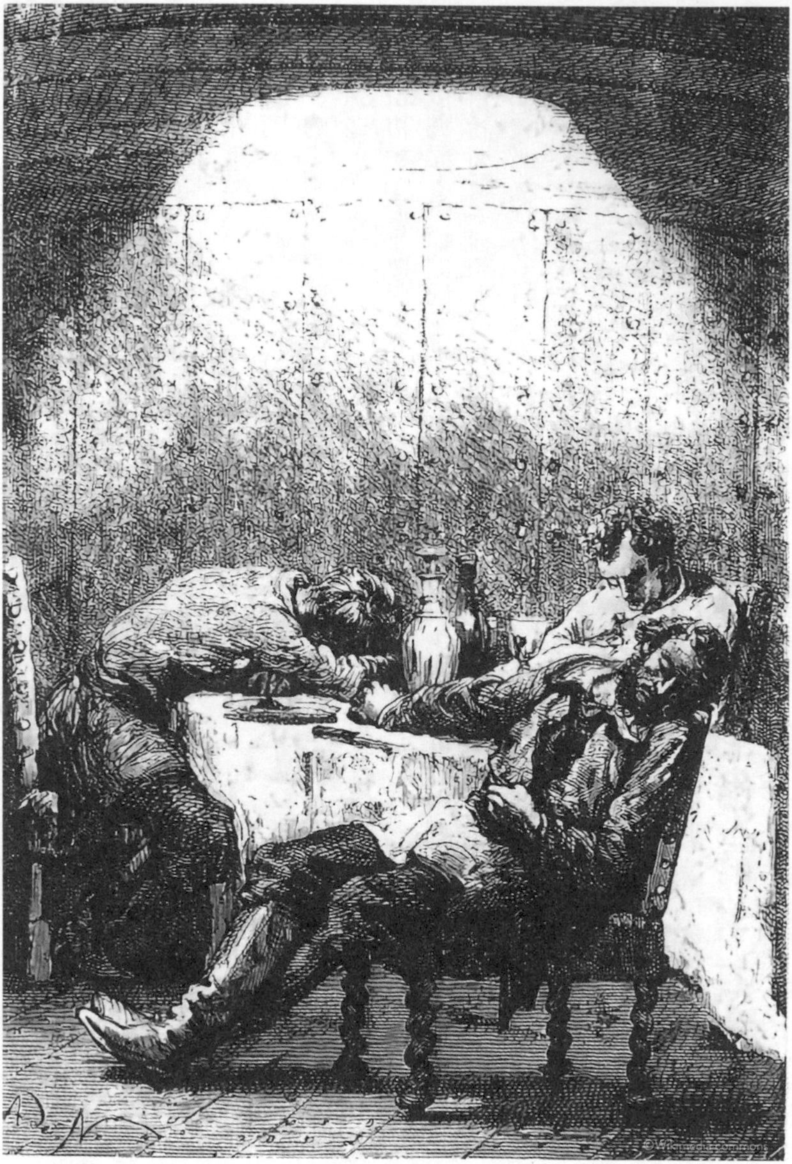

我徹底失去了意識。

靜止的水層？

我極力抵抗睡意，卻力不從心，呼吸變得微弱，冰凍僵直的四肢無法動彈，如同癱瘓。我的眼皮就像鉛罩一樣沉重，密實蓋住了雙眼，再也打不開了。我完全被藥物引發的睡意和排山倒海襲來的幻覺控制，接著，幻覺消失了，我也徹底失去了意識。

24 珊瑚王國

隔天，一覺醒來神清氣爽，最令我感到驚訝的，是我已經回到自己的艙房裡了。我的同伴可能也跟我一樣，在不知不覺中被帶回了他們的艙房。他們和我一樣，對於前晚發生的事一概不知。看來只能等待以後有機會再揭開這個祕密了。

我想離開艙房，但是否已重獲自由？是的，完全的自由。我打開艙房門，穿過通道，爬上中央樓梯。昨夜蓋上的蓋板已打開，我便登上平台。

尼德蘭和顧問已在平台上等我。我問了情況後，知道他們同樣一無所知。昨夜睡得太沉，什麼也記不得了，只對回到艙房的事感到吃驚。

鸚鵡螺號看來一如往常，寧靜、神祕，漂浮在水面上緩緩前行，彷彿什麼也沒發生。

尼德蘭以銳利的目光掃視海面，空無一物，沒有一片船帆，也沒有任何陸地。西風呼嘯，捲起長浪，船體也因此大幅搖晃著。

空氣換新後，鸚鵡螺號再度沉入海底，維持在十五公尺的深度航行，以便即時回到海面的波濤之上。一月十九日這天，鸚鵡螺號一反常態，反覆浮出海面數次。這時，船副登上平台，並對船內說了那句每日必說的句子。

但尼莫船長始終沒有露面，整船的人中，我也只見到那位面無表情的侍從，照樣不發一語的為我們備餐。

兩點左右，我來到大廳，正埋首整理筆記時，船長開了門走進來。我向他打招呼，他也回了禮，但只是個小到難以察覺的動作，沒有說任何一句話。我只好又回到我的筆記中，暗自期待他會對我解釋昨夜發生的事。但他什麼也沒說，我看了看他，船長面露疲態，雙眼發紅，一夜的睡眠似乎無助舒緩。他的神情哀戚，表現出內心沉痛。他在房裡來回踱步，一會兒坐下，一會兒又站起來，偶爾取下一本書，卻又立即放下，查看了儀表，卻未如常記錄，一刻也靜不下來。

最後，他總算走到我身邊，開口問：

「阿宏納先生，你是醫生嗎？」

我沒料到他會這麼問，以至於看了他許久都沒有回答。

「你是醫生嗎？」他又問了一次，「你有好幾位同事都學過醫，比如葛哈帝歐雷、莫根丹東等人。」

「沒錯，我學過醫學，」我說，「也在醫院內實習過，進博物館工作前，也曾行醫多年。」

「很好，先生。」

這答案顯然讓尼莫船長很滿意，只是我並不明白他的用意何在，只等著他提出新的問題，再見機行事。

「阿宏納先生，」船長說，「可以為我的人治療嗎？」

「有人病了嗎？」

「是的。」

「我立刻隨你去。」

「請。」

我必須承認自己心跳加速，總覺得這個船員的病一定和昨夜的事件有關，箇中奧祕和病人的情況同樣讓我掛心。

尼莫船長帶我往鸚鵡螺號後方走去，進入船員值班室旁的一間艙房。

房內床上躺著一名四十來歲的男子，面容剛毅，是個道地的盎格魯撒克遜人。

我彎下身子探視他。這人不是生病，而是受了傷，頭上纏繞的紗布血跡斑斑，頭下墊了兩個枕頭。我拆開紗布，傷患瞪大眼睛看著我，任我檢查，沒有一聲怨言。

傷勢不輕，顱骨遭鈍器擊碎，骨髓外露，腦部受損嚴重，大量血液已凝結成紫紅色的血塊，除了剉傷外，還有腦震盪。患者的呼吸微弱緩慢，臉部肌肉痙攣，腦部的發炎導致知覺和運動神經癱瘓。

我為他把了脈，脈搏斷斷續續，四肢末端已失溫，看來是回天乏術，死亡將近了。我為這個可憐人清理傷口並重新包紮，然後轉身面對尼莫船長。

「這傷哪裡來的？」我問他。

「不重要！」船長語帶搪塞，「鸚鵡螺號被撞，一根杆子斷裂後砸到此人。你看他的傷勢如何？」

我欲言又止，不知如何開口。

「直說無妨，」船長對我說，「他聽不懂法語。」

我又看了看傷患才回答。

「他剩不到兩個小時了。」

「救不了了嗎？」

「沒辦法了。」

尼莫船長緊握拳頭，流下了幾滴淚。我還以為那雙眼是沒有淚水的。

我又待了一陣子，持續觀察傷患情況，他的生命正一點一滴流逝。電光照亮臨終者的床，使他更顯蒼白。我看著他聰敏的臉龐，前額過早出現的皺紋，是經年的苦難和不幸刻出來的。我多麼希望從他雙唇吐露出來的臨終遺言裡探得一點他的生平！

©Wikimedia commons

我彎下身子探視他。

「阿宏納先生，你可以走了。」尼莫船長對我說。

我離開了臨終者的房間，回到自己的艙房，心情久久無法平復。我整天忐忑不安，總覺得有某種不祥的預感，夜裡也睡不安穩，時時從夢中驚醒，彷彿聽到遠處傳來陣陣哀嘆，又像是為死者吟唱的輓歌，會不會是用我聽不懂的語言為亡靈祈禱呢？

隔天早上，我登上平台，尼莫船長已經在那兒了，一見我便走了過來。

「教授，」他對我說，「今日到海底走走如何？」

「我的同伴也一起嗎？」我問。

「只要他們願意。」

「那就聽你的。」

「那麼去穿潛水衣吧。」

至於那名傷患是死是活，他並未多提。我找到了尼德蘭和顧問，告訴他們尼莫船長的提議。顧問一口答應，而且，這一次，加拿大人也要加入我們的行列了。

時間是早上八點。到八點半時，所有人都穿妥衣服、戴上照明和呼吸設備，準備前往新的漫步地點了。船艙的兩道門依序開啟，我們在尼莫船長和十二名隨行船員的陪同下，踏上鸚鵡螺號停駐的堅實地層，距離海面十公尺。

行經一段緩坡後，我們來到一片崎嶇不平的地面，深度二十五公尺這段海底地貌與第一次漫步的太平洋海域截然不同。這裡沒有細沙、海底平原，也沒有海洋森林。我只看一眼便明白了今日尼莫船長接待我們的奇幻之地，這裡是珊瑚王國。

生物分類法中，植形動物之下有海雞冠這一綱，再往下是柳珊瑚目，其中包含柳珊瑚、珊瑚芽和珊瑚三類。最後這類就是一般所見的珊瑚礁，因其屬性特別，曾先後被歸入礦物、植物和動物之中。古時視之為藥材，當代人當作至寶，要到一六九四年，馬賽人佩索內爾才確定將

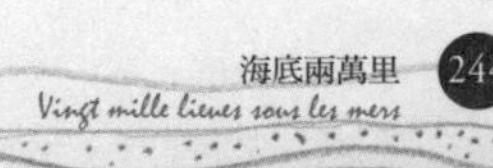

其列入動物界。

所謂珊瑚，就是一種聚集在易碎的石質珊瑚骨上聚生而成的微生物群體。這些珊瑚蟲以獨特的出芽生殖來進行繁殖，彼此相互獨立又群聚共生，堪稱是自然界的社會主義。我熟知這類奇特植形動物的最新研究成果：自然學家觀察到珊瑚蟲會逐漸礦化，最終形成珊瑚樹。對我來說，能直接造訪大自然在海底種植的這片石化森林，真是太有趣了。

我們點亮了倫可夫儀，沿著生成中的珊瑚帶前進，隨著時間移轉，終有一日牠們將會環繞起這段印度洋海域。一路上珊瑚樹叢生，灌木也交錯其中，枝幹上長滿了星狀小花，閃爍著白色光芒。只不過，這些依附海底岩石的枝幹，牠們的生長方向與陸生植物相反，是由上往下長的。

我們的燈光穿梭在繽紛的枝葉間，形成瑰麗之景。我似乎看見這些圓筒膜管在水波間蕩漾。我試圖採集一些鮮嫩的觸手花冠，有些才剛盛開，有些甫冒出嫩芽，這時一群魚輕身游過，快速擺動的魚鰭如鳥兒的翅膀。我的手一碰上這些活力十足的花朵，牠們立刻就警惕起來，白色花冠縮入紅色骨鞘之中，花朵瞬間在我眼前消失，小樹叢也頓時成了一片圓石丘。

命運把我帶到此處，讓我見識到這類珍貴的植形動物。這裡的珊瑚可媲美地中海、法國、義大利和巴巴利海岸[1]採捕到的。這些珊瑚因色澤鮮豔而享有盛名，商人還為其中最有價值的極品取了極富詩意的名字——「血之花」，或稱「血之沫」。珊瑚的價格每公斤可達五百法郎，這一帶水層蘊藏了多少珊瑚採集者的財富啊。這種珊瑚也經常與其他珊瑚共生，形成密密麻麻、彼此糾纏的群集，又稱「馬西歐塔」，我還在他們之中發現了稀有的玫瑰珊瑚，真是令人嘆為觀止。

1 巴巴利海岸（Barbary Coast）：即今摩洛哥、突尼西亞、阿爾及利亞和利比亞外海。

可是，沒多久後，珊瑚叢變得密集，枝幹也越發高大，茂密的矮樹林和巧奪天工的長谷在我們眼前展開。尼莫船長帶我們走進一條陰暗的長廊，此處坡度平緩，直達海底一百公尺深處。玻璃彎管的光線時而產生魔幻的光影效果，照亮了天然石拱的粗糙表面和有如吊燈的飛簷，火星四濺。我也在珊瑚叢間發現了別種奇特的珊瑚蟲，如鉤蝦形珊瑚、節肢彩虹珊瑚，還有幾簇珊瑚藻，紅綠相間，叫做鹽鹼海藻，自然學家經過長期討論，才把它們列入植物界中。不過正如某位思想家所說：「也許這就是關鍵，生命自石礫間甦醒，但仍維持自己與初生起源的關聯。」

走了兩個小時後，我們來到海底三百公尺的深度，也就是珊瑚可生存成長的極限。眼前不再有孤立的灌木叢，也不再是低矮的喬木林，取而代之的是遼闊的森林、高大的礦化植物、雄偉的石化林木，優雅的羽枝藻和繞生的海底藤蔓，光影交錯。這些植物的高聳枝葉隱沒在海浪陰影間，而我們在其下通行無阻，腳邊有笙珊瑚、腦珊瑚、星珊瑚、珊瑚菌、葵珊瑚，好像織出了一張珠光寶氣的花毯。

這番景色，筆墨難以形容！唉！無法即時與人分享心情實在難受！為何偏偏得禁錮在這金屬玻璃頭盔裡呢！為何偏偏不能交談！為何不能像魚兒一樣在水中自由活動，或至少像兩棲類隨心所欲在水陸間往來，並待上好一段時間！

這時，尼莫船長停了下來。我和同伴也跟著停下腳步。我一轉頭，見到所有同行的船員以船長為圓心繞了一個半圓，再定神一看，才發現其中四名船員合力扛著某個長形物體。

我們站在一大片空地的中央，海底森林的高大林木環繞四周，我們的探照燈射向四方，散出昏黃的光線，扭曲、拉長了地面的倒影。空地邊緣昏暗無光，唯有珊瑚尖端閃爍著星光。

尼德蘭和顧問站在我的身旁，三人凝視著這一幕，我突然閃過一個念頭，這個場景肯定十分奇異。我觀察了地面，發現有幾處微微隆起，上頭可見沉積石灰質覆蓋以及人為堆疊的痕跡。

空地正中央，一個由大石堆疊而成的基座上，豎著一個珊瑚十字架，延伸兩側的長臂彷彿是鮮血凝結而成的化石。

尼莫船長比了個手勢，一名船員隨之向前，從腰間取下十字鎬，在離十字架幾尺處挖坑。

我可看懂了！這片空地，這個坑，是墓地，是墓穴。長形物體是昨夜那位死者的遺體！尼莫船長和其他人來此，是為了將同伴安葬在這個與世隔絕的海底公墓！

不！我的情緒從未如此激動！我的心靈從未受到如此震撼！我不願見到眼前的景象！

然而，挖掘墓穴的工作進行得很慢，魚群受到干擾而四處逃竄。我聽見鐵鎬敲打石灰質地面發出的回音，偶爾也會因為碰到落入海底的火石而迸出火星。墓穴越來越長、越來越寬，就快足以容納死者遺體了。

抬著遺體的船員走上前，將纏著白絲布的遺體放入海底墓穴。尼莫船長雙臂交叉胸前，死者生前的親密好友一起跪下祈禱……我和兩個同伴也恭敬肅穆的行了鞠躬禮。

墓穴再次被剛挖出來的碎石覆蓋，堆成了微微鼓起的小丘。

完成後，尼莫船長和船員起身來到墳前，再次屈膝伸手，與死者道別……

接著，送葬的隊伍按原路返回鸚鵡螺號，再次經過森林拱門和矮林叢，沿著珊瑚叢一路往上走。

最後終於看到了潛艇發出的光，我們順著光線抵達鸚鵡螺號，時間是下午一點。

換下潛水裝後，我再次登上平台，在船燈邊坐了下來，心裡的千頭萬緒久久無法消散。

尼莫船長也來了，我起身問道：

「所以，如我所言，那個男人昨晚去世了？」

「是的，阿宏納先生。」尼莫船長答道。

「而他現在與其他同伴一起長眠在珊瑚墓裡了？」

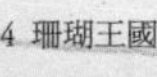

死者生前的親密好友一起跪下祈禱。

「是的，世人會忘了他們，但我們不會！我們負責掘墳，珊瑚蟲則負責永遠封存死者！」

說到此，船長突然以顫抖的雙手掩面，止不住嗚咽。然後才對我說：

「那裡是我們安寧的墓地，就在波濤之下幾百尺深處！」

「船長，你死去的同伴葬在那裡至少不會受鯊魚侵擾，得以安息！」

「是的，先生，」船長嚴肅的回答，「不受鯊魚和人類干擾！」

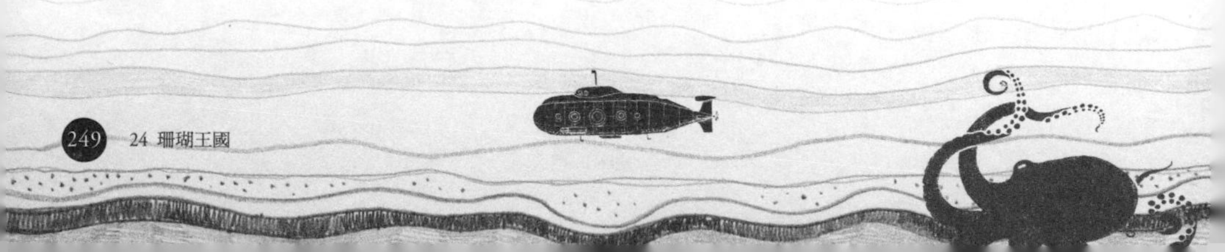

第二部

01 印度洋

從這裡開始是第二階段的海底之旅，第一階段的旅程在令人動容的珊瑚墓園結尾，給我留下極為深刻的印象。由此可知，尼莫船長打算在這浩瀚的大海中度過餘生，甚至已在無人可及的海底深處準備了長眠之地。在那裡，沒有任何海獸會侵擾他的朋友、他那些生死與共的夥伴，如同船長強調的「沒有人能干擾！」。

他對人類與社會的質疑與敵意始終如此堅定！

顧問提出的假設已無法再說服我。這老實的小子打從心底認為鸚鵡螺號船長只是個懷才不遇的學者，才以藐視回敬世態炎涼。還覺得他是個沒有伯樂相識的天才，對陸地生活心灰意冷，所以才遁入這與世隔絕之處一展長才。但我認為這只是尼莫船長的其中一面而已。

事實上，那一夜，我們被強迫關進牢房、被下藥入睡，加上出於防備而硬是從我手中搶走正打算眺望天際的望遠鏡，以及那位莫名遭鸚鵡螺號船杆擊中而亡的男子，這一切都讓我不得不多想。不！尼莫船長並非單純離群索居！設計這艘船不只是為了一展長才，可能也是為了執行某個我不知曉的復仇行動。

一切都尚未明朗，我只在黑暗中見到了一點微光，必須將它們記下來，詳實記載才行。

此外，我們和尼莫船長間沒有任何瓜葛，他很清楚我們走不出鸚鵡螺號。我們甚至算不上囚犯，沒有任何規定約束我們。我們是他的俘虜，是囚徒，只不過出於禮貌而被稱為客人罷了。而尼德蘭也從未放棄重獲自由的希望，一旦看到機會，勢必抓住不放，我大概也跟他一樣吧。

只不過，面對大方允許我們一窺鸚鵡螺號奧祕的船長，不免感到有些慚愧！究竟該厭惡此人還

是欣賞他？他究竟是受害的一方還是加害者？再說，坦白而言，前半段的旅程實在太完美了，我很想完成這一圈環球海底之旅，想看遍全世界海底蘊藏的奇珍異寶，想見識沒有任何人見識過的事物，我求知若渴，就算付出生命也在所不惜！但我至今有何新發現？沒有，或說幾乎沒有，畢竟我們也不過在太平洋底航行了六千里格而已！

不過，我也很清楚鸚鵡螺號正往有人類居住的區域駛去，若是逃跑的機會真的來臨，而我卻為了探索未知之事犧牲同伴的自由，豈不太過殘忍？我應該跟他們共進退，甚至領著他們逃跑。但真的有這種機會嗎？身為被強行剝奪自由的人，我希望會有；身為一個學者、一個求知者，我卻擔心這一天的來臨。

這一天，一八六八年一月二十一日，船副來到平台上測量太陽的高度。我也走上平台，點燃一根菸，看著他工作。我想這名男子肯定聽不懂法文，否則我多次高聲發表意見，要是他懂，應該也會有些下意識的反應才是，但他始終無動於衷、不發一語。

就在他拿著六分儀觀測時，鸚鵡螺號的一名船員來擦拭燈罩，這名壯漢曾陪我們一起到克雷斯波島海底漫遊。我順道研究了船燈的構造，凸鏡玻璃結構與燈塔相似，聚光效果很好，照明度也大增。光線是在真空狀態下產生，確保了穩定度與強度，同時也減少用來產生弧光的石墨用量。對尼莫船長而言，這種物質不易換新，因此節省用量甚為重要，儘管在真空狀態下，它的消耗量微乎其微。

鸚鵡螺號準備潛入海底航行時，我便走進大廳。蓋板重新關上，潛艇朝西方直行而去。我們在印度洋上乘風破浪。這片廣闊的海洋面積達五．五億公頃，海水清澈透明，以致於俯身看水時會感到頭暈目眩。鸚鵡螺號通常保持在一百至兩百公尺的深度航行，幾天來一直如此，如果換作不如我這般熱愛大海的人，肯定覺得度日如年、枯燥乏味。而我每日都上平台散步，重新呼吸新鮮空氣，或從客廳玻璃窗觀賞水中多采多姿的表演、閱讀圖書室裡的書籍、記錄所見所聞，這些事占去了我所有時間，根本沒空厭倦或無聊。

我們的健康狀況良好，非常適應船上的飲食。我對菜色變化的要求沒有那麼大，不像尼德蘭總是反骨並努力變出新口味。

再者，在海底的恆溫狀態下，也不必擔心感冒。而且船上有一定存量的樹珊瑚，這種珊瑚屬於石珊瑚目，普羅旺斯地區稱之為海茴香，和珊瑚蟲一起煮成糊，還是治咳良方呢。

接連幾日，海面上都有許多海鳥、雁鴨、小海鷗和大海鷗。我們精準的射殺了幾隻，精心烹調後，做成可口的水禽野味。有些大型海鳥能遠離陸地飛行，累了就停在浪頭上休息，其中有屬於長翼科的美麗信天翁，不太和諧的鳴啼有如驢叫；全蹼科的鳥種有軍艦鳥，牠們的速度快如閃電，常以迅雷不及掩耳之姿掠食水面上的游魚；還有又名麥稈尾的熱帶鳥，數量龐大，我看到的這些是紅尾熱帶鳥，體型大如鴿子，白色羽毛帶點粉色，襯托出黑色的雙翼。

鸚鵡螺號的拖網捕獲了好幾種玳瑁屬的海龜，牠們拱狀背部上的鱗甲十分珍貴。這種爬行類善於潛水，只要閉上鼻腔外孔的肉閥就能在水中待上很長一段時間。我們撈上來的幾隻中，還有躲在殼裡睡覺的，這是為了避開其他水生動物侵擾。這些龜類的肉質並不好，龜卵卻是上等佳餚。

至於魚類，每次壁板開啟，觀賞牠們的水中生活時，總會為我們帶來驚喜，我至今已看到好幾種從未見過的魚類了。

我想特別談談印度洋和赤道美洲海域盛產的箱魨。這種魚和烏龜、犰狳、海膽和甲殼類動物一樣，都有甲殼保護，而且不是白堊，也不是石質，是真正的骨板，有的呈三角形，有的是四角形。擁有三角形骨板的箱魨中，我注意到有幾隻棕尾黃鰭的品種，身長半寸，肉質營養鮮美，我很推薦引到淡水養殖。事實上，好幾種海水魚都有適應淡水的能力。骨板呈四角形的箱魨也值得一提，牠們的背部有四處隆起，身體下方帶白色斑點，可像鳥類般飼養；三角形骨板

©Wikimedia commons

信天翁、軍艦鳥、熱帶鳥。

的箱魨頭上帶刺，是硬骨的延伸，因叫聲特殊，又稱「海豬」。還有單峰箱魨，背部突出一個圓錐狀的肉峰，肉質粗硬難嚼。

另外根據顧問大師的每日筆記，還有很多這帶海域特有的魨屬魚類，如紅背白肚、長有三條細直紋路的南方魨，與七寸長、顏色鮮豔的電魚。而其他屬的品種還有體色黑棕、長有白紋、呈蛋形的無尾魨魚；全身帶刺的河豚，牠們可以鼓起身體，變成一顆刺球，可說是名符其實的海底豪豬；其他海域也可見到的海馬；鼻吻長長的飛魚，牠們的胸鰭可展開成翅，雖然無法真的高飛，但能躍出水面滑翔；尾鰭布滿環狀鱗片的匙吻鱘；身長二十五公分、美味可口，顏色賞心悅目的長吻魚；頭部凹凸、體色青灰的鼠銜魚；數量眾多的跳彈鰨，條紋黑、胸鰭長，能以驚人速度滑行於水面；順流而游會將背鰭豎起，有如張帆的旗魚；色彩斑斕的鉤魚，彷彿大自然為牠們抹上了天藍、銀白和金黃各種華麗色彩；魚翅如絲的鯖魚；總是沾滿汙泥，游動時會窸窣作響的長吻鮠；肝臟有毒的魴魚；雙眼像戴著活動眼罩的隆頭魚；最後是射水魚，牠們可謂海上鷂鳥，魚吻呈長管狀，可以射出水柱，威力是夏塞波和雷明頓步槍無可比擬的，可以輕易擊斃昆蟲。

根據拉塞貝德的分類法，魚類中的第八十九屬是硬骨魚的第二亞綱，特徵是具有鰓蓋和鰓膜，我發現的是頭上長刺、單一背鰭的鮋魚，至於有無鱗甲，得視亞屬而定，如第二亞屬就有一種擁有三至四寸長的二趾魚，其身上飾有黃色條紋，頭型古怪；而第一亞屬中有種俗稱「海蟾蜍」的怪魚，長有凹凸不平的大頭，有些是隆起肉瘤，全身長滿尖刺、疙瘩和長短不一的角刺與老繭，利刺具殺傷力，令人又厭又怕。

一月二十一日至二十三日間，鸚鵡螺號每二十四小時走兩百五十里格，共走了五百四十浬，也就是說，時速為二十二浬。因為各種魚類受到電光吸引，我們才有幸一路觀賞，但牠們大多比不上船速，不久便被拋在後頭，只有一些魚能跟在鸚鵡螺號附近游上一陣子。

二十四日上午，船隻航行至南緯十二度五十分、東經九十四度三十三分的海域，基林島[1]出現在眼前。這座島由石珊瑚堆積而成，島上種滿筆直高大的椰子樹，達爾文和菲茨羅伊都曾造訪此處。鸚鵡螺號順著這座荒島沿岸前行，拖網捕獲多種珊瑚蟲和棘皮動物，還有一些軟體動物門的奇特貝殼。尼莫船長的珍藏又增添了幾樣珍貴的棘冠螺，我也貢獻了一個針狀星珊瑚，這是一種寄生在貝殼上的珊瑚。

不久後，基林島消失在海平線彼端，船也轉向西北，向印度半島南端開去。

「終於回到文明之地了，」這天，尼德蘭對我說，「勝過那個野人比鹿還多的巴布亞島！教授，印度這地方有馬路、鐵路、英國城、法國城和印度城，走不到五里路就會遇到我們的同胞了。瞧！這不就是跟尼莫船長不告而別的時候了嗎？」

「不，尼德，不，」我語氣堅定，「就像你們水手常說的，順其自然吧。鸚鵡螺號正駛向有人居住的大陸，接著就會帶我們回到歐洲，等抵達歐洲海域，我們再見機行事也不遲。況且，我認為這次尼莫船長可不會像巴布亞森林那樣，再放我們到馬拉巴或科羅曼德沿岸狩獵。」

「那麼！先生，我們就跳過船長，自己走行嗎？」

我沒回答，也不想與他爭論。其實，我心裡想的是，既然命運把我丟上鸚鵡螺號，我可得竭盡所能把握這千載難逢的機會。

自基林島起，航速就變慢了，路線更是變化多端，無從猜測，而且不時潛入深海，扳手多次拉起，將斜板傾斜到吃水線的位置，藉此潛入兩、三公里深處。但印度洋海域深不可測，即使探測器足以抵達一萬三千公尺，也無法探到底。根據溫度計顯示，深水層恆溫四度，唯有淺水層與近淺灘處的水溫比外海低一些。

1 基林島：即今日科科斯群島（Cocos islands）。

一月二十五日，海面空無一物，鸚鵡螺號在水面航行了一整天，強力螺旋槳拍擊海浪，朝著高空濺起萬千浪花。這種情景，誰能不把它當成一尾巨鯨呢？這天，我有四分之三的時間都待在平台上望著大海。海面上什麼也沒有，只有下午四點左右，一艘長型輪船迎面朝西方開去。輪船桅杆一度出現在我們的視線之內，但對方不可能發現幾乎與水面平行的鸚鵡螺號。我猜想這艘船屬於半島東方航運公司，往來於錫蘭與雪梨之間，喬治王灣與墨爾本是它必經的航點。

下午五點，快速劃開熱帶地區白晝與黑夜的黃昏來臨前，顧問和我見到了一個奇景，兩人為之驚訝不已。

那是一種迷人的動物，按照古人的說法，見到牠的人必有好運。亞里斯多德、阿泰內、普林尼、奧皮安都曾研究過其習性，必須窮盡希臘和義大利學者的詩，才形容這種動物，並為其取名「鸚鵡螺」和「珍珠螺」。但近代科學界從未採用這個名稱，今日較為人知的名字是「船蛸」。

只要問顧問這小子就會知道，軟體動物門分為五綱，第一綱是頭足綱，有的無殼，有的帶殼，再以鰓的數量分為雙鰓和四鰓兩科。雙鰓科包含船蛸、魷魚、墨魚等三屬，四鰓科則只有一個鸚鵡螺屬。聽完這分類法，還有哪個冥頑不靈的傢伙會把二鰓目、帶吸盤的船蛸與帶觸鬚的鸚鵡螺混為一談？這真是不可原諒了。

現在，在海面上遨遊的是一大群船蛸，估算應有幾百隻，都是印度洋海域特有的瘤狀船蛸。

這群優雅的軟體動物吸入海水後，用靈活的漏斗狀口部噴出，以倒退方式前進，八副腕足中較細長的六副在海面划水，另外兩副較為扁圓，迎風張開如輕巧的船帆。我清楚看到牠們帶有螺旋波紋的外殼，居維葉曾將牠們比作精緻的小艇，這話說的不錯，這種動物可以離殼而生。

「船蛸可以自由離殼，」我對顧問說，「可是牠們從不離開。」

「尼莫船長就是如此，」顧問的回答很中肯，「所以他這艘船應該叫『船蛸』號比較貼切。」

©Wikimedia commons

船蛸。

鸚鵡螺號和這群軟體動物同行約一個小時，後來不知什麼可怕的事嚇著了牠們，所有風帆像聽到命令似的倏地收起，腕足合攏、身體緊縮，重心也因外殼翻轉而改變，這隊浮游小艇一下子消失在水裡，頃刻即變，再也找不出比牠們更整齊劃一的艦隊了。

黑夜也在這時驟然降臨，微風吹起細浪，輕拍著鸚鵡螺號的側身。

隔天，一月二十六日，我們於東經八十二度橫跨赤道，回到北半球。

這一天，一大群鯊魚為我們護航，這種可怕動物充斥附近海域，使得這一帶險象環生。其中包括棕背白肚的澳洲虎鯊，牠們嘴裡有十一排的武裝利牙；以脖子上有如眼珠的白圈大黑點而得名的大眼長尾鯊；還有鼻吻圓渾、全身布滿灰斑的伊莎貝拉鯊。這些凶猛的動物經常撞擊大廳的玻璃窗口，力道之大令人生畏。尼德蘭按捺不住，直想衝上水面，拿起魚叉對付這些怪獸，特別是那些一再挑釁、滿嘴利齒的星鯊和身長五尺的虎鯊。然而，鸚鵡螺號不久就加快速度，輕而易舉把那些游得最快的鯊魚拋在後頭了。

一月二十七日，我們在寬廣的孟加拉灣海口見到好幾次慘不忍睹的景象！水面上漂著數具屍體，都是沿著恆河從印度各城市漂來的。他們還來不及讓當地唯一的收屍者禿鷹啃光，就隨河水漂進了大海，反正海中也不缺幫忙這項工作的鯊魚。

晚上七點，鸚鵡螺號半沉入牛奶海。一望無際的海水都像乳化似的，是月光造成的效果嗎？不，才剛開始兩天的新月這時仍隱沒在餘暉照耀的海平線下，天空雖有星光，但和白色海水比起來仍顯暗沉。

顧問不敢相信雙眼所見，問我這種特殊現象的成因為何。幸虧我還答得出來。

「這就是所謂的牛奶海，」我說，「是安汶島沿岸和這一帶常見的現象。」

「可是，」顧問又問，「先生能否告知成因，畢竟以我的認知，海水是不可能變成奶水的吧！」

水面上漂著數具屍體。

「當然不會，小子，這片讓你瞠目結舌的白色海水，其實只是無數纖毛蟲聚集而成的。這種微小蟲類會發光、無色如膠，就像髮絲，長度不超過五分之一公釐。這些小蟲彼此相黏，可以綿延好幾里格。」

「好幾里格！」顧問驚聲。

「是的，小子，別花心思去計算纖毛蟲的數量，數不清的！如果沒記錯，曾有幾位航海家在牛奶海上航行了超過四十浬遠。」

不知顧問是否聽進去了，他似乎陷入沉思，也許正在試算四十平方浬的海洋能包含多少五分之一公釐。我繼續觀賞這片奇景，鸚鵡螺號的衝角劈開白色浪濤，在這片肥皂水般的海洋中無聲無息的滑行，彷彿處於海灣順流與逆流所交匯相沖而泡沫橫生的海面上。

午夜時分，大海恢復了平常的顏色，唯獨我們背後那一大片天際受白浪映照，有如沉浸在朦朧的北極光之中，久久未散。

02 尼莫船長的新提議

一月二十八日，鸚鵡螺號於中午浮出水面，位處北緯九度四十分。西邊八浬處有塊陸地，先是見到綿延的山巒，高約兩千尺，山勢起伏跌宕。測定了方位後，我回到大廳中，在地圖上找到相對應的位置，確認這座島就是垂墜在印度半島下方的珍珠：錫蘭。

我走進圖書室尋找相關書籍，想了解這座世界上最豐饒的島嶼，正好找到了一本由西爾・H・C撰寫的《錫蘭和僧伽羅人》。返回大廳後，我先記下了錫蘭的座標，發現自古以來該島名稱多變。島的座標位於北緯五度十五分至九度四十九分、東經七十九度四十二分至八十二度四十分之間，島長二百七十五英里，最寬處為一百五十英里，面積達二萬四千四百四十八平方英里，比愛爾蘭島小一點。

尼莫船長和他的副手這時走了進來。

船長瞥了一眼地圖，轉身開口：

「錫蘭島，以捕撈珍珠聞名。阿宏納先生是否有此雅興參觀一下當地的採珠場？」

「那是當然。」

「好，這事好辦。只是這個時節只能看到採珠場，沒有採珠人，一年一度的採珠季尚未開始。不過無妨，我這就下令轉向曼納灣，晚上就會到了。」

船長對船副說了幾句話，船副便離去了。不久後，鸚鵡螺號潛入水中，流體壓力計顯示水深三十尺。

我在眼前的地圖上搜尋了曼納灣，發現它位於北緯九度，在錫蘭島西北，由小島曼納島綠延伸而成。欲抵此灣，必須沿著錫蘭島西海岸北上才行。

「教授，」尼莫船長接著說，「人們在孟加拉灣、印度洋、中國海、日本海、美洲南部海域、巴拿馬灣和加州灣等地採收珍珠，但以錫蘭島的品質為最。我們來得早，採珠工人要到三月才會湧進曼納灣，在那三十天內，會有三百條船投入利潤甚高的海洋淘寶行列。每艘船載有十名划槳手和十名採珠人，採珠人分成兩組，雙腳夾著一塊繫於船身的大石，輪流潛入十二公尺深的海底。」

「所以，」我說，「他們一直都以這麼原始的方式採集？」

「是的，」尼莫船長答道，「儘管一八〇二年的亞眠條約已經把這片採珠田讓給世界上工業化最快速的英國人，他們仍然用這種方式採集。」

「感覺你的潛水裝備對採珠業很有幫助。」

「沒錯，那些可憐的採珠工人無法在海底待上太久。英國教育家波西委爾的錫蘭遊記就曾提過一名卡菲爾人在水底待了五分鐘，中途不曾回到水面換氣，我覺得不太可信。我知道某些潛水員可以在水下停留五十七秒，厲害的可達八十七秒，但畢竟是少數。而且回到船上後，這些可憐人的鼻子和耳朵都會出血。我想採珠工人的平均潛水時間應是三十秒，在這短暫的時間內，他們必須拚命把含珠牡蠣塞進小網裡。這些工人的壽命通常不長，他們的視力衰退，眼患潰瘍，身上傷痕累累，也經常有人在潛水時顱內出血。」

「是啊，」我說，「這職業真命苦，他們的存在只為了滿足少數人的私欲。可是，船長，一艘船一天能採多少珠貝？」

「大約四、五萬個。據說一八一四年英國政府曾雇人為國家採收珍珠，短短二十天內竟採了七千六百萬個珍珠貝。」

「至少他們的工資不錯吧？」

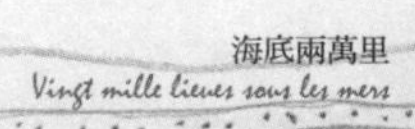

「勉強過活而已，教授，在巴拿馬，採珠人一星期的收入只有一美元。大部分的情況是，採到一個含珠的牡蠣可得一蘇，但他們採的牡蠣裡有多少不含珍珠啊！」

「這些人幫主子發大財，卻只能得到一蘇！真是可恨。」

「那就這麼說定了，教授，你和你的同伴去參觀曼納灣的採珠場，若巧遇提早前來的採珠工人，就順便看他怎麼工作。」

「好的。」

「哦，對了，阿宏納先生，你不怕鯊魚吧？」

「鯊魚？」我叫道。

這是明知故問吧。

「怎麼樣？」尼莫船長又問。

「船長，坦白說，我還不太擅長跟這種魚打交道。」

「我們都很習慣了，你遲早也會習慣的。再說，我們有武器，途中說不定能獵條鯊魚回來，想必很有趣。就這樣吧，教授，明天見，明天一大早就出發。」

船長說的倒輕鬆，說完就離開了大廳。

如果有人邀你到瑞士山區獵熊，也許你會說：「好極了！明天要去獵熊。」如果是去阿特拉斯山脈的平原獵獅，或是到印度叢林獵虎，也許你會說：「哇！哇！聽說要去獵虎、獵獅了！」但被邀去鯊魚的地盤獵鯊，總得在接受之前好好考慮一下吧。

我伸手擦了擦額頭上冒出的幾滴冷汗。

「別急，好好想想，」我自言自語，「像上次在克雷斯波島的海底森林獵海獺那樣的話還可以接受。但明知會遇上鯊魚，卻還到海底亂跑，那又是另一回事了！我知道在某些國家，尤其是安達曼群島的黑人，會一手握著匕首，另一手拿套索，見了鯊魚就毫不猶豫發動攻擊。但

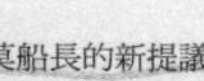

我更清楚與這種凶猛動物搏鬥的勇士多數無法生還啊！而且，我也不是黑人，即使是，面對這種情況，略為遲疑也是正常的反應吧。」

一想到鯊魚那血盆大口和好幾排能輕易把人咬成兩半的牙齒，我的腰頓時隱隱作痛起來。實在無法理解船長怎能隨意發出這種糟透的邀約！當我們是去樹林獵捕無害的狐狸嗎？

「好吧！」我心想，「反正顧問是絕不可能去的，我正好藉此回絕船長。」

至於尼德蘭，坦白說，我也不確定他的理性能不能壓過感性，再大的危險也阻擋不了他這種生性好鬥的人。

我拿起西爾的書繼續閱讀，卻只能無意識的翻閱，一字一句全變成了鯊魚的血盆大口。

這時，顧問和加拿大人走了進來，神情愉悅自在，殊不知大難將臨。

「先生，我說啊，」說話的是尼德蘭，「你那位尼莫船長，根本就見鬼了吧！他剛才竟然對我們提了個動人的提議。」

「哦！」我說，「你們知道……」

「先生請見諒，」顧問答道，「鸚鵡螺號的船長剛才邀請我們明日和先生一起去參觀錫蘭壯麗的珍珠田。他的言辭懇切，而且一派紳士風度。」

「他沒多說什麼嗎？」

「沒有，」加拿大人說，「只說已經跟你提過這趟小小的散步了。」

「的確是，」我說，「但他有沒有跟你們說任何細節……」

「沒有，自然學家先生，你會跟我們一起去吧？」

「我……應該吧！尼德師傅，你看起來很有興趣。」

「當然！新鮮啊，太新鮮了。」

「或許也很危險！」我想給點暗示。

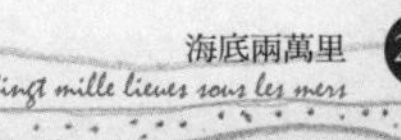

「危險？」尼德蘭答道，「不過就是在牡蠣田上走走看看罷了！」

看來尼莫船長認為沒有必要讓我的同伴思考鯊魚的事。我望著他們，滿心憂慮，就像他們已經被咬斷手腳似的。我該事先告知嗎？當然，肯定要的，但該如何開口呢？

「先生，」顧問對我說，「您可以告訴我們採集珍珠的一些細節嗎？」

「想聽關於採珠本身的細節，還是造成的意外……？」我問。

「採珠本身，進入現場前最好還是先了解一下。」加拿大人答。

「好吧！那麼請坐，我就把剛從英國人西爾的書裡看來的內容告訴兩位。」

尼德和顧問在長沙發上坐了下來，加拿大人率先發問：

「先生，珍珠是什麼東西？」

「尼德兄，」我回答，「對詩人而言，珍珠是大海的眼淚；對東方人而言，是凝結的露水；對女人而言，是橢圓形、具透明光澤且帶有珠光的飾品，可以戴在手指上、脖子上或耳上；對化學家而言，是磷酸鈣、碳酸鈣和少許膠質的混合物；最後，自然學家認為單純是某些雙殼類的珍珠質器官，只是一種病態的分泌物。」

「軟體動物門，無頭綱，甲殼目。」顧問說。

「沒錯，顧問大師。但甲殼類中還有九孔、食藻螺、大硨磲、海扇貝等，總而言之，就是會分泌甲殼素的貝類，當這些藍色、淺藍、紫色或白色的物質覆蓋雙殼的內層時，就會生成珍珠。」

「包括淡菜嗎？」加拿大人問道。

「是的！蘇格蘭、威爾斯、愛爾蘭、薩克森邦、波西米亞地區和法國某些水域裡的淡菜也可以。」

「哦！那以後可得特別留意。」加拿大人答道。

「但是，」我接著說，「珍珠蚌是能分泌出上等珍珠的最佳軟體動物，學名為 *Meleagrina margaritifera*，是一種珍貴的珍珠母貝。珍珠其實就是凝固成球形的珍珠質而已，可能附著於母貝上，也可能嵌入動物體內皺褶處。附著在殼上的珍珠會黏著固定，若是長在皺褶處的則可以活動。無論如何，總是會有一個入侵體內的小硬核，可能是沒有受精的卵或一顆細沙，動物體內分泌的珍珠質會包圍這個硬核，花費數年時間，不斷繞著同心圓累積沉澱，最後成為珍珠。」

「同一個貝殼裡有可能長出好幾個珍珠嗎？」顧問問道。

「可以啊，小子，有些母貝簡直就像珠寶盒。雖然我不太相信，但還有人提過，一個母貝裡可以裝下一百五十個鯊魚。」

「一百五十個鯊魚！」尼德蘭大喊。

「我說鯊魚嗎？」我驚慌失聲，「我要說的是一百五十個珍珠啦，與鯊魚無關。」

「的確，」顧問說，「那先生能不能說說怎麼取珠？」

「取珠的方式有好幾種。通常，如果珍珠黏附在殼上，採珠工人可以用鑷子直接取下，但大部分時候會把母貝放在岸邊攤開的草蓆上，讓牠們自然風乾死亡。十天後，待貝肉完全腐爛，再浸入海水池裡逐一剝開洗淨，然後進行兩道清理工序。先是按照市面上的分級方式，分成純白、混白、混黑，分別裝箱交貨，每箱一百二十五至一百五十公斤。接著切開母貝的閉殼肌，經過煮沸、篩檢，再小的珍珠也不能放過。」

「珍珠的價值是因大小而異嗎？」顧問又問。

「不只是根據大小，還要看形狀、水色，也就是色澤，還有珠光，也就是讓人目眩神迷的亮度和彩度。最頂級的珍珠被稱為處女珍珠或帕拉貢珠，獨立生長於軟體動物的內膜組織上，而不是黏附在殼上，通常呈白色、不透明，偶有白瓷的透光感，往往是球形或梨形。球形的會做成手環，梨形的便做成耳墜，由於最為稀有，以粒計價。其他附著在殼上的珍珠形狀較不規

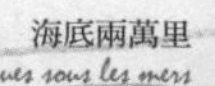

則，以斤計價。最後，劣等的小珍珠俗稱細珠，售價不定，通常用在教堂裝飾。」

「按大小區分珍珠的工作想起來應該費時又費工。」加拿大人說。

「不會的，我的朋友。他們用十二種不同的篩子來篩檢，每一種的孔篩數量都不一樣。能留在二十到八十孔的篩子為上等珍珠，一百至八百孔的是二等，最後，留在九百至一千孔的都是細珠。」

「真聰明，」顧問說，「看來珍珠分級和歸類工作都自動化了。那麼先生可以告訴我們採集珍珠的商人能獲得多少利潤嗎？」

「根據西爾書裡所說，錫蘭的珍珠田每年收益三百萬鯊魚。」

「法郎吧！」顧問糾正。

「哦對，法郎！三百萬法郎，」我連忙改口，「但我相信珍珠田的收益已不如往昔。美洲的珍珠田也有相同狀況，查理五世時期的年收益還有四百萬法郎，現在只有過去的三分之二而已。大致來說，珍珠開發的總收入應有九百萬法郎。」

「不過，」顧問又問，「有沒有哪顆價格不菲的世界名珠？」

「有啊，孩子。據說凱薩大帝當年就曾送給塞薇利婭一顆價值十二萬法郎的珍珠。」

「我還聽說古代有位女士每天在飲用醋裡加珍珠。」尼德蘭也說。

「是埃及豔后。」顧問反駁。

「應該很難喝。」尼德蘭補上一句。

「是很糟，尼德兄，」顧問表示，「但一小杯醋就值一百五十萬法郎，價值連城。」

「可惜沒娶到這名女士。」加拿大人揮了揮手臂，神情有點悵然。

「尼德蘭娶埃及豔后！」顧問叫道。

「我本來就該結婚的，顧問，」加拿大人語氣嚴肅，「沒結成又不是我的錯。我給未婚妻

凱特．坦德買了一條珍珠項鍊，結果她還是嫁給別人了。是啦，那條項鍊只花了我一．五美金，可是，如果教授相信的話，那些珍珠都大到穿不過二十孔的篩子。」

「尼德兄，」我笑著回答，「那是人造珠，只是在玻璃珠內層塗上珠光而已。」

「噢！這什麼珠光物質，」加拿大人答，「應該也不便宜吧。」

「一文不值！不過是從歐白魚鱗片取下來的銀白物質而已，蒐集後泡入阿摩尼亞保存，毫無價值。」

「這是凱特．坦德另嫁他人的原因吧。」蘭師傅的回答倒是坦然。

「還是回來聊昂貴的珍珠吧，我想沒有任何君主擁有的珍珠能勝過尼莫船長。」我說。

「就是這一顆。」顧問指著玻璃櫃裡一顆美麗的珠寶說。

「應該是了，如果我沒估錯，這顆價值應該有兩百萬……」

「法郎！」顧問立刻接話。

「沒錯，」我說，「兩百萬法郎，而且可以肯定船長是順手撿起，得來全不費工夫。」

「噢！」尼德蘭叫道，「明天去散步時，會不會正好就遇到同樣的好事！」

「哈！」顧問笑。

「有什麼不可能的？」

「人在鸚鵡螺號上，擁有數百萬又有何用？」

「在船上是沒用，」尼德蘭說，「但到其他地方……」

「哦！其他地方！」顧問搖著頭說。

「其實，」我說，「蘭師傅說的對。如果我們帶一顆百萬珍珠回歐洲或美洲，至少可以大大提高我們冒險故事的真實性和『價值』。」

「我想也是。」加拿大人說。

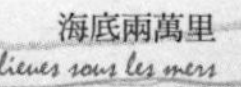

「不過，」顧問總是喜歡提出有營養的問題，「採珠危險嗎？」

「不，」我趕忙否認，「只要事先做好防護措施就沒問題了。」

「這種工作哪需要冒什麼險？」尼德蘭說，「頂多喝幾口海水罷了！」

「你說的對，」我試著學尼莫船長無所謂的口氣，「對了，尼德，說到這件事，你這麼勇敢，會怕鯊魚嗎？」

「我，」加拿大人回答，「我可是個專業的捕鯨人！是牠們怕我才對吧！」

「我指的不是用輪鉤把捕獲的鯊魚吊上甲板，再用斧頭剁斷尾巴、開膛剖腹、掏出心臟扔回大海！」我說。

「那是指？」

「沒錯。」

「在海裡？」

「就是在海裡。」

「那可得有一把好魚叉才行！先生，你知道這畜牲天生有缺陷。咬人前得先翻身，肚皮朝上，這時候……」

尼德蘭說「咬」字時的語氣嚇得我背脊發涼。

「那你呢，顧問，你對鯊魚有什麼看法？」

「我？」顧問說，「我就直話直說了。」

「很好。」我心想。

「先生若遇上鯊魚，」顧問說，「我想他的忠僕是不會袖手旁觀的！」

03 價值千萬的珍珠

黑夜來臨，我上床就寢，可是一點也睡不好，夢裡全是鯊魚。而且我還發現就辭源學來看，法語的鯊魚（requin）這個字跟安魂曲（requiem）同源，既合理，也不合理。

第二天凌晨四點，我被尼莫船長特地派來的侍從叫醒，連忙起身更衣，並來到大廳。尼莫船長已經在那裡等著了。

「阿宏納先生，準備好要出發了嗎？」

「好了。」

「那就隨我來吧。」

「我的同伴呢？」

「有人去通知他們了，正等著我們。」

「不穿上潛水裝備嗎？」我問。

「還不用，鸚鵡螺號沒有太靠近海岸，離曼納灣還遠。但我會派小艇載我們到下水地點，這樣可以少走一大段路。潛水設備都已經放在艇上了，下水前穿上即可。」

尼莫船長帶著我走向通往平台的中央樓梯。尼德和顧問已經到了，正為即將啟程的「歡樂遠足」興奮不已。小艇仍繫在船上，五名鸚鵡螺號的船員已持槳在艇上等待。

天還沒亮，天空布滿雲朵，只露出幾顆稀疏的星辰。我望向海岸，只能看到一道模糊的海岸線擋住西南至西北方向四分之三的海平線。鸚鵡螺號在夜色裡自錫蘭島西海岸北上，來到海灣西邊，更確切的說，是由曼納島沿岸延伸形成的海岸西邊。在那片陰暗的海面下有一整片珍

珠母貝灘，取之不盡的珍珠田綿延二十浬。

尼莫船長、顧問、尼德蘭和我一同在小艇後方坐下。一名艇長負責掌舵，其餘四名負責划槳。船索解開後，我們便離船出發。

小艇朝南方划去，划槳手不疾不徐。我發覺他們划槳的動作很有力，槳板吃水很深，每十秒划一下，這是海軍常用的節奏。小艇順著節拍前行，水花飛濺有如熔鉛，拍在暗潮之上，發出劈啪聲響。一陣小浪迎頭湧來，小艇輕晃了幾下，但船頭依舊持續衝破浪峰。

大家都沉默不語。尼莫船長在想什麼呢？也許是想著小艇是否離目標陸地太近。加拿大人應該正好相反，總覺得離太遠。至於顧問，大概只顧著四處觀看。

五點三十分，曙光乍現，海岸線的輪廓越來越清晰。海岸東邊十分平坦，往南則稍微高起。我們離陸地還有五浬遠，沿岸霧氣甚濃，前方海面空無一物，沒有船，也沒有潛水夫。採珠工人聚集之地竟如此寂寥，正如尼莫船長所說，我們來得太早，一個月後才是採集季節。

六點時，天色忽然大亮，這是熱帶地區特殊的晝夜交替節奏，沒有黎明和黃昏。陽光穿透東邊海平線上的雲堆，耀眼的朝陽便隨之升起。

陸地已清晰可見，岸上林木稀疏。

小艇往位於南邊的曼納島前進，尼莫船長站起身觀察海面。

他一聲令下，小艇立即下錨，但錨鏈下滑不多，因為這裡水深不及一尺，是母貝灘的最高點。小艇借助潮水浮力，調轉方向往大海漂了一段。

「阿宏納先生，我們到了，」尼莫船長表示，「一個月後，各路商人的採集船便會聚集至眼前這片狹長的海灣，潛水夫們會窮盡全力下水挖寶。這一處海灣正好適合採珠，避開了強風吹襲，風浪不大，十分利於潛水夫工作。穿上潛水裝備吧，我們要開始這一次的海底漫步了。」

我望著神祕莫測的浪濤，一時答不上話。在小艇船員的協助下，我穿起沉重的潛水裝備。

我們在小艇後方坐下。

尼莫船長和我的兩個同伴也都著好裝，這次沒有鸚鵡螺號的船員隨行。

很快的，我們從頭到腳都被橡膠服嚴實包覆，背上也繫好了氧氣裝備，獨缺倫可夫儀。在戴上銅盔前，我提出這點疑問。

「我們用不到探照燈，」船長回答，「這次不會到太深的地方，陽光就足以照亮去路。再說，帶電力探照燈進入這一帶海域並不妥當，強光可能會引來附近某些危險的生物。」

尼莫船長說這些話時，我轉頭看了顧問和尼德蘭，但這兩人的腦袋都裝進金屬頭盔裡了，根本無法回應。

但我還有最後一個問題要問船長：

「那我們的武器呢？獵槍呢？」

「獵槍？做什麼用？你們那些山胞獵熊的時候不也是一把匕首就解決了嗎？鋼刀難道不比子彈可靠？拿著這把利刀，繫在腰帶，出發了。」

我看了兩個夥伴一眼，他們也一樣佩了刀，尼德蘭還揮舞著一把魚叉，那是離開鸚鵡螺號前特意放上小艇的。

接著，船員為我和船長戴上沉重的銅頭盔，儲氣瓶也立即開始供應氧氣。

沒多久後，船員把我們一個一個送出小艇，水深只有一．五公尺，腳下是平坦的沙地。尼莫船長做了個手勢，我們便跟上他，順著緩坡下行，直到完全沒入海水之中。

一進到海裡，所有困擾著我的思緒全都消失殆盡，我變得出奇冷靜。行動自如後，我的信心大增，心思也全被海底的奇觀美景給占據了。

陽光射進海底，光線充足，就連最微小的事物也看得清楚。走了十分鐘後，我們來到五公尺深處，地勢也轉為緩和。

我們的腳底來了一群黃鰭，牠們身上的鰭只剩尾鰭，非常奇特，因為被我們驚動而如沼澤

©Wikimedia commons

尼德蘭揮舞著一把魚叉。

上的鷸鳥一般躁動起來。我認出了酷似海蛇的爪哇鰻，長八寸，腹部蒼白，很容易與身無金線紋的康吉鰻搞混；另外，還有扁橢圓身形、鯧科的刺蓋魚，其色彩豔豔，背鰭似鐮刀，可食用，曬乾醃製後即是一道名為「卡拉瓦德」的美味名菜；最後是單鰭八角魚屬的特蘭奎巴魚，其全身覆滿了八角縱向鱗甲。

隨著太陽逐漸升高，海水也被照得越發明亮。地勢逐漸改變，圓石取代了原本細緻的沙地，並覆滿軟體動物和植形動物。這兩門生物中，我認出了外殼薄而不規則的雲母蛤，這是紅海和印度洋的特有種；還有橘黃色、環狀外殼的滿月蛤；以及錐形的筍螺；幾顆波斯骨螺，就是牠們供應了鸚鵡螺號上的亮麗染料，其身長十五公分，豎於水底，彷彿隨時準備拉住人手；再來是渾身長刺的角蠑螺、舌形貝，和印度市場常見的食用貝薄殼蛤；另有泛著微光的游水母，以及可愛的目珊瑚，牠們彷彿美麗的扇子，是附近海域最繁茂的枝狀生物。

在這些充滿生命力的植物和水草植被的庇蔭下，成群結隊的節肢動物來回穿梭，特別是鈍三角形的旭蟹、附近海域特有的椰子蟹，與面目猙獰的菱蟹。還有一種沒那麼可怕的動物，我也看到好幾次，是達爾文發現的一種大螃蟹，大自然賦予牠們吃椰子的本性和力量，牠們會爬上岸邊的椰子樹，將椰子打下，椰子落地破裂後，再用強而有力的大螯剝開取食。這一帶海水清澈，這種大蟹行動快速，與另一種常見於馬拉巴海岸、只在浮動石塊間緩慢移動的海龜形成了強烈對照。

七點左右，我們總算來到珍珠母貝灘，成千上萬的珍珠貝在此地繁衍。這些珍貴的軟體動物攀附在岩石上，棕色的足絲牢牢纏住石塊，因此無法隨意移動。從這點來看，這些牡蠣還真不如淡菜，後者至少還有自由行動的能力。

珠母貝，也就是珍珠之母，其兩片貝殼幾乎對稱，渾圓厚實，表面粗糙。其中有的看上去層層疊疊，頂部有暗綠色、朝下輻射的細紋，這類貝殼較為年輕；而超過十年的貝殼表面較為

粗糙暗沉，最大者有十五公分寬。

尼莫船長指出這一大片珠母，我立刻明白這種寶藏是取之不盡的，大自然創造生命的能力勝過人類擅長破壞的本性。尼德蘭忠實呈現了這種本性，迫不及待把這種美麗的軟體動物裝入網子。

但我們不能停下腳步，必須跟上船長的步伐，沿著這條只有他知道的路徑向前。地勢明顯上升，有時我的雙臂還會探出水面，但不久後又驟然下降。我們不時得繞過高峭的金字塔狀岩石，陰暗處常有大型的甲殼動物高舉著武器般的步足瞪著我們，而我們的腳下還有一條條的千足蟲、紅蟲、吻沙蠶和環節蟲四處爬行，牠們不斷伸出觸角與觸鬚。

這時，我們眼前出現一個大岩洞，周圍滿是怪石，石上長滿高大直立的水生植物，頗為壯觀。起初，我覺得岩洞內暗無天日，陽光似乎逐漸消散，朦朧波光只是水下餘光罷了。

船長走進洞裡，我們也跟隨其後。我的雙眼很快便適應了昏暗，並注意到一些奇形怪狀的岩石所組成的拱頂，圓拱寬大，底部支撐的基石好似托斯卡尼建築的沉重石柱。我們這位難以捉摸的嚮導為何要帶我們來到這座海底洞穴呢？很快就會有答案了。

走了一段陡峭的斜坡後，我們踏上一處類似圓井的地面。尼莫船長停下腳步，指向一個我們至今沒有注意到的物體。

那是個大硨磲，一種巨大的牡蠣，超過兩公尺寬的盆狀扇貝簡直可以盛裝一池聖水，比鸚鵡螺號大廳裡那個裝飾品還大。

我走近這非比尋常的軟體動物，牠的足絲黏在一張花崗岩桌上，獨自在這寧靜的岩洞裡生長。我估計這顆硨磲重達三百公斤，光是肉就有十五公斤，大概得像拉伯雷筆下的巨人那樣的胃才能一次吞下十幾個。

尼莫船長顯然早就知道這個雙殼動物的存在，他並非第一次造訪此地。我原本以為，他帶

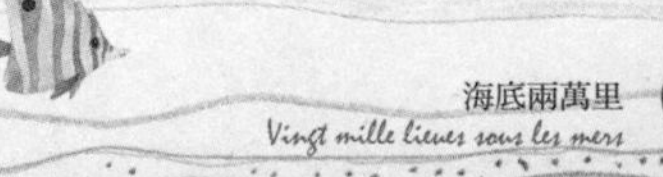

©Wikimedia commons

我走近這非比尋常的軟體動物。

我們來只是為了滿足我們的好奇心，但我錯了，他是專程前來了解這顆硨磲的狀況。硨磲的雙殼微微張開，尼莫船長走上前，拿出匕首撐住殼以防閉攏，然後徒手掀開了邊緣上形成外膜的流蘇狀薄膜。

我從片狀的薄膜皺褶間瞥見一顆與椰子差不多大的珍珠，這顆珍珠沒有黏附在殼上，外形圓渾、晶瑩剔透、珠光動人，肯定是無價之寶。我受到好奇心驅使，下意識的伸了手，想掂掂它的重量、摸摸它的觸感，卻被尼莫船長阻止了。他快速抽出匕首，雙殼立即閉上。

我總算明白尼莫船長的意圖了。他把珍珠藏在硨磲的外膜裡，讓它在無人知曉的情況下長大，年復一年，軟體動物的分泌物一層層裹上珍珠。只有尼莫船長知道這顆大自然的甜美果實在這洞穴裡「熟成」。也可以說這珍珠是他獨自培育的，總有一天他會把它放到那收藏珍寶的博物館裡。也許，他還會仿照中國人和印度人，在軟體動物的皺褶內放置玻璃或金屬塊，久而久之，這些物體表面就會覆蓋珍珠質。無論如何，相較於我知道的那些名珠和船長的收藏，眼前這一顆應該至少值一千萬法郎。這是大自然的奇妙造物，並非只是珠寶而已，我不覺得有哪位貴婦的耳朵能承受如此碩大的珍珠。

造訪巨大硨磲的行程結束了。尼莫船長走出洞穴，我們重新往上爬至珍珠母貝灘，回到尚未遭採珠工人攪亂的清澈水域。

我們各自走著，漫無目的閒晃，想停就停，想走就走。我已不再受昨日那份被想像力誇大的憂慮影響。淺灘與海面的距離越來越近，最後只剩一公尺，我的頭也露出水面了。顧問來到我身邊，將大頭盔靠在我的頭旁，對我擠眉弄眼表示問候。這片高地離鸚鵡螺號只有幾個圖瓦茲，很快就會回到屬於我們的「生活領域」。我想現在應該有資格這麼說吧。

十分鐘後，尼莫船長突然止步，我以為他只是稍做休息便會再次上路，但事實並非如此。他做了個手勢，命令大家挨著他躲入一個大孔洞，手指向水中某個黑點，我仔細看了一下。

離我五公尺處，有個沉入海底的黑影。鯊魚的身影再度閃過我的腦海，然而我又錯了，眼前那個黑影並非什麼海底怪物。

那是人，一個活人，印度人，黑人，一個採珠工人，採收期還沒到就先來採珠了。他的小艇就在他頭上幾尺的水面，他來回潛入水中又浮上水面，雙腳間夾著一顆圓錐狀的石頭，另一端綁在船上，藉此加快沉降水底的速度，這就是他全部的裝備。沉入五公尺的海底後，他立刻跪地抓起幾把母貝放入袋中。接著，他回到船上、清空袋子、拉起石頭再次下潛，每次停留水底的時間不超過三十秒。

大石塊的陰影擋住了這名潛水員的視線，他看不見我們。而且，這可憐的印度人壓根也想不到水底下竟有人類窺視著他的一舉一動，不放過任何一個採珠的細節！

他上下來回了好幾次，因為珠母貝的足絲黏附在淺灘上，他得使勁拔開，因此每次下水只能採到十幾個貝殼，可他冒死採集，其中又有多少是不含珠的呢！

我聚精會神的觀察著他，他的動作非常規律，半小時內沒有發生任何危險，而我對這場演出也看得入迷，對整個程序逐漸熟悉了。突然，正跪地採珠的印度人神色驚恐，只見他一躍而起，奮力游至水面。

我很快就明白他這反應源自何處。這倒楣的潛水夫頭上有個巨大黑影，是一條大鯊魚，目光如炬，張著血盆大口衝向他！

我被這一幕嚇得目瞪口呆，一時間反應不過來。

這貪婪的動物用力甩動魚鰭，朝印度人撲了過去。印度人一個轉身避開了牠的利齒，但卻沒有躲過尾鰭。魚尾朝他的胸口一掃，立即把他打落海底。

這一幕不過幾秒，鯊魚立即回頭，翻過身，準備將印度人咬成兩半。此時，蹲在我身邊的尼莫船長立即起身，拿出匕首衝上前，準備與牠肉搏。

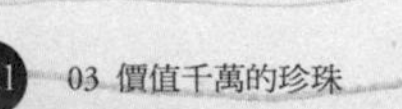

正要咬下可憐的採珠工人時，鯊魚發現一個新敵，又翻身轉正，快速游向船長。

船長的姿勢至今仍歷歷在目，他躬著身，以出奇冷靜的姿態等待鯊魚衝上前。船長敏捷的往側邊一跳，躲開衝撞，順勢將匕首刺進魚腹。但勝負未決，一場惡鬥才剛開始。

鯊魚發出一聲怒吼，鮮血從傷口噴出，海水立即染成了紅色，眼前的水變得混濁，我什麼也看不見。

直到海水稍微清澈一點，我才看到勇敢的船長緊抓住了鯊魚的一片魚鰭，展開肉搏。他用匕首在鯊魚肚皮上一連刺了數刀，卻一直無法刺中心臟要害。鯊魚拚命掙扎，把海水攪得洶湧翻騰，激起陣陣漩渦，差點把我翻了過去。

我很想上前助船長一臂之力，卻受恐懼所制，動彈不得。我驚恐的望著他們，眼看搏鬥情勢急轉直下。龐然大物把船長撲倒在地，用力張開大口，有如工業用的大剪。眼看船長就要沒命，在千鈞一髮之際，尼德蘭手持魚叉衝向鯊魚，送上致命的一擊。

浪濤瞬間染紅，怒不可遏的鯊魚瘋狂翻滾，捲起一波波血浪。尼德蘭正中紅心。被刺中心臟的鯊魚拖著最後一口氣做垂死前的掙扎，全身抽搐引發的反作用力還讓顧問跌了一跤。

尼德蘭拉起船長，沒受任何傷的船長立即起身，趕到印度人身邊切斷他身上綁著石頭的繩索，抓起他的雙臂，猛力一蹬，朝水面游去。

我們三人也跟在他身後，轉眼間，大家竟如奇蹟般死裡逃生，爬上了採珠人的船。

尼莫船長一心想救活這可憐的採珠工人，但我不知能否成功。希望他能醒來，畢竟這可憐傢伙溺水的時間並不長，只不過鯊魚尾巴的那一擊恐怕已置他於死地。

幸虧在顧問和船長用力的搓揉下，溺水者逐漸恢復了意識。他張開雙眼，卻見四顆大銅頭俯身盯著他看，也許嚇壞了吧！

特別是當尼莫船長從口袋裡拿出一袋珍珠交給他時，他該做何感想？這位可憐的錫蘭島印

©Wikimedia commons

一場惡鬥才剛開始。

度人伸出顫抖的雙手收下珍珠，眼裡的惶恐表明了他不知眼前是何方神聖，竟救了他的命又賞賜珠寶。

船長示意返回珍珠母貝灘，沿著原路往回走半小時後，我們就看到鸚鵡螺號小艇拋在海底的鐵錨了。

上船後，船員一一協助我們脫下沉重的盔甲和銅盔。

尼莫船長一開口便感謝加拿大人。

「蘭師傅，謝謝你。」

「船長，這是報答你的，」尼德蘭說，「是我欠你的。」

船長的嘴角泛起一抹笑容，沒有多說什麼。

「回鸚鵡螺號吧。」他說。

小艇破浪前行，幾分鐘後，我們看到海面上漂著鯊魚的屍體。

自魚鰭末端的黑斑可知，這是印度洋最為凶猛的烏翅真鯊，確實是鯊魚無誤。這條鯊魚身長超過二十五尺，血盆大口占了身體的三分之一，上顎有六排以等腰三角形排列的牙齒，看來是頭成鯊。

顧問以科學家的眼光看著牠，我敢肯定一定是在分類，軟骨魚綱、固定鰓的軟鰭目、橫口科、鯊魚屬。

我注視著這團僵硬的屍肉時，小艇周圍突然冒出十多條飢餓的黑鰭鯊魚，但牠們的目標不是我們，而是撲向魚屍，爭食肉塊。

八點三十分，我們回到了鸚鵡螺號。

上船後，我回想這件探訪曼納灣時發生的意外，兩件事令我印象深刻。一是尼莫船長無人可及的英勇行徑，另一件是他雖避身海底，面對有難的人類還是願意挺身相救。無論他嘴上怎

麼說，這怪人應未喪失他的人性。

我向他提出這想法時，他略為激動的回答：

「教授，那印度人生於一個飽受壓迫的國家，只要我一息尚存，永遠都會與這國家同在。」

04 紅海

一月二十九日白天，錫蘭島逐漸沒入海平線，鸚鵡螺號以每小時二十浬的速度穿行馬爾地夫和拉克沙群島蜿蜒曲折、如迷宮般的水道間，甚至還沿著吉爾丹島海岸前行，這是一座珊瑚島，一四九九年由瓦斯科．達伽馬[1]發現，為拉克沙群島十九座主要的小島之一，位於北緯十至十四度三十分、東經六十九至五十度七十二分之間。

我們從日本海出發至今，已經走了一萬六千二百二十浬，即七千五百里格。

隔天，一月三十日，鸚鵡螺號浮出海面時已不見任何陸地。我們朝北北西方向前進，前方是波斯灣的出海口，即位於阿拉伯和印度半島間的阿曼海（今多稱阿拉伯海）。

這個方向顯然是條死胡同，沒有任何出口。尼莫船長究竟要帶我們去哪裡？這天加拿大人問了我這個問題，顯然對此感到不滿。

「尼德，船長的心之所往，就是我們的方向。」

「可這心之所往可不會帶我們到多遠的地方，」加拿大人回答，「波斯灣沒有另一個出口，進去後馬上就要繞原路回來。」

「那就回頭啊！蘭師傅，過了波斯灣，鸚鵡螺號可以走向紅海，那裡就會有曼德海峽的通道了。」

「先生，用不著我多說你也知道，」尼德蘭回，「紅海不比波斯灣好走，因為蘇伊士地峽還沒鑿通，即使通了，像我們這樣的怪船，也不適合在運河的閘門間穿梭。所以紅海也不是帶我們回歐洲的路。」

「所以我沒說要回歐洲。」

「你這話什麼意思？」

「我猜經過了阿拉伯和埃及這段神祕的海域後，鸚鵡螺號會返回印度洋，或許穿越莫三比克海峽，或許走馬斯克林群島海域到好望角。」

「到好望角後呢？」加拿大人決定問到底。

「這個嘛，我們就會進入還不熟悉的大西洋。怎麼，尼德兄，你厭倦海底生活了嗎？看膩這變幻無窮的海底奇觀了嗎？我個人覺得就這樣結束這趟難得的旅程實在太可惜了。」

「可是，阿宏納先生，你知道我們被關在鸚鵡螺號上快三個月了嗎？」

「不知道，也不想知道，我不算日子，也不計時間。」

「那結局會怎樣？」

「時機成熟就會知道了，反正我們也做不了主，多說無益。如果你是來告訴我『逃跑的機會來了』，那我很樂意討論。可是現在的狀況並非如此，說實話，我不認為尼莫船長會冒險前往歐洲海域。」

從這段簡短的對話中可知，我對鸚鵡螺號深深著迷，已然成了船長的化身。

尼德蘭沒再回話，只顧自言自語：「說的倒好聽，依我看，沒有自由就沒有快樂。」

接下來的四天內，直到二月三日為止，鸚鵡螺號行經阿曼海，或深或淺、忽快忽慢，似乎是隨意而走，對前進的路線猶豫不決，但也一直沒有跨越北回歸線。

離開紅海後，我們一度望見阿曼最重要的城市馬斯喀特。這座城市的異國情調令人神往，周圍環繞著黑岩，襯出了白色的屋舍與城牆。清真寺的圓頂探出頭，塔尖設計典雅，寺院清新

1 瓦斯科・達伽馬（Vasco de Gama, 1469-1524）：葡萄牙航海家。

脫俗，草木蔥鬱。但也僅止於驚鴻一瞥，鸚鵡螺號很快便潛入昏暗的海潮之下了。

隨後，鸚鵡螺號沿著馬赫拉和哈德拉毛附近的阿拉伯海岸與起伏山巒航行，與岸邊相距約六浬，依稀可見幾座古城遺蹟。二月五日，我們終於來到亞丁灣，此灣形似漏斗，插在曼德海峽上，印度洋的海水由此灌入紅海。

二月六日，鸚鵡螺號浮出水面，亞丁港就在眼前。此港建於地峽的岬角之上，與難以通行的直布羅陀海峽有幾分相似。一八三九年，英國人占領亞丁港，修建了防禦工程。我隱約看見城裡的八角清真寺，根據歷史學家艾德里西所說，這座城曾是沿岸最富裕繁華的貨物集散地。

原以為尼莫船長到此處就得折返，但我錯了，他沒有回頭的意思，令我大吃一驚。

第二天，二月七日，我們駛進曼德海峽，這名字在阿拉伯語裡是「淚之門」的意思。海峽寬二十浬，但全長只有五十二公里，鸚鵡螺號如果全速前進，只需要一個小時就能穿越海峽。但我什麼也看不到，就連英國政府用來加強亞丁港防衛的丕林島也不見蹤影。這裡有太多英法兩國從蘇伊士到孟買、加爾各答、墨爾本、波旁或模里西斯的輪船往來穿梭，鸚鵡螺號不便在此展露行跡，只能一直待在水底。

中午時分，我們總算在紅海的浪頭上滑行了。

紅海，這座聖經中的名湖，甚少降雨，也沒有任何河川注入，湖水持續大量蒸發，水位每年都會下降一．五公尺！這座奇特的海灣就像湖泊一樣封閉，也許有一天會完全乾涸，不像鄰近的裏海或死海，蒸發和注入的水量正好平衡，水位因此不會下降。

紅海的總長為兩千六百公里，平均寬度約兩百四十公里，因為蘇伊士鐵路的開通和地峽的開鑿，使其成為托勒密王朝與羅馬帝國時期世界貿易的要道。

我不想多花心思揣摩尼莫船長心血來潮帶我們來到這座海峽的原因，但萬分支持鸚鵡螺號進入紅海。它的速度適中，時而浮出水面，時而沉入海底以避開往來船隻。我因此得以一窺這

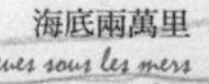

片海域水上和水下的奇妙風光。

二月八日，天才剛亮，摩卡港就出現在我們眼前了。這座城早已淪為廢墟，任何一點大砲的聲響都能震塌城牆，城內只剩幾棵椰棗樹獨自成蔭。過去，摩卡城曾擁有六個公共市集、二十六座清真寺，城牆綿延三公里，甚至有十四座堡壘護城，是非常重要的城市。

之後，鸚鵡螺號駛近非洲沿岸，海水深了許多。這裡的水質晶瑩清澈，透過大廳敞開的艙板，我們可以觀賞迷人的珊瑚叢搖曳生姿，還有披著綠海藻和墨角藻，彷彿盛裝出席的礁岩。奇觀美景，難以言喻，更別提礁石層和連接利比亞海岸的火山小島了！接著，鸚鵡螺號沿岸行駛的東海岸還有更美的珊瑚樹，也就是提哈瑪海岸，不僅有水面下花團錦簇的植形動物，有的甚至冒出水面十英尋高，只不過，恣意長出水面的珊瑚沒有活水浸潤，長得不如水下豔麗。

我就這樣在大廳的玻璃窗前待了好幾個小時，一點也不無聊！在探照燈照耀下，我不知欣賞了多少新品種的海洋生物！蕈珊瑚、深灰色海葵、奇異的海星花葵、形似排簫，彷彿正等待牧神來吹奏的笙珊瑚，還有這一帶海域特產，生長於石珊瑚穴，底部有短螺紋的貝類，以及數以千計，我從未見識過的珊瑚骨標本，也就是俗稱的海綿。

海綿綱是水螅動物中最大的一類，正是由海綿這種奇妙物質構成，用途非常廣泛。儘管某些自然學家仍堅持認為海綿是植物，但它卻是動物界的最後一目，一種比珊瑚還低等的珊瑚骨。其動物特性很明顯，實在不應採納早期視其為半動物半植物的說法。但我得說，自然學家對海綿的組織型態至今仍無共識，對某些人而言，它是一種珊瑚骨，而其他人，如米奈．愛德華，就認為它們是單一獨生的個體。

海綿綱約有三百多種生物，分布於各大洋，就連某些河川裡也可見到，所以也有人稱之為河綿。不過它們最鍾情的海域是地中海、希臘群島海域、敘利亞沿岸和紅海。這些海域的海綿細緻光滑，價值可達一百五十法郎，例如敘利亞的金海綿和巴巴利的硬海綿等。既然我們難以

披著綠海藻和墨角藻，彷彿盛裝出席的礁岩。

穿越蘇伊士地峽到黎凡特考察這類植形動物，我只好在紅海一帶用力觀賞了。

鸚鵡螺號在平均深度八至九尺的水層緩緩掠過非洲東岸的美麗礁岩時，我特地把顧問叫了過來。

這裡生長著各種形狀的海綿，有柄的、葉狀的、球狀的或掌形的都有。漁民們為其取名為花籃、花萼、紡錘、鹿角、獅爪、孔雀尾、海神手套，各個名符其實，比學者取的名字詩情畫意多了。海綿的纖維組織上有一層半液態膠質，不斷釋出微量水分滋養各細胞層，生成新細胞後再收縮排出體外。這種物質會隨珊瑚蟲死去而消失、腐爛，揮發出阿摩尼亞氣體。最後只剩角質或膠質纖維，可做成家用海綿，顏色橙紅，根據不同彈性、滲透度和耐泡性，各有不同用途。

珊瑚骨附生於岩石、軟體動物殼，甚至水生植物的莖上，無孔不入，恣意蔓延。有的挺直而立，枝幹橫生，有的則垂墜如鐘。我告訴顧問，採海綿有兩種方式，或用網撈，或用手採。後者由潛水夫下水採收，成效最佳，不易損傷珊瑚骨纖維，自然就能保值。

海綿旁還繁殖了許多植形動物，主要是一種體態十分優雅的水母；軟體動物則有形形色色的烏賊，道比尼認為這種動物是紅海特產；爬行動物以海龜屬的維氏龜為代表，這種海龜肉質細嫩，富有營養，是餐桌上的美味佳餚。

除此之外，不計其數的魚類同樣引人注目，時常被鸚鵡螺號打撈的魚類有：鰩總目下，其中一種是斑魟，體色磚紅，有大小不等的藍色斑點，長有一對鋸齒，因此容易辨認；一種銀色背部的鰩；尾巴有斑點的藍紋魟；和身披兩公尺長的大斗篷，隨波擺盪的蝴蝶鰩；另外也有近似鯊魚，無齒的犁頭鰩。與身長一．五英尺、背頂有突出鱗板的箱魨；銀尾藍背的海蛇鯙，其胸部為褐色並鑲著灰邊；身上有金色細紋，帶法國國旗三色的銀鯧；四寸長的孟氏　；有七道亮黑橫紋，藍黃雙色鰭，金銀鱗片的鰺魚；還有鋸蓋魚、黃頭烏魚、鸚哥魚、隆頭魚、鱗魨和

©Wikimedia commons

採海綿。

沙塘鱧等，以及千百種我們穿越海洋時曾經見過的魚類。

二月九日，鸚鵡螺號浮上紅海最寬處，西岸有薩瓦金，東岸有貢弗達，兩者相距一百九十浬。

這天中午測完方位後，尼莫船長來到平台上，當時我也在。我打定主意問出接下來的航行計畫，否則絕不放他入艙。他一見我便走了過來，親切的遞上一根雪茄，並對我說：

「怎麼樣，教授，喜歡紅海嗎？海底許多奇觀異景、魚群、植形動物、海綿花圃、珊瑚森林，有沒有好好觀察了？還有那些岸邊的遺址，看見了嗎？」

「是啊，尼莫船長，」我回答，「鸚鵡螺號實在太適合做這些研究了，真是一艘智慧之船！」

「沒錯，先生，聰明、勇敢、堅不可摧！既不怕紅海的暴風，也不怕海流與暗礁。」

「這倒是，」我說，「這片海是公認的險惡，沒記錯的話，自古便臭名遠揚。」

「確實是聲名狼藉，希臘和拉丁歷史學家從沒說過她的好話。希臘地理學者斯特拉波說過，風季和雨季來臨時，航行紅海尤其艱難。阿拉伯人艾德里西稱之為戈勒朱姆海，無數船隻傾覆紅海灘頭，沒人敢在夜間航行。他認為這片海域暴風肆虐、惡島遍布，無論水上水下都『百害而無一利』。這些觀點也都與阿里安、阿加薩契德和阿特密多洛斯的看法一致。」

「看來，這些歷史學家未曾搭上鸚鵡螺號航行。」

「的確是，」船長笑著回答，「就這件事而言，現代人未必比古代人進步。居然花了好幾世紀才發明蒸汽動力！誰知道一百年後會不會出現第二艘鸚鵡螺號！科技進步得太慢了啊，阿宏納先生。」

「真的，」我回答，「你這艘船的設計超前了一個世紀，也許是好幾世紀。如此奧祕竟然將與發明者一同殞落，實在可惜！」

尼莫船長沒有答話，沉默了數分鐘後才開口：

「你剛才提到古代歷史學家對航行紅海之危險的評論對吧？」

「是的，」我答道，「但他們的擔憂是否言過其實？」

「是，但也不是，」尼莫船長一副對紅海瞭若指掌的模樣，談論著「他的紅海」，「現代船隻建造條件良好，船體堅固，靠蒸汽動力航行，已經不會有太大的危險了。但對古代船隻而言，這片海的確是危機四伏。想想最早的那些探險家乘著木板拼接而成的小船，只以棕櫚繩綑綁、以搗碎的樹脂黏合，再塗上黑貂魚的油。他們甚至沒有測定方向的工具，單憑直覺在不熟悉的海流中前進。在這樣的條件下，不發生海難也難。但在我們的時代，往來蘇伊士與南方海域的輪船已無須害怕紅海的怒濤了，即使頂著季風航行也不怕。船長和乘客出發前，不必再祈求神靈保佑，回程時也不必再到神廟獻上花環還願了。」

「我贊成你的看法，」我說，「我覺得現代的蒸汽把水手們心中的感恩之情都給吹散了。話說回來，船長，你似乎對紅海特別有研究，能不能告訴我這個名稱的由來？」

「阿宏納先生，關於這個問題有很多種說法，你想知道十四世紀某位編年史學家是怎麼說的嗎？」

「洗耳恭聽。」

「這位史學家的想像是以色列人穿越此海後得名。當時摩西唸了這一段話，海水合攏，法老王的軍隊因而葬生海底：

神蹟降臨，
海水轉紅，
自此正名，

稱之紅海。

「尼莫船長，這不過是詩人的說法，」我回答，「無法打發我的，我想聽的是你的意見。」

「好，我認為，得先提到紅海這個名稱是從希伯來語 *Edrom* 這個字翻譯來的。而古人之所以取這個名字，就是因為海水有特殊的顏色。」

「可是到目前為止，我也只看到清澈的波濤，沒有什麼特殊顏色。」

「是的，不過只要再往海灣裡面走，就會看到這種奇特現象了。我記得曾看過圖爾灣（位於埃及西南）的水紅得像片血湖。」

「你認為這顏色是某種微生物海藻造成的嗎？」

「沒錯，這是一種紫紅色的膠狀物質，由紅海束毛藻的細芽分泌出來，每平方公釐可容納四萬個，或許我們到了圖爾後，你也可以親眼目睹。」

「所以，尼莫船長，你不是第一次駕著鸚鵡螺號來紅海？」

「不是的，先生。」

「剛才你談到以色列人走出紅海，而埃及人卻葬生其中，請問你潛入紅海時，有沒有發現此重大歷史事件的相關遺跡？」

「沒有，教授，但這是有原因的。」

「什麼原因？」

「摩西率領子民跨海之處如今淤積了許多泥沙，駱駝走過也濕不了大腿。你也知道鸚鵡螺號不可能在沒有水的地方行進。」

「那地方是……？」我問。

「在蘇伊士上方一點，從前是個深海口，當時的紅海一直延伸到大苦湖。不管這通道是否

有神蹟，以色列人都確實在此渡海，最終抵達應許之地，而法老王的軍隊也確實被水淹沒。所以，我想今日如果挖掘該處的沙土，應可發現大量古埃及兵器和用具。」

「那當然，」我答道，「只盼考古學家盡早動手，否則蘇伊士運河鑿通後，沿岸必定建起新城市。話說這運河對鸚鵡螺號這樣的船隻來說還真是無用！」

「可以這麼說，但對全世界而言是很有用的。」尼莫船長說，「古人早已明白，在紅海和地中海間建立通道對商業活動至關重要，只是從未想過挖一條直通的運河，而是把尼羅河做為轉繼站。如果傳說可信，連接尼羅河和紅海的運河工程很可能在辛努賽爾特統治時就開挖。可以確定的是，西元前六一五年，尼科二世接下這項工程，引尼羅河水穿過了遙望阿拉伯半島的埃及平原。沿著運河上溯而行需要四天時間，河床很寬，可供兩艘三層排槳戰船會船。而後，希斯塔斯皮斯之子大流士繼續開鑿，可能要到托勒密二世才真正竣工。斯特拉波便親眼見證運河通航，起點在古城布巴斯提斯附近，但此處到紅海之間坡度太小，一年中只有幾個月能航行。直至安敦尼王朝，運河都還具商業用途，之後運河歷經廢棄、淤積，後來，哈里發歐瑪爾下令重建，最後在西元前七六一至七六二年間，哈里發曼蘇爾為了阻止敵人通過河道，運送糧草給反抗他的穆罕默德．本．阿布杜勒，而將運河填平。貴國將軍拿破崙遠征埃及時，便曾於蘇伊士的沙漠中發現這些工程遺蹟。他在返回哈加羅特前幾小時，突然受到浪潮襲擊，差點喪命海底，出事地點就在三千三百年前摩西曾經紮營的地方。」

「那麼，船長，這項打通兩海、把卡地斯（位於西班牙）和印度之間路程縮短九千公里的工程，前人不敢做，雷賽布先生卻做到了。不久的將來，非洲就會變成一個大島。」

「是的，阿宏納先生，你的確有權替你的同胞感到驕傲。他為貴國爭光，榮耀勝過許多偉大船長！一開始，他也和其他人一樣，遇到許多麻煩和波折，但他憑著堅強的意志一一克服了。想來也有點感慨，這種本來應由國際合作的大工程，他只憑一己之力完成。所以，榮耀應歸於

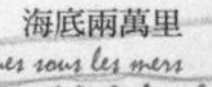

雷賽布先生！」

「是啊，榮耀歸於這偉大的公民。」我答道，並為尼莫船長剛才慷慨激昂的語調感到驚訝。

「可惜啊，」他又說，「我無法帶你穿越蘇伊士運河，但後天，你們將會看見賽德港的長堤，那時，我們就在地中海了。」

「地中海！」我驚呼。

「是的，教授先生，你很驚訝嗎？」

「我是對後天就抵達這件事感到驚訝。」

「是嗎？」

「真的，船長，自從登上你的船，我養成了不再大驚小怪的習慣，但這事仍然令人訝異！」

「為何？」

「為鸚鵡螺號嚇人的船速，如果後天要抵達地中海，勢必得加足馬力順著非洲沿岸繞過好望角。」

「教授先生，誰說要順非洲沿岸繞過好望角的？」

「除非鸚鵡螺號要從陸路或地峽上開過去……」

「或從地峽下方。」

「下方？」

「是，」尼莫船長的口氣輕描淡寫，「人類在這條狹長地峽上做的大事，大自然早就做好了。」

「什麼！有通道嗎？」

「有，一條我名為『阿拉伯隧道』的通道，始於蘇伊士城，直通佩魯西翁灣。」

「這麼說，地峽是由流沙構成的？」

「到某個深度是，但也不過五十公尺，底下便是堅硬的岩層。」

「你是碰巧發現這條通道的嗎？」我越聽越吃驚。

「巧合外加推理，推理的成分可能高一點。」

「船長，我很認真在聽你說，可是我的雙耳不願接受。」

「噢！先生！充耳不聞，自古皆然。這條通道不僅存在，我還使用過好幾次，否則今日也不會冒險走這無路可通的紅海。」

「恕我冒昧，請問你是怎麼發現這條通道的？」

「先生，」船長回答，「我對不會再離開這艘船的人是沒有祕密的。」

我沒有理會他的弦外之音，只等著他說下去。

「教授先生，」他對我說，「是自然學家的一個簡單理論，引導我尋得這條只有我一人知情的通道。我注意到紅海和地中海有些魚種完全相同，如海鰻、鯧魚、扁鰺、鱸魚、麗魚、飛魚。確認這個事實後，我就想這兩片海之間是不是有相通處。若有，因水位高低差，地下的海水勢必從紅海流向地中海。於是，我在蘇伊士附近捕捉了大量的魚，在魚尾套了銅環後放回海中。幾個月後，我在敘利亞沿岸捕到幾條裝了銅環的魚，證實兩海的確相通。我駕著鸚鵡螺號尋找，最後總算發現了通道。教授先生，你不久後也將穿過這條阿拉伯隧道！」

05 阿拉伯隧道

這一天，我把與船長的對話重述給顧問和尼德蘭，這兩人立即顯示極大的興趣。聽聞兩天後會抵達地中海，顧問忍不住拍手叫好，但加拿大人只是聳聳肩。

「海底隧道！」他叫嚷著，「兩海相通！從沒聽過這種事！」

「尼德兄，」顧問回話，「你以前聽過鸚鵡螺號嗎？沒有！但不也存在嗎？所以，別在那聳肩了，也別因為自己沒聽過就一味否定。」

「就等著瞧吧！」尼德蘭搖著頭反駁，「反正，我可是巴不得能相信船長，相信通道真的存在，老天保佑我們真能順利抵達地中海。」

當晚，鸚鵡螺號浮上海面，座標是北緯二十一度三十分，逐漸駛近阿拉伯海岸。我看見吉達城，這座城市是埃及、敘利亞、土耳其和印度之間的貿易重鎮。城裡的建築清晰可見，堤岸邊停滿了船隻，有些大船因為吃水太深，只得停泊在離岸。夕陽餘暉映照在城市的屋宇之上，純白外牆顯得特別搶眼。城外，幾間木板和蘆葦搭成的小屋說明這一帶是貝都因人的居住區。

不久後，吉達城便沒入暮色之中，鸚鵡螺號也潛入了閃著淡淡磷光的海底。

翌日，二月十日，海面上迎面開來好幾艘船，鸚鵡螺號只能潛水而行，直至中午為了測定方位，才浮起至吃水線高度時，又只剩下我們了。

尼德和顧問陪我坐在平台上，東海岸水霧繚繞。

我們靠在小艇上聊天，尼德蘭突然伸手指向海上某處，對我說：

「教授，你看到那裡有個東西了嗎？」

幾間木板和蘆葦搭成的小屋。

「沒有，尼德，」我答道，「可是你也知道，我的視力沒有你那麼好。

「仔細看一下，」尼德又說，「就在那裡，右舷前方，船燈照射的方向！你沒看到一團東西在動嗎？」

「的確，」我定睛一看後說，「水面上有個黑色長形的東西，」

「難道是另一艘鸚鵡螺號？」顧問說。

「不是，」加拿大人回應，「要麼就是我看走眼，不然就是某種海洋生物的尾巴。」

「紅海有鯨魚嗎？」顧問問道。

「有啊，小子，」我回答，「偶爾會看到。」

「絕對不是鯨魚，」尼德蘭目不轉睛的望著該物體，「我和鯨魚是老朋友了，不可能認錯。」

「再等等，」顧問說，「鸚鵡螺號正朝那個方向開去，答案很快就會揭曉了。」

他說的沒錯，這黑色物體只離我們一浬遠，很像一顆擱在海裡的大礁石。會是什麼呢？我一時說不上來。

「噢！動了！動了！」尼德蘭大叫，「見鬼了！是什麼動物啊？牠沒有分岔的魚尾，不是鬚鯨或抹香鯨，而且魚鰭又長得好像被截斷似的。」

「這麼說來……」我琢磨著。

「哇，」加拿大人又叫，「翻過來了，牠有乳房！」

「是人魚！」顧問驚呼，「先生請見諒，那是貨真價實的人魚！」

人魚這兩個字倒是給了我靈感，我想起了某種海洋生物，神話中的確把這種生物美化成半人半魚的美人魚。

「不，」我對顧問說，「不是人魚，是一種特殊的生物，紅海尚存幾條的儒艮。」

你看到那裡有個東西了嗎？

「海牛目、魚形科、胎盤哺乳類、哺乳綱、脊索動物門。」顧問馬上反應過來。

經他這麼說明，我就不必再多作解釋了。

尼德蘭還盯著目標不放。一看到這類動物，他就一副垂涎欲滴的模樣，手上似乎已備妥魚叉，想必是等待時機成熟，立刻跳入海裡進攻。

「天啊！先生，」他情緒激動得聲音都在發抖，「我還沒殺過這『東西』呢。」

這句話道盡了捕鯨人的心思。

這時，尼莫船長也來了，一看到那隻儒艮，便明白了加拿大人心之所想，直言：

「蘭師傅，要是你手上有把魚叉，絕對是手癢難耐吧？」

「來日若你重操舊業，能在捕獲過的生物名單加上這一筆，應該是很開心的吧？」

「肯定開心。」

「如你所言。」

「那好！不妨試試。」

「多謝。」尼德蘭眼睛發亮。

「不過，」船長又說，「為了你好，最好別失手。」

「儒艮很危險嗎？」儘管加拿大人聳著肩，我還是問了。

「對，有時候很危險，」船長答道，「這種動物受到攻擊時會反擊，並把漁船撞翻。但對蘭師傅來說，這點危險沒什麼好怕的。我這麼提醒，只是因為儒艮的肉質實在是公認的美味，我知道蘭師傅應該會想來上幾塊。」

「噢！」加拿大人驚呼，「原來這東西還是上等好肉。」

「是的，蘭師傅。他的肉質受饕客喜愛，在馬來西亞，這種肉只有王公貴族才能享用。因此人們濫捕這種珍奇的動物，就和海牛一樣，已經越來越稀少了。」

「不過，船長先生，」顧問嚴肅的說，「如果這是世界上最後一隻儒艮，為學術考量，不是應該善加保護才對嗎？」

「或許吧，」加拿大人回應，「但為食物考量，還是去獵捕比較好。」

這時，平台上來了七名船員，全都是一貫的沉默與冷淡，其中一人帶著魚叉和類似捕鯨人使用的釣索。他們鬆開了小艇，把它從凹槽裡拉出，推入大海。六位划槳手就定位，最後一位是艇長，負責掌舵，尼德、顧問和我坐在小艇後方。

「船長，你不來嗎？」我問。

「不了，先生，祝各位打獵愉快。」

六個划槳手齊力讓小艇駛離鸚鵡螺號，接著便往幾鏈外的儒艮方位快速前進。

到了距離不遠處，小艇放慢速度，船槳無聲無息，輕輕撥動著平靜的海水。尼德蘭手持魚叉站上船頭。捕鯨用的魚叉通常綁著一條長繩，當受傷的動物帶著魚叉逃竄時才能放開。眼前這繩索約有十幾英尋長，另一端繫在一個浮於水面的小桶子，到時可藉此追蹤儒艮在水面下的行蹤。

我起身觀察加拿大人的對手。儒艮形似海牛，長橢圓形身軀拖著一條長尾巴，側鰭狀如指節，與海牛不同之處在於，牠的上顎有兩顆又長又利的尖牙，可以防禦兩側。

這頭儒艮體型龐大，身長至少七公尺，牠浮在水面一動也不動，似乎睡著了，獵捕起來應該容易許多。

小艇悄悄逼近儒艮，直到距離三英尋左右，槳已全數掛上槳座。我半蹲著，尼德蘭身子微微向後仰，熟練的拋出魚叉。

突然響起一陣嘶鳴，儒艮不見了，死勁甩出的魚叉也許只是打了個水漂。

「天殺的！」加拿大人怒喊，「失手了！」

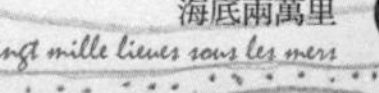

「不，」我說，「牠受傷了，這裡有血跡，只是沒刺進牠身體而已。」

「我的魚叉！我的魚叉！」尼德蘭大呼小叫。」

船員們拿起槳划了起來，艇長指揮小艇往浮桶的方向划去。魚叉收了上來，小艇便開始追捕獵物。

儒艮不時浮出海面換氣，傷口一點也不影響牠的行動力，游速依然飛快。幾個壯士猛力划槳，急起直追，好幾次都幾乎追上，加拿大人也隨時準備出擊，但儒艮也不好對付，好幾次冷不防潛水逃離，叫人無從下手。

尼德蘭性情火爆，此時的憤怒可想而知，嘴裡祭出各種英語中最惡毒的髒話。而我呢，只是看到儒艮一再識破我們的詭計，對此感到有點氣憤而已。

這場追逐戰持續了一個小時，我幾乎要氣餒了。結果這海獸似乎起了個不太恰當的念頭，將會令牠後悔莫及。牠竟轉過身，向小艇發動攻擊。

這舉動可逃不過加拿大人的法眼。

「注意囉！」他說。

舵手用奇怪的語言交代了幾句，想必是讓所有人提高警覺。

儒艮在離小艇二十尺的地方停了下來，突然張開鼻吻上方的大鼻孔深吸一口氣，接著，便朝我們奮力撲來。

小艇躲避不及，船身半倒，灌進了一、兩噸的海水，必須盡快排出。幸虧舵手反應夠快，避開了正面攻擊，只有側身遭撞，並未翻覆。尼德蘭緊抓住船頭，一手用魚叉拚命往海獸身上亂刺。儒艮咬住小艇邊緣，像獅子獵捕小鹿一般，高高抬起小艇。大家東倒西歪，互相推擠交疊，若不是加拿大人堅持進攻，直至刺中海獸心臟，這場混戰還不知如何收場。

我聽見利牙咬住鋼板的吱嘎聲，接著儒艮便和魚叉一起失去了蹤影，沒多久，小桶浮上水

儒艮朝我們奮力撲來。

面，儒艮的屍體也仰面浮出。小艇趕上前去，綁上拖繩，將牠拉回鸚鵡螺號。

這頭儒艮重達五千公斤，必須用起重滑輪才能吊上來。加拿大人堅持觀看每一個細節，船員於是當著他的面把儒艮大卸八塊。當天晚餐時，侍僕給我送來幾片船上大廚精心烹調的儒艮肉，味道的確不錯，雖然比不上牛排，卻勝過小牛肉。

隔天，二月十一日，鸚鵡螺號的配膳室又添了一道鮮美的野味。一群燕鷗飛落鸚鵡螺號，黑喙灰頭，頭帶斑紋，眼繞白點，背上、翅膀和尾巴帶淡灰，腹頸泛白，紅爪，是埃及特有的鷗嘴燕鷗。

鸚鵡螺號這時的航速緩慢，就像在海面上隨興閒步。我發現，隨著越來越接近蘇伊士，紅海的水逐漸變得沒那麼鹹。

傍晚五點左右，北邊的穆罕默德角出現在眼前。這座海岬位於佩特拉阿拉伯的末端，正好介於蘇伊士灣和亞喀巴灣之間。

稍後，鸚鵡螺號開進了通往蘇伊士灣的朱拜爾海峽。我看到一座高山，雄踞兩個海灣間的穆罕默德角之上。這座山是何烈山，又稱西奈山，山頂即是摩西與上帝會面之處，在人們的想像中，那裡終年閃電環繞。

晚間六點，鸚鵡螺號時而浮出水面，時而潛入水底，經過了坐落在海灣內的圖爾城，這一處的水色果然如船長先前所說變得赤紅。夜色降臨，一片沉寂間只聽見幾聲鵜鶘和夜鳥的啼鳴，還有大浪拍擊岩石和遠處輪船槳片打在水面的聲響。

八點至九點間，鸚鵡螺號一直在水下幾公尺深度航行，照我的計算，應該離蘇伊士非常近了。透過大廳的觀景窗，可以看到岩層底部被鸚鵡螺號的電光照得通明，海峽似乎變得越來越狹窄了。

九點一刻，船體浮出海面，我登上平台，因為迫不及待想穿越尼莫船長所說的隧道，坐立

難安，才打算呼吸點夜間清新的空氣。

不久後，我在一浬外的夜色中看見一盞燈火，由於霧色朦朧，光線顯得慘白。

「是警示浮燈。」背後有人說。

我轉身看到尼莫船長。

「那是蘇伊士河的信號燈，」他解釋，「我們就快到隧道口了。」

「應該不好進入吧？」

「是的，先生，所以我通常會親自到駕駛艙指揮船隻。現在請你下去吧，鸚鵡螺號要潛入水中了，穿過阿拉伯隧道後才會再浮上海面。」

我隨尼莫船長進到艙內，蓋板立即關上，儲水槽也灌滿了水，船身下潛十多公尺。

正當我準備回房時，尼莫船長卻叫住了我。

「教授，」他對我說，「要不要隨我一起去駕駛艙？」

「求之不得。」我答道。

「那就來吧！這一趟航程中，可以同時飽覽海底和地底風光。」

尼莫船長領我走向中央樓梯，至樓層中間時，他打開一扇門，沿著上層通道走進駕駛艙。先前也曾提過，駕駛艙的位置就在平台的另一端。

這間艙房每邊約六尺長，類似密西西比或哈德遜河上的輪船駕駛艙，房間中央有一個直立的舵輪，操縱桿會帶動齒輪運轉，並牽動鸚鵡螺號後方的舵鏈。四面艙壁都裝了透鏡玻璃，舵手可以輕易觀察四面八方的情況。

艙內很暗，但我很快就適應了。舵手是一名壯漢，手扶輪緣掌舵。駕駛艙後方平台尾端的探照燈把整片海水照得分外明亮。

「現在，」尼莫船長說，「我們來找通道吧！」

駕駛艙與機房之間有幾條電線相連，船長能同時指示鸚鵡螺號的前進方向與行動。只要按下金屬按鈕，螺旋槳便可立即減速。

我默默看著船身沿一道陡峭的高牆前進，下方是整片堅實的沙岸。我們與牆面保持幾公尺的距離，前進了一個小時。尼莫船長一直留意著掛在艙內的羅盤，兩個同心圓指示著方位。只要一個手勢，舵手便會立即改變行駛方向。

我倚靠在左側窗邊，窗外的珊瑚、植形動物、海藻和揮舞著大螯、探出岩穴的甲殼動物，美景目不暇給。

十點一刻，尼莫船長接過船舵，親自駕駛。眼前是一道又寬又黑又深的長廊。鸚鵡螺號義無反顧的鑽了進去，船側傳來不尋常的聲響，是紅海流經隧道斜坡，朝地中海奔流的聲音。鸚鵡螺號的螺旋槳奮力抵抗著波濤，幸虧順著水流前行，船速仍舊快如飛箭。

在高速行駛下，船身的電光在通道兩側的高牆上劃出閃亮的畫痕、筆直的線條和火光的痕跡。我捂著胸口，心跳急速上升。

十點三十五分，尼莫船長鬆開舵輪，轉過身對我說：

「地中海。」

不到二十分鐘的時間，鸚鵡螺號已順著水流穿越了蘇伊士地峽。

©Wikimedia commons

尼莫船長接過船舵，親自駕駛。

06 希臘群島

隔天，二月十二日一早，鸚鵡螺號浮出水面，我趕緊登上平台，看見南方三浬遠的地方出現佩魯西翁城模糊的輪廓。急流把我們送到了另一片海域，順流往下輕而易舉，但要逆流而上可就難了。

七點左右，尼德和顧問也來到平台上，這兩個形影不離的兄弟倒是睡了個好覺，對鸚鵡螺號的壯舉渾然不覺。

「好了，大自然學家，」加拿大人語帶嘲諷，「地中海在哪？」

「尼德兄，我們就浮在地中海上。」

「什麼！」顧問大叫，「昨天夜裡嗎？」

「是的，昨夜，幾分鐘就穿過了那個無法穿越的地峽。」

「我才不信。」加拿大人回答。

「那你可就錯了，蘭師傅，」我又說，「南方那道地勢很低的弧形海岸就是埃及。」

「少來了，先生。」加拿大人十分固執。

「先生既然那麼肯定，」顧問好言相勸，「就應該相信他。」

「而且，尼德，尼莫船長親自駕駛鸚鵡螺號穿過那狹窄通道時，我就在他身邊。他讓我待在駕駛艙裡觀賞這條隧道。」

「尼德，你聽到了嗎？」顧問說。

「尼德，你的眼睛那麼厲害，何不親自去瞧瞧賽德港那伸向大海的長堤。」

加拿大人認真看了一會兒。

「大教授，你說的沒錯，貴船長還真是號人物。我們的確是到地中海了。好，那現在也該談談我們那件小事了，但得在別人聽不到的地方談。」

我很清楚加拿大人想談什麼，反正想談就談吧。於是，我們三人一起到船燈旁坐了下來，至少不會被浪花濺濕。

「好了，尼德，我聽著呢，」我說，「你想說什麼？」

「我想說的很簡單，」加拿大人回答，「我們已經到歐洲了，趁尼莫船長還沒心血來潮把我們帶到兩極或大洋洲前，我要求離開鸚鵡螺號。」

我承認每回跟加拿大人聊這件事都會感到為難。我一點也不想妨礙夥伴追求自由，卻也不想離開尼莫船長。多虧了他和他的船，我的海底研究才能日臻完善，甚至可以利用他的這些設備修改我那關於海底的著述。未來還有可能找到這樣的機會探索海洋奇觀嗎？不，肯定找不到！所以完成環球考察之前，我絕不可能有離開鸚鵡螺號的念頭。

「尼德兄，」我說，「老實說，你是厭倦船上的生活了嗎？你覺得命運把你丟到尼莫船長手中是件倒楣的事嗎？」

加拿大人沉默了幾秒才把雙臂交叉在胸前回答：

「說真的，我一點也不後悔來這一趟海底之旅，相反的，我很高興完成這件事。但要完成，首先得有個終點。這就是我的想法。」

「尼德，會有終點的。」

「何時？何地？」

「何地？我不知道。何時？我也說不出來，不如這麼說吧，當海洋已經沒有東西可以教我們的時候，就是終點了。有始必有終。」

「我同意先生的話，」顧問答，「很可能跑遍全球海洋後，尼莫船長就會放手讓我們遠走高飛了。」

「飛！」加拿大人高聲說，「你的飛是什麼意思？」

「蘭師傅，我們不說大話，」我接話，「雖說不必害怕船長對我們不利，但我也不同意顧問的想法。我們掌握了鸚鵡螺號的祕密，很難指望船長還我們自由，帶著這些祕密在世界上四處跑。」

「那還能指望什麼？」加拿大人問。

「指望出現可利用、也必須利用的機會，而這種機會六個月以後會再出現。」

「是啦！」尼德蘭說，「大自然學家，你知道六個月以後我們會在哪裡嗎？」

「也許還在此地，也許是中國。你也知道鸚鵡螺號的船速很快，穿越海洋就跟燕子飛越天際，或是特快車穿梭陸地一樣。而且，它也不怕在繁忙的海域航行，誰敢說它不會再往法國、德國或美洲去？到了那些地方，不就和現在一樣有逃跑的機會？」

「阿宏納先生，」加拿大人又回答，「你的論點犯了個很基礎的錯誤，你談的是未來：『我們會在那裡！我們會在這裡！』可我談的是現在式：『我們已經在這裡了，必須把握良機。』」

尼德蘭拿邏輯壓我，我無法反駁，想不出更有利的論據來支持我的論點了。

「先生，」尼德接著說，「假設，只是假設，畢竟不大可能成真，假設尼莫船長今天就還你自由，你會接受嗎？」

「不知道。」我回答。

「那如果他又說這個機會只限今天，以後就沒有了，你會接受嗎？」

我沒回答。

「那你呢？顧問兄，你怎麼想？」尼德蘭問。

「顧問兄啊，」這老實的孩子淡定回答，「顧問兄沒什麼好說的。他對這個問題不感興趣，他跟他的主人和好友尼德一樣，都是單身漢。家鄉沒有家室，沒有父母也沒有孩子等待。他全心為先生服務，心之所想、口之所言都和先生同調。非常遺憾，但不能算他一票，現在只有兩位，一邊是先生，另一邊是尼德蘭。也就是說，顧問兄只管聽，也會做好準備給二位打分數。」

聽到顧問說出這番與他本人個性如此不相符的話，我實在忍不住笑了出來，其實，加拿大人應該高興他沒有直接反對自己才對。

「那麼，先生，」尼德蘭說，「既然顧問不參與，那就我們倆自己討論吧。我已經說了我的看法，你也聽到了，你怎麼看呢？」

勢必得下結論了，反正我也受夠一直找藉口推託。

「尼德兄，」我說，「我的看法如下，你大可以反駁，我的論點對上你的也站不住腳。我們不可能期待尼莫船長大發慈悲，他如果還有一點謹慎，就不可能還我們自由。而對我們來說，也該謹慎評估離開鸚鵡螺號的機會。」

「很好，阿宏納先生，你這話有理。」

「只是，」我說，「有件事，就那麼一件事必須注意：必須等到時機成熟。一旦開始逃跑，就必須一舉成功。畢竟萬一失敗了，我們就不會再有機會了，尼莫船長也不會原諒我們。」

「我同意，」加拿大人回答，「但這一點適用於所有的脫逃機會，兩年後或兩天後都是一樣的。所以，問題依然在於：良機出現時，就該立刻把握。」

「好，那麼尼德，現在，請你告訴我，你說的良機是什麼？」

「鸚鵡螺號離歐洲海岸不遠時，某個昏黑的夜晚。」

「你打算游泳逃走？」

「對，如果我們離岸邊夠近，船又浮在水面的話。萬一離得太遠，或是潛在水底航行，就不能這麼做。」

「那該怎麼做？」

「在這種情況下，我就偷走小艇。我知道怎麼操作，我們爬進去，鬆開螺栓，小艇就會浮到水面。舵手人在船頭，不會發覺我們逃走。」

「好，尼德，那我們伺機而動吧。但千萬別忘了，走錯一步就會全盤皆輸。」

「銘記在心。」

「現在，尼德，願意聽聽我對你這個計畫的想法嗎？」

「洗耳恭聽。」

「好，我在想——不是我希望，而是我在想——我們不會有這樣的機會。」

「怎麼說？」

「因為尼莫船長不可能沒有察覺我們仍未放棄重獲自由的希望。因此，他一定會提防我們，尤其是行駛在看得見歐洲沿岸的海域時。」

「我同意先生的意見。」顧問說。

「到時候就知道了。」尼德蘭堅定的搖了搖頭。

「那麼，尼德蘭，」我又說，「討論到此為止，以後別再提這件事了。等到你準備好的那一天，通知我們一聲，我們就跟你走，到時候就全靠你了。」

這段談話是結束了，但接下來發生的事才嚴重。如我所料，事實令加拿大人大失所望。在這片繁忙的海域航行時，鸚鵡螺號總是離岸邊很遠，而且經常只露出駕駛艙，或是潛入深海。在希臘群島與小亞細亞間，就算深潛兩千公尺，仍舊見不到海底。這究竟是提防我們，還是純粹想避開各國無數往來於地中海的船隻？不得而知。

因此，我也無法親眼看到斯波拉提群島的卡帕索斯島身影。只能憑尼莫船長指著地圖上的

某個點，以及他朗誦的那段拉丁詩人維吉爾所寫的詩句想像：

涅普頓掌管的卡帕索斯島上，
住著蔚藍的先知波帝斯……

這裡的確是海神涅普頓的老牧人波帝斯的故居，如今名為卡帕索斯，位於羅德島和克里特島之間。從大廳觀景窗望出去，只能瞧見該島的花崗岩基底。

隔天，二月十四日，我決定花幾個小時研究這一帶的魚類，但不知什麼緣故，壁板一直緊閉著。測定鸚鵡螺號航向時，我發現它正往坎地亞，即今日的克里特島前進。當初踏上林肯號時，這座島剛爆發大規模暴動，群起反抗土耳其的專制統治，後來的結果如何，我一無所知。尼莫船長與陸地隔絕，自然也不可能有更多資訊了。

因此，當晚我和他在大廳內獨處時也沒有提起此事。再說，那一晚他似乎心事重重，特別沉默。接著又一反常態，下令開啟客廳兩道壁板，來來回回查看情況。他想做什麼？我完全猜不透，所以我索性把握機會研究游過眼前的魚類。

眾多魚群間，我注意到亞里斯多德提過、俗稱「海泥鰍」的鰕虎魚，這種魚常見於尼羅河三角洲附近的鹹海水域。伴游在牠們身旁的是半含磷光的赤鯛，這是大西洋鯛的一種，埃及人視之為神聖動物，只要牠們光臨河川，必定會五穀豐收，人們也會舉行宗教盛典慶祝。除此之外，我也看到身長三十公分的唇魚，牠們是一種硬骨魚、透明鱗片、身體青灰並帶紅斑，以水草為食，食量很大，肉質鮮美，備受古羅馬美食家的青睞。這種魚的內臟搭配海鱔魚、孔雀腦和紅鸛舌，便是一道羅馬皇帝維特里烏斯念念不忘的佳餚。

另一種吸引我目光，讓我頓生懷古情思的海洋居民是鮣魚。這種魚會貼著鯊魚腹部游泳，

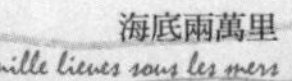

據古人所述，這種小魚若貼附在船底，會阻礙船隻前進。亞克興角戰役中，安東尼的戰艦就是被這種魚拖累，奧古斯都才得以輕易取勝，從此決定了一個國家的命運！此外，我還觀察了那些迷人的花鱸，此魚屬笛鯛目，希臘人視為聖魚，認為牠們具有神力，能趕離海怪。而且牠們的外形正如其名，色澤豔麗，從玫瑰紅到寶石紅，包攬所有紅色也域，背鰭閃動，奇光幻現。此處的奇觀美景目不暇給，直到一個不速之客突然冒了出來。

水裡出現一名男子，是個潛水夫，腰間繫著皮囊，他不是被拋入海中的屍體，而是個活生生、正使勁游泳的人。他時不時就消失在水面換氣，接著立刻潛回水下。

我轉向尼莫船長，激動大喊：

「有人！他落水了！無論如何都得救他！」

船長未答腔，逕自走向玻璃窗。

男子湊上前，臉貼著窗，雙眼盯著我們。

更令我震驚的是，尼莫船長竟跟對方打了招呼。那名潛水夫也揮了揮手回應，隨即游向海面，未再現身。

「別擔心，」船長對我說，「他叫尼古拉，來自馬塔潘角，綽號*Pesce*，拉丁文『魚』的意思。在基克拉澤斯群島這一帶很有名，是個勇氣十足的潛水夫！水是他身體的一部分，他在水裡的時間遠多於陸地，能從這座島游到另一座，一路游至克里特島也沒問題。」

「船長，你認識他嗎？」

「為什麼不認識？」

話一說完，尼莫船長走向客廳左側壁板旁的櫥櫃。櫥櫃邊有個鐵箱，箱蓋上的銅片刻著鸚鵡螺號的縮寫N，還有那句名言*Mobilis in mobile*。

這時，船長無視我還在場，竟大方打開了那櫥櫃，原來這是個保險櫃，裡面放了大量的金

「有人！他落水了！」

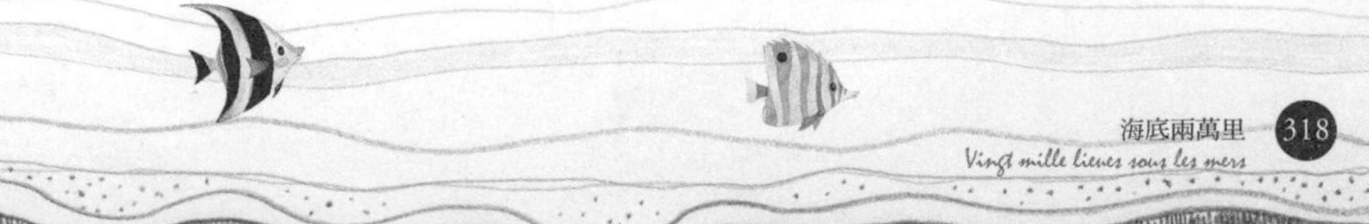

屬塊。

是金條。這些昂貴金屬是從哪裡來的？船長自何處取得黃金，又打算拿來做什麼？

我默默看著，不發一語。尼莫船長取出金條，一塊塊放入鐵箱，疊好裝滿。我目測那些金條應該超過一千公斤，等於近五百萬法郎。

確實封好鐵箱後，船長在上面寫上地址，看起來可能是當代希臘文。

弄妥後，船長按了一下電鈕與值班室的船員聯絡。一會兒來了四個男人，費力將箱子推出客廳，接著，我聽到他們以滑輪把箱子吊上鐵梯的聲音。

這時，尼莫船長才轉向我說：

「教授，你剛才說什麼？」

「船長，我什麼也沒說。」

「那麼，先生，請容我道聲晚安。」

說著，尼莫船長便離開了大廳。

可想而知，我心裡充滿了多少困惑。我回到房裡試著入睡，但怎麼也睡不著，一心想釐清潛水夫和那滿箱黃金的關係。沒多久，我感覺到船身橫晃一下，鸚鵡螺號浮出了水面。接著，我又聽到平台上傳來腳步聲，我知道有人解開了小艇，放入海中。小艇與船側碰了一下，之後就再無聲息。

兩小時後，同樣的聲音再度響起，腳步聲照樣來回。小艇被吊上船，停回凹槽中，鸚鵡螺號再度潛入水裡。

就這樣，價值好幾百萬的黃金被送到某個指定地點了。是在陸地上的哪裡呢？尼莫船長聯繫的對象又是誰？

隔天，我把這件令我無比好奇的事告訴顧問和加拿大人，我那兩位朋友聽完後也一樣驚

©Wikimedia commons

船長打開櫥櫃。

訝。

「這幾百萬黃金是從哪裡來的？」尼德蘭問。

這個問題，我也沒有答案。午飯後，我回到大廳伏案工作，寫筆記寫到傍晚五點，我突然覺得悶熱難耐（也許跟我的心態有關），便脫下足絲外套。奇怪的是，我們並不是在低緯度地區，而且鸚鵡螺號已潛入水中，溫度不該升高。我看了一眼流體壓力計，上頭標示水深六十尺，大氣溫度再怎麼高，也不至於影響到這個深度的海水。

我回到案上工作，可是溫度卻不斷上升，令人難耐。

「難不成是船著火了？」我心想。

我正準備離開大廳時，尼莫船長進來了。他走向溫度計查看，接著對我說：

「四十二度。」

「我看到了，」我回答，「再升高的話，哪怕只是一點，大家都會受不了的。」

「噢！教授，除非我們想要，不然不會更熱了。」

「所以你也可以調整溫度？」

「不行，但我可以遠離熱源。」

「所以是外來的熱源嗎？」

「是的。我們在沸水中航行。」

「有可能嗎？」我驚呼。

「請看。」

壁板開了，鸚鵡螺號周圍的海水一片亮白，一股股含硫的蒸氣在水浪間翻滾，像鍋爐般沸騰。我伸手摸了玻璃窗，高溫逼得我趕緊縮手。

「我們到哪裡了？」我問。

「聖托里尼島附近，」船長回答，「更精確的說，是位於內亞卡梅尼島和佩里亞卡梅尼島間的水道。我想讓你看看海底火山爆發的奇觀。」

「我以為這些島嶼的生成運動早已結束了。」

「火山帶的運動是不會停止的，」尼莫船長回答，「地下火從沒停過，根據卡西德魯斯[1]和普林尼的論述，西元十九年時，這些島嶼生成之處有座名為忒伊亞女神的新島，後來沉入海中，西元六十九年曾浮出海面，而後再度沉沒，自此，海底地層活動暫停。直到一八六六年二月三日，一座名為喬治亞的小島在內亞卡梅尼島附近浮出，並在同月六日與其相連。七天後，也就是二月十三日，阿弗艾薩島生成，與內亞卡梅尼島相隔十公尺。造島發生時，我正好在這一帶水域活動，有幸目睹了整個過程。阿弗艾薩島呈圓形，直徑三百尺、高三十尺，主要由黑色玻璃質熔岩和些許長石質碎片組成。最後，三月十日，內亞卡梅尼島旁又冒出一座較小的島嶼，名為雷卡，此後，這三座小島又連成了一片。」

「那我們目前所在的水道是？」我問。

「就在這裡，」尼莫船長拿出一份群島地圖指給我看，「你看我把新島的名字都加上去了。」

「這麼說，這一條水道總有一天也會填平？」

「有可能，因為自一八六六年以來，在佩里亞卡梅尼島的聖尼古拉港對面，已經冒出了八個熔岩小島了。顯然內亞和佩里亞兩島正在逐步合併。若說太平洋海域的陸地是纖毛蟲造成，那麼這裡擔此重任的就是熔岩了。先生，請看，看那造島活動還在海底進行著呢。」

我回到玻璃窗前，鸚鵡螺號停止前進。溫度高到叫人無法忍受，海水顏色因富含鐵鹽，由白轉紅，儘管我們處在密閉的大廳內，還是聞得到嗆人的硫磺味。我看到窗外烈焰逼人，幾乎蓋過了船身的電光。

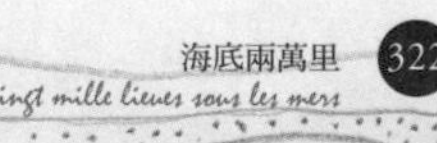

我滿身是汗，喘不過氣，就要煮熟了。沒錯，就是被蒸煮的感覺！

「這水太燙，不能再待下去了。」我對船長說。

「的確，再待下去就不妙了。」尼莫船長冷靜的回答。

船長一聲令下，鸚鵡螺號便掉頭遠離這座大火爐，要是我們硬闖，勢必難以全身而退。一刻鐘後，我們浮到了水面上換氣。

我想到，尼德若選擇這一帶海域執行逃脫計畫，我們斷難活著離開這火海。

隔天，二月十六日，我們離開了位於羅德島和亞歷山大港之間深達三百公尺的海域，鸚鵡螺號沿著基西拉島，繞過馬塔潘角，揮別了希臘群島。

---

1 卡西德魯斯（Cassiodorus, 477-570）：古羅馬歷史學家。

07 地中海四十八小時

地中海，蔚藍的海，希伯來人心中的「大海」，希臘人稱之為「海」，羅馬人則喚「我們的海」，沿岸長滿了柑橘、蘆薈、仙人掌和海松，到處瀰漫著香桃木的芬芳。群山峻嶺環繞，空氣純淨清新，但地底火山動作不斷，果然是海神涅普頓和冥王普魯托爭奪世界帝國的戰場。史學家米榭勒曾言，就是在這片海域上，人們面臨地球上最嚴竣的氣候。

但這片面積達兩百萬平方公里的海域景色雖美，我也只能匆匆一瞥。而且尼莫船長在這段速度極快的航程中一次也沒露臉，我也因此無法得知這位神祕人士對這片海的獨到見解。我估計鸚鵡螺號得潛海航行六百里格，費時四十八小時才能橫渡地中海。二月十六日我們離開了希臘海域，十八日太陽升起時，我們已經通過直布羅陀海峽了。

我心裡很清楚，尼莫船長不喜歡被陸地包圍的地中海，急欲逃離。這裡的海、這裡的浪一定給他帶來太多回憶，或太多遺憾。海洋賦予他的自在於此蕩然無存，被歐洲和非洲海岸包夾的鸚鵡螺號肯定也感到十分鬱卒。

因此，我們的時速高達二十五浬，也就是十二里格。尼德蘭的無奈不用說也知道，在每秒航行十二至十三公尺的高速下，他根本無法駕走小艇，只得放棄逃跑計畫。硬挑此刻離開鸚鵡螺號，無疑是從飛馳的火車往外跳，實在過於魯莽。更何況，船隻只在夜間浮上海面換氣，其餘時間全靠羅盤定位及計程儀測速。

所以，地中海風光有如特快車上的旅客所見，只見遠處的天際線，近景卻稍縱即逝。但顧問和我還是觀賞到了幾種地中海魚類，牠們強而有力的魚鰭能跟上鸚鵡螺號一陣子。我們一直

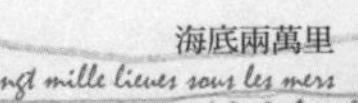

待在大廳觀景窗前觀察，我可以根據當時寫下的筆記重述這片海域的魚類。

地中海魚類品種繁多，有些瞧得很清楚，有的只是晃眼而過，還有些因為船速過快，根本來不及記錄。所以我只能即興分類，才跟得上快速的驚鴻一瞥。

探照燈把海水照得通明，在水流間可以看到幾隻身長一公尺，幾乎能生活在各種氣候的七鰓鰻蛇行游過；一種尖吻鰩魚，五尺寬，白腹，背部灰白帶斑，順流而游時宛如一條大披肩；其他鰩魚游速太快，我無法確認是否為希臘人口中的鷹魚，或是當今漁夫戲稱的老鼠魚、蟾蜍魚或蝙蝠魚；而身長十二尺，潛水員聞之喪膽的白斑角鯊正競速前進；還有八尺長的長尾鯊，牠們嗅覺靈敏，集體行動時有如一大片灰藍色的影子；鯛屬下的一種劍魚，有些長達一百三十公分，身著金藍衣裝，飾有帶紋，在深色魚鰭的襯托下更顯亮眼，其眉骨鑲有金邊，彷彿為了美神維納斯而生。牠們是很珍貴的魚種，能適應淡水、鹹水、河川、湖泊、海洋等各類水域，也能在各種氣候和溫度中生存，祖先可上溯至地球的遠古時期，美貌至今依舊；還有一種漂亮的鱘魚，身長九至十公尺，游速極快，不時會以強壯魚尾撞擊船內的玻璃窗，露出布滿棕色小點的灰藍背部。這種魚形似鯊魚，但力氣較小，各大洋皆可見到牠們的蹤跡。春天時，牠們喜歡溯河而上，在窩瓦河、多瑙河、波河、萊茵河、羅亞爾河、奧德河等流域力爭上游，以鯡魚、鯖魚、鮭魚和鱈魚為食。牠們雖然是軟骨魚綱，但肉質鮮美，可以生吃，也可以曬成魚乾或抹鹽醃製，古羅馬人還曾當作貢品，送上盧克拉斯將軍的餐桌慶功。

由於鸚鵡螺號貼近海面行駛，因此地中海諸多魚類中，我觀察最為透澈的是硬骨魚第六十三屬。也就是背呈藍黑，腹為銀色，還帶著微閃金光的鯖科鮪魚，牠們熱愛隨船而行，以此聞名，這麼做的用意是在熱帶豔陽下尋找涼爽的陰影。牠們隨著鸚鵡螺號前進，正如過去相伴於拉彼魯茲的艦隊，一走便是數個小時，甚至與我們競速前進。這些生物百看不膩，牠們是天生的跑者，頭部小、表皮光滑、體似紡錘，有些身長超過三公尺，具有強健的胸鰭與分岔的尾鰭，

©Wikimedia commons

探照燈把海水照得通明。

游動時會像某些鳥群一樣，排成三角隊形，而且速度毫不遜色，古人認為牠們應該熟諳幾何學和戰略學。可惜的是，牠們速度再快，也逃不過普羅旺斯人的追捕，這些人就跟普羅朋帝人[1]和義大利人一樣，把這種魚當作頂級美食，因此盲目誤闖馬賽人魚網的黑鮪魚不計其數。

接著列舉一些由我或顧問記錄的魚類，都是匆匆一瞥而已，以此紀念。包括：裸背電鰻，體色白，飄忽而過，有如一縷水蒸氣；長三至四公尺的海鰻，身體有綠藍黃三色；三尺長的鱈魚，魚肝鮮美；如海草般漂浮的鰕虎魚；一種角魚，詩人稱之為弓魚，水手則叫牠口哨魚，其鼻吻長有兩塊鋸齒狀三角形骨板，形似荷馬時代的里拉琴；燕魚，因游速快如飛鳥而得名；背鰭長有細絲的紅頭石斑；一些鰣魚，有黑、灰、棕、藍、黃、綠色的斑點，對清脆的鈴聲很敏感；色彩鮮豔、狀似鑽石的大菱鮃，又稱海雉雞，長有黃色的褐斑魚鰭，左側大多帶有棕黃大理石紋；最後是迷人的秋姑魚群，堪稱海中的天堂鳥，羅馬人甚至願意花一萬銀幣買上一條，丟在桌上觀察魚身由硃砂紅轉為蒼白的死亡過程，極為慘忍。

其他許多大西洋到地中海常見的魚種，都因為鸚鵡螺號用令人發暈的高速穿越這片漁產豐富的海域，害我無緣得見。包括：花蝶斑魚、鱗魨、河豚、海馬、麗魚、管口魚、鰯魚、烏魚、隆頭魚、香魚、飛魚、鯷魚、鯛魚、真鯛、長嘴魚，還有鰈形目的龍利魚、比目魚、黃蓋鰈、鰈魚等。

至於海洋哺乳動物，在行經亞得里亞海口時，我似乎見到兩三頭抹香鯨，都有類似的單背鰭；還有幾隻圓頭鯨屬的海豚，是地中海的特有種，頭部前方有淺色細紋；以及十幾隻海豹，白肚皮、黑皮毛，身長三公尺，長得像道明會修士而有「僧侶」的別名。

顧問覺得自己看到了一隻六尺大的海龜，背部有三道縱向突起的脊骨，可惜我無緣見到這

1 普羅朋帝（Propontide）：古海名，即現在土耳其的馬摩拉海。

地中海的動物們。

種爬行動物。根據顧問描述，我認為應是罕見的棱皮龜。我自己則只看到了長甲的蠵龜。

還有植形動物，我幸運的看到了幾眼橘色的山珊瑚，掛在左側玻璃窗外，絲絨又細又長，貌似四處分岔的樹枝，末端有如細緻花邊，即使是織女阿拉克妮的後繼者也織不出這等花色。可惜不能捕撈一些美麗的樣本。十六日晚間，若非鸚鵡螺號刻意放慢航速，恐怕也見不到其他地中海的植形動物了。當時狀況是這樣的。

我們正經過西西里和突尼西亞海岸之間的水道。卡本半島和美西拿海峽之間本來就很狹窄，海底地勢又陡然上升，形成名符其實的海脊，脊峰處水深僅十七公尺，兩側則深達一百七十公尺。鸚鵡螺號得謹慎前行，以免撞上這海底柵欄。

我給顧問看了地中海地圖，指出這道長峽的位置。

「可是，先生請見諒，」顧問表示，「這簡直就是連接歐洲和非洲的地峽。」

「是的，小子，」我回道，「它完全堵住了利比亞海峽，依史密斯的勘察，歐洲和非洲兩塊大陸從前是連在一起的，就在波也奧角（義大利）和法里納角（突尼西亞）之間。」

「我相信。」顧問說。

「再補充一點，」我又說，「直布羅陀與休達之間也有一道類似的海脊，史前時代就完全封住了地中海。」

「噢！」顧問叫道，「所以如果哪天火山爆發，這兩條屏障就會浮出海面了！」

「不太可能。」

「不是的，先生，請容我把話說完。若真的發生這種事，那雷賽布先生可要發火了，他為了鑿開地峽通道，不知遭了多少罪！」

「顧問，我同意你的話，可是我也要再重申一次，這種現象不會發生。地球生命之始，火山眾多，但如今都已一一休眠。地熱轉弱，地球內層的溫度每一世紀都在下降，這對我們的星

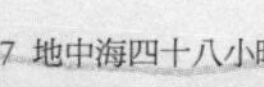

球可不是好事，地熱就是地球的生命。」

「可是，那太陽……」

「太陽是不夠的，顧問，太陽能讓屍體恢復體溫嗎？」

「我想不行。」

「所以啊，小子，地球總有一天會變成冰冷的屍體，冷卻後就無法再居住，變得跟月球一樣，失去生命般的熱力。」

「是多少世紀後的事？」顧問說。

「幾十萬年後吧，小子。」

「那好，」顧問答道，「我們還有時間完成這趟旅行，只要尼德蘭別來瞎攪和就行了！」

於是，顧問放下心繼續研究鸚鵡螺號慢速經過的這條高隆海脊。

這片火山岩地層花團錦簇，有海綿、海參、帶淺紅卷鬚並散發淡淡磷光的風船水母；散發七彩色澤的瓜水母；體寬一公尺的海百合，其一身紫紅，染紅了海水；最美的陽燧足；具有長莖的海扇；各式大量可食用的海膽；以及灰杆、褐盤的綠海葵，由暗綠觸手包圍，有如髮絲。

顧問特別用心觀察軟體動物和節肢動物，儘管詳細羅列起來有點枯燥，但我不能對不起這好孩子，漏述了他的觀察成果。

軟體動物門中，他列了大量的櫛形扇貝、層層堆疊的驢蹄海菊蛤、三角斧蛤、黃鰭透明殼的三齒玻璃螺、橘黃的無殼側鰓海蛞蝓、淺綠斑點的卵形貝、海兔螺（俗稱海兔）、海鹿、多肉紙泡螺、地中海特有的傘螺、會分泌特殊珍珠質的鮑魚、火焰扇貝、據說法國朗格多克人心中勝過生蠔的不等蛤、馬賽人視為珍寶的綴錦蛤、肥嫩白皙的雙層簾蛤、此處難得一見的美洲簾蛤（北美海域盛產這類蛤蠣，紐約的銷量很大）、五顏六色的蓋梳貝、喜歡埋入洞中的竹蟶，嚐起來有胡椒味，深得我心、外殼頂部隆起，有如突起海岸的條紋簾心蛤、渾身長滿紅色結節的刺法螺、兩端彎曲貌似貢多拉小船的龍骨螺、帶冠的費侯樂螺、螺旋狀的明螺、彷彿披著條紋頭巾的白點灰海兔、狀似小蛞蝓的蓑海牛、仰面爬行的翼足螺、耳螺和橢圓殼的勿忘草耳螺、淺褐色的梯螺、紫螺、瓜葉菊螺、石螺、片螺、海蝸牛、潘朵拉螺等。

至於節肢動物，顧問在筆記中把牠們明確分為六綱，其中三綱為海生動物，包括甲殼綱、蔓足綱和環節綱。

其中，甲殼綱又細分成九目，第一目為十足目，這一目通常頭胸相連，口腔由好幾對的顎足組成，有四至六對胸足或步足。顧問按我們的老師米奈．愛德華的分類法，把十足目分成短尾、長尾和異尾三類，名稱雖有點粗俗，卻十分精確。短尾類中，顧問所記有：以前額兩根分岔巨刺為武器的阿瑪氏蟹、尖頭蠍（不知什麼緣故，希臘人視其為智慧象徵）、馬氏與斯氏蜘蛛蟹（通常居住在深海，也許是迷路了才誤入淺灘）、扇蟹、毛刺蟹、菱蟹、粒箱蟹（顧問為這種容易消化的蟹類特別記了註）、無齒蒙面蟹、堅殼蟹、波紋蟹、絨螯蟹等。長尾類分為五科，包括硬殼科、掘足科、螯蝦科、長臂蝦科和沙蟹科，他記下的有龍蝦（母龍蝦的肉特別優質）、蝦蛄（又稱海蟬）、河蝦和各種食用蝦蟹。因為龍蝦是地中海唯一的螯蝦科生物，所以他沒有再為這一科分類。最後是異尾類，他看到一些居於殼中的蟹類、前額帶刺的人面蟹、寄居蟹，和瓷蟹等。

顧問的記錄至此，時間有限，他未能把甲殼綱動物羅列齊全，包括口足亞綱、端足亞綱、同足亞綱、等足亞綱、三葉蟲綱、鰓足亞綱、介形亞綱、切甲亞綱，而且若要完整研究海洋節肢動物，他還得再加上包含水蚤和魚蝨等蔓足綱動物，還有他已分好的環節綱管棲目、背鰓目。可惜鸚鵡螺號穿過利比亞海峽的淺灘後，又潛入水中，恢復常速，我們也就此與軟體動物、節肢動物和植形動物道別了。之後只看到了幾條大魚如黑影般掠過。

二月十六至十七日的夜裡，我們進入地中海的第二海盆，最深處可達三千公尺。鸚鵡螺號在螺旋槳的推動下，利用斜板滑行，潛入下方深水層中。

這一區缺乏天然奇景，但我見識到了更驚心動魄的場面。當時我們行經地中海船難最多的區域，從阿爾及利亞沿岸到普羅旺斯地區，不知有多少船隻葬身海底，不知有多少輪船下落不明！與太平洋的浩瀚相比，地中海只能算個湖泊，卻是喜怒無常、變幻莫測，今日可能溫柔輕撫船帆，任其徜徉碧海藍天，明日又狂風大作、短浪翻騰，以凶猛之勢將船隻撕裂。

因此，當鸚鵡螺號快速穿越此區深水時，我看到了許多海底船隻殘骸。有的已長滿珊瑚，有的則剛生出鐵鏽，船錨、砲管、砲彈、鐵件、螺旋槳葉片、機械殘塊、破汽缸、破鍋爐、或直或傾的漂浮船殼。

這些遇難船隻中，有的是因相撞沉淪、有的是觸及花崗岩而沒入，其中幾艘筆直沉沒，船桅依然挺立，船帆被海水浸得僵直，彷彿只是在寬闊的海灣中下錨，仍待命起航。鸚鵡螺號穿行其間，電光所照之處一覽無遺，船隻好像正一邊揮舞著船旗示意，一邊發送著船隻編號！哦不，這片災難現場上，只有一片死寂。

我發現，隨著鸚鵡螺號越靠近直布羅陀海峽，地中海底沉船的殘骸就疊得越高。非洲和歐洲海岸離得很近，這一處的水道狹窄，時常發生撞船事件，無數鐵製船底散落，船隻呈現奇形怪狀，或倒或立，有如海底巨獸。其中一艘的船側破裂，煙囪彎曲，機輪只剩骨架，船舵與艉柱分了家，只剩一條鐵鏈相連，後方儀表板早已遭海鹽腐蝕，慘不忍睹！該有多少人命喪其中！有多少罹難者遭海舌吞噬！不知是否有船員死裡逃生，還能重述這可怕災難的經過？或是海浪依舊保守著這個祕密？不知為何，我突然聯想到，這艘沉船或許是亞特拉斯號，二十多年前它突然失事，全船的生命與財產至今仍下落不明！唉！人類的海難史中，最慘的就是地中海底的這些了吧，萬千枯骨間，多少金銀財寶陪葬，多少生命殞落！

但鸚鵡螺號仍無動於衷，加足了馬力快速穿越這堆殘骸。二月十八日，清晨三點左右，我們已經抵達直布羅陀海峽的入口了。

©Wikimedia commons

許多海底船隻殘骸。

海克力斯神廟遺址。

入口處有兩股洋流，一股在上層，早已為人所知，正是這股水流引大西洋之水注入地中海；另一股是近日才證實存在的下層洋流。地中海的總水量因大西洋和其他河流不停注入，以及蒸發量不足以抵銷，水位應該年年上升，但實際情況並非如此，因此才有人相信下層洋流存在，認為這道洋流會經由直布羅陀海峽，將地中海多出的水引向大西洋。

事實正是如此。鸚鵡螺號正利用這股逆流快速穿越狹道。行進間，我們還瞥見海克力斯神廟遺址。根據古希臘的普林尼和亞維奴所言，神廟是和小島一起沉沒的。沒幾分鐘後，我們已經浮上大西洋海面了。

08 維哥灣

大西洋！浩瀚的洋面，面積達兩千五百萬平方浬，長九千浬，平均寬度兩千七百浬。如此廣大的海洋，在古代可能除了迦太基人外無人知悉。迦太基人實為古荷蘭人，沿著歐洲和非洲西岸進行商務貿易！大西洋海岸蜿蜒曲折，水域幅員遼闊，匯集了世上最大的河川，如聖勞倫斯河、密西西比河、亞馬遜河、拉布拉他河、奧利諾科河、尼日河、塞內加爾河、易北河、羅亞爾河、萊茵河，這些河川同時為大西洋注入了最文明與最原始區域的水源！浩瀚滄海，各國船隻往來不息，旗幟滿布，守在盡頭的是兩個航海者皆畏懼的海岬：合恩角與風暴角[1]！

鸚鵡螺號以衝角劈浪而行，三個半月來，已走了近一萬里格，比環繞地球一圈的距離還長。現在要去哪兒？等待我們的未來會是什麼模樣？

鸚鵡螺號離開直布羅陀海峽後浮出海面，我們又可以如常在平台上散步了。

我和尼德蘭、顧問三人立即登上平台，十二浬外依稀可見西班牙半島西南端的聖文森角。海上颳起強勁的南風，大海波濤洶湧，鸚鵡螺號隨之顛簸。大浪不停打上平台，我們不可能繼續待著，因此大吸了幾口新鮮空氣後，便連忙下到艙內了。

我回到臥房，顧問也走回自己的艙房去，只有加拿大人跟著我，一臉心事重重的模樣。我明白穿越地中海的速度過快，他無法執行逃跑計畫，難掩失望之情。

我關上房門後，他便坐了下來，看著我，一言不發。

「尼德兄，」我對他說，「我懂你的心情，但你大可不必鬱悶，鸚鵡螺號當時的開法，要下船簡直是瘋了！」

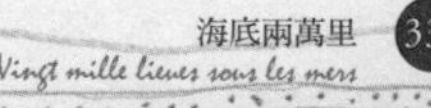

尼德蘭沒有回應。他的雙唇緊閉、眉頭深鎖，看來執念未消。

「別這樣，」我又說，「還不到絕望之際，我們正開往葡萄牙海岸，不遠處就是法國和英國了，到時候一定能輕易找到逃脫的機會。啊！假如鸚鵡螺號開出直布羅陀海峽後是往南走，或把我們帶到沒有陸地的區域，那才需要擔心。但我們現在知道，尼莫船長並不刻意迴避文明世界，我相信幾天後，你就能在更有把握的情況下行動了。」

尼德蘭盯著我的眼神更銳利了，最後終於開了口：

「就是今晚。」

我跳了起來，完全沒料到會是這種情況。我很想說些什麼，卻擠不出半個字。

「我們說好了要等待良機，」尼德蘭接著說，「現在機會來了。就是今晚，我們離西班牙海岸只有幾浬。夜色昏暗、海風吹送。阿宏納先生，希望你能遵守諾言。」

由於我始終沒有出聲，加拿大人起身朝我走來：

「今晚九點，我已經跟顧問說了。到時，尼莫船長會在他的臥房裡，可能已經睡了。機師和船員都不可能發現我們。顧問和我先到中央樓梯那裡，而你，阿宏納先生，就留在不遠的圖書室等待信號。小艇裡有船槳、桅杆和風帆，我甚至提早放了些存糧進去。我還弄來了一把英式扳手，用來鬆開固定小艇的螺絲。一切都已準備就緒，今晚見。」

「海況很糟。」我說。

「我知道，」加拿大人回答，「可是，為了自由，我們必須冒這個險。再說，小艇很堅固，吹個幾浬的風不成問題。誰知道明天我們會不會又到幾里格外的海面上了？但願一切順利，明晚十點至十一點間，我們已經踏上某處的陸地，或者也可能命喪海底。願老天保佑，我們今晚

1 風暴角：即今日好望角。

見！」

話一說完，加拿大人就走了，留我一個人茫然不知所措。我本來想著，機會來臨前還有時間考慮、討論，但我這位倔強的朋友不容我這麼做。事已至此，我還能說什麼呢？尼德蘭有一百個正當理由。機會就在眼前，他當然要把握，我豈可食言，為了一己之利犧牲同伴的未來？誰敢說明日尼莫船長會不會把我們帶到遠離所有陸地的大海之上？

這時，一陣響亮的哨聲傳來，是水槽開始注水了，鸚鵡螺號隨之潛入大西洋底。

我留在房裡，刻意避開船長，以免他看出我的心事。這一天，我就在這種複雜的情緒中度過，既渴望重獲自由，卻又捨不得結束海底研究！還沒好好觀察這片我稱為「親愛大西洋」的大海，還來不及如印度洋和太平洋般揭開海底祕密，就這麼離開了！就像小說才讀完一卷就得罷手，美夢也就此打斷！這幾個小時簡直是度日如年，一會兒想像自己已經和同伴站在陸地上，一會兒又失去理智，希望來個突發事件阻止尼德蘭。我兩度回到大廳查看羅盤，想確定鸚鵡螺號究竟是接近或遠離海岸航行。兩者皆非，我們始終在葡萄牙附近海域的海面下航行，沿著大西洋岸北上。

看來，必須做好逃脫準備了。我的行李不多，幾本筆記而已。

尼莫船長會怎麼想？我們逃跑後會給他帶來多大的困擾？會給他造成什麼樣的傷害？萬一我們的計畫提早敗露或失敗，他會採取什麼措施？我一直思考著這些問題！我對他自然是毫無怨言，相反的，他的待客之道實在無與倫比。只是我離開他，他也不能怪我忘恩負義吧，畢竟我們之間並沒有建立任何承諾，他靠著環境限制，把我們扣留在船上，沒有任何約定。既然他堅定表示會把我們關上一輩子，就不能埋怨我們有逃跑的意圖。

自離開聖托里尼島後，我就沒見過船長了。離開前還會再見上一面嗎？我想見他卻又害怕。我側耳傾聽隔壁房間的動靜，什麼也沒聽見，可見裡面空無一人。

我不禁思忖，這怪人會不會不在船上？自從那天夜裡小艇執行了神祕任務後，我對他的看法就稍有改變。我認為他與陸地還保持著某種聯繫，他真的從未離開過鸚鵡螺號嗎？我經常數個星期不見他的人影，那段時間他都在做些什麼？我原以為他憤世嫉俗，不願見人，可是現在又覺得他也許是前往遠處完成某個我至今不知為何的祕密行動？

千頭萬緒在我的心頭翻騰，身處這種詭異的環境本來就容易胡思亂想，心中更是抑鬱難解。等待似乎永無止境，心急之下更覺時間過得太慢。

這一天，我照常在房裡吃晚餐，但這件事讓我毫無胃口。七點時，我離開餐桌。還有一百二十分鐘，我默算著離約定時間還有多久。我整個人心浮氣躁，脈搏猛烈跳動，一刻也坐不住，希望動動身體能讓我冷靜下來。如此魯莽的逃脫計畫會有什麼後果倒不是我最擔心的事，但一想到如果計畫提前暴露而被帶到尼莫船長面前，面對他的盛怒，或者更糟的，面對因我的背棄而失望的他，我的內心反而更加忐忑不安了。

我想到客廳裡看最後一眼，於是穿過了長廊，走進那間博物館，我曾在那裡度過許多充實愉快的時光。我看著那些寶藏，彷彿是個就要遭終生流放、再也回不來的人。多少個日子，我沉浸在這些自然寶物和藝術傑作之中，如今卻要永遠拋下，不再回頭。本想再從觀景窗看一眼大西洋的海底景致，無奈艙板緊閉，阻隔了我與這片尚未探索的海洋。

我繞著大廳走了一圈，走到通往船長房間的那一面斜角牆旁。令人驚訝的是，門竟然是半開的。我下意識往後退了幾步，以免船長在裡面看到我，但房裡似乎沒有動靜。我上前探了探，裡面沒人。於是，我打開門走了進去，房裡依舊如修道院般整潔樸素。

這時，牆上幾幅蝕刻版畫吸引了我，都是第一次造訪時沒注意到的。是幾幅肖像畫，主角都是歷史上為人類偉大理念奉獻的偉人，比如在被緝捕時高喊「波蘭完了！」的科斯丘什科、堪稱希臘當代列奧尼達一世的波查里斯、愛爾蘭的保衛者歐康納、美利堅合眾國的創始者華盛頓、義大利愛國主義者馬南、死於擁護奴隸制度者槍下的林肯，最後是主張解放黑奴而遭絞刑的烈士約翰·布朗，當時的場景之慘烈，就連大文豪維克多·雨果都曾提筆描述過。

這些英雄的心思是否和尼莫船長相呼應？我能否從這些肖像畫中探得他的生平祕辛？他是保護受迫者和解放奴隸的健將嗎？本世紀近期政治和社會運動的人物之一？或是悲壯的美國內戰英雄？

牆上的鐘突然敲了八下，鐘錘敲出的第一聲把我拉回現實，我不禁顫了一下，彷彿有雙無形之眼看穿了我內心的祕密，於是急忙退出船長臥室。

回到大廳後，我的視線停留在羅盤上，航向始終朝北。計程儀顯示為中速，流體壓力計顯示深度約六十尺。各項條件都對加拿大人的計畫有利。

接著，我回到自己的寢室穿上保暖衣物、海靴、水獺皮帽、以海豹皮為襯裡的足絲外套，一切準備就緒，只差約定時間到來而已。整艘船上只聽得見螺旋槳的震動聲，攪亂了寂靜的空氣。我豎起耳朵仔細聽了聽，突然傳來一聲尖叫，難不成尼德蘭的逃跑計畫被發現了？我心驚膽跳，努力試著讓自己冷靜下來，卻是徒勞。

再過幾分鐘就九點了，我把耳朵貼在船長的房門上傾聽，安靜無聲。於是我走出房間前往大廳，裡頭的光線半開，但空無一人。

我打開通往圖書室的門，光線一樣昏暗，裡頭也沒有人。我待在面對中央樓梯的門邊，等著尼德蘭的信號。

這時，螺旋槳的轉速明顯降低，接著完全停了下來。鸚鵡螺號為什麼不走了？這次暫停對尼德蘭的計畫而言是利是弊？我無法判定。

這下攪亂寂靜的，只剩我的心跳了。

突然，我感覺到輕微的震動，是鸚鵡螺號在海底停泊了。這件事更加深了我的不安，加拿

大人一直沒發出信號，這種航行方式實在太不尋常了，我想勸他暫緩。

這時，大廳的門開了，走進來的是尼莫船長，看到我後，未做任何寒暄便說：

「啊！教授，我正找你呢。你對西班牙的歷史了解嗎？」他說這話的口氣甚為熱絡。

無論多麼精通自己國家的歷史，在我這種情況下，六神無主、心煩意亂的人，都會說不出個所以然吧。

「怎麼了？」尼莫船長又問，「你聽到我說的話了嗎？你了解西班牙的歷史嗎？」

「不甚了解。」我回答。

「學者都是這樣的，」船長說，「學的東西不全。請坐，讓我給你說說這個國家一段特別的歷史。」

船長半躺在長沙發上，我就近坐在一旁幽暗之處。

「教授，」他說，「聽好了，因為就某種程度而言，這段歷史你也許會有興趣，因為它將會回答一個你至今未解的疑惑。」

「洗耳恭聽，船長。」我實在不懂他想說什麼，會不會和我們的逃跑計畫有關？

「教授，」尼莫船長又說，「我們就從一七〇二年說起，你也知道，當時你們那位以為揮揮手就能讓庇里牛斯山縮回地底的國王路易十四，派了孫子安茹伯爵統轄西班牙，這位又名菲利浦五世的親王統治能力差強人意，偏偏遇上強勁的外侮。

「事實上，前一年，荷蘭、奧地利和英國王室在海牙簽訂了同盟條約，目的是摘除菲利浦五世的西班牙皇冠，改戴到奧地利一位大公的頭上，並封這位大公為查理三世。

「西班牙理應對抗這個聯盟，但其陸軍、海軍形同虛設。不過，只要滿載美洲金銀財寶的船能入港，就不會有任何問題。然而，就在一七〇二年底，西班牙正等待一支滿載而歸的船隊，當時因聯盟海軍也在大西洋一帶巡航，法國特派夏多．赫諾上將帶領二十三艘軍艦護航。

「船隊原本應前往卡地斯港，但上將得知英國艦隊在附近海域巡航後，便決定在法國靠岸。

「西班牙船隊的船長們群起反對，要求停靠西班牙港口，若不能停靠卡地斯港，就去西班牙西北部海岸的維哥灣，當時那裡尚未被封鎖。

「赫諾上將屈從了這項決議，護送船隊進入維哥灣。

「不巧這個港灣屬開放式地形，防守無門，所以得趕在聯盟艦隊抵達前迅速卸下貨物。若非突然爆發可悲的利益衝突，他們絕對有足夠的時間完成卸貨。說到這裡還跟得上嗎？」

「沒有任何問題。」我這麼回答，卻仍不知這堂歷史課的目的為何。

「那我繼續，事情是這樣的，卡地斯港的商人享有一項特權，能接收所有來自西印度群島的貨物。他們若在維哥灣卸下船上的金條，將會侵害卡地斯人的權利。於是卡地斯港商人向馬德里告狀，於是軟弱的菲利浦五世下令要求船隊暫時停泊維哥灣離岸，封存貨物直到敵軍艦隊遠離。

「就在西班牙做出這項決定時，英國艦隊已於一七〇二年十月二十二日抵達維哥灣。夏多・赫諾上將雖處劣勢，仍奮勇作戰。眼看船隊帶回的財寶就要落入敵軍手中，他竟索性燒毀船隻，所有商船隨大批寶藏沉入海底。」

尼莫船長就說到這裡，我始終聽不出這段歷史對我有何幫助。

「所以呢？」我問。

「所以，阿宏納先生，」船長回答，「我們現在就在維哥灣，箇中奧祕就待你自行參透了。」

船長起身，並請我隨他走。我定了定神，如他所願。大廳內十分昏暗，但觀景窗外的海水閃著光芒，我朝外頭看去。

鸚鵡螺號周圍半浬內的海水都被電光照亮，船隻彷彿浸在光芒之中。海底的沙土乾淨潔

©Wikimedia commons

夏多·赫諾上將燒毀船隻。

白，幾名身著潛水服的船員在焦黑的船隻殘骸間清理半腐壞的木桶和已經裂開的箱子，接著從箱子和桶子中倒出許多金條、銀條和珠寶，鋪滿了沙地。船員扛著貴重的戰利品回到鸚鵡螺號，卸下身上的財寶，接著又回到海底打撈。

我現在明白了。我們所處的地方就是一七○二年十月二十二日那場海戰的戰場，也就是替西班牙政府運載財寶的船隊沉沒之處。尼莫船長來到此地盡情搬運，這一切都屬於他，美洲把這些貴重金屬奉獻給他一人，他獨自收下了這些來自印加、由科提斯[2]征服而來的寶物。

「教授，你知道海底藏了這麼多寶藏嗎？」船長笑著問我。

「我知道的是，有人估算過海底的懸浮白銀約有兩百萬噸。」我答道。

「大概吧，但提煉海中白銀的成本比利潤還高，相較之下，在這裡只需撿拾別人丟掉的即可。不僅維哥灣如此，還有其他數以千計的海難地點也一樣。我把所有地點都標在海底地圖上了，你現在知道我是億萬富翁了吧？」

「我懂了。但請恕我直言，你的打撈工程只比另一家競爭對手快一步而已。」

「哪一家？」

「一家西班牙政府授權尋找這批沉船的公司。因為據估沉沒的財富多達五億，許多股東都深受誘惑。」

「五億！」尼莫船長回答，「現在可都不在了。」

「的確，」我說，「也許是該好心提醒一下那些股東，但誰知道他們會不會領情。就如同最讓賭徒難受的不是金錢的損失，而是滿腔期待的破滅。如果那些成千上萬的難民能分到一點財富，那我倒是沒意見，我同情的是他們將永遠無法分到這些珠寶！」

2 科提斯（Hernando Cortez, 1485-1547）：西班牙將領，征服並殖民了中南美洲。

從箱子和桶子中倒出許多金條、銀條和珠寶。

我才發表完這段感言，就感覺得罪了尼莫船長。

「如石沉大海！」他激動的說，「先生，你以為這些寶藏被我收走是可惜了嗎？你覺得我這麼辛苦打撈是為了自己？誰說我沒有善加利用的？你以為我無視世上無數的受苦之人，那些被壓迫的民族、等待救援的難民和等待機會報仇的受害者嗎？你難道不明白……」

尼莫船長只說到這裡便打住，或許是後悔說了太多。但如我所料，無論是什麼原因逼得他不得不潛入海底尋求自主，他始終保有人性！他的心仍為人類的苦難而跳動，而他的恩惠不只遍及受奴役的種族，也施予其他需要幫助的個人。

我現在知道，當鸚鵡螺號航行至起義反抗的克里特島海域時，尼莫船長將百萬財寶送去哪裡了！

09 消失的大陸

隔天早上，二月十九日，加拿大人走進房間。我早知道他會來的，他的臉上寫滿了失望。

「如何，先生？」他說。

「如何，尼德，昨天就那麼不湊巧。」

「是啊！這該死的尼莫船長就這麼剛好在我們要逃跑的時候停船。」

「是的，尼德，他去銀行辦事了。」

「他的銀行！」

「或者應該說是他的金庫。海底的金庫，把錢存在這裡比放在國家銀行裡還安全。」

我把昨晚發生的事全告訴加拿大人，私心盼望他能因此留在船長身邊。結果這番話只不過讓尼德因無法親自走訪維哥灣戰場而感到惋惜。

「反正，」他說，「這一切還沒結束！這次不過是丟偏了魚叉而已！下一次會成功的，或許今晚就可以……」

「鸚鵡螺號朝哪個方向前進？」我問。

「不知道。」尼德回答。

「那麼，等中午再決定吧。」

加拿大人前去尋找顧問，我換好衣服後，便往大廳去了。羅盤指出的方向不太妙，鸚鵡螺號正朝南南西前進，表示我們正背離歐洲航行。

我實在沒耐心等船員為地圖標上方位，大約十一點半左右，儲水槽排空，船浮出海面後，

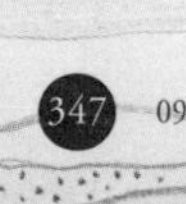

我立刻跑上平台查看，但尼德蘭已搶先一步了。

一眼望去沒有任何陸地，只剩茫茫大海。天邊有幾張帆，大概都是要到聖羅克角等待順風繞過好望角的船隻。天色陰暗，風雲將起。

尼德怒氣沖沖，恨不得看穿雲層、掃視天際，仍在期盼濃霧後方有他朝思暮想的陸地。

中午，太陽短暫露臉，船副抓緊時機測量了它的高度。不久後，風浪轉大，我們便進到艙內，蓋板也關上了。

一小時後，我再去看地圖，鸚鵡螺號的方位已經標好了，確切位置是西經十六度十七分、北緯三十三度二十二分，最近的海岸遠在一百五十里格之外，逃跑計畫根本不可行。當我把情況告訴加拿大人時，他的怒氣可想而知。

至於我，我並不特別沮喪，反倒覺得如釋重負，能安心從事日常工作了。

這天晚上十一點左右，尼莫船長意外來訪，殷勤詢問我是否因前一晚熬夜而累著了，我說不會。

「那麼，阿宏納先生，我提議來趟奇幻的探險之旅。」

「請說吧。」

「到目前為止，你只看過白天和陽光照耀下的海底世界，想不想也看看夜晚的景色？」

「求之不得。」

「我得先說，這趟行程很累人，得走上好一段路，還得爬山，路況也不是很好。」

「你這麼說反倒增添了我的好奇心，我準備好與你同行了。」

「那就走吧，先去穿潛水服。」

到了更衣室，我發現這次我的夥伴和船員都沒有同行，尼莫船長也沒提議帶上他們。

沒多久後，我們穿好了裝備。有人幫我們把裝滿氧氣的儲氣瓶掛到背上，卻沒有拿探照燈。

我向船長反應這件事。

「用不上。」他回答。

我以為自己聽錯了，但他已經戴上了金屬頭罩，我沒辦法進一步詢問。我跟著穿好裝備，還感覺有人在我手上放了一根鐵棍，接著，一切程序照舊，幾分鐘後，我們已經踏上深達三百公尺的大西洋海底了。

時間將近午夜，海水一片漆黑，但尼莫船長指出遠處一片紅光，大約距離鸚鵡螺號二浬。我無法判斷這光源的成因，是什麼物質在發光？怎麼能在水中發光？但無論如何，它都為我們指引了方向，雖然並不特別明亮，但我也很快就適應了這種特殊的昏暗。這種情況下，倫可夫儀的確派不上用場。

尼莫船長和我一前一後朝紅光前進。原本平坦的地勢緩緩升高，我們的雙腳經常陷入混雜著海藻和扁石的泥濘中，就算藉著鐵棍使力大步邁進，前進速度還是十分緩慢。

走著走著，我聽見頭上傳來劈啪聲，有時音量會放大，就像火花持續迸發。但我很快就弄懂了，這是雨滴打在海面的聲音。我直覺自己會被淋濕！在水中被水淋濕！這滑稽的念頭讓我不禁笑了出來。可是說真的，穿著厚重潛水衣根本感覺不到水，就和身處大氣層中一樣，差別只是空氣密度較高而已。

走了半小時後，地面礫石增多，水母、小型甲殼動物和海筆發出微弱磷光，裹覆著無數植形動物和海藻的小石子隱約可見，踩在上面腳滑得很，若非手持鐵棍，肯定已摔倒好幾次了。我回過頭，看到始終位在視線範圍內的鸚鵡螺號白燈逐漸黯淡遠離。

剛才提到的小石子以一種令人不解的規則排列著，一條長溝一路延伸，直到在遠方暗處隱沒。還有另一件我無法理解的特殊現象，我總覺得腳上的沉重鉛靴似乎踩在一層碎骨上，發出生硬的碎裂聲。腳下這片廣闊的平原究竟是什麼？我很想問船長，但他那套在海底漫步時用的手語我仍是一竅不通。

指引我們的淡紅光芒持續增強，把海水照得一片通紅。我對這海底產生的光源十分好奇，是一種放電現象嗎？我眼前的景象是陸地學者尚未知曉的嗎？或者，我突發奇想，難不成是人類點燃的？我會不會在這深海底碰見尼莫船長的同伴或朋友？一些跟他一樣以奇特的方式生活的人，而船長是專程來拜訪他們的？會不會在那裡發現一片流亡者的殖民地，居民都是受不了陸地上的苦難才來到深海底尋找獨立生活？這些瘋狂的、難以描繪的想法充斥我的腦海。沉浸在此情緒之中，再加上眼前層出不窮的海底奇觀，我的興奮之情無以復加，這時就算看到尼莫船長真的在海底建造了他夢寐以求的城市，應該也不會大驚小怪了吧！

前方的道路越來越亮，約八百尺高的山巔上泛著白色微光。但我所見的不過是清澈海水反射的光，這謎一般的光源實際上來自山的另一面。

尼莫船長穿梭在大西洋底阡陌縱橫的石陣迷宮中，腳步堅定，一點也沒有遲疑，想必常來此地，很熟悉路況，不怕迷路，因此我也安心跟著他前進。他就像是海中精靈，當他走在我前頭，微光照射下的魁梧身影令人仰慕。

凌晨一點，我們已來到山邊的緩坡，但要爬上山還得穿越一段矮林叢生的崎嶇小徑。

沒錯！一整片的枯樹叢，沒有樹葉與樹液，盡是巨大的松木。這些都是直挺挺的煤礦，樹根扎入塌陷地層，枝葉則像仔細剪裁過的黑紙，印在海水上層的「天花板」。可以想像我們身在德國哈茨山區的林地間，只不過這座森林沉在海底。小徑上布滿海藻和墨角藻，成群的甲殼動物自成一世界。我爬上岩石，跨過橫躺的樹幹，扯斷搖曳樹間的海藤，驚動優游樹叢間的魚群。我的心思被這些奇景牽引，絲毫不覺疲憊，前方的導遊看來也不累。

多麼奇妙的景觀啊！如何才能表達我的感受呢？如何才能描繪這片水底森林的色彩？它的下半部陰暗冷冽，上半部紅豔繽紛，經海水折射後更是光鮮亮麗。我們攀上岩石，大片石塊頓

一整片的枯樹叢。

時坍塌，發出土石流般的沉悶響聲。左右兩側是不見盡頭的漆黑長廊，前方卻是一大片林間空地，似是人為跡象。我心想，該不會突然冒出個海底居民吧。

可是尼莫船長仍繼續向上爬，我趕緊跟上，以免落後太多，手上的鐵棍幫了大忙。這條小徑緊臨深溝，踏錯一步就會釀成大災。我穩健的踏著每一步，不覺暈眩。有時，我們還得跳過深不可測的裂口，若這是陸地上的冰川，我肯定會卻步。但在這裡，我甚至冒險越過了橫在深淵上的搖晃樹幹，一心專注於此處原始的自然美景，不敢往腳下看。這裡斜立著眾多巨石，其底部呈不規則切割，彷彿向平衡法則下戰帖。巨石之間長了多株林木，因高壓推擠，看上去就像一束高壓噴泉，彼此支撐。有的巨石像一座座天然塔樓，寬闊石壁如護城牆般高大陡峭，傾斜角度之大，若是在陸地上，恐怕萬有引力不會允許。

但我感覺不到海水高密度所帶來的差異，即使衣著厚重、頭戴銅盔、腳穿鉛靴，在崎嶇險峻的斜坡爬行仍是一派輕鬆，靈活程度堪比庇里牛斯山的山羊和岩羚！

回想起這一趟海底探險，連我自己都不太確定是真是夢！我就像一名史官，記載著表面上看似無稽，實則千真萬確、不容置疑的史實。這絕非做夢，而是我親眼所見、親身體驗！

離開鸚鵡螺號兩小時後，我們穿出了森林，頭頂一百英尺處聳立著山峰，山坡另一面光芒四散，但這一面只見陰影。石化灌木東倒西歪，蜿蜒伸展。我們所到之處，魚群就像樹上的鳥兒受驚一樣，一哄而散。巨岩千瘡百孔，岩洞深黝難測，有時會聽見洞底傳來龐然大物移動的聲響。若這時突然看到巨大觸鬚阻擋前路，或聽見穴中傳來駭人的螯爪收合巨響，我的血液一定不禁倒流！黑暗中，千萬個亮點閃爍，是躲藏在巢穴裡的甲殼動物之眼；大龍蝦如持戟士兵一樣趾高氣揚，移動時步足發出的清脆聲響有如廢鐵碰撞；巨螃蟹則像大砲似的準備發威；恐怖的章魚交纏著牠們的腕足，如蛇群般靈活舞動。

這個我還一無所知的世界究竟有多麼瘋狂？那些藏身岩穴、宛如擁有雙層甲殼的節肢動物

大龍蝦和巨螃蟹。

應該隸屬哪一目？大自然是如何為牠們創造植物般的特性？牠們又在深海底層生活了幾個世紀？

儘管如此，我還是不能停下腳步，早就熟悉這些動物的尼莫船長，一點也不在意。我們抵達第一片高原，那裡還有其他驚喜等著我。高原上許多壯觀的遺跡顯然是出自人手，而非大自然所為。從大片石堆間，朦朦朧朧看得出城堡和宮廟的輪廓，上頭覆滿花枝招展的植形動物，那層厚重大衣並非常春藤，而是海藻與墨角藻。

這塊因地殼變動而沉入海底的地層原先是什麼樣子？又是誰疊出了這些有如史前時代石棚墓的石堆？我身在何處？尼莫船長又把我帶到什麼地方了？

我想問個清楚，卻又無法，只能將他攔下。我抓住他的手臂，但他只是搖了搖頭，指著最後一處山頂，似乎是對我說：

「走吧！再走一段！一直走就對了！」

我使出最後一絲力氣跟隨，幾分鐘後，登上了峰頂，這裡比底下石堆還要高出十幾公尺。回望來時路，這座山只高出平原七、八百尺，另一邊的山頭卻高出兩倍，傲視著大西洋海底風景。我朝遠方望去，是強光照耀的大片水域，原來是一座火山。山頂下五十尺處，大火山口正噴發熔漿，熔岩夾雜著石塊，勢如雨下。瀑布紅光四散、飛濺入海，儼然是個巨大的火炬，照亮山下的平原，一直到地平線彼端。

雖說海底火山噴著熔岩，卻沒有火焰伴隨。火需要空氣中的氧才能燃燒，因此水裡自然無法產生火焰。但岩漿本身的溫度仍然很高，可以產生白熾效應，讓海水一遇上熔岩就立刻蒸發，而這些岩漿流與各種氣體混合後，一路衝下山腳，有如維蘇威火山奔向托雷德爾格雷科（義大利）。

此時，我的眼底下真的出現了一座只剩斷垣殘壁的廢棄荒城，儘管屋頂坍塌、廟宇傾倒、門拱碎裂、牆柱倒地，但托斯卡尼建築風格猶存；再往遠看，有幾段寬闊的渠道遺跡；而這頭高崗上則是一座古老衛城，有如浮於天空的帕德嫩神廟；再往另一頭是座碼頭，古時不知接納了多少商船和三排槳座戰船；更遠一點是一排排早已崩毀的高牆與荒蕪的大街。尼莫船長帶我觀覽的這片奇景，簡直是一整座蘊藏深海的龐貝古城！

我究竟身在何方？無論如何一定要問個清楚。我想拿掉礙事的頭盔，但尼莫船長走向我，作勢阻止。接著，他撿起一塊白堊石，走向某塊玄武岩，寫下五個字：

亞特蘭提斯

我恍然大悟！是亞特蘭提斯，希臘史學家迪奧龐普斯筆下的古城美羅彼斯、柏拉圖口中的亞特蘭提斯。俄利根、波菲立、揚布里柯、唐維爾、布戎、洪保德等學者都否定它的存在，認為這塊消失的大陸純屬神話。而波希多尼、普林尼、馬西利努斯、特土良、恩格爾、薛和、圖尼福、布馮和達弗薩克等人則肯定它的存在！而我，現在可以肯定它的確存在，而且就在我的眼前，災難留下的證據清楚可見！這就是那片不屬於歐洲、亞洲或利比亞的大陸，位於海克力斯之柱另一端。那裡住著一群強悍的亞特蘭提斯人，古希臘最早的戰爭敵人。

正是柏拉圖把這些英雄時代的豐功偉業寫進著作，他的對話錄〈蒂邁歐篇〉和〈克里蒂亞斯篇〉就是受到詩人、法學家梭倫的啟發而寫成。

某天，梭倫正與古埃及城賽易斯的幾位智叟聊天。賽易斯是座八百年古城，聖牆上鐫刻的年表記載著神廟的歷史。其中一位智叟提到，有一座比賽易斯城古老上千年的城市，是雅典最早的城邦，存在逾九百世紀，曾遭亞特蘭提斯人侵略，部分城池遭毀。據說，亞特蘭提斯人占領了一處遼闊的大陸，面積超過非洲和亞洲的總和，涵蓋範圍為北緯十二至四十度，勢力甚至

只剩斷垣殘壁的廢棄荒城。

蔓延至埃及。他們原打算進一步占領希臘，卻因希臘人頑強抵抗，不得不撤退。幾世紀過去了，天災降臨，洪水地震，才不過一日一夜，亞特蘭提斯消失無蹤，唯獨幾座較高的山峰如馬德拉、亞述、加那利和維德角仍露出海面。

尼莫船長寫出的地名觸動我心，這些歷史事件一一浮現。在命運的安排下，我踏上這塊大陸的某座山巔！我能親自觸碰十萬年前的遺跡，走過人類始祖曾踏及的土地，腳下的沉重靴底，竟然踩著神話時代的動物骸骨，而那些早已礦化的樹木，當年不知曾為多少生物遮蔭！

唉！若能再給我一點時間該有多好！我多想爬下陡峭的山坡，走遍這塊遼闊大陸（毫無疑問，這裡一定連起了非洲和美洲大陸），造訪洪水淹沒前的大城。也許，我的眼前正是勇猛的馬基墨城和虔誠的厄斯貝斯城，巨人居民在此住了好幾世紀，他們力大無窮，親手堆疊石塊抵禦海水侵襲。也許哪一天，火山會再度爆發，這些廢墟能再度浮出水面！大西洋這一帶海底火山眾多，許多船隻行經這段劇烈翻騰的海域時，都感受到了震動；有些船聽見沉悶的重響，表示火山仍然活動頻繁；甚至有船看到火山灰自海裡噴射而出。此處到赤道一帶的地心作用依舊十分活躍，誰也說不準，在遙遠的未來，隨著火山噴發和熔岩堆積，這些噴火的山頭會不會就露出大西洋面呢！

當我幻想著這些事，並設法牢記這片壯麗景致的所有細節時，尼莫船長也靠在一道長滿青苔的石碑上，凝神思索，石像似的直立不動。他是否正想著那些消逝的歷代先人，想向他們請教人類命運的祕密？這個不喜現代生活的怪人，該不會是在重溫歷史記憶，期盼重返古代生活？我多希望能了解他的思緒，並與之共享！

我們在山頭停留了整整一個小時，靜觀這片受熔岩火光照耀的廣大平原。岩漿偶爾會大量噴發，地球內部的劇烈翻騰導致山體快速顫動，低沉聲響經海水傳來，異常清晰，回音響亮震耳。

這時，月色穿透海水，在這片沉沒的大陸上投落些許白光，光線雖弱，卻是一番異景。船長起身，又看了平原最後一眼，便示意要我跟隨。

我們迅速下山，再次穿越礦化叢林，鸚鵡螺號的船燈閃耀有如星光。尼莫船長朝著它走去，我們在第一道晨光灑下時回到了船內。

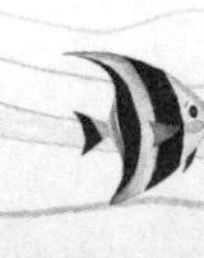

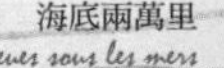

10 海底煤礦

隔天，二月二十日，我醒得很晚。一夜的疲憊讓我睡到十一點才起床。我連忙穿好衣服，趕緊前往查看鸚鵡螺號的方位。儀表顯示，我們仍駛向南方，時速二十浬，潛水深度一百公尺。

顧問走進房裡，我對他說了昨晚的探險。這時大廳的壁板仍然開著，他還來得及瞥一眼這塊消失的大陸。

鸚鵡螺號此時正位於亞特蘭提斯平原上方十公尺，就像熱氣球在陸地乘風飛翔，不過大廳則是更像特快車車廂。閃過眼前的近景是各種巨大奇石，再來是樹林的植物、動物，靜止不動的身影映在水波之上。大片的海底石塊覆著軸草和海葵，好像地毯一樣；還有直立而生的水生植物，最後是形狀扭曲的熔岩塊，證明了地心爆發的猛烈程度。

我一邊看著電光照射下的奇異景致，一邊給顧問講述亞特蘭提斯的歷史。法國天文學家巴伊憑著想像力創造出許多關於這座城市的動人篇章。我敘述了這些英勇人民的戰爭，並指出亞特蘭提斯的存在事實已不容置疑。但顧問始終心不在焉，幾乎聽不進我的話，但我很快就明白他對這個歷史問題不感興趣的原因了。

是窗外無數的魚吸引了他的注意力，每條魚游過他的面前，都將他自現實世界抽離，往分類學的深淵拉去。既然如此，我也只能陪他一起投入魚類學的研究了。

其實，這一帶的魚類和先前觀察的並沒有太大差別，不外乎是巨大的鰩魚類，長五公尺，身強力壯，堅實的肌肉給予牠們躍出水面的能力。還有各種不同品種的鯊魚，其中一種藍鯊長達十五尺，三角形牙齒十分尖銳，藍色魚身在水裡幾乎隱形；除此之外，還有棕色的燈籠棘鮫；稜柱狀且皮上結瘤如鱗甲的尖背角鯊；地中海種類相似的鱘魚；以及身長一英尺半、魚身黃棕、背鰭細小帶灰、無舌無齒的寬吻海龍，牠們四處穿梭，有如柔軟的海蛇。

顧問也記下了一些硬骨魚，包括三公尺長的黑皮旗魚，刺劍般的上顎是牠們的武器；顏色鮮豔的海鱸魚，亞里斯多德時代稱之為龍魚，背脊有刺，捕捉時非常危險；還有鬼頭刀，背部棕色，帶有鑲金邊的藍色細紋；美麗的鯛魚；滿月金口螺魚，猶如一張閃著藍光的唱片，在陽光照耀下銀斑閃閃；最後是八公尺長的劍旗魚，成群活動，淡黃色魚鰭貌似鐮刀或六尺長劍，牠們是一種英勇的魚類，食草不食肉，只要雌魚給個信號，雄魚便會百依百順，堪稱模範丈夫。

我一邊觀察海中豐富的生物，同時也不忘留心亞特蘭提斯平原。有時突然遇到較不平坦的地勢，鸚鵡螺號不得不放慢速度，如鯨魚般敏捷穿梭於丘陵狹道間。若在迷宮裡失去方向，鸚鵡螺號就會如飛艇一樣上浮，飛越障礙後再貼近海底幾公尺處快速行駛。這段奇異航行真是令人讚嘆不已，讓人聯想到熱氣球凌空漫遊，差別只在於鸚鵡螺號是人為操作而已。

下午四點左右，原本以厚淤泥和礦化枝幹為主的地形逐漸改變，石塊增多了，地面布滿礫岩和玄武凝灰岩，還有一些火山熔岩和含硫黑曜岩。我正想著應該要從平原進入山區了，果然，鸚鵡螺號前進不久後，我就看到南方地平線被一道高牆擋住，似乎沒有任何出路。高牆頂部明顯露出海面，應該是大陸，至少也是座小島。也許是加那利或維德角的群島之一。也許因為某個特殊原因，鸚鵡螺號今日沒有測定方位，所以我也不知身處何處。不過依我看，這面高牆意味著我們已抵達亞特蘭提斯的終點了，可實際上我們也只不過行經這個古國的一小部分而已。

黑夜降臨，但一點也不影響我觀察海底世界。大廳內只剩我一人，顧問已經回到自己的艙房了。鸚鵡螺號緩速前行，貼著混沌的海底遊走，有時輕觸地面，似乎準備降落，有時又突然升至水面，我也因此透過清澈海面看到幾顆璀璨的星辰，特別是獵戶座尾端拖著的五、六顆黃道星宿。

我還想在觀景窗前待一陣子，觀賞大海與天空多姿多彩的美景，但牆板卻關上了。這時，鸚鵡螺號已抵達高牆之下，接下來會往哪裡去呢，我毫無頭緒。我回到自己的房裡，鸚鵡螺號靜止在原地。我打定主意只睡幾個小時。

可是隔天我再到客廳時，已是早上八點了。我看了一眼流體壓力計，得知鸚鵡螺號已浮出水面，也聽到平台上傳來腳步聲，可是卻感覺不到任何波濤晃動。

我爬上樓梯，蓋板已打開，可是外頭卻暗不見天日。我們在哪裡？我搞錯什麼了嗎？現在還是黑夜嗎？不！天上沒有星晨閃耀，而且就算是深夜，也沒有這般漆黑。

正想破頭時，耳邊傳來人聲：

「教授，是你嗎？」

「噢！尼莫船長，」我回答，「我們在哪裡？」

「在地底下。」

「地底！」我驚呼，「那鸚鵡螺號還浮在水上嗎？」

「還浮著。」

「我不明白。」

「再等一下。探照燈馬上就會打開了，到時保證讓你滿意。」

我站在平台上等待，四周暗到連尼莫船長的身影都見不著。只有抬頭仰望，似乎才能捕捉到一絲彷彿自某個圓洞流洩而下的朦朧微光。突然間，探照燈亮，掩蓋了原本的微小光源。

我一時不適應這突如其來的電光，閉上了眼，過一會兒才再次睜開。鸚鵡螺號停泊在一個看似堤岸的陡坡旁，漂浮著。船底的這片海實際上是座湖泊，圓谷四周皆由高牆圍起，整個區域直徑約兩浬，周長六浬。流體壓力計顯示，湖泊水位與牆外水位一致，所以湖泊與海洋之間必有相通之處。周圍的高牆底部傾斜，環繞成拱形，彷彿倒放的漏斗，高約五、六百公尺，頂

鸚鵡螺號停泊在一個看似堤岸的陡坡旁。

端有個小圓孔，剛才看到的微光，顯然從這裡射入外頭的日光。

我急著想知道這個巨大洞穴的所有細節，急著想知道這是人為或造物主的作品，但我實在等不及自己研究了，只能直接詢問尼莫船長。

「我們現在在哪裡？」我說。

「在一座死火山的中心，」船長答道，「因為幾次的地震，海水灌進火山中心，造出這個洞穴。就在你沉睡時，鸚鵡螺號從水下十公尺處的一條天然通道開進這裡。此處是鸚鵡螺號的註冊港，安全、方便、隱密，任何風都無法吹進來！你儘管在任何一座大陸或島嶼沿岸找找，看能不能找到這麼一個阻擋狂風暴雨、安全無虞的避風港。」

「的確，」我回答，「這裡很安全。誰進得了火山中心？只是，我看到洞頂就有個開口，不是嗎？」

「是的，那是火山口，從前滿是熔岩、蒸氣和火焰，如今成為通氣孔，為我們送進新鮮空氣。」

「可是這座火山究竟怎麼回事？」我問。

「這附近島嶼星羅棋布，這不過是其中一座而已，對其他船隻而言，它是個暗礁，對我們來說卻是個巨大岩洞。我偶然發現此處，是美麗的巧合。」

「可是不能從這個火山口進來嗎？」

「不行，我也爬不上去。火山內部約一百尺的高度都還走得上去，但再高點就是垂懸的陡峭山壁，寸步難行。」

「船長，我懂了。這大自然處處供你差遣呢，你在這湖上很安全，沒有其他人進得來，只是這避風港有何用處？鸚鵡螺號又不需要港口。」

「的確不需要，但它靠電力發動，而製造電力需要原料，製造原料需要鈉，鈉又得靠炭生

成，煤炭則取自煤礦。就是在這裡，海水在史前時期淹過了整片森林，現在這片森林礦化，成了一片煤礦，也成為我取之不盡的資源。」

「船長，你的船員到這裡不就都成了礦工？」

「確實是，這片礦產在海面下鋪開，就像澳洲紐卡索的煤礦一樣。我的船員只要穿上潛水服，拿起鐵鎬和鍬就可以挖煤了，我完全不需要取用陸地上的礦產。我在這裡燃煤生炭時，煙霧會從火山口逸出，外面看起來就像個活火山。」

「那我們看得到船員們挖礦嗎？」

「不，至少這次不行，因為我趕著繼續我們的海底環球之旅。因此，我是只要把之前儲存的鈉裝上船而已。裝載時間只要一天就夠了，之後就能繼續這趟旅程。阿宏納先生，你願意的話，可以利用這一天參觀洞穴。」

我謝過船長，然後去找我那兩個還待在艙房裡的夥伴，邀請他們跟我一起下船，但沒多解釋。

他們爬上平台，顧問還是一樣處變不驚，昨晚睡前還在浪濤之下，今日醒來卻在山洞之中，對他來說似乎很自然。另一方面，尼德則是忙著尋找洞穴有沒有其他開口。

吃過飯，約莫十點左右，我們下船爬上陸坡。

「總算又踩在陸地上了。」顧問說。

「我不會說是『陸地上』，」加拿大人回答，「我們是在地下，而不是地上。」

山壁下方與湖水之間是一整片沙灘，最寬處達五百英尺。沿著沙灘，我們可以輕鬆繞湖一圈。反觀高大山壁之下，堆滿火山岩和巨大浮石，這些崩裂的巨石在地底之火的作用下，附著了一層光滑的琺瑯質，在船燈電光的照耀下閃閃發亮。沿岸腳步行經之處，雲母粉塵飛揚，彷彿點點星光閃耀。

離沙灘越遠，地勢越是升高，不久後，我們來到一個蜿蜒的長坡上。坡地雖不陡，但因礫岩遍布且無水泥黏砌，由長石和石英晶體形成的玻璃質岩面走起來十分滑腳，所以仍須謹慎邁步。

火山的特質在這洞穴中隨處可見，我邊走邊解說著。

「你們能想像，」我問，「這個漏斗中充滿沸騰的岩石，滾燙岩漿漲到頂部的開口，如鍋爐裡的熔鐵滿出鋼壁的模樣嗎？」

「完全可以想像，」顧問回答，「可是先生能不能告訴我，為什麼這個熔爐停止運作了？又是怎麼變成一池靜謐的湖水？」

「顧問，很有可能是因為洋面下發生重大震盪，形成了一個鸚鵡螺號得以穿越的大缺口。大西洋海水灌入火山內部，水火激烈交戰，爭鬥的結果是海神涅普頓獲勝。經過好幾個世紀後，淹沒的火山逐漸變成了平靜的岩洞。」

「很好，」尼德蘭回應，「我接受這個解釋，可是對我們來說，教授先生說的這個火山大缺口沒開在海面上實在太可惜了。」

「尼德兄，」顧問接話，「如果這缺口開在海面上，鸚鵡螺號就進不來了！」

「我也補充一點，蘭師傅，若真是如此，連海水也進不來，火山仍是火山。所以你的遺憾是多餘的。」

我們繼續向上爬，斜坡逐漸變得陡峭狹窄，偶爾還會遇上坑洞截斷去路，我們得跨越而過。還有大石擋道，我們必須繞路而走。我們有時跪著爬行，有時匍匐向前。所幸顧問身手矯健，加拿大人力大無比，我們才能克服所有障礙。

到了約三十公尺高，地質又出現變化了，但並沒有比較好走。在礫岩和粗面岩後，是一片玄武岩，這一處的岩層布滿氣孔，那一頭的則呈現規律的稜柱狀，成群排列猶如廊柱，支撐著這座巨大的拱頂，形成壯闊的天然建築。在玄武岩間，有一道蜿蜒曲折的冷卻熔岩流，留下一道道瀝青痕，並在四處覆上了一層硫磺。此時一道強烈的日光從穹頂火山口射入，為這些永埋死火山底的噴發物，罩下一抹朦朧的光芒。

然而，當我們走到兩百五十英尺高時，遇上了無法穿過的障礙，不得不停下腳步。山壁內側突出，想往上必須繞道而行。這一帶的植物開始與礦物爭起地盤，山壁的孔洞中冒出幾株小灌木，甚至還有幾棵大樹。其中，我認出了會流出腐蝕性樹液的大戟。還有一些名不符實的向日草，因為它們生長的地方根本照不到陽光，花串垂頭喪氣，顏色和香氣也退了大半。菊花害羞的點綴在憂鬱無力的蘆薈腳邊。熔岩流中，我竟然還看到一些小巧的、仍帶著淡淡香氣的紫蘿蘭，不得不承認聞起來心情舒爽。香味是花朵的靈魂，那些長在海底的花，那些水生植物雖美，卻沒有靈魂。

我們來到一株結實的龍血樹下，強壯有力的樹根硬是穿透了岩石，往下扎根。尼德蘭突然大喊：

「先生！有蜂窩！」

「蜂窩！」我揮了揮手表示不可能。

「沒錯！是蜂窩，」加拿大人又說，「還有蜜蜂嗡嗡作響。」

我靠近一看，果然沒錯。龍血樹幹上開了一個小洞，聚集了成千上萬這種靈敏的昆蟲。蜜蜂在加那利島很常見，當地所產的蜂蜜因此備受重視。

加拿大人自然想帶走一些蜂蜜，我若反對，似乎不近人情。於是他拿出打火機點燃硫磺和枯葉，以煙燻蜂。待蜂鳴漸歇，他便剖開蜂巢，裡面有好幾磅的香甜蜂蜜，尼德蘭裝滿了一整個背包。

「我把蜂蜜加進麵包樹麵團裡，」他對我們說，「就可以請你們吃美味蛋糕了。」

「太棒了！」顧問說，「是香料麵包呢。」

「就做香料麵包吧，」我說，「但現在我們要繼續這段有趣的行程。」

小徑上有幾處彎道可以看到湖泊全貌，船燈照亮整片湖面，平靜無痕，不見一絲水波，鸚鵡螺號也依舊停在湖上，沒有移動。船員在平台和陡坡間來回忙碌，明亮的背景正好清楚映出了他們的身影。

我們繞過這堆支撐著洞穴頂端的岩石，才發現蜜蜂不是這火山內唯一的動物，還有許多猛禽，如白腹雀鷹和紅隼，牠們有的在陰影之下盤旋，有的則躲在巢於岩石間的巢裡。斜坡上也有肥美的鴇鳥邁開長腿奔跑，可以想像加拿大人見到這可口的獵物絕對是垂涎三尺，並懊惱沒把獵槍帶出來。他試著以石頭代替鉛彈，失手好幾次後，總算擊傷了一隻肥嫩的鴇鳥。要說他冒著生命危險捕捉獵物，可是一點也不為過，幸虧最後還是把戰利品塞進背包，與蜂巢放在一起。

該是回到湖邊的時候了，再向前也無路可走。上方張開的火山口就像個偌大的井口。從這裡可以清楚的看見天空，西風吹著浮雲，直到山巔之上成為雲霧，火山高出海面最多八百英尺，由此可知雲霧的位置並不高。

加拿大人捕完最後一隻獵物的半小時後，我們已經回到內側湖岸。此處鋪滿了一種名為海茴香的小型植物，傘型科，又稱鑽石草或穿石草，很適合做成果醬，顧問因此摘了幾束。至於動物則包括各類甲殼動物，龍蝦、黃道蟹、瘦蝦、糠蝦、盲蛛、石蟹，和大量的貝殼、瓷貝、岩螺和帽貝。

這地方還有個舒適的小岩洞，我和同伴們開心的躺在洞裡的細沙上。岩壁布滿雲母屑，昔日火焰烘烤潤色，顯得繽紛閃耀。尼德蘭伸手探了探岩壁的厚度，我忍不住發笑，於是我們又談起了逃跑的計畫。我沒有談太多細節，但還是給了他一點希望，告訴他尼莫船長南下只是為

尼德冒著生命危險捕捉獵物。

了補充鈉。所以，現在應該會重返歐洲或美洲沿岸，加拿大人也可以重啟逃跑計畫，成功機率也許更高。

我們在這迷人的岩洞裡躺了一個小時，一開始聊得很起勁，到後來便感到些許疲憊，睡意襲來，我也不覺得有什麼抵抗的必要，索性好好睡上一覺。睡夢中，我變成了一隻構造簡單的軟體動物，而這座岩洞是我的兩片殼……沒辦法，我們沒辦法選擇要夢什麼。

突然，我被顧問的聲音驚醒。

「危險！危險！」這小子大叫。

「怎麼了？」我挺起上半身問道。

「水淹上來了！」

我立即起身，洶湧的海水朝我們撲來，我們既然不是軟體動物，就得趕緊找尋退路。

我們很快就爬到洞穴頂端的安全處。

「這是怎麼回事？」顧問問道，「是沒出現過的現象嗎？」

「哦不！孩子，」我回答，「是潮汐，嚇壞我們的不過是華特．史考特書裡描述的潮汐而已！洞穴外的海水上升，基於平衡法則，湖水也會變得一致。我們算是洗了半個澡，現在回鸚鵡螺號換衣服吧。」

四十五分鐘後，我們結束環湖散步，回到船上。船員們此時也把鈉裝載完畢，鸚鵡螺號隨時可以離開。

然而，尼莫船長沒有下達任何命令。他想等到天黑才悄悄走出水道嗎？有可能。

無論如何，隔天，鸚鵡螺號已離開了避風港，遠離陸地，在大西洋海面下數公尺處航行。

洶湧的海水朝我們撲來。

11 馬尾藻海

鸚鵡螺號的航向並沒有改變，返回歐洲海域的希望暫時得置之一旁。尼莫船長維持南行，他想帶我們去哪裡？我不敢想像。

這天，鸚鵡螺號行經大西洋一處特殊的海域。人人皆知大西洋有一股暖流，即著名的「灣流」，自佛羅里達海峽進入大西洋後，往史畢斯堡根島流去。但在進入墨西哥灣前，約北緯四十四度左右，這道洋流一分為二，主流朝愛爾蘭和挪威前進，支流則轉了個彎南奔至亞速群島；接著在抵達非洲後，劃下一圈長橢圓，再回到安地列斯群島。

這道有如項鍊的暖流把這一區域冷冽、寧靜且停滯不動的海水包圍起來，我們稱之為馬尾藻海。這片海堪稱大西洋中的湖泊，灣流的海水得花上三年才能繞行一圈。

正確的說，馬尾藻海正好覆蓋住海底一整片的亞特蘭提斯，部分作家甚至認為海面上遍布的水草是從這塊古大陸的草原上脫落的。不過，這些水草、海藻和墨角藻更可能來自歐洲和美洲，被灣流帶至此處，這也是哥倫布當初認為有新大陸的原因之一。這位大膽的探險家領著船隻來到馬尾藻海，受水草阻礙，船員也因此驚慌失措，耗費了三個星期才穿越。

鸚鵡螺號此時正位於此區域，這裡看上去就像一片平原，一張由海藻和馬尾藻編織而成的地毯，厚實緊密，船頭必須用力才能割開一條通道。尼莫船長不願螺旋槳卡在這堆水草間，所以潛入水下幾公尺處航行。

馬尾藻這個名字來自西班牙文 *sargazzo*，即海藻之意。這種浮水藻或港灣藻形成了一片廣闊的藻灘。根據撰寫《地球物質地理》的莫銳所言，這些水生植物匯聚於大西洋這片平靜海域的原因如下：

「造成這種現象可能的原因，可以藉由一個眾所皆知的實驗得知。假設將軟木塞碎片或其他能浮起的物體放進盆子裡，在水中畫圓，會發現散開的碎片聚集至水面中心，也就是這盆水中波動最小的地方。想像水盆即大西洋，灣流即繞著圓的水，馬尾藻海就是這些漂浮物體聚集的中心點。」

我贊同莫銳的說法，並開始研究起這一片船隻罕至的海域所具有的特殊現象。我們上方的海面漂著來自四面八方的物體，與褐色水草交纏在一起，包括安地斯山脈和洛磯山脈沿亞馬遜河和密西西比河沖刷下來的樹幹，還有無數沉船殘骸、龍骨或船底板碎片、破損船殼，皆因堆滿了貝殼和藤壺而漸漸沉入海底，再也浮不起來。有朝一日，時間會證明莫銳的另一項見解，這些物質在堆積數世紀後，將受海水作用而礦化，變成取之不盡的煤礦。大自然已預見，人類將會用盡陸地礦藏，事先儲藏了這珍貴的寶藏。

在這一片糾纏的水草和墨角藻間，我還看到玫瑰色的冠形珊瑚、拖著長髮般觸鬚的海葵，以及綠、紅、藍的水母，此外還有居維葉提過的大桶水母，其藍色的傘形身軀上，鑲著紫色的亮麗花邊。

二月二十二日這天，我們一直在馬尾藻海下航行，喜吃海藻和甲殼的魚類在此可以開心覓食。次日，我們又回到了正常的大西洋海面上。

之後，從二月二十三日至三月十二日，共十九天期間，鸚鵡螺號都待在大西洋上，每日常速一百里格。尼莫船長顯然打算環球一圈，我可以肯定，繞過合恩角後，他就會回到太平洋的澳洲海域。

由此看來，尼德蘭的擔心確實有理。在茫茫大海上，不見一座島嶼，我們也別想再離船，更不可能反抗尼莫船長的決定，服從是唯一道路。也許，我們不該使用暴力或極端的方法，而

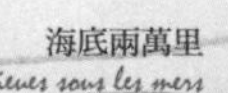

是說服他。這趟旅程結束後，如果我們發誓絕不透露他的事蹟，他應該會還我們自由吧？那可是以名譽擔保的誓言呢。不過事情也沒那麼簡單，得與船長好好談談。然而，我真的能爭取自由嗎？當初他不是嚴正明白的說了，為了不洩露他存在的祕密，必須把我們扣留在鸚鵡螺號上一輩子？這四個月來，我沒有提出任何異議，他該不會以為我是默默接受了現況？若是現在重提舊事，會不會讓他起疑，導致哪天時機成熟時，反而遭他阻撓？我反覆思量，甚至還與顧問討論，但他也不比我有把握。總之，我雖非輕易洩氣之人，但我明白與親友重聚的機會是越來越渺茫了，尤其看著尼莫船長直奔大西洋南方，叫人如何不心急！

剛才提到的十九天內，沒有發生任何事件。船長忙著工作，我很少見到他，倒時常在圖書室裡看到他翻開的書籍，主要是自然歷史類。我那本關於海底世界的著作上滿滿的批註，有時也對其中的理論與學術體系提出質疑。但船長頂多用這些文字協助我工作，很少當面與我討論。有時，通常是在夜晚隱密的黑暗中，鸚鵡螺號在這蒼茫大海上沉睡時，我也會聽見他惆悵的管風琴樂音。

這段航程的每個白天，鸚鵡螺號都在海面上航行。大海似乎遭到遺棄，只有幾艘載貨前往好望角的帆船點綴海面。某日，我們還被捕鯨船派出的小艇當成珍貴的巨鯨追捕。

但船長不願浪費那些勇士的時間和力氣，命船潛入水中，停止了這場追逐。這件小意外引起尼德蘭的興趣，我想加拿大人應該很希望我們這隻鯨魚被那些漁夫的魚叉給刺死吧。

這段期間，顧問和我觀察到的魚群和其他緯度研究過的差不多。主要是幾種可怕的軟骨魚，可分為三個亞屬，至少有三十二種，比如身長五公尺的狹紋虎鯊，扁平的頭大於身體，圓尾鰭，背部有七條黑色寬紋；還有尖頭七鰓鯊，身色灰，有七道鰓孔，身體正中央有個單背鰭。

另外也有嗜吃成性的白斑角鯊，甚至曾有漁夫表示，在一條白斑角鯊體內發現水牛的頭和整隻小牛，另一條肚內則有兩隻鮪魚和一名身穿制服的船員，還有一條裝的是佩帶軍刀的士

聽見惆悵的管風琴樂音。

兵，最後一條則是連人帶馬一起下肚。說真的，這些事無憑無據，聽聽即可，不必深信。可惜鸚鵡螺號至今沒有捕撈到這種鯊，我也無法證實牠驚人的胃口。

優雅俏皮的海豚也陪了我們一整日，通常是五、六頭一起，如原野上的狼群追捕獵食。說到獵捕，牠們的胃口其實也不亞於白斑角鯊。某位哥本哈根的教授聲稱，曾經從一隻海豚的肚子裡取出十三隻鼠海豚和十五隻海豹。其實，他說的是虎鯨，這是世上最大的動物之一，身長有時會超過二十四尺。海豚科包含十個屬，我眼前的這種特色在於鼻吻細長，比顱骨長四倍，身長三公尺，黑色背脊，粉白腹部上帶有一些小斑點。

除此之外，這片海域還有一些棘鰭目、石首魚科的魚類。某些作家（詩人多於自然學家）聲稱這種魚歌聲美妙，齊唱時有如一場音樂會，人類合唱團也不過如此。我不否認這種說法，只可惜那些天當中，石首魚沒有為我們唱首小夜曲。

最後，顧問也替一大群飛魚分類，沒有什麼比海豚的精準追捕更稀奇的事了。無論飛魚飛得多遠，飛行曲線多高，甚至飛躍鸚鵡螺號，總是會正好落入海豚張大的嘴裡。這些飛魚主要是如風箏一般的魴鮄科，牠們的嘴巴會發亮，飛躍夜空劃出一道亮痕後潛入海底，有如一道流星飛過。

直到三月十三日，鸚鵡螺號的航行都沒有變化。這天，鸚鵡螺號準備進行我極感興趣的海底探測。自北太平洋出發以來，我們已經航行了一萬三千里格，目前所在的位置是南緯四十五度三十七分、西經三十七度五十三分。先驅號的丹仁船長曾在這片海域投下探測深度一萬四千公尺的探測器，但始終沒有測出海底深度。美國國會號驅逐艦的艦長帕克中尉也投放了一萬五千一百四十公尺的探測器，結果依舊。

尼莫船長決定帶著鸚鵡螺號直搗最深處，確認前人所得的數據。而我則是準備好記錄所有探查結果。客廳的牆板已開，鸚鵡螺號開始潛入深不可測的海底。

我們認為這次無法以加滿儲水槽的方式下潛，也許增加的水量不足以達到所需的比重。而且，待鸚鵡螺號要浮上時，得排出超載的海水，幫浦動力也不夠抵禦外部水壓。

因此，尼莫船長決定斜切入海底，盡可能拉長切線路徑，讓斜板與吃水成四十五度角，接著全速運轉螺旋槳，四片槳板以無法言喻之勢猛烈擊水。

強力推進之下，鸚鵡螺號的船殼如弦線般顫抖，逐漸潛入深海。船長和我留守客廳，緊盯著流體壓力計的指針快速偏移，馬上就要超越大部分魚群生存的水層了。這些魚類有的只能活在淺水區或河川，但也有少數可以在深海自在存活。比如我觀察到的六鰓鯊，這是白斑角鯊的一種，身上有六個呼吸孔；還有眼睛大得出奇的龍睛金魚；大西洋黃魴鮄，後鰭灰，前鰭黑，腹部有紅色腹甲；最後是生活於一千兩百公尺深海，承受著一百二十個大氣壓力的鼠尾鱈。

我問尼莫船長是否曾在更深的水層觀察過魚類。

「魚類？」他回答，「很少，倒是目前的科學對深海魚類有任何假設或理解嗎？」

「有的，船長，我們知道深海植物消失的速度比動物快，某些仍見得到動物的區域，已長不出水生植物；也知道兩千公尺的深海有朝聖扇貝，而且極地英雄麥克林托克船長就曾在兩千五百公尺深處取得一隻活海星；還知道皇家海軍鬥牛犬號的船員也曾在兩千六百二十英尋，也就是一里格多的深處捕獲海星。可是，尼莫船長，你是不是想跟我說，我們其實什麼也不知道？」

「沒這回事，教授，」船長答道，「我沒這麼無禮。但倒想問問，你怎麼解釋生物可以存活在這麼深的海底？」

「兩個原因，」我回應，「首先，因為含鹽度和密度的落差，海水上下層會彼此流動，這種垂直的交流提供了海百合與海星最基本的生存需求。」

「沒錯。」船長說。

「再來就是，以生命依靠氧氣為前提，我們知道深海的壓力較高，海水含氧量也因此提升。」

「噢！這也知道？」尼莫船長有點驚訝，「好吧！教授，既是事實，知道也是合理的。我補充一點，在淺水層抓到的魚，魚鰾內的含氮量多過於含氧量，反之，深水層魚類的含氧量則勝於含氮量。算是對你的論述提出佐證。那麼，我們繼續探測吧！」

我們把注意力轉回流體壓力計上，指針指出深度為六千公尺。鸚鵡螺號靠活動斜板滑行，已持續下潛一小時了。荒蕪的大海清澈可人，透亮的色彩無以描繪。一小時後，我們身處於一萬三千公尺（約三又四分之一里格）深度，但仍探不到海底。

到達一萬四千公尺的深海時，水中冒出數座黑山，高如喜馬拉雅或白朗峰，甚至可能更高，山巒間形成的山谷深不可測。

雖然承受著強大的水壓，鸚鵡螺號仍繼續下探。我能感覺到鋼板的螺栓接合處不斷震動，金屬支架開始彎曲，壁板微顫，客廳玻璃也因水壓向內凹入。這堅固的機器若非真如船長所言，有如鐵塊般堅不可摧，應該早就解體了。

船隻沿著水底岩坡下行時，我還看見幾種貝類、龍介蟲、活生生的眶棘平鮋，以及幾種海星。

但沒過多久，就再也不見生物的蹤跡了。鸚鵡螺號潛行超過海底生物存活極限的三里格深度。如同氣球升至大氣層外，我們已深入海底一萬六千公尺（四里格），鸚鵡螺號的船身因此承受著一千六百個大氣壓力，也就是每平方公分的表面積承受一千六百公斤的重量！

「太難想像這景象了！」我激動大叫，「我竟能造訪從無人類涉足的深海！船長，你看，看這些奇特的岩石，這些空穴，這些位於地球最深處、無人可居的居所！這般前所未見的景象，為何只能停留在記憶中？」

「你想不想，」尼莫船長問，「把這份回憶保存得更好一些？」

「你這話是什麼意思？」

「我的意思是，在這深海拍張照就好了啊！」

我還來不及表達這提議帶來的驚喜，尼莫船長已命人送來相機。我站到壁板大開的玻璃旁，電光照亮海水，人造光中不見陰影與暗處，若是陽光，應該無法產生這種適合拍照的光線。鸚鵡螺號的螺旋槳持續推進，斜板傾斜的角度不變。相機對準了海底景觀，快門一閃，幾秒後，我就得到一張清晰的負片了。

這是我來過此處的證據。相片上可見從未曝光的原始岩群、形成地球堅實底座的花崗岩、石堆間的深洞，清晰的黑色岩石輪廓印在其上，感覺是某個弗萊芒畫家揮毫而作。遠處山邊以優美曲折的山稜線為背景，岩石表面平順、黑亮、光滑，沒有一點青苔或斑痕，形狀奇特，但都穩健的矗立在因電光照射而閃爍的細沙地毯上。

尼莫船長在觀察完畢後對我說：

「教授，我們上去吧，還是別讓鸚鵡螺號在高壓環境裡待太久。」

「上去吧！」我應道。

「站好了。」

我還來不及反應，就摔到地毯上了。

船長一聲令下，螺旋槳加快轉速，斜板轉直，鸚鵡螺號像氣球升空，以閃電般的速度向上衝。船身劃開海水，發出的顫聲如雷，外頭景象迅速掠過，完全看不到任何細節。我們在四分鐘內上升了四里格，如飛魚般衝出水面，落下時激起大浪，浪高驚人。

是我來過此處的證據。

12 抹香鯨與鬚鯨

三月十三至十四日的夜裡，鸚鵡螺號回到朝南的航線上。我猜想要到合恩角才會轉向西邊，返回太平洋結束環球之旅。結果並非如此，我們沒有掉頭，仍然持續往南。究竟要去何方？極區嗎？太瘋狂了。我開始覺得尼德蘭對船長不按牌理出牌的憂慮是有道理的。

加拿大人已有好些日子沒跟我提逃跑的事了。他變得沉默寡言，看得出這無期徒刑對他造成的壓力，也感受得到他日積月累的憤怒。每回見到船長，他的眼裡總會燃起陰鬱的怒火，我不禁擔心，哪一天他那狂暴天性會激發出不可收拾的極端反應。

三月十四日這天，顧問和他來到我的房間，我問了他們來意。

「有個小問題想問你。」加拿大人回答。

「說吧，尼德。」

「你認為鸚鵡螺號上有多少人？」

「我不知道。」

「我總覺得，駕駛這艘船不需要太多人力。」

「的確，」我回答，「按目前情況看來，應該頂多十個就夠了。」

「是嘛！」加拿大人說，「那為什麼船上人數比十個多？」

「為什麼？」我重複。

我盯著尼德蘭，他的意圖十分明顯。

「因為，」我說，「若我的預感無誤，若我對船長的理解正確，這艘船應該是個庇護所，

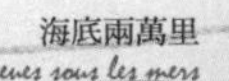

每回見到船長……

收容那些和船長一樣與陸地斷絕關係的人。」

「也許吧，」顧問說，「但鸚鵡螺號最高的乘載量應該不過百來人，先生沒辦法估算最大值嗎？」

「怎麼估算？」

「用數學計算。根據先生所知的船隻大小，推算空氣含量。接著只要知道每人呼吸多少空氣，再把這個數字與鸚鵡螺號每二十四小時浮出水面補充的空氣量比對……」

顧問沒把話說完，但我已明白他的心思。

「我知道你想說什麼，」我說，「算法不難，只是結果不會很精確。」

「沒關係。」尼德蘭堅持。

「算法是這樣的，」我回答，「每人每小時消耗的含氧空氣量是一百公升，二十四小時就是兩千四百公升，所以我們必須知道鸚鵡螺號內的含氧空氣量是兩千四的幾倍。」

「沒錯。」顧問說。

「鸚鵡螺號的容積是一千五百公噸，一公噸相當於一千公升，所以鸚鵡螺號的空氣量是一百五十萬公升，再除以兩千四……」

我用鉛筆快速計算了一下：

「得到的數字是六百二十五，也就是說，鸚鵡螺號的空氣量足夠六百二十五人呼吸二十四小時。」

「六百二十五！」尼德重複了這個數字。

「但請放心，」我又補充，「這船上無論是乘客、水手或船務人員都不到這個數字的十分之一。」

「對三個人來說還是太多了！」顧問喃喃自語。

「所以，可憐的尼德，我只能請你忍耐了。」

「不只要忍耐，」顧問回答，「還得聽天由命。」

顧問這話的確有理。

「反正，」他又接著說，「尼莫船長不能一直往南走！到南極冰原前，他就得停下來，返回文明的海域！到時，就會有機會執行尼德蘭的計畫了。」

加拿大人搖了搖頭，抬手拍著額頭，沒做任何回應便轉身離去。

「先生，請容我為他說幾句，」顧問對我說，「這可憐的尼德，老想著得不到的東西，對過去的生活念念不忘。對所有受限制的事唉聲嘆氣，往事令他抑鬱難耐，內心沉悶不已。我們得理解他的反應。他在這裡能幹嘛呢？什麼也做不了。他不像先生是個學者，也不像我們對海底世界充滿好奇，只能為重回家鄉的小酒館而奮不顧身了。」

船上單調的生活確實對習慣自由、積極的加拿大人來說太難熬了，很少有事情可以引起他的興趣。不過，這天，一起突發事件讓他重溫了美好的捕鯨時光。

早上十一點左右，航行海面的鸚鵡螺號闖進了一群鯨魚之間。遇上這些鯨魚倒沒有讓我太訝異，我知道牠們遭濫捕濫殺，為了避難才紛紛躲到高緯度海域。

鯨魚在海洋世界扮演很重要的角色，也曾影響地理探勘。牠們引領了巴斯克人、阿斯圖里亞人、英國人和荷蘭人力抗凶險的海洋，從地球彼端來到另一端。鯨魚喜歡在南、北極海上優游，某些古老的傳說還曾提到鯨魚曾把漁夫引到只離北極七里格的地方。就算傳說不是事實，這件事也總有一天會成真。人類很可能為了追捕南、北極海域的鯨魚而來到地球上這兩個未知之地。

我們當時正坐在平台上，海面風平浪靜。高緯度地區的十月天氣秋高氣爽，加拿大人指出東邊海平線那端有頭鯨魚，而他不可能看錯。我們定睛細看，果然見著黑色的鯨背在波濤間起

©Wikimedia commons

鸚鵡螺號闖進了一群鯨魚之間。

伏，與鸚鵡螺號大約相距五浬。

「噢！」尼德蘭叫道，「要是在捕鯨船上該有多好，能看到牠們真是太開心了！好大一頭呢！看牠鼻孔噴出的蒸氣柱力道多強！該死！為什麼我要被綁在這塊鋼板上！」

「先生，捕鯨人怎能忘記自己的舊業？遇到這種獵捕良機，怎麼可能無動於衷呢？」

「什麼啊！尼德，」我答道，「你還在想著捕鯨的陳年往事嗎？」

「尼德，你從來沒在這片海域捕過鯨嗎？」

「沒有，我只在北極海附近捕過，就是白令海峽和戴維斯海峽附近。」

「所以你還不認識南極海域的鯨類囉。至今為止，你獵捕的都是弓頭鯨，這種鯨魚不會隨意游過赤道。」

「哦！教授先生，你說這話是什麼意思？」加拿大人語帶質疑。

「我說的是事實。」

「那就拿出證據！我告訴你，一八六五年，也就是兩年半前，我曾在格陵蘭島捉到一頭側身中叉的鯨魚，魚叉來自白令海峽的捕鯨船。請教一下，牠在美國西邊海域遭到攻擊後，如果不是繞過合恩角或好望角，再穿過赤道，那是怎麼死在東邊的？」

「我跟尼德兄的看法一致，」顧問說，「不過我還是想聽先生的說法。」

「兩位，我的答案是，鯨魚是有地域性的，根據不同種類會有各自的生活海域，而且不會隨意離開。如果有鯨魚從白令海峽游到戴維斯海峽，那純粹是因為兩片海之間有個通道，也許是在美洲，也有可能是在亞洲。」

「可以相信你嗎？」加拿大人瞇起一隻眼睛問道。

「應該相信先生。」顧問回答。

「這麼說，」加拿大人又說，「因為我從未在這片海域上捕過鯨，所以不可能認識這一帶

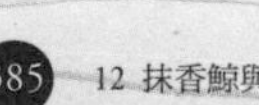

我曾在格陵蘭島捉到一頭鯨魚。

的鯨類囉？」

「正如我所言。」

「那就更應該好好認識一下才對。」顧問接話。

「你們看！你們看！」加拿大人激動的說，「牠游過來了！靠近我們了！牠知道我奈何不了牠！是在挑釁我呢！」

尼德氣得跳腳，雙手發顫，手中揮舞著假想的魚叉。

「這裡的鯨魚，」他問道，「跟北極海的一樣大嗎？」

「差不多。」

「先生，我曾見過一百尺長的大鯨魚呢！而且聽說阿留申群島的胡拉莫克島和恩加利克島附近還有超過一百五十尺的。」

「我覺得言過其實了，」我答道，「那一帶的鯨魚只是鬚鯨，和抹香鯨一樣長著背鰭，體型通常比弓頭鯨小。」

「啊！」加拿大人目不轉睛的看著洋面大叫，「牠游過來了，游進鸚鵡螺號的射程範圍內了！」

說完後，他又回到我們的話題上。

「你把抹香鯨講得好像某種小動物似的！」他說，「但真的有抹香鯨大得驚人。這種鯨魚可聰明了，聽說有些身體上會覆滿海藻和墨角藻，結果被當成小島，人們在牠背上居住、生火……」

「還蓋房子呢。」顧問說。

「是啦，調皮鬼，」尼德蘭答道，「然後有一天，這動物潛入水中，把上頭的居民全拖進海底深淵。」

「就跟《辛巴達歷險記》的故事一樣。」我笑著說。

「蘭師傅啊！聽說你喜歡誇張的故事，但剛才提到的抹香鯨也太離譜了！希望你別當真！」

「大自然學家，」加拿大人嚴肅的回覆，「與鯨魚相關的事都該相信！你看牠的姿態！看牠靈活的動作！據說牠們環游世界一周只需十五天。」

「我不否認。」

「可是，阿宏納先生，你肯定不知道一件事，創世之初，鯨魚游得比現在還快。」

「哦！是嘛，尼德！這是為什麼呢？」

「因為以前牠的尾巴是橫的，像一般的魚一樣，也就是無法垂直擺動，只能左右晃。可是造物主覺得牠游得太快，就把尾鰭的方向轉了一下，從此鯨魚變成上下打水，速度也就減慢了。」

「好吧，尼德，」我說，「用加拿大人的話回問你一句，可以相信你嗎？」

「別太認真，」尼德蘭答道，「如果我說有種鯨魚長達三百尺，重達十萬磅，那就更不用相信了。」

「的確是太誇張了，」我說，「但也不得不承認，某些鯨魚的成長幅度很驚人，據說可以提供一百二十噸的魚油。」

「這個我倒見過。」加拿大人表示。

「這我相信，尼德，如同我也相信某些鯨魚可以跟一百頭大象一樣大。想像一下這龐然大物全速衝來會造成什麼後果！」

「牠們真的能把船撞沉嗎？」顧問問道。

「船隻，我倒不認為，」我回答，「然而，據說一八二〇年時，就在這片南方海域上，鯨

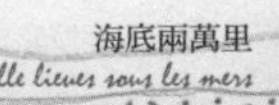

魚就曾衝上埃塞斯號，逼得該船以每秒四公尺的速度向後退。一陣浪自後方打上船隻，埃塞斯號幾乎是立刻沉沒。」

尼德看著我，臉上滿是嘲諷的神情。

「我個人曾被鯨魚尾甩過，」他說，「當然是在我的小艇上發生的。我和同伴都被拋到六公尺高，但攻擊我的不過是隻小鯨魚而已。」

「這種動物長壽嗎？」顧問又問。

「一千年。」加拿大人毫不猶豫。

「尼德，你怎麼知道？」

「大家都這麼說。」

「為什麼大家都這麼說？」

「誰都知道啊。」

「不，尼德，沒有人知道，但有個邏輯推測。四百年前，漁夫第一次追捕鯨魚時，牠們的體積比今日捕捉到的大。因此人們合理假設今日鯨魚體型較小是因為牠們還沒完全成長。百科全書的作者布馮伯爵才會推論鯨魚可以活到一千歲。你聽到我說的話了嗎？」

尼德蘭根本聽不進去，眼裡也看不到我。鯨魚還在持續靠近，尼德虎視眈眈。

「噢！」他興奮大叫，「不只一頭，有十頭、二十頭，是一整群！而我卻綁手綁腳，什麼都不能做！」

「尼德兄，」顧問說，「怎麼不去請尼莫船長允許你捕獵就好了呢？」

顧問話還沒說完，尼德已經從蓋板溜下船內，跑去找船長了。沒多久後，兩人一起登上了平台。

尼莫船長觀察了那群離鸚鵡螺號一浬遠，正在優游的鯨魚。

「是南方鬚鯨，」他說，「足夠讓許多捕鯨船發大財了。」

「那麼！先生，」加拿大人問，「能否允許我捕獵？純粹是不想忘記捕鯨人的技術。」

「捕來做什麼？」尼莫船長回答，「只不過是為了獵殺而捕！船上又不需要鯨魚油。」

「可是，先生，」加拿大人應道，「在紅海時，您卻允許我們獵捕儒艮！」

「那是為了給船員們弄點新鮮的肉。可現在只是為殺而殺。我很清楚這是人類的特權，但我不允許把殺生當作消遣。蘭師傅，這就和獵捕北方的弓頭鯨一樣，你的同伴殺害的是無辜善良的動物，因為他們在巴芬灣趕盡殺絕，這種動物才會瀕臨絕種。所以請放過這些可憐的鯨魚，就算你不殺牠們，牠們也有許多天敵了，包括抹香鯨、劍旗魚和鋸鰩都是。」

請各位自行想像加拿大人上這堂道德課時的表情。對獵人說這種話，根本是對牛彈琴。尼德蘭看著尼莫船長，顯然聽不懂他的話中之意。但我也覺得船長所言甚是，捕魚人野蠻盲目的殺戮，總有一天會讓海洋最後一頭鯨魚消失。

尼德蘭咬著牙吹起口哨，曲調是《洋基歌》，手插入口袋，轉身背對我們。

尼莫船長又觀察了一下鯨群，轉向我說：

「我說這群鯨魚除了人類外，還有許多天敵，這可不是亂說的。眼下這群鯨魚就要面臨大敵了。阿宏納先生，你看到下風處八浬外那些移動的黑點了嗎？」

「看到了。」我應道。

「是抹香鯨，十分可怕的動物，我曾經遇過兩、三百頭！這種殘忍的野獸就該格殺勿論。」

加拿大人聽見最後這句話，連忙轉身。

「好啊！船長，」我說，「為了保護鯨魚，我們還來得及……」

「教授，沒有冒險的必要。鸚鵡螺號的鋼製衝角就足以驅逐這些抹香鯨了，而且我想威力應該不輸蘭師傅的魚叉。」

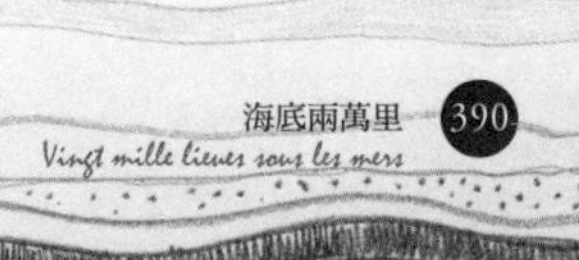

加拿大人毫不客氣的聳了聳肩，用船首衝角撞鯨魚！誰聽說過這種事？

「稍安勿躁，阿宏納先生，」尼莫船長說，「你將會見識到一場前所未聞的獵捕行動，對付這種只有嘴和牙的動物無須憐憫！」

嘴和牙！對身長時有超過二十五公尺的巨大抹香鯨來說，這個形容太貼切了。抹香鯨的頭非常大，幾乎占身長的三分之一，牠們的武裝比起鬚鯨厲害多了，鬚鯨的上顎只長了幾縷鬍鬚，抹香鯨卻生有二十五顆大牙，牙長二十公分，牙尖呈圓柱或圓錐狀，每顆都重達兩磅。牠們大頭上半部以軟骨分隔的腦裡，裝有三、四百公斤的珍貴魚油，稱為「鯨臘」。抹香鯨的長相奇醜無比，根據弗黑多教授的看法，與其說是魚，不如說是蝌蚪還比較合適。因為牠們的身體構造不全，整個左半邊可說是「殘缺」的，只能用右眼看東西。

這群醜八怪持續靠近，發現了鬚鯨後便作勢攻擊。可想見抹香鯨幾乎是勝券在握，不光是因為體型比性情溫和的對手有利，還因為牠們能潛水更久，不必浮出水面換氣。

是時候拯救鬚鯨了。鸚鵡螺號潛入海底，我和顧問、尼德坐在客廳的玻璃窗前，尼莫船長則到舵手旁坐鎮，把潛水艇變成狙擊武器操作。不久後，我感覺螺旋槳急速轉動，船速加快。

鸚鵡螺號抵達現場時，抹香鯨和鬚鯨已開戰。船長對這些大頭怪採取砍殺戰術，一開始，抹香鯨見到一頭新怪物加入戰局，並無太大反應，但很快的，牠們就知道得閃避攻勢了。

戰況真是激烈啊！尼德蘭也被激得熱血沸騰，拍手叫好。鸚鵡螺號簡直成了船長手裡的強力魚叉，直搗這群渾身橫肉的抹香鯨，把牠們一一斬斷，留下身後垂死掙扎、身首異處的鯨魚殘軀。抹香鯨強而有力的尾鰭狠狠擊在船側，但鸚鵡螺號沒有任何感覺，就連對方用盡全力衝撞，也不覺有異。解決一隻後，立即奔向另一隻，還可以馬上調頭、前進、後退，以免錯過任何一隻。舵手操縱自如，隨抹香鯨潛入深水或浮上水面，正擊、側攻、砍斷、撕扯，船首衝角從四面八方以各種方法刺殺鯨群。

嘴和牙！

好一場血戰！海面上充斥各種聲響，這些受到驚嚇的動物，叫聲尖銳，怒吼連天！平時寧靜無波的海水被鯨尾攪得怒濤沖天。

這場荷馬史詩般的屠殺整整持續了一小時，大頭怪在劫難逃。鸚鵡螺號數次遭到十至二十隻抹香鯨群起圍攻，牠們試圖合力壓碎船身。我們從玻璃窗看到牠們齜牙咧嘴、惡眼怒瞪的模樣。惹得尼德蘭忍不住怒吼咒罵。船身一度遭到牠們死命逼迫，有如惡狗在樹林間圍困野豬，不肯善罷干休。但鸚鵡螺號催動螺旋槳，拖拽著鯨群，或拉或衝，毫不在意鯨群的千斤重量和推擠壓迫。

抹香鯨群最後總算四散逃逸，海水恢復平靜，船身似乎也重返海面。蓋板一開，我們立即衝上平台。

海面躺滿了支離破碎的屍體，就算是大爆炸，也不會有這般切割、撕扯、碎裂的威力。我們在一片巨屍之間行進，淺藍色的背脊、灰白的肚腹，全身布滿偌大的肉瘤。幾頭驚魂未定的抹香鯨往海平線竄逃，血跡染紅了數浬海面，鸚鵡螺號就這麼浮在血海之上。

尼莫船長也來到平台上。

「怎麼樣！蘭師傅？」他說。

「很好。」加拿大人已恢復了平靜，「的確是場怵目驚心的對決。但我不是屠夫，我是獵人。剛才根本是屠殺。」

「剛才殺的都是惡獸，」船長答道，「鸚鵡螺號並非屠刀。」

「我比較喜歡魚叉。」加拿大人應道。

「各有各的偏好。」船長盯著尼德蘭回答。

我很擔心尼德會按捺不住而粗暴行事，如此後果將不堪設想。幸虧鸚鵡螺號此時來到一頭鬚鯨身旁，適時轉移了他的怒氣。

這頭鯨魚未能逃過抹香鯨的利齒，我認出那是隻南方鬚鯨，前額凹扁，一身漆黑。解剖學的研究顯示，這種鯨魚與北極海的鬚鯨和北大西洋鬚鯨的差異在於，牠們的七塊頸椎骨完全接合，而且比同類多了兩根肋骨。眼前這隻可憐的鯨魚側臥在水面，腹部千瘡百孔，已失去生命跡象，傷痕累累的魚鰭還掛著一隻未能搶救的小鯨魚。水不斷從牠張開的大嘴流出，潺潺作響，有如碎浪流過鯨鬚。

尼莫船長將鸚鵡螺號駛近屍體，船上兩人爬上牠的側身，我滿臉驚訝的看著他們擠空母鯨乳房裡的奶水，約有兩、三噸之多。

船長遞給我一杯溫熱的鯨奶，我連忙表示自己不愛。但他保證味道鮮甜，口感與牛奶無異。我嚐了嚐，味道果然不錯，是很有用的儲糧。可製成鹹奶油或起士，為日常飲食帶來變化。

從那一天起，我發現尼德蘭對尼莫船長的態度越來越糟，於是決定密切留意他的一舉一動。

13 冰原地帶

鸚鵡螺號繼續朝南行駛。沿著西經五十度快速前進，難道真的打算直抵南極？我不認為。因為至今為止，所有企圖到地球極點的計畫全數失敗。此外，季節也遲了，南半球的三月十三日等同於北半球的九月十三日，已是秋分時節。

三月十四日，我在南緯五十五度發現浮冰，雖然僅是二十到二十五尺的灰白碎冰，卻也足以成為暗礁，並濺起滾滾浪濤。鸚鵡螺號依舊航行海面，曾在北極海域捕魚的尼德蘭對冰山並不陌生，顧問和我則是第一次觀賞。

南方天邊橫亙著一道白色光帶，英國的捕鯨人稱之為「冰映光」。雲層再厚都擋不住這道冰光，它向我們預告了，彼端海面有大片冰堆或冰層。

果然，不久後我們便遇上了大塊浮冰，冰光雲霧變化。其中某些冰塊表面顯露綠色紋理，有如以硫酸銅劃出的曲線；也有近似紫水晶的冰塊，陽光直接透入其中；還有一些帶有無數切面的冰晶體反射著日光，或是像石灰質般強烈的反光效果，足以建造一整座大理石城。

越往南走，漂浮的冰島越多、越大。成千上萬的極地鳥類在上頭築巢，包括海燕、花斑海鸚等，叫聲震耳欲聾。其中有些還把鸚鵡螺號當作鯨魚的屍體，飛到船身上棲息，不時啄得鋼板鏗鏘作響。

穿越浮冰期間，尼莫船長時常走上平台，全神貫注的觀察這片荒涼海域。他冷漠的眼神偶爾會流露出興奮之情，不知是否正想著，在這片人煙罕至的極區海洋，他才有回到家的感覺？他才是這片禁地的主人？也許吧。他不發一語，一動也不動，只有需要操作船隻時，他那直覺的駕駛本能才會猛然甦醒，巧妙閃躲冰塊的撞擊，有些冰塊甚至長達好幾英里，高度也可達六十至八十公尺。遠方海平面經常看似無路可走，南緯六十度的海面似乎已無法穿越，但尼莫船長仔細探察後，很快便找到幾處窄道，並大膽鑽入。他知道，這些窄道在我們通過後，就會馬上閉攏。

就這樣，鸚鵡螺號在這雙巧手引導下，繞過了一座座浮冰。顧問對此興奮不已，把冰群按形狀和大小精確分為冰山、冰峰、成片無邊的冰原或冰田、流冰或浮冰、冰堆或碎冰，環繞成圈的稱為冰圈，長形的稱為冰流。

這裡的溫度很低，船外的溫度計顯示為零下二至三度，但我們身穿海豹與海獅毛皮大衣——謝謝牠們的犧牲——所以還算暖和。至於船內，則有電力恆溫空調，足以抵禦酷寒。再說，只需潛入水下幾公尺，環境溫度便會回到可忍受的範圍了。

若是兩個月前來，這個緯度會是永晝，但現在已有三到四小時的黑夜了，再過一陣子，極區將會進入六個月的永夜。

三月十五日，我們越過了新設得蘭群島和南歐克尼群島。船長告訴我，從前這一帶有無數海豹，但英國和美國捕鯨隊趕盡殺絕，捕殺成豹和懷胎的母豹，原本生氣蓬勃之地，如今只剩死寂。

三月十六日清晨八點左右，鸚鵡螺號順著西經五十五度越過南極圈。我們的四周全是浮冰，海水一路冰封至遠處的海平線，但尼莫船長總是有路可走。

「他究竟要去哪裡呢？」我問。

「一直往前，」顧問回答，「直到他不能再前進為止，到時就會停了吧。」

「很難說！」我回應。

坦白說，我覺得這趟探險旅程讓我十分滿足，這片嶄新區域展現的美景絕倫，令人嘆為觀止。冰層的風情萬種，有時好似東方之都，無數清真寺尖塔和寺院矗立；有時又出現一座彷彿經地震摧殘而坍塌的廢城，無論陽光灑落、烏雲密布或暴風雪侵襲之時，都會呈現出不同的樣貌。除此之外，隨處可見冰山爆裂、崩塌或傾倒，各種景致千變萬化，宛如一幅立體透視畫。如果鸚鵡螺號正好在冰山失去平衡之時潛入水下，崩裂的巨響傳進水裡有如萬鈞雷霆。成堆的巨大冰塊落水，也會引發巨型漩渦，直達海洋深層。鸚鵡螺號也因此顛簸倒轉，有如被捲入怒濤的一艘棄船。

每每見到前方無路可行，我便心想鐵定沒戲唱了，但船長總能憑著直覺，順著極小的線索找到新通道。他善於觀察冰原上流動的淺藍細流，從未出錯，我猜測，他很可能早就駕著鸚鵡螺號到南極探險過了。

然而，三月十六日這天，前方一片冰田完全擋住了我們的去路。它們並非冰原，只是遇冷凍結的冰層而已，根本阻擋不了尼莫船長前行，他以雷霆之勢衝去，鸚鵡螺號有如冰鑿插入易碎的冰層，冰層隨即四分五裂，碎裂聲震天價響，簡直像是古代的攻城錘車。碎冰灑滿天，化成冰雹落在我們周圍。鸚鵡螺號憑著自身的推力開出一條通道，有時，它也會衝上冰田，靠船身重量壓碎它們，有時又潛至水底，稍微搖晃船身，令冰面裂開，就能順利切割出一道裂縫。

這些日子裡，我們經常受到冰粒襲擊。在濃霧瀰漫時，即便是站在平台兩端的人，也見不到彼此。風向說變就變，羅盤上的任何一個方位都可能吹來暴風，積雪如此厚實，得靠十字鎬才能敲碎。只要氣溫達到零下五度，鸚鵡螺號外殼就會覆上一層冰，這種狀況下，一般的帆繩索具就無法使用，因為繩子會被凍在滑輪凹槽裡。只有不需風帆與煤炭，單靠電力運作的船隻才抵抗這種高緯度氣候。

在這種環境裡，氣壓計通常處於低位，甚至會掉到七十三．五公分。而且，越接近地磁南極，原本就錯亂的羅盤指針甚至會指往反方向，無法與地理南極相符。依天文學家漢斯廷的說

法，地磁南極大約位於南緯七十度、東經一百三十度；但根據探險家杜培瑞的觀察，則是落在南緯七十度三十分、東經一百三十五度。因此必須把羅盤放到船上不同位置，觀察數次，才能取得船隻所在方位的均值。然而由於水道迂迴，方位也不斷變化，依此方式獲得的航道記錄經常差強人意。

最後，就在三月十八日，鸚鵡螺號歷經近二十次撞擊失敗後，總算無計可施了。前方阻擋我們的不再是冰流、冰圈或冰田，而是冰山彼此相連而成的屏障，巍然不動，無邊無盡。

「是冰山！」加拿大人說。

我明白，對尼德蘭和其他曾來到此處的航海家來說，這的確是難以逾越的障礙。正午時分，太陽露臉片刻，尼莫船長藉機測得了相對準確的數據，我們所在的位置是西經五十一度三十分、南緯六十七度三十九分，已進入南極圈內了。

在我們眼前的不是海水，不是洋面，鸚鵡螺號的船首衝角下，是一片遼闊、混雜了不規則冰塊的平原，地勢起伏跌宕，變幻莫測。這幅凌亂景象，說明昔日此處冰河崩塌前曾是一條河流，只不過結冰幅員較廣。隨處可見高達兩百尺的尖峰突起，更遠些還有灰白色的尖頂峭壁，有如巨大鏡面，反射了被雲霧遮去一半的陽光。除此之外，這片蒼茫的天地靜得可怕，唯有海燕或海鸚的振翅聲偶爾打破寂靜。一切都凍結了，就連聲音也是。

鸚鵡螺號只得暫泊此處，停止探險之旅。

「先生，」這天，尼德蘭對我說，「如果貴船長能走更遠……」

「那又如何？」

「就真的是號人物了。」

「怎麼說？」

「因為沒有人能穿越冰山。貴船長是很有能力沒錯，但他媽的！他不可能比大自然還厲

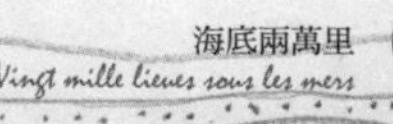

冰山！

害，大自然劃出了界線，不論甘心與否都得留步。」

「尼德蘭，你說的沒錯。可是我也很想知道冰山之後還有什麼！這時候碰上這道牆真令人惱火！」

「先生說的是，」顧問開口，「圍牆本就是用來激怒學者的，世界上根本就不該有牆。」

「好啦！」加拿大人接話，「誰都知道冰山之後有什麼。」

「有什麼呢？」我問。

「冰塊啊，除了冰還是冰！」

「你確定嗎？尼德，」我說，「我可不是那麼肯定，所以才想看看。」

「是嘛！教授先生，」加拿大人答道，「最好還是放棄這個念頭，能到這個平原已經很足夠了，不可能再往前進了，貴船長也是，鸚鵡螺號也是。不管願不願意，我們都得返回北邊，回到有正常人住的國家。」

不得不承認尼德蘭言之有理，只要可以在冰上航行的船隻還沒發明，就只能在冰山前止步。

事實也是如此，儘管鸚鵡螺號已使出渾身解數脫離冰層，仍然動彈不得。平常無路可走的時候，只要返回原路即可。但在這裡，船隻進退兩難，因為來路會在我們背後馬上封閉，只要我們稍微停留，通道就會立刻凍結。下午兩點左右，船側真以驚人速度結了一層薄冰，尼莫船長這次實在是太魯莽了。

當時我在平台上，船長已在那裡觀察一陣子了，他對我說：

「那麼，教授，你有什麼想法？」

「船長，我想我們被困住了。」

「困住！什麼意思？」

鸚鵡螺號動彈不得。

「意思就是我們進退兩難，左右無門。這種情況應該就叫『困住』吧，至少人類世界是這麼說的。」

「阿宏納先生，所以你認為鸚鵡螺號無法脫身？」

「很難，因為已經入秋了，不可能指望它們解凍。」

「唉！教授，」尼莫船長揶揄，「你怎麼還是一個樣！眼裡只見障礙和險阻！我個人向你保證，鸚鵡螺號不只能抽身，還能往更遠的地方去！」

「更南的地方嗎？」

「是的，先生，我們要去南極。」

「南極！」我驚叫，難掩懷疑神情。

「是的！」船長淡定回答，「去南極，去地球上所有經線會合之處。你很清楚我能讓鸚鵡螺號做任何我想做的事。」

沒錯！我了然於胸，太清楚這個男人的大膽妄為！但要戰勝南極何其容易，比前往那些最無畏的航海家都到不了的北極還難。這麼做簡直是痴心妄想，只有瘋子才做得出來！

這時，我突然想到有件事想問尼莫船長，他是否已經來過這個未有人跡涉足的極地。

「沒有，」他回答，「我們會一起探險。別人失敗的，我不會。雖然從未駕駛鸚鵡螺號到南極海域這麼遠的地方，但我得再次強調，我還會往更遠的地方去。」

「船長，我願意相信你，」我也用揶揄的口氣接話，「堅信不疑！勇往直前吧！前方沒有任何障礙阻攔得了我們！撞開冰山！炸開也行，要是它不動如山，就為鸚鵡螺號裝上翅膀，從上面飛過去！」

「從上面？」尼莫船長一派冷靜的回答，「不從上面，從下面。」

「從下面！」我叫道。

船長這麼一說，我倒是恍然大悟。我懂了。鸚鵡螺號將再次運用它的優勢，完成這次非凡之舉！

「教授，看來我們開始了解彼此了，」船長露出一絲笑容，「那麼你應該多少可以預見這場賭注的成功率（我認為會成功的）。一般船隻辦不到的，對鸚鵡螺號來說是輕而易舉。若南極區真有陸地，它就會在陸地前止步。但若是一片海，那它就會一路前進到南極。」

「的確，」我順著船長的意思說下去，「儘管海面冰封，底下的水層依然是流通的，海水的密度要比冰點高出一度，要是我沒記錯的話，冰山沉沒的部分和露出水面的部分，比例是四比一對吧？」

「差不多。冰山露出水面一英尺，水底下就有三英尺。眼前這些冰山既不超過一百公尺，表示水下頂多三百公尺，對鸚鵡螺號來說，算得了什麼？」

「算不了什麼。」

「甚至可以潛入更深的海底尋找恆溫水層，就可以度過水面零下三、四十度的低溫。」

「沒錯，先生，你說的沒錯。」我興奮的回答。

「唯一的困擾，」尼莫船長又說，「是得待在水下好幾日，無法更換新鮮空氣。」

「就這樣？」我答道，「鸚鵡螺號的儲存槽很大，只要全部儲滿，就能提供所需氧氣。」

「說的好，阿宏納先生，」船長笑道，「但為了避免你怪我魯莽，我還是得把所有疑慮交代清楚。」

「還有其他的嗎？」

「最後一個。要是南極有海，很可能是完全冰凍的，若真如此，那我們就無法回到海面上！」

「嗯，別忘了鸚鵡螺號有厲害的衝角，難道不能以斜角衝出水面，破冰而出？」

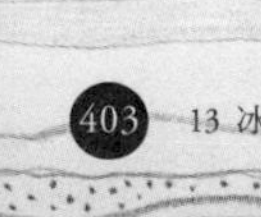

「噢！教授，你今天的主意倒是不少！」

「再說，」我越說越起勁，「和北極一樣，我們也有可能在南極遇上沒有結冰的海洋吧？無論南半球或北半球，冷極點和地極都沒有重疊，至少在有人提出反例前，我們大可假定地球的兩極，要不就是陸地，要不就是無冰層的大海。」

「我也是這麼想的，」尼莫船長回答，「只是你發現了嗎？以前你總是對我的計畫諸多反對，現在竟能搬出一堆理由來辯護，簡直是想把我壓垮啊。」

尼莫船長說的沒錯，我總算放膽說服他了！是我把他拖到南極的！我超越他，再遠遠拋下他……不！你這可憐蟲。尼莫船長比你清楚多了，他明白問題的利害，只不過是見你陷在難以成真的夢想裡打轉，看著好玩罷了！

他沒有多作耽擱，一聲令下，船副就來了。兩人以我聽不懂的語言簡單交談了一下，我想船副可能早就知情，或者他也覺得這項計畫確實可行，臉上沒有露出一絲驚訝之情。

然而，再怎麼無動於衷也比不上顧問的淡定。當我對這小子宣布我們要繼續往南時，他只回了一句「遵命」，或許我該為此感到滿足吧。至於尼德蘭，這加拿大人的肩膀可是聳得比天高。

「你知道嗎？先生，」他對我說，「我真心同情你和你那位尼莫船長！」

「可是我們要去南極了，尼德師傅。」

「也許去得了，卻不一定回得來！」

尼德蘭丟下一句「我最好還是離開這裡」，便離開了。

無論如何，這項大膽的計畫已經啟動了。鸚鵡螺號的強力幫浦正將空氣灌入儲存槽，以高壓儲存。四點左右，尼莫船長通知我平台的蓋板即將關閉。我看了最後一眼我們即將穿越的冰山。天氣晴朗、空氣清新冷冽，氣溫是零下十二度，但因沒有風，才不覺低溫難受。

十幾名船員爬到鸚鵡螺號的船側，拿著十字鎬敲開周圍的冰層，因為都是剛形成的薄冰，沒多久就清乾淨了。所有人回到船內，常備儲存槽裡已裝滿未結冰的海水，鸚鵡螺號開始下潛。

我和顧問待在大廳，透過玻璃窗看著南冰洋下的海景。溫度計的數字上升，流體壓力計的指針開始偏移。

潛入約莫三百公尺後，正如尼莫船長所言，我們已經在浮動的冰山底下了。然而，鸚鵡螺號還是繼續潛至八百公尺的深度，溫度已上升兩度左右，不到零下十一度了。更不用說，鸚鵡螺號內的暖氣設備讓船內溫度始終比船外高出許多，所有操作精準確實。

「我們一定過得去，先生不必擔心。」顧問說。

「我也這麼認為！」我以堅定的口氣回答。

鸚鵡螺號在未冰封的海底航行，沿著西經五十二度一路往南極去。從緯度六十七度三十分至九十度，還有二十二度的距離要走，相當於至少五百里格。鸚鵡螺號的速度不快，一小時二十六浬，若保持這個速度，我們將在四十小時後抵達南極。

這天夜裡，顧問和我為了多看些窗外景象而留在大廳中。船燈照亮深海，但海裡空無一物，在這片幽暗深洋中，魚類只會借道，從南冰洋游到南極海，並不停留。船速很快，可以感覺到鋼殼震動。

約莫凌晨兩點，我決定回房休息幾個小時，顧問也是。經過長廊時，我們沒有遇到船長，應該是在駕駛艙內吧。

隔天，三月十九日清晨五點，我又回到大廳。電力計程儀顯示鸚鵡螺號已降速，此刻正緩緩排空儲水槽，小心翼翼浮向海面。

我心跳加速。我們即將浮出海面，呼吸南極的自由空氣了嗎？

沒有。碰撞聲說明鸚鵡螺號撞到了冰山底層，從低濁的撞擊聲可知冰層很厚。以航海人的話來說，就是「觸礁」，只不過不在海面，而是在海下一千尺深。這表示，我們頭上頂著兩千尺的冰山，其中一千尺露在海面之上。所以冰山的實際高度超過我們在邊緣測得的數值，情況有點不妙。

這天，鸚鵡螺號反覆嘗試衝破冰層，卻屢次撞上頭頂那塊冰牆，有時是九百公尺，表示冰層厚達一千兩百公尺，其中三百公尺露出海面。與鸚鵡螺號剛下潛時相比，高度多了一倍。

我仔細記下不同的深度，取得了海底山脈的剖面圖。

到了晚上，情況依舊沒變。冰層的深度維持在四百至五百公尺間。雖明顯變薄，但船身與洋面之間的距離還是很大。

晚間八點。根據鸚鵡螺號的習慣，四小時前就該汰換船內空氣了，不過儘管尼莫船長尚未下令釋放儲存槽的空氣，我也不覺得難受。

這一夜我輾轉難眠，期待與失望的情緒反覆折磨著我。我多次起身，鸚鵡螺號仍在嘗試。凌晨三點左右，我發現冰山底層的深度僅剩五十公尺，所以我們與海面的距離是一百五十英尺。冰山逐漸化為冰田，山地轉為平地了。

我目不轉睛的盯著流體壓力計。船身依然以對角線沿著冰山底層上升。海面在電光下閃耀，浮冰上下的坡度都逐漸趨緩，冰層厚度一浬一浬的減少。

最後，總算在那值得紀念的三月十九日，大廳的門開了。尼莫船長走了進來。

「是不凍海！」他對我說。

尼莫船長走了進來。

14 南極

我趕緊衝上平台。沒錯！是不凍海。除了幾塊零星浮冰和浮動冰山，其餘延伸到遠方都是汪洋一片。天空飛鳥成群，水下游魚無數，海水色澤因深度不同，由深藍至淺綠。溫度計顯示攝氏三度，冰山在遙遠的海平線那端劃出弧線，春色宜人。

「我們在南極嗎？」我問船長，心跳劇烈。

「我還不知道，」他回答，「中午才測方位。」

「可是太陽會露臉嗎？」我望著灰濛濛的天空說。

「只要露出一點就夠了。」船長答道。

鸚鵡螺號南方十浬處有兩座二百公尺高、矗立在孤島上的山，我們小心翼翼開往那個方向。

一小時後，我們抵達小島，又花了兩個小時繞島一周。小島周長四至五英里，一條狹窄的水道隔開了小島與陸地（也許是塊大陸，反正一眼望不到盡頭）。這片陸地的存在似乎印證了莫銳的假設。這位來自美國的天才學者曾指出，南極與緯度六十度間的海面被許多大片浮冰覆蓋，這種現象在北大西洋海域是看不到的。根據這個現象，加上冰山只有在陸地邊緣才會生成，而不會在汪洋大海之中，因此他提出南極圈內有一大片陸地的結論。按照他的計算，覆蓋南極的冰群，應會聚成一個範圍達四千公里的冰帽。

鸚鵡螺號擔心擱淺，便先在離海岸三鏈一處滿是怪石的海面下錨。放下小艇後，船長、兩名攜帶儀器的船員、顧問和我一起坐了上去。時間是早上十點，我沒看到尼德蘭，但這加拿大人肯定是不願承認南極存在吧。

划了幾下槳後，小艇靠上沙灘，顧問正想跳上陸地時，我趕緊阻止了他。

「先生，」我對尼莫船長說，「第一個登上這片土地的榮耀應屬於你。」

「好的，」船長應道，「因為至今為止還沒有任何人類在這片南極土地留下行跡，所以我才會毫不猶豫踏上去。」

語畢，他便輕跳上沙灘。他的情緒激動，攀上了一塊突出的小岬角岩石，雙臂環抱佇立其上，一句話也沒說，彷彿已取得這片南極區的所有權。五分鐘後，他才轉向我們。

「先生，上來吧。」他對我喊著。於是我下了船，顧問跟在身後，兩名船員則留在小艇上。

這裡的地質是紅色的凝灰岩，看似由碎紅磚鋪成。火山渣、熔岩流和浮石遍布，火山生成的痕跡隨處可見。有些地方甚至逸出少量的火山氣體，可以聞到硫磺味，證明地層下的火焰仍具爆發力。然而，爬上高處後，方圓幾英里內都沒有其他火山。我們都知道，當年詹姆斯．羅斯到南極探險時，曾在東經一百六十七度、南緯七十七度三十二分發現埃里伯斯火山和特羅爾火山。

這片荒涼的陸地上，植物品種看來也很有限，黑岩上覆蓋了些許松蘿地衣。還有一些小嫩芽、幾種藏身於石英貝殼的原始矽藻，以及原先附在魚鰾上，後來被大浪沖上岸，或紫或紅的長墨角藻。

海岸散布著許多軟體動物，包括小淡菜、帽貝、心形鳥蛤，以及長形裸海蝶，其有薄膜，頭部由兩片圓耳狀的觸角組成。我還看到許多北極海螺，長三公分，鯨魚一口就可以吞下一大群。這些迷人的翼足目堪稱海中的湖蝶，讓這片未冰封的沿海充滿生機。

淺灘處的植形動物是珊瑚樹，據詹姆斯．羅斯的觀察，這類南極海域的珊瑚樹可以在一千公尺的深海生存。其次是小小的海雞冠，和許多此氣候特有、點綴海底世界的海星。

©Wikimedia commons

尼莫船長攀上岩石。

可是，生機最為蓬勃的當屬天空了，成千上萬的鳥類在天空翱翔，啼聲震耳欲聾。有的鳥兒聚集在岩石上，見我們走過也毫不畏懼，甚至親暱的挨近我們腳邊。水裡還有靈活的企鵝，牠們有時會被誤認成游速很快的鯖魚，但一上岸就顯得笨拙沉重。牠們的叫聲十分古怪，通常成群活動，動作不多，但話很多。

鳥類中，我注意到的有涉禽科的鞘嘴鷗，體形如鴿，白羽短嘴，帶紅眼圈。這種鳥只要料理得當，就是一道鮮美佳餚，因此顧問捉了一些當作儲糧；空中還飛過幾隻灰黑色的信天翁，翼展四公尺，稱牠們海上禿鷲也不為過；此外還有巨型海燕、胡兀鷲（羽翼呈弧形，嗜吃海豹）、花斑鸌（一種小鴨，背部黑白相間）；最後是一整批海燕，有的是灰身棕翅，有的則是南極特有的淺藍色種，我對顧問說明：「這種鳥油脂豐富，法羅群島的居民會在牠們身上插上一根燈芯，然後點亮。」

「再肥一點，」顧問應道，「就是完美的油燈了！但我們畢竟不能要求大自然還給牠們裝上燈芯！」

再往前走半英里，就看到地面上到處是企鵝巢穴，這些是牠們下蛋的洞，許多企鵝從裡頭鑽出。由於牠們黑色的肉是可食用的，尼莫船長便令人捕捉了上百隻。這種動物叫聲如驢、體型如鵝、背色深灰、腹部白皙，脖子圍了一圈檸檬黃。牠們就算被石頭砸死也不會有任何反應，更不會逃跑。

然而，雲霧遲遲不散，十一點了還不見太陽露臉，著實令人焦急。沒有太陽就無法觀測，要如何測定我們是否到達南極呢？

我來到尼莫船長身邊，看到他雙肘倚在石上，默默仰望天空，似乎有點煩躁。但還能怎麼辦呢？這男人再怎麼勇猛無畏，也不能像掌控海水一樣指揮太陽啊。

時間已是正午，仍然沒有一絲陽光，甚至連太陽在雲霧後的何處都無法判斷。不久，雲霧

成千上萬的鳥類在天空翱翔。

轉為降雪。

「明日再來。」船長只簡單說了一句，我們就返回被紛飛雪花包圍的鸚鵡螺號了。

在我們離船的這段時間，船員撒了漁網，我興致勃勃的觀察撈上來的魚類。南極海域是眾多魚類的避難所，牠們為了躲避低緯度海域的風暴而來到此地，卻還是落入了鼠海豚和海豹之口。我注意到幾隻鮰魚，長一公寸，軟骨類，灰白色身軀上有青灰色條紋，長著尖刺；其次是南極白肚魚，長三英尺，身形狹長，銀皮嫩肉，頭圓，背鰭三副，吻部尾端呈管狀，彎向嘴巴。我嚐過這種魚肉，儘管顧問讚不絕口，我還是覺得平淡無奇。

暴風雪持續到隔日仍未停歇，就連平台也上不了。我待在大廳裡記錄極地大陸的探險，一邊聽著海燕和信天翁在風雪中嬉鬧的鳴叫。鸚鵡螺號沒有停留在原地，而是沿著海岸緩緩往南行進了十幾浬，太陽劃過天際，徒留一絲餘暉。

隔天，三月二十日，雪停了，氣溫稍降，溫度計顯示零下兩度，濃霧終於散開，希望今天觀測順利。

尼莫船長沒有出現，小艇載著我和顧問先到陸地上。這一處的地質和兩天前一樣，都是火山地質。四處可見熔岩、火山岩渣和玄武岩，卻始終沒有看到噴發的火山口。此處跟另一邊差不多，無數鳥類為這極地大陸增添生氣，但牠們必須跟一大群海洋哺乳動物共享疆域。這些眼神溫和的動物是各種海豹，有的躺在地上，有的趴在浮冰上，有的上岸，有的下水。因從未和人類打過交道，見我們靠近也不逃跑。我大致估算了數量，大概可以供應上百艘船隻食用。

「說實話，」顧問說，「還好尼德蘭沒來！」

「怎麼說？」

「因為那瘋子一定會把牠們全殺光。」

「殺光倒有點言過其實，可是你說的對，如果加拿大人拿魚叉對付幾隻，我們的確阻止不了。到時候尼莫船長又要惱火了，畢竟他不可能讓人殺害不傷人的動物。」

「他是對的。」

「當然了，顧問。話說回來，你為這些美妙的海生動物分類了嗎？」

「先生很清楚，」顧問回答，「我對實務操作不太在行，除非先生告訴我牠們的名字……」

「是海豹和海象。」

「分別是鰭足科下的兩個屬，」博學的顧問馬上回答，「食肉目、有蹄類、單子宮亞綱、哺乳動物綱、脊索動物門。」

「很好，」我答道，「可是如果沒記錯的話，海豹和海象這兩個屬的動物還可以分成好幾種，我們可以就地考察，走吧。」

時間是早上八點，距離可以觀測太陽的時間還有四個小時。我往海岸邊一個花崗岩壁圍繞的大海灣走去。

放眼望去，無論陸地或浮冰上，到處都是海生哺乳動物，我不由自主搜尋了波帝斯的身影，那位神話中為海神涅普頓看守這一大批畜群的牧羊人。這裡的海豹數量十分可觀，牠們雌雄分工，雄性負責顧家，雌性哺育幼子，幾頭年紀還小但已頗健壯的幼豹得以在不遠處自行活動。這種動物移動時必須收縮身體，用不健全的鰭，笨拙跳躍前進，而這些鰭在牠們的親戚海牛身上，可是很有用的前臂。不得不承認，海豹的身體構造非常適合水中活動，脊椎靈活、骨盆狹窄、皮毛短密、腳掌有蹼，因此是游泳高手。牠們登陸休憩時，儀態優美、容顏溫柔、眼波流轉，也難怪古人一見，紛紛將雄海豹喻為海神之子特里同，而將雌海豹喻為美人魚。

我告訴顧問，這種有鰭類動物的腦部非常發達，除了人類以外，沒有其他哺乳動物有如此複雜的大腦組織。因此，海豹可以接受一定程度的教化，也很容易豢養。我認為海豹經過適當訓練後，可和捕魚犬一樣大有用處，也有其他自然學家同意這種看法。

海豹大多在岩石或沙灘上睡覺，確切來說，和耳朵突出的海獅不同，海豹沒有外耳。我還看到了幾隻長吻海豚屬的變種，牠們身長三公尺，白毛，頭似牛頭犬，上下顎各有十顆牙，其中包含四顆門牙和百合花似的犬齒。還有幾隻海象從另一邊游來，牠們是海豹的一種，擁有靈活短小的鼻子，跟其他同類比起來非常巨大，腰圍二十英尺，身長十公尺，見到我們靠近也沒有任何反應。

「這種動物不危險嗎？」顧問問我。

「不，」我答道，「除非有人主動攻擊，為了保護幼子，牠們暴怒起來是很可怕的，經常把漁船撞成碎片。」

「可以理解。」顧問回應。

「我也同意。」

又走了兩英里，我們被一道岬角擋住去路。這道岬角矗立於海上，海水擊岸，濺起片片浪花，為海灣抵禦南風。岬角外傳來咆哮如雷的聲音，有如反芻動物發出的哀嚎。

「哦，該不會是公牛大合唱吧？」

「不，是海象。」

「牠們在打架嗎？」

「打架，或是嬉戲。」

「請先生見諒，可是我們必須去看一眼。」

「的確該看一下。」

於是，我們翻過黑色的岩群，沿途不時有石塊崩落，冰雪也讓地面變得濕滑，我跌倒好幾次，弄得腰痠背痛。倒是顧問，也許是他很小心，或是下盤較穩，一次也沒滑倒，他扶起我說：

「先生願意的話，撐開雙腿行走比較能保持平衡。」

登上岬角頂端後，我看到一片布滿海象的雪地。牠們正在嬉戲打鬧，原來是興奮的狂叫，而非怒吼。

海象的體型和構造都跟海豹很像，唯有下顎不具犬齒和門牙，上顎則有兩顆長達八十公分的犬齒，齒槽周長三十三公分。這些牙齒的質地細緻，沒有紋路，比象牙還堅硬，也不易變黃，非常搶手。因此海象才會遭到盲目獵殺，不論是懷孕的母豹或幼豹，皆格殺勿論，每年屠殺數量超過四千頭，已是瀕臨絕種。

我走過這些奇妙的動物時，牠們沒有任何反應，因此得以近距離觀察。牠們的表皮粗厚，膚色是偏紅的黃褐色，皮毛很短且稀疏，有幾隻身長達四公尺。比起北方的同類，牠們顯得淡定閒適，也沒有在地盤上安排守衛。

逛完這座海象城，我覺得也該是時候往回走了。時間是十一點，尼莫船長若覺得條件已適合觀測，我也希望能在場。然而，我不敢奢望今日太陽露臉。天邊雲層很低，完全遮蔽視線，太陽似乎起了嫉妒之心，不願讓人類探索這片未竟之地。

儘管如此，我想還是先回到鸚鵡螺號較好。我們沿著崖頂的窄道往回走，十一點半便抵達小艇停泊之處。船長已來到岸邊，站在一塊玄武岩上，儀器在旁。他盯著北方天際，陽光在那兒劃出一抹長弧線。

我站到他身邊，靜靜看著，跟昨天一樣，太陽還是沒有探頭。

這是天公不作美啊，觀測再度泡湯。明天要是無法完成觀測的話，我們就只能放棄測定方位的想法了。

這麼說是因為今天是三月二十日，明天是二十一日，也就是春分，在那之後太陽將隱沒地平線下整整六個月，南極也將進入永夜，無法計算太陽的折射角。一直要到九月秋分，太陽才會再度從北方天際升起，螺旋上升直至十二月二十一日。這時正當北極夏至，太陽已開始下降，

明日就是看到日光的最後機會。

我告訴尼莫船長我的顧慮。

「阿宏納先生，你說的對，明日若測不到太陽高度，接下來六個月也都沒有機會了。但這趟航行很湊巧，我們竟在三月二十一日來到此處，太陽只要在正午出現，要測得方位非常容易。」

「為什麼？」

「因為當太陽的路徑為螺旋弧線時，很難準確測出它和海平線的距離，儀器數據也會有很大的誤差。」

「那你要怎麼測？」

「用精密表即可，假設明天，三月二十一日中午，太陽正好被北方的地平線切過（也要考慮折射角度），就代表我位在南極。」

「不錯，」我說，「然而，以這種方式判斷，就數學觀點來說並不精確，因為秋分時間不一定是正午。」

「的確如此，但誤差不會超過一百公尺，我們也沒有必要做到那麼精確。那麼，我們明天見。」

尼莫船長回到船上，顧問和我則在沙灘上待到五點，繼續觀察研究。除了一顆企鵝蛋外，我沒找到任何新奇的東西。這顆企鵝蛋大得驚人，收藏家肯定願意用一千法郎收購。淺栗色表面上，有類似象形文字的紋理和符號，非常稀奇。我把它放到顧問手裡，這謹慎的孩子踩穩下盤，像捧著一件珍貴的中國瓷器一樣，完好無缺的帶回鸚鵡螺號。

上船後，我把這顆稀奇的蛋放進大廳展示櫃。晚餐時，我的胃口極佳，吃了一塊美味海豹肝，吃起來就像豬肉。餐後，我回房就寢，睡前我不忘像印度人一樣，祈求太陽的恩典。

隔天，三月二十一日，清晨五點我就登上平台，尼莫船長已經在那裡了。

「天氣晴朗些了，」他對我說，「我覺得很有希望。吃過早餐後，我們就登陸，找個適合的觀測點。」

達成共識後，我去找了尼德蘭，本想約他同去，但那頑固的加拿大人還是拒絕。看得出來他日益沉默，惡劣的脾氣變本加厲。但就我們面臨的情況而言，也許他不去更好，畢竟陸上海豹實在太多，不該讓他面對這種誘惑。

用完早餐後，我便準備往陸地去。鸚鵡螺號昨天夜裡又往前行駛了幾浬，船停在海面上，距離岸邊一里格，岸上矗立著一座四、五百公尺高的尖峰。小艇載著我和尼莫船長，還有兩名船員和儀器一起出發，帶上的儀器包括精密表、望遠鏡和氣壓計。

小艇行經海面時，我看見好幾隻南極洋特有的三種鯨魚，分別是沒有背脊的露脊鯨，英文為 right whale。以及腹部有皺摺的座頭鯨，鬚鯨科，其灰白色的鰭十分寬大，亦稱 winged whale，可惜不如其名，牠們沒有翅膀。還有黃棕色的長鬚鯨，鯨類中最靈活的一種，身型強壯，噴出的蒸氣柱猶如煙霧旋風。這幾種哺乳動物在寧靜的汪洋上成群嬉鬧，由此可見南極海域的確是這些鯨類躲避捕殺的避難所。

此外，我還看到了灰白細長的海樽，這是一種群聚的軟體動物。也看到了在波濤間浮游的大型水母。

我們九點登陸，雲霧漸往南方散去，天空開闊了許多，原本覆蓋冰冷海面的霧氣也已消逝。尼莫船長往高處走去，想必是要上到尖峰觀測。這是一段艱難的攀登，必須在瀰漫著含硫火山氣體的空氣中，越過銳利的熔石和浮石。船長雖長久未踏上陸地，但身手仍然靈活矯健，別說我，可能連專門獵捕庇里牛斯山羚的獵人也追不上。

我們花了兩個鐘頭，才爬上這座由斑岩和玄武岩組成的尖峰頂端。從高處向下望，汪洋盡

這是一段艱難的攀登。

收眼底，在北方的天際線劃出一道清晰的海平線。我們腳下是一片炫目的銀白平原，頭頂是蔚藍無雲的天空。太陽自北方露臉，有如遭海平線切掉一角的火球。海中央噴發上百束的壯觀水柱，鸚鵡螺號有如沉睡的鯨魚停在遠處。而我們身後，大約在東南方，有一片遼闊的陸地，亂石和冰塊四處堆積，不見邊際。

尼莫船長抵達頂端後，先以氣壓計仔細測量高度，因為之後得將這個數據算入觀測結果。還差一刻就是正午了，我們靠折射光判斷太陽已現身，最後一道陽光將照在這塊遺世大陸和尚無人跡造訪的洋面上。

尼莫船長拿出望遠鏡觀察太陽（鏡片可以校正折射，且具備十字線），天上的日輪正沿著一條長長的斜線，逐漸沒入海平線。我拿著精密表，心跳得厲害，如果海平線將太陽對切時，表正好指向正午，那麼我們就確定位於南極了。

「正午了！」我大喊。

「是南極！」尼莫船長以嚴肅的口氣回答，同時把望遠鏡遞給我，海平線正好從太陽中間劃過。

我注視著岩峰上最後一抹陽光和逐漸爬上斜坡的陰影。

這時，尼莫船長搭著我的肩說道：

「先生，一六〇〇年荷蘭人葉里克被狂風巨浪捲到南緯六十四度，發現了新設得蘭群島。一七七三年一月十七日，著名的庫克船長沿著東經三十八度直抵南緯六十七度三十分，又於一七七四年一月三十日抵達西經一百零九度、南緯七十一度十五分。一八一九年，俄羅斯人貝林斯豪森來到南緯六十九度，一八八二年再抵南緯六十六度、西經一百一十度。一八二〇年，英國人布蘭斯菲爾德航行至南緯六十五度左右，同年，美國人莫雷爾沿西經四十二度一路往南，至南緯七十度十四分發現不凍海，但這消息不大可信。一八二五年，英國人鮑威爾至南緯六十二度止步，同年，英國一名獵海豹的漁夫威德爾，航行到南緯七十二度十四分、西經三十五度，再前行至南緯七十四度十五分、西經三十六度。一八二九年，英國香堤克利號船長福斯特，占領了南緯六十三度二十六分、西經六十六度二十六分的南極大陸。一八三一年二月一日，英國人比斯科於南緯六十八度五十分發現恩德比地；一八三二年二月五日，又在南緯六十七度發現另一片陸地阿德萊德；二月二十一日再發現南緯六十四度四十五分的葛拉漢地。一八三八年，法國人杜蒙．杜維勒在南緯六十二度五十七分的冰山前停下，測得路易菲利浦半島的方位；兩年後，又為南方新發現、位於南緯六十六度三十分的岬角命名為阿黛利地；八天後，再在南緯六十四度四十分發現克雷爾海岸。一八三八年，美國人威克斯沿著東經一百度直抵南緯六十九度。一八三九年，英國人巴雷尼在極圈附近發現塞布里納海岸。最後，一八四二年，英國人詹姆斯．羅斯攀上埃里伯斯火山和特羅爾火山；一月十二日，找到了南緯七十六度五十六分、東經一百七十度七十分的維多利亞地；同月二十三日，測得當時的最南點南緯七十四度，二十七日到達南緯七十六度八十分，二十八日到七十七度三十二分，二月二日抵達七十八度四十分；一八四二年，他回到南緯七十一度後再也前進不了。而今，我，尼莫船長，一八六八年三月二十一日，抵達南緯九十度的南極，取得這塊人類公認第六大洲的所有權。」

「以誰之名命名呢？」

「以我之名！」

說著這話時，尼莫船長拿出一面印著金黃色字母N的黑旗，轉身面對最後一道輕觸海平面的陽光。

「再會了，太陽！」他高喊，「消失吧，閃耀的星！沉睡於這片不凍海之下，讓永夜暗影籠罩於我的新領地六個月！」

「再會了，太陽！」

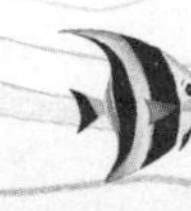

15 小事故，還是大災難？

隔天，三月二十二日清晨六點，鸚鵡螺號準備回航，最後的日光已遁入黑夜。天氣十分冷冽，星光璀璨，迷人的南十字星（相當於北半球的北極星）在天邊閃耀。

溫度計顯示零下十二度，寒風刺骨，原本流動的海面逐漸凍成浮冰，灰黑的薄冰一層層鋪上海面，表示新的冰層即將成形。顯然，南極海域即將進入為期六個月的冬季冰封期，船隻絕對無法通行。這段期間鯨魚將何去何從？想必是從冰山底下游過，找尋一個合適的海域。早就習慣這種氣候的海豹和海象，會留在冰凍的洋面上生活。這些動物天生擅長在冰原上挖洞，還能保持洞口暢通，便於呼吸。當鳥類承受不住寒冷往北遷徙時，這些海生哺乳動物就成了這片極地大陸唯一的王。

此刻，儲水槽已裝滿水，鸚鵡螺號緩緩潛入一千尺深。螺旋槳拍擊著海水，以時速十五浬的速度往北前進。接近傍晚時，我們已在廣闊的冰原下方了。

謹慎起見，船長關閉了大廳壁板，以免鸚鵡螺號撞上沉入海底的冰塊。因此，這一天我都在整理筆記。我的腦海裡充滿了南極的回憶，就像乘坐在滑行鐵道上的漂浮車廂般，我們輕鬆、安然的抵達南極，而現在真的踏上歸途了。回程還會有這麼精采的驚喜嗎？我想會的，海底奇景永不竭絕！五個半月前，我們碰巧被丟到這艘船上，至今已航行了一萬四千里格。這趟比赤道線還長的航程中，發生過多少新奇、可怕的突發事件，又為這趟旅行增添了多少色彩啊。克雷斯波島森林狩獵、托雷斯海峽擱淺、珊瑚墓地、錫蘭採珠、阿拉伯隧道、聖托里尼火山、維哥灣的百萬珍寶、亞特蘭提斯，還有南極！這天夜裡，所有回憶都來到我的夢裡，大腦一刻不得安眠。

清晨三點，我被一陣猛烈的撞擊搖醒。我起身坐在床上，在黑暗中聽著外頭的動靜。突然，我整個人被拋到艙房中央，鸚鵡螺號顯然撞到什麼東西了，才會如此劇烈傾斜。

我沿著牆壁走到客廳，廳內燈火明亮，但家具東倒西歪，幸虧展示櫃的四腳固定，才沒有倒塌。因船身傾斜，右牆掛的畫已貼到了壁毯，而左牆的畫則與壁毯拉開了一尺左右，可知鸚鵡螺號是向右傾倒，而且動彈不得。

船內傳來腳步聲與嘈雜的人聲，但尼莫船長沒有出現。就在我要離開大廳時，尼德蘭和顧問走了進來。

「怎麼回事？」我一看到他們便問。

「我就是來問先生的。」顧問說。

「見鬼了！」加拿大人高聲說，「我再清楚不過了！鸚鵡螺號擱淺了，根據傾斜的狀況判斷，我不相信能像上次在托雷斯海峽那樣輕易脫身。」

「至少，我們已經回到海面上了吧？」我問。

「我們也不知道。」顧問答道。

「答案倒也不難找。」我回應。

我看了一眼流體壓力計，大吃一驚，上頭顯示深度三百六十公尺。

「怎麼回事？」我驚聲大喊。

「得問尼莫船長才知道了。」顧問說。

「可是要上哪去找他？」尼德蘭問。

「跟我來。」我對兩位同伴說。

我們離開大廳，來到圖書室，裡面空無一人，中央樓梯和船員值班室也沒有人。我猜想尼

莫船長可能在駕駛艙內，也許應該再等等，所以我們又回到大廳內。

我就不提加拿大人如何咒罵了，他既然想藉題發揮，我就一語不發，任其盡情發洩。

接下來的二十分鐘內，我們試圖捕捉鸚鵡螺號內傳出的一切細微聲響，直到尼莫船長走了進來。他似乎沒看到我們，向來沉著的臉上流露著不安。他靜靜查看指南針和流體壓力計，接著又指向地圖上南極海域當中的一點。

我不想打斷他的思緒，直到稍後他轉向我，我才拿曾在托雷斯海峽用過的句子問他：

「出事了嗎？」

「是的，先生，但這次是大災難。」

「嚴重嗎？」

「也許。」

「有立即的危險嗎？」

「沒有。」

「鸚鵡螺號擱淺了？」

「對。」

「是怎麼擱淺的……？」

「大自然開了個玩笑，並非人為疏失。操作上沒有任何問題，但我們還是無法阻止平衡法則產生的後果。人類的律法可以違抗，大自然的法則卻無從抗拒。」

尼莫船長挑這種時候談起哲學思考還真是奇妙。不過，總而言之，他的答案並沒有回答我的問題。

「先生，請問方便讓我知道這場事故的原因嗎？」我又問他。

「一個巨大的冰塊，一整座冰山翻過來了。」他回答，「當冰山底部的海水溫度較高或是

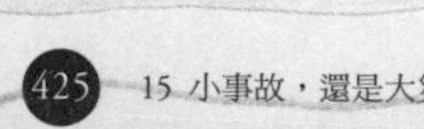

遭到反覆撞擊時，它們會消融，重心也會往上移。然後，就會大翻身。就是這麼一回事。有個冰塊翻轉時正好擊中了海底行駛的鸚鵡螺號，冰塊滑至船底，頂住了外殼，因為不可抗拒的浮力把船往上頂，推至密度較小的水層，導致船體傾斜。」

「難道不能排空儲存槽讓船身恢復平衡，藉此脫身？」

「正在做這件事，先生，你可以聽到幫浦運作的聲音。流體壓力計也顯示鸚鵡螺號正持續上浮，但冰塊也跟著上升，必須直到出現障礙物阻擋冰塊上升，我們才能脫離險境。」

鸚鵡螺號確實仍向右傾，大概得等到冰塊停止上升，船身才有可能拉直，但誰知道那時會不會撞到冰山上端，會不會困在兩層浮冰之間，遭到擠壓？

我反覆思索各種結果，尼莫船長持續觀察壓力計。自從碰到翻落的冰山後，鸚鵡螺號已經往上浮了一百五十尺左右，但傾斜角度始終不變。

突然間，船殼一陣微微的震動，鸚鵡螺號明顯拉直了一些。大廳裡的物件回到了原本的位置，牆壁也幾乎是垂直的了。沒有人出聲，大家都非常緊張，看得到、也感覺得到傾斜角度的變化。腳下的地板恢復水平，十分鐘過去了。

「總算拉直了！」我高呼。

「是的。」尼莫船長說著，一邊走向大廳門口。

「還要繼續潛行嗎？」我問。

「當然，」他回答，「儲水槽還沒排空，一旦排空了，鸚鵡螺號就得浮上水面。」

語畢，船長走出大廳，很快的，我也感覺到在他的命令下，鸚鵡螺號停止上升了。其實往上浮很有可能撞到冰山底部，最好還是待在水下比較安全。

「僥倖脫險了！」顧問說。

「沒錯，我們本來可能遭冰層壓碎，或是受困其中，然後無法更新空氣……沒錯！是僥倖

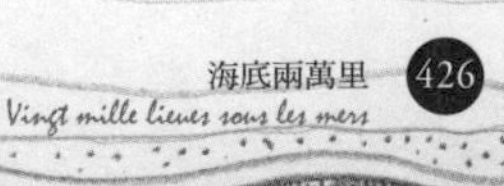

脫險了！」

「最好是沒有其他意外了！」尼德蘭喃喃自語。

我不想和加拿大人做無謂的爭執，所以沒有答話。而這時客廳的壁板打開了，外頭光線自透明的玻璃窗射進艙內。

如剛才所言，我們還在水面之下，但距離鸚鵡螺號十公尺有道閃著光的冰牆從上下兩方包夾我們。上方的冰牆是冰山底層形成的天花板，下方則是翻落的冰塊，慢慢滑動，最後找到兩個支撐點，卡住不動。鸚鵡螺號現在正處於一條名符其實的冰隧道中，上下寬約二十公尺，水波平靜。只要往前或往後，便能輕易離開隧道，再潛至冰山下方數百公尺的地方，就會有路可走了。

大廳的燈關了，但冰壁強力反射船燈光線，仍然照得室內明亮如晝。這些隨意切割的冰塊反射出的光線筆墨難以形容，每個角度和稜面都依冰塊本身的紋理散射出各式光影，有如一座璀璨的寶石山。特別是藍寶石和翡翠石的藍綠光芒相互輝映，在柔美細緻的乳白背景調和下，星光閃爍，肉眼難以直視。船燈的亮度也因為透鏡聚光的效果而提高了。

「太美了！太美了！」顧問高聲說。

「是啊！真是美妙的景色，尼德，你說是吧？」

「呃！見鬼了！沒錯。」尼德蘭答腔，「真是可惡，不得不這麼承認。我們還真的沒看過這種景觀，可是我們也付出了相當大的代價才看到。若真要說，我們現在看的東西應該是老天不許人類窺視的！」

尼德說的對，景色太美。這時，顧問大叫一聲，我趕緊轉身。

「怎麼了？」我問。

「先生快閉上眼！別看！」

顧問邊說邊摀住眼。

「小子，你怎麼了？」

「我看不見了！」

我不由自主朝窗戶看去，卻也受不了迎面而來的強光。

這時，我明白發生什麼事了。鸚鵡螺號加速，原本冰牆上靜止的光芒閃爍起來，猶如無數寶石的光芒交相輝映。在螺旋槳驅動下，鸚鵡螺號正在一條閃電隧道中前行。

大廳壁板關上了，我們還繼續遮著雙眼，視網膜上印著同心圓光圈，就好像直視烈日的反應一樣，需要些許時間緩和。

最後，我們緩緩鬆手。

「天啊，不敢相信。」顧問說。

「而我，我還沒相信！」加拿大人又嗆道。

「看慣了這些大自然的奇景，」顧問又說，「等我們回到陸地上後，該如何面對那些可悲又不起眼的人造物！人類世界實在是微不足道啊！」

一向冷靜的弗萊芒人嘴裡竟吐出這樣的話，足見我們的心情多麼激動，只有加拿大人還是不忘潑下冷水。

「人類居住的陸地！」他搖了搖頭，「別想了，顧問兄，我們回不去的！」

當時是清晨五點，鸚鵡螺號前方突然傳來一陣撞擊聲。我馬上明白，這是船首衝角撞到了冰塊。應是操作失誤，畢竟在冰塊四散的海底隧道中，的確不容易航行。我猜想尼莫船長會更改路線，繞過這些障礙，或順著蜿蜒的隧道駕駛。總之，我們不會停止前進的。然而，出乎我意料，鸚鵡螺號竟然正在倒退。

「我們在往回走嗎？」顧問說。

「是的，」我回答，「想必隧道這一端沒有出路了。」

「所以呢？」

「所以，很簡單，我們按原路倒退，從南邊的出口離開，就這樣。」

我嘴上這麼說，其實也是圖個安心。鸚鵡螺號倒退的速度加快，螺旋槳反向轉動，載著我們高速後退。

「恐怕沒這麼快脫離險境。」尼德說。

「快幾個小時或慢幾個小時都沒關係，只要能出去就好。」

「對，」尼德蘭重複，「只要能出去就好！」

我在大廳和圖書室間來回走了好一會兒，兩位朋友則是不吭一聲的坐著。不久後，我也癱進長沙發中，拿起一本書隨意翻看。

十五分鐘後，顧問起身靠近我，問道：

「先生看的書有趣嗎？」

「非常有趣。」我回答。

「我相信。因為先生看的是自己寫的書！」

「我的書？」

我手上拿的確實是《深海祕聞》，我竟然沒發現。我闔上書，再度起身來回閒晃，尼德和顧問也起身準備離去。

「兩位留步，我們一起待到找到出路吧。」

「遵命。」顧問回答。

幾小時過去了，我不時留意懸在大廳牆上的儀器。壓力計顯示鸚鵡螺號持續在三百公尺深度航行。指南針始終指向南方，計程儀則標明時速二十浬，在這麼小的通道裡，算是超速了。

但尼莫船長自然很清楚不能操之過急，儘管此刻一分一秒猶如一世紀。

八點二十五分，第二次撞擊，這次是船後方，我頓時臉色發白。我的同伴們靠了過來，我緊抓住顧問的手，彼此以眼神探問，此刻這麼做似乎比任何言語都要直接。

這時，船長走進大廳。我上前詢問：

「南邊的路堵住了？」

「是的，先生，冰山翻轉時堵住了所有的出口。」

「我們被困住了？」

「沒錯。」

16 缺氧

就這樣，鸚鵡螺號被上下兩道穿不透的冰牆夾住，我們被困在冰山中了！加拿大人狠狠捶著桌子，顧問默默無語，我看著船長。他的雙臂環抱胸前，神色已回復原有的沉著，正陷入沉思。鸚鵡螺號則是完全靜止了。

最後，船長說話了，語氣平靜。

「各位，依我們目前的處境來看，有兩種可能的死法。」

這個難以理解的傢伙，一副數學教授對學生演練算式的模樣。

「第一種是被壓死，第二種是窒息而死。我就不提餓死了，鸚鵡螺號上的儲糧可以撐得比我們還久，所以只需擔心壓死和窒息的問題。」

「船長，我想我們不必擔心窒息，儲氣槽是滿的。」我說道。

「沒錯，」尼莫船長回應，「但也只夠撐兩天，而且我們已經潛入水下三十六小時了，鸚鵡螺號內的空氣早已混濁，必須換氣才行。四十八小時內，儲存的空氣將消耗殆盡。」

「那好！船長，我們就在四十八小時內脫身！」

「我們會盡量，至少要鑿穿一面冰牆。」

「鑿哪一面？」

「探測器會告訴我們。我會把鸚鵡螺號停在下方冰層，我的船員會穿上潛水設備，鑿開最薄的那一面。」

「可以打開大廳壁板嗎？」

「當然沒問題，反正我們也走不了。」

船長走出大廳，不久便傳來哨音，表示水開始灌入儲水槽，而鸚鵡螺號也開始下沉，直到位於三百五十公尺深的水底，停在下方的冰層之上。

「兩位，」我說，「情況不樂觀，但我相信你們有足夠的勇氣和力量。」

「先生，」加拿大人回道，「現在不是我該繼續怨天尤人的時候，我願意做任何事。」

「很好，尼德。」我緊握加拿大人的手說。

「而且，」他又說，「我十字鎬用得跟魚叉一樣順手，只要能助船長一臂之力，我願任其差遣。」

「我想他也不會拒絕你的，來吧，尼德。」

我把加拿大人帶到更衣室，鸚鵡螺號的船員已在裡頭更換潛水衣。我把尼德的心意轉達給船長，他也欣然接受了。加拿大人穿上潛水衣，和其他夥伴一樣做好準備。每個人都背上胡嘉侯儲氣瓶，裡面灌滿了取自儲氣槽的乾淨空氣。這些空氣的支出相當可觀，卻是必要的開銷。至於倫可夫儀，在電光充足明亮的海中並無用武之地。

待尼德準備妥當，我便回到大廳，壁板已經打開。我站到顧問身旁，研究起周圍支撐著鸚鵡螺號的冰層。

沒多久，我們看到十幾名船員踏上船隻底下的浮冰。尼德人高馬大，非常好認，尼莫船長也在。

開始挖鑿前，他先探測冰層，以便確認施工位置。

長探測器從冰層側面插入，直到深入十五公尺仍不見底。上方的冰山厚度高達四百公尺，從那兒下手顯然是白費工夫。於是尼莫船長改測下方冰層，測出我們與水層相隔十公尺，也就是此處冰層的厚度。因此，我們得鑿出與鸚鵡螺號吃水線同等的面積。也就是說，如果我們要

從下方冰層鑽出，就得鑿掉約六千五百立方公尺的冰。

接著，大家便抱著堅毅的決心開鑿。由於貼著鸚鵡螺號難以進行挖鑿，尼莫船長便在左舷後側八公尺處畫了一道圓型大溝槽，船員們分散在圓周各處同時開挖。十字鎬奮力敲打厚實的冰塊沒多久，就有大塊冰塊墜落。因奇妙的比重關係，密度比海水小的冰塊開始上升，直到隧道頂部，因此上方冰層隨之增厚。但也無妨，只要能鑿開下層冰塊即可。

大伙賣力工作兩個小時後，尼德蘭筋疲力盡的回來了，換上另一批人員，由船副帶頭，我和顧問也加入行列。

海水溫度很低，但揮了幾下十字鎬後身體就熱起來了。雖然處在三十個大氣壓下工作，我還是行動自如。

兩個小時後，我回到船上吃點東西，休息片刻。這才發現胡嘉侯儀供應的新鮮空氣與船上充滿碳酸的汙氣差異頗大。船內已經四十八小時沒有更換空氣了，活氧量大幅減少。然而，挖鑿持續了十二個小時後，我們只鑿出了一公尺厚的冰層，體積大約是六百立方公尺。假設每十二小時可以完成等量工作，還得四天五夜才能達到預定目標。

「四天五夜！」我對兩個同伴說，「可是空氣的儲量只剩兩天了。」

「還沒算上即使離開這該死的囚房，我們還是在冰原底下，接觸不到大氣。」

所言甚是。誰知道得花上多少時間才能脫險？會不會在鸚鵡螺號重返水面前，我們就窒息而死了？難道我們注定葬身冰墓？情勢岌岌可危，但每個人都正視這個挑戰，恪盡職守，決心堅持到最後一刻。

正如我的預測，夜裡，溝槽劃出的大圈中又挖出了一公尺深的冰層。但這天一早，穿上潛水衣走入零下六、七度的海水中時，我注意到兩側冰牆正逐漸向我們靠近，我們在坑裡賣力工作，加上工具敲鑿所產生的熱量，並不足以讓較遠的海水升溫，因而逐漸結凍。新的危險迫在

兩側冰牆正逐漸向我們靠近。

眉睫，我們究竟能否得救？如何阻止凍結的海水繼續朝我們逼近，最後把鸚鵡螺號的外殼像玻璃一樣壓碎？

我沒讓兩個同伴知道此事，他們正為了生存奮力挖掘，何必冒著打擊士氣的風險多嘴呢？可是我一回到船上，就把我觀察到的情況告訴尼莫船長。

「我知道，」情勢再差，他也不改冷靜的語氣，「的確是雪上加霜，但我也無法阻止。唯有搶在結冰前完成挖鑿才能得救，先搶先贏，這樣而已。」

先搶先贏！看來，我還得再花點時間習慣他的說話風格！

這一天，我拿著十字鎬，靠著工作支撐意志。而且，其實工作代表可以離開鸚鵡螺號，直接呼吸儲氣瓶裡取自儲氣槽的新鮮空氣，不必吸取船上含氧量低且混濁的氣體。

傍晚時分，坑內的冰層又少了一公尺。回到船上時，我差點被充滿二氧化碳的空氣悶死。啊！為何找不到化學方法驅散這有毒的氣體！我們其實不缺氧氣，海水中的含量很多，只需用強力電池電解，空氣就能恢復清新。我認真考慮了這個方案，可是有什麼用呢，我們呼出的二氧化碳已經瀰漫在船內每一個角落了。要吸出這些氣體，就得裝滿氫氧化鈉後不停搖晃，船上沒有這種物質，也沒有其他替代元素。

當晚，尼莫船長不得不打開儲存槽開關，為鸚鵡螺號注入一股新鮮空氣。若不這麼做，我們恐怕醒不過來。

隔天，三月二十六日，我繼續充當礦工，開掘第五公尺的冰層。兩側的冰牆和冰山底層都明顯變厚，看來很有可能在鸚鵡螺號脫險前就合攏了。我頓時感到絕望，十字鎬差點從手中滑落。反正都要窒息而死或是被冰層壓碎了，我再挖又有何用？就連野蠻人也沒用過這種酷刑，我覺得自己好像落入怪物的血盆大口，眼睜睜看著牠的大嘴慢慢合攏。這時，正一邊揮著十字鎬，一邊指揮工作的尼莫船長正好經過我身邊。我伸手碰了碰他，並指向距離鸚鵡螺號不到四公尺的冰牢牆壁。

船長明白我的意思，示意要我隨他走。我們回到船上，脫下潛水衣，一起走到大廳。

「阿宏納先生，我們得放手一搏了，否則我們會被封在這如水泥般堅硬的海水裡。」

「沒錯，」我說，「但該怎麼做？」

「哎呀！」他高聲說，「我的鸚鵡螺號是否能抵抗這強大的冰層，不被壓扁呢？」

「什麼意思？」我不明白船長的心思。

「難道你不明白嗎？這些結凍的冰塊將會幫我們忙。你沒看見冰凍的水將會撐爆這片困住我們的冰層嗎？就像它們可以讓最堅硬的石頭碎裂一樣！你不覺得它們是救星而非災星嗎！」

「也許吧，船長，但鸚鵡螺號再堅固，也無力承擔這麼大的推擠力道，怕是會被壓成一片鋼板。」

「我知道，所以不能只冀望大自然，得靠我們自己的力量。我們得對抗結冰，得阻止它。現在不只兩側冰壁靠攏，船身前後的水域也剩不到十尺，冰從四面八方逼近。」

「船上儲存的空氣還能撐多久？」

船長直視著我。

「後天儲存槽就空了！」

我冒了一身冷汗，不過，有什麼好大驚小怪的？三月二十二日，鸚鵡螺號自南極的不凍海潛入，今天已是二十六日了，五天來，我們全靠船上的儲氧而活！如今剩下的氧氣得留給工作的人。記錄這件事時，我對當時的印象還很深刻，恐懼侵蝕了我的腦海，整個人陷入恐慌，彷彿肺部已經吸不到氣了！

然而，尼莫船長只是思考著，不發一語，不做任何反應，顯然腦海裡有個主意，卻又被他自己推翻。最後，他輕聲吐出了這個字：

「沸水。」

「沸水？」我驚叫。

「是的，我們受困於一個相對狹小的空間。鸚鵡螺號的幫浦若噴出沸水，是否能讓溫度上升，減緩結冰的速度呢？」

「試過才知道。」我的語氣堅定。

「教授，那我們就試試吧。」

此時溫度計顯示船外的溫度為零下七度。尼莫船長領我到廚房，那裡有幾座提供飲用水的大型蒸餾器。鍋爐中裝滿了水，連接一條蛇形彎管，利用電池發出電熱，透過彎管加熱海水。幾分鐘後，水就到達一百度了。幫浦送出水的同時，會流進新的水。電力加熱的能量很強，冰冷的海水抽進來後，經過蒸餾器處理，立刻變成沸水進入幫浦。

幫浦開始噴注沸水了。三個小時後，溫度計顯示船外溫度為零下六度，往上升了一度。又過了兩個小時，水溫上升到零下四度了。

「我們會成功的。」反覆確認操作進展後，我對船長這麼說。

「我也這麼認為，」他回答，「至少不會被壓扁，只剩窒息的問題要擔心了。」

夜裡，水溫升至零下一度，之後就升不上去了。但海水的冰點是零下兩度，因此可以確定我們排除了冰凍危機。

次日，三月二十七日，冰坑已挖去了六公尺深的冰，只剩下四公尺了，也就是還得再二十四小時。鸚鵡螺號內部的空氣已不能再更新，這一天情況持續惡化。

船內的空氣鬱悶難耐，半夜三點時，我簡直難受到了極點，不停打著哈欠，下巴幾乎要掉下來了。我的肺葉拚命尋找那些可以助燃、呼吸必備、現下卻逐漸稀薄的氧氣。我整個人陷入迷幻的狀態，全身癱軟，幾乎失去意識。可憐的顧問也有相同的症狀，遭受同樣的痛苦，但還是守在我身邊。他牽著我的手，鼓勵我，我聽見他有氣無力的聲音：

「唉！如果我不需要呼吸，就能把多的氧氣給先生了。」

聽見這番話，我不禁流下熱淚。

船內的情況實在太糟，所以輪到要下水工作時，每個人都迫不及待、欣喜若狂的穿上潛水服！十字鎬敲在冰層上發出鏗鏘聲，手臂痠痛、手掌破皮，但這些疲憊和傷口都算不了什麼！只要能有新鮮空氣進入肺部就好！只要能用力呼吸，能呼吸就好！

儘管如此，沒有人故意拖延水中工作的時間。工作一完成，就會把補充生命力的儲氣瓶交給下一個夥伴。尼莫船長以身作則，時間一到就卸下裝備交給下一人，返回空氣汙濁的船艙，一如往常的冷靜，看不出一絲疲憊，而且毫無怨言。

這天，大家比平常更賣力工作。只剩兩公尺厚度了，我們和未冰凍的海水間只有兩公尺的距離了。可是儲氣槽已幾乎空了，剩下的那一點都要留給挖掘冰層的船員，連一個空氣分子也分不出來！

我回到船上時幾乎喘不過氣，我不知該如何形容，那是多麼難熬的一夜啊！我們承受的痛苦無以名狀。第二天，我已經透不過氣了，頭痛難耐加上暈眩，就像喝醉酒一樣。我的同伴也有一樣的症狀，幾名船員已奄奄一息。

受困第六天，尼莫船長認為鋤頭和十字鎬的速度太慢，便決定壓碎阻隔我們與下方水層間的冰塊。這個男人始終保持沉著的態度和精力，靠意志力對抗肉體的痛苦，不停思考、策畫並執行。

下達指令後，船體開始減輕重量，比重改變，因而從冰層浮起。船身一上浮，大家合力把船拉到按吃水線部位大小所劃出的坑洞內，再將儲水槽灌滿，船即下沉嵌入冰坑。

此時，船員全數回到船上，關閉與外部相通的雙層門，鸚鵡螺號停在不到一公尺厚的冰層

大家比平常更賣力工作。

上，到處都是探測器鑽出的洞。

儲水槽的開關全開，灌入一百立方公尺的水量，等於為鸚鵡螺號增加了十萬公斤的重量。

眾人靜靜等待，默默聆聽，忘卻苦痛，滿懷期待。我們把所有的希望都賭上去了。

儘管腦袋嗡嗡作響，我還是聽到鸚鵡螺號外殼傳來的震動聲。船體開始下壓，冰塊應聲破裂，有如撕開一張紙，鸚鵡螺號緩緩下沉。

「穿過去了！」顧問在我耳邊輕聲說。

我無力答話，只能抓著他的手，不由自主抽搐著。

突然，超重的鸚鵡螺號像顆子彈般掉入海水，墜落的速度之快，彷彿處於真空！

幫浦開足了馬力，開始排出儲水槽的水。幾分鐘後，船體停止下沉。同一時間，流體壓力計也顯示深度降低。螺旋槳全速轉動，船身的鋼板因此搖晃震動，我們朝著北方前進了。

可是，我們還得在冰山下航行多久，才能回到不凍海呢？再一天嗎？那我應該會先死掉吧！

我半躺在圖書室裡的長沙發上奄奄一息，臉色發紫，嘴唇轉青，所有的感官都失靈了。我看不見也聽不到，時間的概念消失了，肌肉也已無力收縮。

不知道又過了幾個鐘頭，我只意識到自己性命垂危，就要死去……

突然間，我又轉醒了。幾口新鮮空氣注入我的肺部，我們回到海面上了嗎？成功穿越冰原了嗎？

不！是尼德和顧問，是我那兩位勇敢的朋友，犧牲自己救了我。他們把儲氣瓶尚存的一點空氣留給了我，他們同樣呼吸困難，卻把生命一點一滴送給了我！我想推開氧氣瓶，但他們抓住我的手阻止，我因此得以放肆吸了一陣子空氣。

我的視線落在掛鐘上，時間是早上十一點，應該是三月二十八日了。鸚鵡螺號以四十浬的

我半躺在圖書室裡的長沙發上奄奄一息。

驚人時速向前，在水中風馳電掣。

尼莫船長在哪裡呢？他倒下了嗎？與其他船員一起殉難了嗎？

這時，流體壓力計顯示我們和海面的距離只有二十尺，意味著我們和空氣僅隔著一層薄冰。能順利衝破嗎？

或許吧！總之，鸚鵡螺號非試不可。我也的確感覺到船身開始傾斜，船尾壓低，船首衝角朝上。只要把水灌進儲水槽中，就能輕易改變船身的平衡。然後，螺旋槳用力推進，由下往上如攻城錘般朝冰層撞去，冰層逐漸凹陷，鸚鵡螺號又往後退了一些，再全速衝向已有裂縫的冰層。最後，船身受強大衝擊力牽引，躍上冰面，再藉重量壓碎冰層。

蓋板打開了，或者也可以說是被扯開的，新鮮空氣灌入鸚鵡螺號艙內的每個角落。

17 從合恩角到亞馬遜河

我實在不知道自己怎麼上到平台的，也許是加拿大人背我上來的吧。總之，我能呼吸了，吸著海上清新的空氣，身旁兩位同伴也為這新鮮的分子沉醉。那些挨餓過久的可憐人，見到糧食還不能放肆大吃，我們沒有這種顧忌，用不著節制，只管盡情呼吸，讓肺部充滿空氣。微風輕拂，吹得我心醉！

「啊！」顧問開口，「有氧氣真好！先生別怕呼吸，這裡的空氣夠所有人享用。」

至於尼德蘭，他一句話也沒說，只顧著張大嘴，那模樣連鯊魚都害怕。真的是使盡全力呼吸呢！加拿大人活像一座熊熊燃燒的火爐「抽著氣」。

我們很快就恢復精神，環顧四周，只有我們三人在平台上，沒有其他船員，就連尼莫船長也不見人影。鸚鵡螺號那些奇怪的水手待在船內呼吸就能滿足了，竟沒人出來享受戶外空氣。

我開口第一句話便是向兩位朋友道謝，表達我的感激之情。尼德和顧問在我生命垂危之時，延續了我的生命。如此犧牲，我實在無以回報。

「好了！大教授，」尼德回答，「這點小事不足掛齒！我們有什麼功勞嗎？沒有，不過是一道邏輯問題而已。你的生命比我們的更有價值，所以應當優先保全。」

「不，尼德，」我應道，「我的生命並沒有比較高貴，沒有人比慷慨善良的人更了不起了。而你們就是這樣的人！」

「好啦！好啦！」加拿大人不斷重複，顯得有點難為情。

「還有你，勇敢的顧問，你受苦了。」

©Wikimedia commons

我能呼吸了。

「沒什麼，先生，坦白說，我的確缺了幾口氣，但我覺得自己撐得住。況且，我見先生昏了過去，我也不想呼吸了，就像俗話說的，令人窒……」

顧問怕自己的話太老掉牙，說到一半就停了。

「朋友，」我備受感動，「我們生死與共，你們有權……」

「那我可得好好利用。」加拿大人答腔。

「什麼？」顧問不解。

「沒錯，」尼德蘭接著說，「我要離開這地獄鸚鵡螺號時，我有權拉你同行。」

「說到這個，」顧問說，「我們現在航行的方向對嗎？」

「對的，」我回答，「因為我們正往太陽走，目前太陽的方向就是北方。」

「應該是的，」尼德蘭又說，「可是還得知道我們是回太平洋還是大西洋，也就是說，是往人多的還是沒人的地方去。」

關於這點，我也無法回答。我擔心的是，尼莫船長寧願把我們帶到亞洲和美洲間的那片汪洋。如此一來，他就能完成海底環球之旅，也能重返鸚鵡螺號遺世獨立的海域。萬一真的回到太平洋，遠離有人煙的土地，尼德蘭的計畫該怎麼辦？

我們應該很快就會知道答案了。鸚鵡螺號快速前行，沒多久後，我們就越過了南極圈，直駛合恩角。三月三十一日晚間七點，我們穿過南美洲的岬角。

此刻，我們都忘了曾經歷的痛苦。受困冰層的記憶已被抹去，我們全心展望著未來。從那之後，尼莫船長再沒有出現過，不在大廳內，不在平台上。多虧船副每日在地圖上標示方位，我才知道鸚鵡螺號的航行方向。這天晚上，我感到十分驚喜，因為我們正取道大西洋往北方去。

我把這個觀測結果告訴加拿大人和顧問。

「真是好消息，」加拿大人回答，「可是鸚鵡螺號要去哪裡？」

「我無法回答你。」

「這位船長去完南極後，該不會想往北極去，再從著名的西北航道回到太平洋？」

「可不能小看他的能耐。」顧問答道。

「那好！」加拿大人說，「我們得在那之前離開他。」

「無論如何，」顧問補充，「這尼莫船長都是個了不起的人物，我們不後悔認識了他。」

「特別是在我們離開他以後！」尼德蘭回嘴。

隔天，四月一日，將近正午時分，鸚鵡螺號浮上水面，我們看到西邊有道海岸。是火地島。最早來到此地的航海家，見到島上居民的茅屋冒出滾滾炊煙，於是起了這個名字。火地島是一個長度跨越三十里格、寬度八十里格的大群島，介於南緯五十三至五十六度、西經六十七度五十分至七十七度十五分之間。海岸線地勢看來頗低，遠處卻有高山矗立。我想眼前所見應是薩米恩托峰，海拔兩千零七十公尺，由錐狀頁岩組成，頂端尖峭。尼德蘭告訴我，根據頂峰霧氣濃薄，可以「預告天氣」。

「原來是個天氣瓶。」

「是的，先生，天然的天氣瓶，我在麥哲倫海峽航行時，它的預告從未出錯。」

此時，那座山峰清晰印在天空上，預告了晴朗的天氣。事實也是如此。

鸚鵡螺號潛入海底，駛近海岸，沿著海岸線走了幾浬。我從大廳的玻璃窗看到長藤、大墨角藻和南極公牛藻。南極的不凍海上也曾見過南極公牛藻，其具有光滑的黏性纖維絲，最長可到三百公尺，好似纜繩，而且比拇指還粗，十分堅韌，經常拿來做為船纜使用。還有另一種維氏海草，葉長四公尺，附著於珊瑚礁上，鋪滿海底，成為無數甲殼動物、軟體動物、螯蟹和墨魚的食物或巢穴。許多海豹和海獺也在此享用大餐，和英國人一樣，以魚肉佐海草。

鸚鵡螺號飛也似的駛過這片豐饒海域，接近傍晚時，已經到福克蘭群島附近了。隔天一早，我就看到群島上的崇山峻嶺。這一帶海水不深，可以推測出，眾多小島圍繞的這兩座大島，從前應與麥哲倫大陸相連。福克蘭群島最早可能是著名航海家約翰．戴維斯發現的，當時取名為「戴維斯南方群島」。後來，理查．霍金斯稱之為梅登群島（Maidenland），意即處女島。十八世紀初，聖馬洛的漁夫叫它馬爾維納群島，最後，英國人才定名為福克蘭群島，至今都是英國屬地。

我們的撈網在這片海域上也撈到不少美麗的藻類，特別是一種根部附生了世界頂級淡菜的墨角藻。十幾隻鵝、鴨被打落在平台上，立即送往中央廚房。至於魚類，主要是鰕虎魚科的硬骨魚，特別是身長兩公分的黑鰕虎，牠們身上長滿了灰白和黃色斑點。

無數的水母也令我大飽眼福，最美的一種是羅盤水母，是這裡的特有種。牠們有時如半球般的傘狀，表面光滑，帶棕紅線條，垂落十二條整齊劃一的彩帶，有時又像倒置的花籃，闊葉與紅色的長細枝露出籃外。游動時，四隻葉腕翩翩飛舞，觸鬚如茂密長髮肆意灑落。我原本想保留幾隻這種精緻的植形動物，但牠們行動飄忽，有如雲霧掠影，一旦離開生存環境，恐怕會面目全非。

福克蘭群島最後幾座高峰隱沒海平面時，鸚鵡螺號也潛入二十至二十五公尺深的海底，沿美洲海岸航行。尼莫船長始終沒有出現。

直到四月三日，我們還沒駛離巴塔哥尼亞海域。鸚鵡螺號時而潛入海底，時而浮出海面，一路行經拉普拉塔河寬闊的喇叭狀河口。四月四日，我們橫越烏拉圭，但與海岸相隔五十浬。船隻仍然航向北方，順著南美洲綿長蜿蜒的海岸行駛。從日本海出發至今，我們已經走了一萬六千里格了。

早上十一點，我們沿西經三十七度切過南回歸線，來到夫里奧角。尼莫船長不喜靠近這片有人煙的巴西海岸，因此以令人發暈的速度駛離，令尼德蘭大失所望。航速之快，就連飛速最快的鳥和游速最快的魚都追不上，而我也無法觀察這一段海域的自然奇景。

這樣的速度持續了好幾天，四月九日晚間，美洲的極東點聖羅克角已出現在我們眼前。但鸚鵡螺號再度駛離，潛入更深處尋找陷在此處和非洲的獅子山共和國之間的海底峽谷。這道峽谷在安地列斯群島附近岔開，止於北方一處九千公尺深的大窪地。這一帶的斷層延伸到小安地列斯群島，形成一道六公里長、頂峰尖峭的懸崖；而維德島附近尚有另一道毫不遜色的山牆，一同包圍了沉沒海底的亞特蘭提斯大陸。廣闊的谷底有幾座山巒起伏，為深海增添壯麗之景。以上所說，主要是按鸚鵡螺號圖書室內的地圖手稿描述，這張地圖顯然是尼莫船長個人觀察後親自繪製而成。

鸚鵡螺號以活動斜板進行長距離斜潛，改變深度，花了兩天綜覽這片荒涼幽深的海域。然而，四月十一日，船身突然浮出海面。出現在我們眼前的是亞馬遜河流域的陸地，開闊的河口水量浩大，足以沖淡好幾里格範圍內的海水鹹度。

越過赤道後，西邊二十浬處就是法國屬地圭亞那，在那裡，我們不難找到藏身之處。問題是這一帶風浪急遽，不適合小艇冒險。尼德蘭想必心知肚明，沒有向我開口。而我，我也不想鼓勵他嘗試注定失敗的行動，所以也隻字不提。

逃跑計畫雖又延誤，我卻從一個有趣的研究工作中得到補償。四月十一至十二日間，鸚鵡螺號沒有離開海面，拖網捕獲了為數可觀的植形動物、魚類和爬行類。

某些植形動物被漁網順道拉出海面，大多是美麗的海葵科，其中包含普氏海葵，是這一帶的特有種，身軀呈小圓柱形，帶直條紋，點綴著紅色斑點，頭戴優雅的觸鬚花冠。至於軟體動物，都是我先前觀察過的品種，像是錐螺、膚色殼上有規則線條與交叉紅斑的榧螺、如石化蠍子般的古怪蜘蛛螺、半透明的硝子螺、船蛸、可口的墨魚、幾種被古代自然學家歸入飛魚的魷魚，其時常當作魚餌釣鱈魚。

這一帶的魚類，我列舉一些還沒研究過的。軟骨魚包括：溪七鰓鰻，這是一種鰻魚，身長十五英寸，頭部淡綠，魚鰭紫紅、背脊灰藍，腹部銀棕，並有鮮明斑點，眼膜周遭則鑲有一圈金色，這種奇特的動物一般生活於淡水，應該是被亞馬遜的河水帶到海洋；還有魟魚，牠們有尖嘴和細長尾鰭，以一根鋸齒形的刺針做為武器；一公尺長的小型鯊，膚色灰白，利牙後彎，俗稱鬚鯊；蝙蝠鮟鱇，半公尺長，身形如等腰三角，淡紅色，胸鰭厚實，向外張開有如蝙蝠，又因鼻孔附近長有角刺，別名海獨角獸；最後是幾種鱗魨，有螢光鱗魨，身側斑點閃耀著奪目的金色，以及灰鱗魨，亮紫色，花紋如鴿頸般鮮豔。

最後，我以有點枯燥卻十分精確的列表作結。主要是硬骨魚類：線翎電鰻，線翎電鰻屬，白色圓鼻，黑亮體色，還有一條細長的肉腰帶；長鰭鯡屬的一種沙丁魚，長三寸，銀光閃閃；具有兩副臀鰭的鯖魚；黑帶鰺，體黑，可用火把誘捕，身長兩公尺，肉質肥嫩，白皙結實，味似鰻魚，曬乾口感則似煙燻鮭魚；半紅隆頭魚，只有背鰭和臀鰭下方長有鱗片；雞魚，身上光澤有如金銀交織紅寶石和黃玉；金尾鯛魚，肉質細嫩，身上的磷光在水中清晰可見，難以躲藏；還有細舌橘身的真鯛、金尾的黃姑魚、黑色的擬刺尾鯛、蘇利南四眼魚等等。

雖已說「等等」，但有種魚令顧問畢生難忘，我一定得特別提出。

撈網收起時，其中一張網捕到了一種非常扁平的魟魚，截去尾巴便是個圓盤，重達二十多公斤，下白上紅，身有鑲黑邊的深藍圓點，表皮光滑，尾鰭分岔。撈上平台後，牠不斷掙扎，企圖抖動翻身，最後奮力一跳，差點就要跳回海裡。堅持要留下這條魚的顧問立刻飛撲而上，我還來不及阻止，他已經動手抓住了。

可是他卻瞬間後仰倒地，四腳朝天，半身動彈不得，大喊著：

「啊呀！主人，主人！趕快來救我。」

這可憐的小子，第一次沒用第三人稱叫我。加拿大人和我合力將他扶起，按摩了他的上半

瞬間後仰倒地。

臂，待他鎮定下來後，這分類狂人斷斷續續唸著：

「軟骨綱、軟骨鰭目、固定腮、横口亞綱、鰩總目、電鱝屬！」

「沒錯，小子，」我答道，「把你害慘的是隻電鱝。」

「哦！先生請相信我，」顧問回應，「我一定會報仇。」

「怎麼報？」

「吃掉牠。」

當晚，他真的吃了牠，但純粹是為報仇而吃，畢竟這種魚的肉質堅韌如蠟。

這倒楣的顧問遇上了電鱝中最危險的一種，名為庫馬納。這種古怪的動物可以在有導電媒介的環境中（比如水）電死幾公尺外的魚群，身體兩側的發電器官面積至少占二十七平方尺，電力驚人。

隔天，四月十二日白天，鸚鵡螺號駛近荷屬圭亞那海岸，往馬羅尼河口前進。這裡有許多海牛家族，牠們和儒艮、無齒海牛一樣都屬海牛目。這種可愛動物溫和無害，身長六至七公尺，體重至少四千公斤。我對尼德蘭和顧問說明，大自然很有遠見，給這種動物分配了一個重要任務，和海豹一樣，負責清理海底草原，以免雜草堵塞熱帶河川的出海口。

「而且你們知道，」我又補充，「人類幾乎殺光了這種有用的動物，這造成什麼後果嗎？水草腐爛，汙染了空氣；引發黃熱病，毀了這片美好的區域。熱帶海底毒草遽增，傳染病自拉普拉塔河一路蔓延到佛羅里達。」

然而，據法國博物學家圖斯內爾所言，這種災害跟鯨魚和海豹滅絕帶來的後果比起來，根本不算什麼。當這些「上帝委託清除海面浮渣的大胃口」消失後，章魚、水母和魷魚將氾濫成災，牠們所處的海域也會成為最大的病源帶。

然而，儘管理論如此，鸚鵡螺號的船員還是獵殺了半打海牛。這麼做確實為食物儲藏室添

海牛家族。

加了肉質勝於成牛和小牛的食材。獵捕海牛沒什麼意思，牠們任人宰割、毫不反抗，幾千公斤的海牛肉就這樣進了儲藏室，準備曬成肉乾。

這一天，另一趟捕魚行動也為鸚鵡螺號增添了許多儲糧，可見這片海域的漁獲多麼豐盛。這次撈網帶來了不少魚，其中有一種鮣魚，嘴邊肉厚、呈橢圓板狀，是亞鰓軟骨魚目下第三科，身上的扁平圓盤有軟骨片組成，可以橫向移動，軟骨片間能產成真空空間，具強力吸附的功能，可以隨時貼附在其他物體上。

之前在地中海也觀察過的鮣魚就是同一種。但這帶海域的鮣魚較特殊，為軟骨鮣魚。船員一抓到後，便放進裝滿水的桶子裡。

捕魚活動結束了，鸚鵡螺號靠近海岸，當地有不少海龜在浪上隨波而眠。只要稍有動靜，牠們就會醒來，因此獵捕不易，而且魚叉遇上牠們堅硬的龜殼便毫無用武之地。不過，只要派出鮣魚，必能百發百中，這種魚是活生生的釣餌，能給臨海垂釣的天真漁夫帶來好運與財富。

鸚鵡螺號的船員在鮣魚尾巴掛上不影響活動的圓環，環上繫有一條長繩，另一端綁在船側。

被拋入海中的鮣魚立即找上海龜，吸附在牠們的胸甲上，黏力之強，就算被四分五裂也不鬆口。我們拉回繩子，把鮣魚和海龜一起拖上船。

我們用這種方法捕到了幾隻長達一公尺、體重兩百公斤的蠵龜。牠們的龜殼覆蓋了大而薄透的角質層，棕底白黃斑，非常稀有。除此之外，就料理來說，牠們也是上等食材，鮮美可口，可以媲美綠蠵龜。

我們的亞馬遜河海口之旅以抓海龜作結，夜暮降臨，鸚鵡螺號又回到汪洋大海之中。

18 章魚

接下來幾日，鸚鵡螺號總是與美洲海岸保持距離，這一帶海域水深平均達一千八百公尺，鸚鵡螺號顯然不是因為水淺而不靠近，而是不想在墨西哥灣或安地列斯群島海域拋頭露面，畢竟附近島嶼羅列，輪船往來頻繁，尼莫船長是不會喜歡的。

四月十六日，我們看到距離三十浬處的馬丁尼克島和瓜地洛普島，一度瞥見島上群峰。

加拿大人原本盤算在墨西哥灣執行他的計畫，直接登陸，或是攀上任何一艘在附近島嶼進行沿海貿易的往來船隻，然而事情終究未能如願。假設尼德蘭在船長不知情的情況下偷走小艇，也許還有機會成功。但如今我們又回到汪洋之上，還是別痴心妄想了。

加拿大人、顧問和我針對這個問題討論了很久。我們已被困在鸚鵡螺號六個月，航行了一萬七千里格。如尼德蘭所言，航行不會無故結束，因此他提出一個出乎我意料之外的辦法，就是與尼莫船長挑明，問清楚他究竟要把我們關在船上多久。

我反對這個方法。依我看，這麼做無法達成目的。我們不該指望鸚鵡螺號的船長，必須靠自己。況且，這陣子那個人變得更為陰鬱低調，顯少露面，感覺像是刻意躲避，我遇到他的機會非常少。從前，他很樂意為我解說海底的奇觀，現在卻留我獨自研究，不再踏入大廳。

他的心裡起了什麼變化？原因為何？對他，我問心無愧。也許是我們在船上給他添麻煩了？即便如此，我也不敢奢望他會還我們自由。

因此，我拜託尼德再給我一點時間思考，不要輕舉妄動。萬一我們的行動未果，很有可能引起他的猜疑，到時，我們的處境會更加艱難，對加拿大人的計畫也沒有好處。而且我也認為，我們無法以健康為由要求離船，撇開南極冰山下的嚴酷考驗，尼德、顧問和我的身體狀況從沒這麼好過。船上的食物營養均衡、空氣乾淨、作息規律、溫度恆定，根本就不會生病。而且，對一個不再眷戀陸地的人來說，對尼莫船長來說，這裡便是他的家，想去哪就去哪。他的航道在外人看來神祕莫測，他卻覺得正常，反正總會抵達目的。這種生活方式我能理解。可是我們不一樣，我們尚未斷絕與人類的關係。對我來說，我不想與這份獨特又嶄新的研究成果同葬大海。我現在能寫一本真正關於大海的書了，我希望這本書遲早有公諸於世的一天。

比方說，這安地列斯群島海域下十公尺深的地方，透過玻璃窗，可以看到許多有趣的物種，我當然也都寫進日記裡了！例如植形動物，有被稱為槳帆船的僧帽水母，該品種身形巨大，狀似魚鰾，散發著珠光，迎風展開薄膜，隨波漂浮的藍色觸鬚宛若絲線，看似迷人，卻是名符其實的蕁蔴，還會分泌腐蝕性液體。節肢動物方面，有一．五公尺長的環節蟲，具粉紅色鼻管和一千七百個運動器官，在水下蠕動前進時，會發出光譜中的各種微光。至於魚類，有大型軟骨魚的前口蝠鱝，十尺長，六百磅重，三角形胸鰭，背脊微微隆起，雙眼長在頭部前端，浮游海中時就像船隻殘骸，偶爾會貼在玻璃窗上，就像一塊不透光的百葉窗；另外也有美洲鱗魨，大自然只給了牠黑白兩色；還有羽鰕虎，身形修長多肉、黃色魚鰭、下顎突出；身長十六寸的鯖魚，牙齒尖銳短小，身覆細鱗，金槍魚屬；接著是成群的秋姑魚，全身裹著金色斑紋，擺動著閃亮魚鰭，不愧是古人奉獻給戴安娜的珍貴飾品，深受羅馬人喜愛，甚至還有諺語「捉了秋姑不入嘴！」；身著絲絨綢緞、搭配翠綠絲帶的金蓋刺魚，從我們眼前優游而過，有如委羅內塞的油畫；還有胸鰭快速擺動逃離的刺鯛、十五寸長且全身透著磷光的盾齒鯿、以厚實尾鰭打水的鯔魚、胸鰭鋒利得似乎能切開海水的紅鮭，以及魚如其名的銀月鰺，浮近水面時有如散發皎潔白光的明月。

若非鸚鵡螺號緩緩潛入深水層，應該還能觀察到更多新奇的品種！靠著活動斜板，我們一路潛到兩千至三千五百公尺深的海底，適合生存此處的生物只剩海百合、海星，和五角海百合，這種動物頭似水母，直柄頂端長有花萼；還有馬蹄螺、血紅牙螺和裂螺等近海大型軟體動物。

四月二十日，船身上浮，平均深度維持在一百五十公尺左右。距離我們最近的陸地是盧卡雅群島，島嶼散布海面，有如海上的鋪石路。此處的海底懸崖高聳，像是巨石砌成的一道城牆，底座寬大厚實，牆上許多黑洞，就連船的電光也照不到底。

這些岩石上都鋪滿了大型水草、巨大的海帶和壯闊的墨角藻，水生植物羅列，簡直就是巨人泰坦的水生植物園。

顧問、尼德和我討論這些巨型植物時，順便聊了海中的大型動物，畢竟大植物顯然得供其他大動物食用。然而，鸚鵡螺號當時幾乎是靜止不動，從玻璃窗望出去只看得到海草葉片上的節肢動物，如長足蜘蛛蟹、紫螯蟹，和安地列斯海域特有的菱蝶蟹。

十一點左右，尼德蘭要我注意窗外因受撥動而劇烈搖晃的大型水草。

「哦！」我說，「那是個貨真價實的章魚窩，若真的遇見這種怪物，應該也不足為奇。」

「什麼！」顧問應道，「是魷魚，頭足綱的那種常見的魷魚嗎？」

「不，」我說，「是身形巨大的章魚，不過尼德兄大概眼花了，我什麼也沒看到。」

「太可惜了，」顧問回話，「我還真想親眼看看這種據說可以把船隻拉到海底深淵的章魚，這種名為克拉……」

「叫克拉克就好。」加拿大人調侃。

「克拉肯。」顧問無視朋友的笑話，執意把名字說完。

「我是不可能相信有這種動物存在的。」尼德蘭說。

「為什麼？」顧問反問，「連先生的獨角鯨都信了。」

「顧問，可是我們都錯了。」

「也許吧！可是至今還有人仍然相信。」

「有可能，可是我呢，除非我親手宰了牠們，否則絕不承認那類怪物存在。」

「那，」顧問問我，「先生也不相信大章魚的存在嗎？」

「呃！鬼才相信吧？」加拿大人嚷著。

「尼德兄，其實很多人相信。」

「也許吧！反正討海人是不會信的，只有學者相信！」

「抱歉，尼德，但兩者都有人信！」

「我啊，我就跟你說，」顧問一臉正經，「我清楚記得見過一艘大船被一隻頭足綱動物的腕足捲入海裡。」

「你見過？」加拿大人問。

「是的，尼德。」

「親眼見到的？」

「親眼所見。」

「請問在哪？」

「聖馬洛。」顧問語氣堅定。

「港口嗎？」尼德蘭又嘲諷他。

「不是，在一間教堂裡。」顧問口答。

「教堂！」加拿大人高聲說。

「是的，尼德兄。那幅畫上就畫著這種章魚！」

「好吧！」尼德蘭大笑，「顧問當我們活在畫裡呢！」

「其實，他說的是真的，」我說，「我聽說過這幅畫，不過它取材自傳說，你們也知道人

們是怎麼看待自然史傳說的！話說回來，一提到怪物，人們就會開始天馬行空。不僅有人聲稱這種章魚可以把船隻拖下水，那位瑞典作家烏勞斯．馬格努斯甚至提過一隻長達一英里的頭足綱動物，說是動物，牠更像一座小島。又有人說，某日尼德候主教在一塊巨石上設祭壇，彌撒一結束，巨石竟起身返回大海，原來是隻章魚。」

「就這樣？」加拿大人問。

「不，」我回答，「卑爾根的彭托皮丹主教也說，章魚身上可承載一隊騎兵。」

「以前的主教還真敢說！」尼德蘭說。

「最後，古代自然學家也曾提到一種嘴如海灣的怪物，體型大到連直布羅陀海峽都過不去。」

「說的好！」加拿大人說。

「可是這些故事沒有一個是真實的？」顧問提問。

「沒有，至少超出了事實底線，昇華為寓言或傳說的故事絕不會是真的。然而，講故事的人要發揮想像力也得有個根據，這樣也好當作藉口。亞里斯多德曾發現體型長達五肘[1]，等同三．一公尺的魷魚。今日的漁夫對超過一．八公尺的魷魚也是見怪不怪。的里雅斯特博物館和蒙波利埃博物館也收藏了兩公尺長的章魚標本。此外，根據自然學家推算，一隻僅六尺長的章魚，腕足可以長達二十七尺。光這點便堪稱龐然怪物了。」

「有人捕獲過嗎？」加拿大人問。

「即使沒人捕獲過，也有水手看過。我的一位朋友，勒阿弗爾的保羅．博斯船長，時不時堅稱他曾在印度海域撞見這種巨大怪物。然而，至今最為離奇、令人無法否定巨怪存在的事件，其實發生在一八六一年。」

「什麼事？」尼德蘭問。

「事情是這樣的，一八六一年，在西班牙的特內里費島東北，大約就和目前所處緯度差不多的地方，阿列克東護衛艦的船員看見一隻巨大章魚浮游水中。布格艦長靠近牠，以魚叉和子彈攻擊都未能制服，因為牠軟韌的肉體跟果凍差不多。幾番嘗試未果後，船員改取繩結套住這隻軟體動物的身體，繩結一直溜到尾部才停下來。眾人試著將那怪物拉上船，但牠實在太重，在繩索的拉力下，牠的尾巴被扯斷，少了尾巴的章魚潛入水中，失去蹤影。」

「總算有個事件是真的了。」尼德蘭說。

「千真萬確，尼德。甚至還有人提議把那隻章魚命名為『布格章魚』。」

「那隻章魚多長？」加拿大人問。

「是不是差不多六公尺？」顧問站在玻璃窗前，再度看了懸崖凹陷處。

「的確。」我回答。

「牠的頭上是不是有八隻腕足，在水裡游動起來就像一窩蛇？」

「的確。」

「突出的雙眼，是不是大得出奇？」

「是的，顧問。」

「嘴巴是否像鸚鵡的尖喙，只是大得嚇人？」

「確實如此。」

「那麼，先生請見諒，」顧問淡淡的說，「我眼前的這隻如果不是布格章魚，至少也是牠的兄弟。」

我看著顧問，尼德蘭急忙衝向玻璃窗。

1肘（cubit）：古單位，相當於成年人中指至手肘的長度。

以魚叉和子彈攻擊。

裡。

「就是那可怕的怪獸！」他大叫。

我朝那裡望去，不由得露出厭惡的表情。我眼前這隻駭人的怪物絕對值得收進怪物傳說裡。

這頭章魚巨大無比，長八公尺，倒退游動，和鸚鵡螺號一同行進，青色大眼死盯著我們瞧。長在頭上的八隻臂膀，或者該說八隻腳，是這類動物稱為頭足綱的原因。那些腕足的長度是身體兩倍，扭動交纏，就像復仇女神的長髮。腕足內兩百五十個瓶蓋狀的吸盤清晰可見，這些真空吸盤有時會附著在大廳玻璃窗上。怪物長滿角質的嘴巴長得像鸚鵡喙，垂直開合，舌上長有數排尖牙，從老虎鉗般的大嘴中吐出抖動。大自然還真奇妙！軟體動物身上長著鳥喙！牠的身形如紡錘，中段鼓起形成一大塊重達兩萬至兩萬五千公斤的肉團，體色因受激怒，自灰白快速轉為紅棕。

是什麼東西激怒了這隻軟體動物？想必是鸚鵡螺號比牠大，腕足無法吸附，大嘴無從咬起。話說回來，造物主給這種章魚怪創造了驚人的生命力，三顆心臟是牠們力大無窮的原因！命運讓我們相遇，我可不想錯過仔細研究頭足綱的機會，於是我壓抑了對外貌的恐懼，拿起鉛筆開始素描。

「也許牠就是阿列克東艦碰上的那隻。」顧問說。

「不，」加拿大人反駁，「這隻很完整，可是那隻缺了尾巴！」

「不能以此判斷，」我回答，「這類動物的腕足和尾巴都有再生能力，這七年來，布格章魚的尾巴應該長回來了。」

「況且，」尼德回嘴，「如果不是這隻，也可能是那隻！」

右側玻璃窗外的確出現了其他章魚，數來共七隻。牠們跟隨鸚鵡螺號游動，宛如護航大使。牠們的嘴部摩擦鋼板，吱嘎聲不斷。看來我們被當作食物了。

這頭章魚巨大無比。

我繼續素描，那些怪物持續追隨鸚鵡螺號，速度分毫不差，看上去就像是靜止不動，我因此得以把貼在玻璃窗上的牠們臨摹下來。此時，船隻前進的速度並不快。

突然間，鸚鵡螺號停止了，一陣撞擊導致船身大力晃動。

「我們撞到什麼了嗎？」我問。

「反正，應該已經脫身了，」加拿大人回答，「因為船是浮著的。」

船是浮起來的沒錯，但不再運轉，螺旋槳葉片停止擊水了。一分鐘過後，尼莫船長和船副一起來到大廳。

我已經好一陣子沒看到他了。他看起來心事重重，沒對我們說話，可能也沒看見我們。他走到玻璃窗前看了看章魚，然後對船副說了幾句，後者便離開了。沒多久後，大廳壁板關閉，天花板燈亮起。

我走向船長。

「真是一群奇妙的章魚。」我像在水族館玻璃缸前賞魚的人般輕鬆而談。

「的確如此，自然學家先生，」他回答，「可是我們必須與他展開肉搏戰了。」

我看著船長，以為自己聽錯了。

「肉搏？」我重複了他的話。

「是的。螺旋槳停了。我想應該是其中一隻章魚用大嘴咬住了槳葉，導致我們無法前進。」

「你打算怎麼做？」

「浮到水面上，殺光這群混蛋。」

「有點難辦。」

「確實如此，電力彈遇上軟肉，因為阻力不足，將無法引爆。所以要用斧頭對付牠們。」

「也可以用魚叉，先生，」加拿大人說，「要是你同意，我也可以幫忙。」

「蘭師傅，我同意。」

「我們也一起去。」於是，我們隨著尼莫船長來到中央樓梯。已經有十來個人拿著斧頭準備好攻擊了，顧問和我也各拿了一把，尼德蘭則拿了魚叉。

鸚鵡螺號已浮上水面。站在樓梯最上層的船員轉開螺絲，螺帽一鬆開，蓋板立即被大力掀起，看來是章魚腕足的吸盤扯開的。

一條如蛇般的長長腕足同時伸了進來，其餘二十幾條則在艙外舞動。尼莫船長揮動大斧，砍下那隻巨大的觸手，斷肢捲成一團自樓梯上滾落。

正當我們爭先恐後衝上平台，另外兩隻腕足凌空揮打，擊中了尼莫船長身前的船員，猛力將他捲走。

尼莫船長大叫一聲，衝上前去，我們也跟著一擁而上。

多麼驚心動魄的場景！那可憐的水手被觸手捲走後黏在吸盤上，任憑章魚在空中四處甩動。他聲嘶力竭的喊著「救命！救命！」聽見他說法文，我深受震撼！這麼說來，船上有我的同胞，也許還有好幾個！一聲聲揪心的呼喊令我永生難忘！

那可憐的水手已經沒救了。這麼強力的糾纏，有誰能幫得了他？然而，尼莫船長還是不顧一切撲向章魚，又揮了大斧砍下一隻腕足。船副也被激怒，奮力攻擊其他附在鸚鵡螺號船側的怪物。船員們群起揮砍，加拿大人、顧問和我則是拿著武器不斷刺進那一大團肉。空氣中瀰漫著濃烈的麝香，太可怕了。

我一度以為被章魚纏住的可憐船員有機會擺脫強力吸盤。八隻腕足已有七隻被砍下，只剩最後一隻仍緊纏著受害者不放，把他像羽毛一樣甩來甩去。就在尼莫船長和船副撲向怪物時，牠從腹部囊袋噴出黑色液體，眼前頓時一片漆黑，像瞎了眼似的。待這團瘴氣散去後，已經不見章魚蹤影了，那位可憐的夥伴也隨之消失！

一條如蛇般的長長腕足伸了進來。

像羽毛一樣甩來甩去。

當下眾人怒火沖天，決心與章魚拚命！平台和船側上，共有十到十二隻章魚，雙方陷入混戰，血墨交融，斷肢如蛇一般四處跳動，再生的黏稠觸手根本是九頭蛇。尼德蘭的魚叉百發百中，一一刺破章魚的青色巨眼。然而，這位勇敢的夥伴猝不及防，遭觸手擊倒。

天啊！我的心當下都要碎了，整個人陷入恐慌！章魚駭人的喙朝尼德蘭大開，眼看就要把他咬成兩半了。我縱身相救，但尼莫船長早我一步，他的斧頭已沒入章魚雙顎之間，奇蹟般救了人。加拿大人翻起身，站穩腳步，拿起魚叉刺向章魚的三顆心臟。

「這是還你的恩情！」尼莫船長對加拿大人說。

尼德沒有多說，只是行了個禮。

這場對戰持續了十五分鐘。怪物們頭破血流，殘肢飛濺，一敗塗地，終於撤離戰場，隱沒在海濤之間。

尼莫船長全身是血，佇立船燈旁一動也不動，望著那片吞噬了夥伴的大海，豆大的淚珠奪眶而出。

19 灣流

四月二十日那驚心動魄的場景永生難忘。記錄這起事件時，我的情緒依然激動難耐。寫好後，我又重看了一次，並且唸給顧問和加拿大人聽。他們認為記載雖詳實，但缺乏身臨其境之感。看來，只有撰寫《海上勞工》的大文豪[1]才有此妙筆了吧。

前面提到尼莫船長望著大海落淚，他承受極大悲痛。這是自我們登船以來，他失去的第二名船員。死得多麼慘烈啊！這位朋友被章魚的巨腕纏繞氣絕，遭鐵齒撕咬，無法和同伴一起在珊瑚墓中安眠！

而我，這場戰役中，那名受難者絕望的嘶吼幾乎把我的心給撕碎了。那可憐的法國人，連船上慣用的語言都忘了，直接以母語發出最後的呼救！鸚鵡螺號的船員與尼莫船長生死與共，與他一同斷離和人類的關係，其中竟也有我的同胞！他是這神祕團體中唯一的法國人嗎？船員顯然來自許多國家，又是一個令人百思不得其解的問題！

尼莫船長回到他的艙房後，我又有好一陣子沒見到他。但從這艘船的狀態來看，我想他一定非常傷心絕望，而且躊躇不定！因為他是船的靈魂，船能感受到他的任何情緒！鸚鵡螺號漫無目的，如同行屍走肉，隨波逐流。此時螺旋槳的障礙已排除，卻幾乎不啟動。船隻任由海浪牽引，走不出最後一場戰役，也走不出吞沒夥伴的這片海域！

就這麼過了十天，直到五月一日，鸚鵡螺號望見巴哈馬海峽口的盧卡雅群島後，才轉向往北。我們順著海洋中最大的一股水流前進，這股河流有專屬的河岸、魚群和溫度，名為灣流。它確實是條自由奔流於大西洋的河流，與海水互不混合，而且是一條鹹水河，甚至比周圍的海水更鹹，深度平均為三千尺，寬度則是六十浬。某些流段的流速可達每小時四公里，流量穩定，水量勝過地球上所有河流的總和。

根據莫銳的觀察，灣流源於西班牙的比斯開灣，源頭處水溫不高，顏色也不深，形成後便沿著赤道非洲往南。水流受熱帶區陽光照射變熱，接著流經大西洋，抵達巴西的聖羅克角後，分出兩道支流，其中一條與安地列斯群島的暖流匯合，這麼一來，便能中和熱帶海水與北方寒帶海水，平衡水溫。灣流在墨西哥灣曬得滾熱後，沿著美洲海岸北上，直達紐芬蘭島，受達維斯海峽寒流推送而偏離原先流向，沿地球恆向線繞一大圈，再重新流回大西洋，最後在北緯四十三度分成二支，其一藉東北信風返回比斯開灣，另一道則走愛爾蘭和挪威海岸，水溫略降，至史畢斯堡根後又降至四度，注入北極海。

鸚鵡螺號正在這道河流上航行，巴哈馬海峽出口寬十四里格，深三百五十公尺，灣流正常時速為八公里，越往北越慢。但願這種規律能保持下去，有人指出，要是灣流的速度或流向改變，歐洲氣候也將受到干擾，後果不堪設想。

中午左右，我和顧問在平台上。我為他說明了灣流的特性後，要他把手伸進海流中。顧問照做，為其不冷不熱的水溫感到驚訝不已。

「這是因為，」我對他說，「灣流自墨西哥灣流出時，水溫與人體溫度差不多。灣流就像一台大型暖氣機，確保歐洲沿海終年綠意盎然。若莫銳的觀點可信，那麼灣流的熱度經充分利用，就足以維持一條大如亞馬遜河或密蘇里河的生鐵熔流。」

目前，灣流的速度是每秒二．二五公尺，這道水流與周邊海水的差異之大，以至於受到海水擠壓後高出洋面，造成暖流與冷水間的水位差。此外，灣流顏色較深，富含鹽分，靛藍的色

1 指的是維克多．雨果。

調與綠色的海流形成強烈對比。位於卡羅萊納州附近的鸚鵡螺號衝角已在灣流上破浪，螺旋槳卻還在大西洋上拍打著。

這股灣流夾帶著大量生物，如地中海常見的船蛸，牠們成群結隊，一同前行。而軟骨魚中，最醒目的是魟魚，細長的尾巴幾乎占身長三分之一，有如二十五尺長的巨大菱形。還有一公尺長的小型鯊，頭大，鼻短且圓，長有數排尖牙，全身看似覆滿鱗片。

至於硬骨魚，我記下了這片海域特有的灰隆頭魚、目光如炬的深海鯛，和一公尺長的石首魚，牠們正從長滿細牙的大嘴發出微弱叫聲；除此之外，還有前面提過的黑帶鰺、金銀交錯的藍色鬼頭刀；堪稱大西洋彩虹、豔麗程度不輸最美熱帶鳥類的鸚哥魚；頭形三角的條紋鯽魚、沒有鱗片的藍比目魚、身有黃條紋且體型似T的蟾魚、長有棕斑的一群小鰕虎魚、銀首黃尾的肺魚、多種鮭魚，和身形修長且光澤溫和，拉塞貝德曾送給伴侶的烏魚；最後是美洲馬鮫，這種美麗的魚全身飾滿各種勳章和綬帶，經常出沒於這個不重視勳章和綬帶的泱泱大國。

附帶一提，每到夜裡，灣流就會發出磷光，與鸚鵡螺號的電光互相較勁，這種現象在暴風雨肆虐之時特別顯著。

五月八日，我們正經過北卡羅萊納州附近的赫特亞斯角。此處灣流寬度為七十五浬，深度兩百一十公尺。鸚鵡螺號仍舊漫無目的漂流著，船上似乎沒有任何警戒。按此情況看來，我們的脫逃計畫應該可以成功。沿岸有居民，可輕易覓得藏身之所。海上眾多輪船川流不息，自紐約、波士頓往返墨西哥灣，還有負責海岸巡邏的雙桅小帆船日夜穿梭在美國沿岸，應能找到船隻收留我們。所以，儘管我們離美國海岸還有三十浬，還是很有希望。

然而，有個麻煩的情況始終阻礙著加拿大人的計畫，那就是惡劣的天氣。我們目前所在的海域經常有暴風雨，這是因為受灣流影響，龍捲風和颶風都成了常客。一葉扁舟要與這大風大浪搏鬥，無疑是自尋死路。尼德蘭心知肚明，儘管逃跑才能治癒他的思鄉之情，他也知道現下只能咬緊牙關，忍耐為上。

「先生，」那天，他對我說，「該做個了斷了，我不想再這麼糾纏下去。你那位尼莫先生正遠離陸地朝北方去。但我可得跟你說明白，我受夠了南極海域，絕不會跟他去北極的。」

「尼德，那你要怎麼做，這時候又不可能逃走。」

「老辦法，得跟船長攤牌。我們航行到貴國海域時，你什麼也沒提。現在，我們來到我家鄉的海了，我一定得說些什麼。數日前，我想到鸚鵡螺號即將抵達新斯科細亞，當地靠近紐芬蘭島有個大海灣，聖勞倫斯河就由此入海，那是我的河，魁北克的河，我的家鄉；只要想到這點，我就不禁火冒三丈。你看著吧，先生，我就是跳海也在所不惜！這裡再也待不下去，快憋死了！」

加拿大人顯然忍無可忍了，他那剛強的個性無法適應這種無期徒刑。他的面容日漸憔悴，性格也更顯陰鬱。我能理解他的痛苦，因為我也一樣，思鄉情緒滿溢。過了將近七個月沒有陸地消息的日子，加上尼莫船長的孤僻和難以理解的幽默，特別是與章魚大戰後更加沉默寡言，這一切都與一開始不同了。當初的熱情不再，只有像顧問這樣的弗萊芒人才能繼續在只有鯨類和海洋生物的環境中安然自在。這孩子如果能把肺換成鰓，想必會是條出色的魚！

「先生，怎麼樣？」尼德蘭見我沒有回應，又問了一次。

「好吧，尼德，你要我去問尼莫船長打算如何處置我們嗎？」

「是的。」

「儘管你已經知道答案了也要再問？」

「是的，我想做最後的確認。請告訴他這是我的意思，是我想問的。」

「可是我難得遇到他，他甚至是刻意躲我。」

「那就更該找上門去。」

「尼德，我會問他的。」

「什麼時候？」加拿大人堅決得到答案。

「等我遇到他的時候。」

「阿宏納先生，你要我自己去問嗎？」

「不，讓我來吧。明天……」

「今天。」尼德蘭說。

「好吧，就今天，我會去找他的。」我答應了加拿大人，畢竟要是讓他自己去，肯定會壞事的。

只剩下我一人了。既然已下決定，不如速戰速決，我不喜歡拖泥帶水。

我回到房裡，聽見尼莫船長的艙房裡有腳步聲。機不可失，我立即上前敲了門。沒有回應。又敲了一次後，我索性轉動門把。門開了。

我走進房內，船長正伏案工作，沒聽見我的聲音。我已打定主意沒問清楚絕不離開，因此，我走到他身邊。他猛然抬起頭，皺起了眉，不客氣的問：

「是你啊！找我有事？」

「船長，我有話要說。」

「可是我在忙，先生，我在工作呢。我給了你獨處的自由，難道我不能也有？」

船長如此接待，實在令人不知如何應對。但我已決定要一個答案。

「先生，」我冷冷的說，「我想說的事不能拖延。」

「什麼事？」他以諷刺的口吻答道，「你發現了我不知道的東西了嗎？海洋傳達了什麼祕密嗎？」

我們倆之間的距離還真遙遠。我還來不及回答，他就指著桌上一份手稿，以嚴肅的口吻

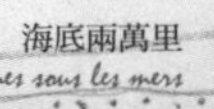

說：

「阿宏納先生，這是一份用好幾個語言寫成的手稿。內容是我研究海洋所得的成果，願上帝保佑，別和我同葬大海。這份手稿我已署名，上頭也交代了我的生平。我會將它封進一個浮瓶中，由鸚鵡螺號最後一位倖存者丟進海裡，隨波逐流。」

署名！親手寫的生平！所以他的祕密總有一天將公諸於世？但此刻，這段話不過是幫助我切入正題的引子。

「船長，」我應道，「我贊同你這麼做，你的研究成果不該就這麼石沉大海。不過我覺得你的處理方式不夠周全，誰知道風會把瓶子吹去哪裡？落入誰的手中？何不找個更好的方法？你本人，或船上任何人難道不能……？」

「不可能的，先生。」船長立即打斷我的話。

「可是我和我的朋友，我們可以妥善保存這份手稿，只要你還我們自由……」

「自由！」尼莫船長站了起來。

「是的，先生，我就是來找你說這件事的。我們已經登船七個月了，我代表我和我的同伴請教，你是否還打算繼續把我們留在船上。」

「阿宏納先生，」尼莫船長回道，「我的答案和七個月前一樣，進了鸚鵡螺號就不得離開。」

「這簡直是羈押奴隸的行為！」

「隨便你怎麼說。」

「可是任何奴隸都有恢復自由之身的權利！不管用什麼方法都好！」

「這種權利，」尼莫船長答道，「有人剝奪了嗎？我何時用誓言綁住你們了？」

船長雙臂環抱，直視著我。

「先生，」我說，「再與你提起此事並非你我所願，可是既然起了頭，不如就說白了吧。我再重申一次，這麼做不只關係到我個人。對我來說，研究是一種拯救、一種調劑、一種鍛鍊、一種足以抛下一切的熱情。跟你一樣，我也喜歡遺世低調的生活，我也有那麼一點小心願，把研究成果裝進一個不可靠的小瓶子裡，任憑風吹浪打。總而言之，我願意以你為楷模，跟隨你，因為我能理解你的某些想法；但還有另一部分的你，在我看來十分複雜神祕，這艘船上只有我和我的朋友一無所知。即使我們的心為你跳動，與你分擔憂愁，並為你的某些天才或勇敢行為而感動，我們還是不得不壓抑自身的情感，以至於看到美好的事物，無論是敵是友，我們都不敢流露真情。就是這種與你的隔閡讓我們的處境變得難以忍受，甚至陷入絕望，就連我自己也有這種感覺，更不用說尼德蘭了。任何人，只因是人，就值得別人的真誠對待。你是否想過，人對自由的熱愛，對奴役的憎恨，足以讓加拿大人這種個性的人萌生復仇之心，進而想方設法、百般嘗試？」

我話說至此。尼莫船長起身。

「尼德蘭想做就做，他可以做任何嘗試，與我何干？又不是我找他來的！也不是為了個人開心才把他留在船上！至於你，阿宏納先生，你是個聰明人，就算我不說你也能理解。我就說到這裡。希望這是你第一次也是最後一次提起這事，再有下次，我連聽都不聽。」

我轉身離去。打從這天起，我們的關係就變得很緊張。我把這段對話轉述給兩位朋友。

「所以現在，」尼德說，「不必再對這個人抱有任何期待了。鸚鵡螺號正在靠近長島，無論天氣如何，就逃跑吧。」

然而，天候越來越差，各種風雨欲來的徵兆相繼出現，空氣也變得灰白混濁。細絲成縷的卷雲和天邊的積雨雲相連，低處的雲層快速移動，海面波濤洶湧，長浪滔滔。除了暴風之友海燕外，其餘鳥類皆不見蹤跡。氣壓計度數明顯下降，表示空氣濕度極高。大氣的電離子增多，天氣瓶內的混合液也開始分解，各種元素就要開戰了。

五月十三日，暴風雨來襲，鸚鵡螺號正好航至長島附近，距離紐約的河道還有幾浬遠。這一次尼莫船長不知為何不願潛入深海，反而停留在海面與暴風對峙，我才因此有機會把這幅戰爭場景記錄下來。

起初，冷風來自西南，秒速十五公尺，到了下午三點左右，風速增強到二十五公尺，已達暴風標準。

尼莫船長不畏狂風，佇立平台之上。他的腰間繫著一條纜繩，以防被洶湧的巨浪捲走。我也爬上了平台，繫上繩索，欣賞這暴風，也瞻仰這男人的非凡氣概。

片片烏雲在海面的驚濤駭浪間翻滾，大漩渦底形成的小浪花早被掩蓋，只剩煤灰色的長浪捲來，浪峰連綿不絕，一浪高過一浪，互相爭鬥。鸚鵡螺號時而倒臥、時而直起如桅杆，顛簸搖晃，令人膽戰心驚。

下午五點，豪雨傾盆而下，卻壓不住狂風，也鎮不住惡浪。暴風秒速達到四十五公尺，時速近四十里格，這種程度足以吹倒屋宇、掀起屋頂、折斷鐵柵、推動口徑二十四公尺的大砲。狂風暴雨中的鸚鵡螺號驗證了某位工程師所言：「沒有精製的船體休想闖蕩大海！」鸚鵡螺號可不是海浪可以摧毀的頑石，而是一座鋼製船艦，聽命行事、機動靈活，無須纜繩桅具，對抗怒濤仍然無恙。

但我還是非常仔細的觀察這有如脫韁野馬的大浪。此時浪高可達十五公尺，寬一百五十至一百七十五公尺，浪行秒速只有十五公尺，比風速少一半。海水越深，浪就越凶。我看懂了這些浪的角色，它們能挾帶空氣入海，為深海送進活氧，給予海底生物充足的氧氣。有人算過，最大的浪打落海面時，每平方尺的海面可能承受高達三千公斤的重擊。正是這種猛浪，曾經撼動赫布里底群島（蘇格蘭）一塊重達八萬四千磅的巨石。也是這種猛浪，在一八六四年十二月

二十三日，肆虐日本江戶部分地區後，又以七百公里的時速襲擊美洲海岸。

夜幕降臨，暴風雨威力持續變強。氣壓計降至七百一十公釐，就跟一八六〇年留尼旺島遭颶風襲擊時一樣。日落時，我看見天邊有艘大船在風浪中苦苦掙扎，大船減弱蒸汽，放慢航速，以求在大浪中保持平衡。應該是艘往返於紐約和利物浦或勒阿弗之間的郵船。它很快就消失在夜幕間。

晚間十點，天際泛起紅光，閃電不時劃破長空。我無法直視閃電，但尼莫船長卻瞪大了眼，彷彿打算吸取暴風雨的靈魂。四處充斥著各種駭人聲響，夾雜了碎浪、狂風、閃電和雷擊的怒吼。暴風襲捲天際，東方颶風又起，朝北、西、南方各繞了一圈後又回到東方，正好與南半球的氣旋方向相反。

啊！這灣流啊！名符其實的暴風雨之王！上方層層疊疊各種溫度的氣層，生成如此強烈的氣流。

大雨傾盆，火光閃電接踵而來，雨點成了帶電的羽飾。尼莫船長總盼望死得其所，似乎打算迎向雷擊。突然一陣晃動，鸚鵡螺號的衝角如避雷針般朝天立起，尖處冒出幾道火花。

我已筋疲力盡，只能匍匐著開了蓋板鑽進船艙。進到大廳時，暴風雨正是最強之時，在鸚鵡螺號裡根本站不起來。

約莫午夜，尼莫船長才回到艙內，我聽見儲存槽開始灌水，鸚鵡螺號緩緩潛入水下。

從大廳觀景窗看出去，還能看到大魚紛紛倉皇而走，有如鬼魅般游過火光閃爍的水域，我甚至目睹幾條魚當場遭雷電襲擊！

鸚鵡螺號持續下潛，我估計十五公尺深即可回復寧靜。未料淺水區的浪潮過於猛烈，一路潛至五十公尺深才能喘口氣。

深海之中多麼寧靜安詳，好一個平和的世界！在這裡頭，有誰知道洋面上正颳著狂風、下

有艘大船在風浪中苦苦掙扎。

著暴雨呢？

©Wikimedia commons

大雨傾盆，火光閃電接踵而來。

20 緯度四十七度二十四分與經度十七度二十八分

暴風雨過後，我們被拋回東方。所有在紐約或聖勞倫斯近海域逃脫的希望，全部成空。絕望的尼德，和尼莫船長一樣，把自己封閉起來了。

我說鸚鵡螺號被拋回東方，實際上，更確切的說應該是東北方。接下來幾天，船有時浮行水面，有時潛入水底，在一片航海人聞之喪膽的濃霧中前行，那濃霧源自冰層融化後大氣濕度升高所致。這一帶海域的船隻，就算已找到岸邊的朦朧燈光，還是可能迷航！儘管有方位燈、鳴笛和敲鐘示警，船隻擦撞事件仍層出不窮！

因此，此處海底有如戰場，敗戰船隻倒臥深海，有些已陳舊腐爛，還有一些仍然新亮，金屬船身和銅製船底在我們船燈的照射下閃耀光芒。多少船員或冒險渡海的移民在此失去生命與財產。根據統計，最危險的地點包括雷斯角、聖保羅島、貝爾島海峽和聖勞倫斯！光是這些年，皇家郵政、英曼、蒙特婁等航線不知多少船隻罹難，如索維號、伊希斯號、巴哈馬塔號、匈牙利號、盎德魯撒克遜號、洪堡德號、美利堅合眾國號全都觸礁沉沒；北極號和里昂號則是互相衝撞而沉；總統號、太平洋號、格拉斯哥號則因不明原因失事。鸚鵡螺號行經這些陰森森的殘骸，彷彿在檢閱亡者！

五月十五日，我們來到紐芬蘭島灘南端。這片淺灘乃海水沖積而成，堆積了大量沉積岩碎片，有些是灣流自赤道帶來，有些則是北極出發，沿著美洲海岸下行的寒流帶來。另外也有不少雪崩沖刷而下的不規則石塊。無數軟體動物和植形動物在此喪生，成為一大片魚類墓地。

紐芬蘭島淺灘的海水不深，頂多幾百英尋，但偏南處突然深陷，形成一個三千公尺深的窟窿。灣流到這兒寬度變大，水流開展，速度和溫度隨之下降，融入大海。

鸚鵡螺號行經此地，驚擾不少魚類，列舉如下：圓鰭魚，身長一公尺，黑背橘腹，是同類魚中少數有忠誠伴侶的；身形巨大的大頭鰻，顏色翠綠，是鱔魚的一種，美味可口；狼魚，大眼，臉似犬；和蛇一樣卵生的鯯魚；鰕虎魚，或稱黑鯛魚，兩寸長；銀光閃閃的長尾魚，游速極快，常游出北極海域。

撈網也捕到一條勇敢無畏、強壯結實的魚，其頭有刺，鰭上有針，二至三公尺長，簡直就是隻巨蠍。牠們是鯯魚、鱈魚和鮭魚的天敵，名為北海鮰魚。牠們身上長滿瘤結，身棕鰭紅。鸚鵡螺號的捕魚手費了一番功夫才制伏。這種魚的鰓蓋骨構造特殊，可以保護暴露在乾燥空氣下的呼吸器官，因此離水後還能存活一段時間。

我也另外列舉一些魚類，純粹為了備忘：條紋鯯魚，一種北極海域常隨船而游的小魚；北大西洋特有的白堊尖吻魚、鮋魚，還有某種喜歡在這一帶海域活動的鱈魚，我在物種豐富的紐芬蘭島淺灘上見到不少。

這種鱈魚可以稱為山魚，因為紐芬蘭島實為一座海底山脈。當鸚鵡螺號從擁擠成團的魚群間開出一條水道時，顧問還忍不住發表議論：

「哦！是鱈魚！我還以為鱈魚長得跟鰈魚和比目魚一樣扁。」

「真是天真的想法！」我叫道，「鱈魚只在魚鋪剖開後才變平，在水裡就跟烏魚一樣是紡錘形，非常適合游動穿梭。」

「先生，我相信你，」顧問答道，「你看牠們的數量，簡直如螞蟻過境！」

「小子，如果沒有鮋魚和人類存在，會有更多！你知道一條雌鱈魚可以產多少卵嗎？」

「我盡量猜，」顧問回答，「五十萬。」

「一千一百萬，小子。」

「一千一百萬？除非我親自算過，否則絕不相信。」

「那就去算吧，但你很快就會相信我了。再說，法國人、英國人、美國人、丹麥人和挪威人捕捉成千上萬的鱈魚，因此消耗量十分龐大。若無驚人的繁殖力，早就絕種滅亡了。光是英國和美國就有五千艘漁船，雇用七萬五千名水手來捕撈鱈魚，每艘船平均可以捕獲四萬條，合計約兩千五百萬條。挪威沿海也是如此。」

「好吧，」顧問答，「我相信先生，不算了。」

「算什麼？」

「算那一千一百萬顆魚卵。雖然不算，但我還是有個小發現。」

「什麼？」

「若魚卵全數孵化，四條雌魚的產量就足夠英國、美國和挪威所需了。」

經過紐芬蘭海底淺灘時，可清楚看見每艘船拖著約莫十二條釣線，每條上裝有兩百副魚鉤。釣線一端以小錨鉤拉住，再綁到軟木浮標上固定。鸚鵡螺號駕駛得很有技巧，才得以在這片海底網絡中穿行。

鸚鵡螺號並未在這片繁忙海域停留太久，而是往北緯四十二度航行，也就是紐芬蘭的聖約翰和哈茲康坦附近，亦即大西洋海底電纜的終點。

鸚鵡螺號至此不再朝北航行，反而轉向東方，似乎打算順著鋪了海底電纜的高地前進。看來此處已經屢次探勘，船上可見精確的地勢數據。

五月十七日，我在距哈茲康坦港五百浬遠、深度兩千八百公尺處發現平鋪海底的電纜。因為沒有提早告知顧問，一開始他還以為是海底巨蛇，準備按一般程序為它分類。待我說明後，這老實的孩子才恍然大悟，為了彌補他，我說明了關於電纜的特性。

首條電纜設於一八五七年至一八五八年間，卻在傳送四百條電報後就斷了。一八六三年，

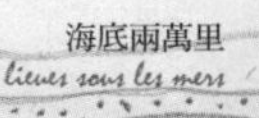

工程師又搭建新的電纜，長達三千四百公里，重四千五百公噸，由大東方號運載至定點，但這次的嘗試再次失敗。

這天，五月二十五日，潛至三千八百三十六公尺深的鸚鵡螺號正好來到通訊中斷的位置，距離愛爾蘭海岸六百三十八浬。當年，發現歐洲電報中斷是下午兩點，船上電工決定先割斷電纜再打撈，至晚間十一點將受損部分拉上船，並重做一副連接器與接頭，再放回海底。然而過了幾日，電纜又斷了，這回他們沒有成功從深海回收。

美國人沒有因此氣餒，無畏的海底電纜公司創辦人賽勒斯·菲爾德投入全部資產，並發起新股東募資。資金很快便找齊了，又以更好的技術造出新的電纜，金屬管內的電線束以馬來樹膠包覆絕緣，並利用內含紡織原料的避震墊保護。大東方號於一八六六年七月十三日再度運送電纜出海。

這一次的鋪設相當順利，只不過發生了一起意外。電工屢次打開纜線，發現遭人釘入釘子，痕跡猶新，看來是企圖損毀線芯。安德森船長、船上軍官和工程師開會商議，最後貼出公告，若罪犯於船上擒獲，將不進行審判，直接丟入大海。自從那天後，類似事件便消失無蹤。

七月二十三日，大東方號離紐芬蘭島僅八百公里時，一封來自愛爾蘭的電報告知普魯士和奧地利於薩多瓦簽定停戰協議。二十七日，他們在濃霧中找到哈茲康坦港。這次任務順利完成，第一封電報是由年輕的美國傳向古老歐洲，內容充滿智慧，意涵深遠：

「在至高之處榮耀歸於神，在地上平安歸於祂所喜悅的人。」[1]

我並不期望看到電纜還像剛出廠一般嶄新。長長的纜線上覆蓋著貝殼碎片和孔蟲，再包上一層石泥避免軟體動物鑽穿。它在海底靜靜的躺著，不受海水波動干擾，在最佳的電壓下，從

1 出自《路加福音第二章十四節》，當時由美國總統發給英國女王。

美國傳一封電報到歐洲需要〇．三二秒。而且根據相關調查，馬來樹膠泡海水越久，效果越佳，因此這條電纜沒有使用效期。

此外，將電纜架在高地是個很好的選擇，其不會因下沉過深而斷裂。鸚鵡螺號沿著電纜下潛到最低的位置，深度為四千四百三十一公尺，至此，電纜仍不受拉力影響。然後，我們向一八六三年電纜斷裂的地點駛去。

該處海底出現一座寬達一百二十公里的山谷，就算把白朗峰放進去，峰頂也不會超出水面。山谷東側有一面兩千公尺高的山壁。我們在五月二十八日抵達此處，離愛爾蘭只有一百五十公里遠。

尼莫船長打算繼續北上到不列顛群島嗎？不，出乎意料之外，他轉向往南，駛向歐洲海域，繞過愛爾蘭島後，一度望見克利爾島和燈塔島上的燈塔，它們照亮海面，為格拉斯哥和利物浦出發的無數船隻指引旅途。

我的腦海裡閃過一個重要的問題，鸚鵡螺號敢走英吉利海峽嗎？在我們開始往陸地行駛後，尼德蘭又出現了，抓著我問個不停，我該如何回答？依然不見尼莫船長身影。難道讓加拿大人瞥見美國海岸後，還準備帶我去看法國沿岸？

然而，鸚鵡螺號一路南下。五月三十日，我們經過蘭茲角，從英格蘭末端和夕利群島間穿越。

他若想至英吉利海峽，就得往東直行，但實際上並沒有。

五月三十一日整天，鸚鵡螺號都在某個海域不停打轉，似乎在找尋某個特定地點，卻遍尋不著。中午，尼莫船長親自測量方位。他沒有跟我說話，比平常還要陰鬱。誰令他心煩？因為靠近歐洲海岸，近鄉情怯？因為想起那個被他拋棄的國家的往事？他心裡帶著什麼情緒？內疚或悔恨？這些問題一直盤據在我心裡，我有預感，不久後，船長的祕密就要曝光了。

隔天，六月一日，鸚鵡螺號還在繞圈子，顯然是在找某個確切位置。尼莫船長又跟昨天一樣，來到平台測量太陽高度。海面風和日麗，晴空萬里。東方八浬處有艘大輪船。船上未掛任何旗幟，無法辨識國籍。

尼莫船長在太陽經過子午線前的幾分鐘，拿起了六分儀仔細觀測。平靜無波的海面讓觀測容易許多。鸚鵡螺號保持靜止，既不搖晃，也不顛簸。

當時我也在平台上，他觀測完後只說了一句：

「就是這裡！」

接著他就爬下樓梯了。是因為看到那艘大船改變方向，逐漸朝我們靠近嗎？我也不知道。

我回到大廳，蓋板關閉，儲水槽的哨聲隨之響起。鸚鵡螺號開始垂直潛入海底，螺旋槳沒有轉動。幾分鐘後，船身停在八百三十三公尺深的海底。

大廳的燈熄了，壁板開啟，透過玻璃窗可見海水在船燈照射下十分明亮，半浬內的海域清晰透亮。

我往左側看，除了寧靜的海水外，什麼也沒有。

倒是右側有一處隆起，吸引了我的注意力。似乎是一個廢墟，包裹著厚厚的白貝殼，彷彿穿著一件大衣。再仔細一看，才認出是一艘膨脹變形的船隻殘骸，由斷裂的桅杆可以判斷，應是船頭先沉入海。這起不幸事件必定年代久遠，層層的厚質水鈣都是海底歲月的證據。

這是什麼船？鸚鵡螺號何以造訪其墓？難道這艘船不是海難沉淪的嗎？

正想破腦袋時，我身邊的尼莫船長緩緩道出一段故事：

「這艘船原名馬賽號。配有七十四門大砲。一七六二年下水，一七七八年八月十三日由拉波瓦提赫指揮，與普雷斯頓號展開大戰；一七七九年七月四日，與艾斯坦上將的軍隊一起攻格瑞那達；一七八一年九月五日，參與葛哈斯伯爵的乞沙比克灣戰役；一七九四年，法蘭西共和

©Wikimedia commons

「就是這裡！」

國為其改名；同年四月十六日，於布列斯特港與維拉赫．茹耶斯的艦隊會合，在馮．斯塔貝勒上將的指揮下，護送來自美洲的小麥運輸船隊；法蘭西共和曆二年牧月[2]十一日和十二日，該艦隊遇上英國船隊。先生，今天是一八六八年六月一日，也就是當年牧月十三日。七十四年前的今天，就在此處，北緯四十七度二十四分、西經十七度二十八分，這艘船英勇奮戰，斷了三支桅杆，三分之一船員戰死，但它寧願帶著另外三百五十六名船員葬身海底，也不輕言投降，戰艦旗幟被釘上船尾，船在『共和國萬歲』的呼聲中沒入浪濤之中。」

「復仇者號！」我脫口喊出。

「是的！先生，正是復仇者號！多美的名字！」尼莫船長雙臂環繞胸前，喃喃低語。

2 法蘭西第一共和國時期使用的曆法，目的在於割斷曆法與宗教的聯繫，牧月是該曆法中的第九個月。

「復仇者號！」我脫口喊出。

21 大屠殺

這般陳述方式，眼前這無預期的場景，這自怪人口中娓娓道出的愛國戰艦歷史和動人的結語，復仇者號這個觸動人心的名字。我無法把目光從船長身上抽離，他把雙手伸向大海，雙眼盯著那艘光榮的戰艦遺骸。或許我永遠也不會知道他的身分、來自何方、將去何處，但我日漸明白，這個男人不只是個學者。尼莫船長和其他船員不是單純因為憤世嫉俗而把自己關進鸚鵡螺號，他們恐怕是為了時間也無法沖淡的深仇大恨或使命，才有這般行徑。

這仇恨會演變成復仇計畫嗎？不久的將來我便會得到答案。

鸚鵡螺號緩緩上升，復仇者號模糊的形影逐漸消失在視線之外。不久後，船身輕晃，表示我們已浮上海面了。

這時，一陣巨大的悶響傳來。我看了眼船長，他沒有動。

「船長？」我說。

他沒有回應。

我離開他走上平台，顧問和加拿大人早已在那裡了。

「哪來的巨響？」我問。

「是大砲。」尼德蘭回答。

我朝剛才那艘船的方向望去，只見它全速逼近鸚鵡螺號，只離我們六浬了。

「尼德，這是哪來的船？」

「從索具和桅杆看來，」加拿大人回答，「我打賭是艘戰艦，但願它能追上我們，可以的話乾脆擊沉這該死的鸚鵡螺號！」

「尼德兄，」顧問回應，「它奈何得了鸚鵡螺號嗎？是要潛入水下攻擊？還是往海底開砲？」

「尼德，」我問，「你認得出這艘船的國籍嗎？」

加拿大人蹙起眉瞇起眼，定睛細看。

「不行，」他回答，「我認不出來，那艘船沒有掛旗。但我可以肯定是艘戰艦，因為主桅頂上飄著一面長軍旗。」

接下來十五分鐘，我們繼續觀察這艘不斷朝我們駛來的船艦。儘管如此，我還是無法確定這個距離下，它能否認出鸚鵡螺號，更不確定對方對這艘潛艇了解多少。

加拿大人又告訴我，這艘船是大型軍艦，一艘擁有船首衝角的雙甲板裝甲艦，艦上兩座煙囪冒出濃濃黑煙，船帆排列緊密，與橫桁交錯，斜桁上沒有任何國旗。但因距離尚遠，無法辨認細緞帶般飄揚的軍旗顏色。

軍艦快速前進，尼莫船長若任其迫近，我們就有機會獲救了。

「先生，」尼德蘭道，「等船離我們一浬遠的時候，我就會跳海，我建議你也這麼做。」

我沒有回應加拿大人的提議，持續注意著逐漸變大的軍艦。如果我們上得了船，無論它來自英國、法國、美國或俄羅斯，都一定會收留我們。

「先生請回想一下，」顧問說，「我們上次游泳的經驗，若先生真想隨尼德兄上那艘船，可以靠在我身上游過去。」

我正準備回話，軍艦前方突然噴出一道白色蒸汽。幾秒鐘後，一個重物掉入海中，濺起鸚鵡螺號後方的水花。接著，一陣巨響傳入我耳裡。

「什麼？他們朝我們開砲！」我大叫。

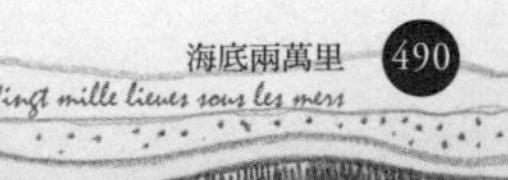

「好樣的！」加拿大人小聲說。

「所以他們不認為我們是沉船上的遇難者！」

「先生請見諒……呃，」又一顆砲彈把水花濺到顧問身上，他拍了拍身子說，「先生請見諒，我想他們是認出獨角鯨了，所以才會發動攻擊。」

「可是他們應該看得出來，他們對付的是人啊。」我大喊。

「也許這正是他們開砲的原因！」尼德蘭看著我說道。

一語驚醒夢中人。

看來，人們現在已弄清楚這隻怪物的真面目了。當初林肯號靠近鸚鵡螺號，加拿大人拿魚叉攻擊時，法拉格特艦長已認出了這隻獨角鯨，知道它其實是一艘比超自然鯨怪更危險的潛艇。

肯定是這樣沒錯，如今人們勢必在各海域追捕這艘可怕的毀滅性武器！

是啊，如果尼莫船長真利用鸚鵡螺號展開復仇，我們可以想像有多可怕！那個印度洋的夜晚，會不會也是在攻擊某艘船艦？那名如今長眠於珊瑚墓地的男子，是否就是鸚鵡螺號撞擊其他船艦時的受害者？是的，我重申，一定是這樣的。尼莫船長的祕密有一部分即將揭露，即使仍未證實身分，至少已有幾個國家開始聯手驅逐。而他們面對的已不再是虛幻的生物，而是一個對他們積恨難消的男人！

這些可怕的往事歷歷在目。我們在這艘逐漸逼近的船上不可能找到朋友，只有毫不留情的敵人。

落在我們周圍的砲彈越來越多，有些擊中海面又彈到遠處消失，就是沒有一枚擊中鸚鵡螺號。

此時，裝甲戰艦只離我們三浬遠了。儘管砲火猛烈，尼莫船長仍然沒有現身。可是這種圓錐形砲彈，只要擊中鸚鵡螺號，絕對會造成致命傷害。

這時加拿大人對我說：

「先生，我們應該放手一搏，也許能擺脫劣境！發送信號吧！他媽的，這樣搞不好他們會發現我們其實是好人！」

尼德蘭取出手帕，準備在空中揮舞。只是手帕才抖開，即遭一記重拳打翻在地。儘管他是個孔武有力的人，還是應聲倒地。

「混蛋！」船長怒吼，「你是想要我把你綁在衝角上，再往那艘船衝過去嗎？」

尼莫船長這話已經夠嚇人了，臉上表情更是猙獰。因為心跳劇烈，他的臉色顯得十分慘白，也許心臟有一瞬間還停止跳動了。他的瞳孔急劇收縮，喉嚨裡發出的不再是說話聲，而是怒吼。他傾身向前，扭住加拿大人的肩膀。

然後，他放開了加拿大人，轉向逐漸逼近的戰艦，周圍彈如雨下。

「啊！你現在知道我是誰了，該死的國家，該死的戰艦！」他高聲吼著，「我用不著看你旗子的顏色也認得你！看著吧！我就讓你見識一下我的旗幟！」

於是，尼莫船長在平台前方展開一面黑旗，與插在南極的那面類似。

這時，一顆砲彈擦過鸚鵡螺號船殼，沒有傷及船身，彈起後掠過船長身邊，再沒入海中。

尼莫船長聳聳肩，以命令的口氣說：「下去，下去，你和那兩個人都下去。」

「先生，」我高喊，「你該不會是要攻擊那艘船吧？」

「我要把它擊沉。」

「別這麼做！」

「就是要這麼做，」尼莫船長冷冷的回答，「別在那裡評判我的做法。是命運讓你看到不該看的事情。現在敵人來襲，必得猛力回擊。下去吧。」

「混蛋！」

「這艘船是哪來的？」

「你不知道嗎？太好了！正好！這麼一來至少它的國籍對你來說是個謎。下去吧。」

加拿大人、顧問和我只能服從。大約十五名鸚鵡螺號的船員圍繞著船長，個個滿腔仇恨，盯著逐漸逼近的船。可以感受到他們的心中的怒火正熊熊燃燒著。

我正要進船艙時，又有一顆砲彈擦過鸚鵡螺號的外殼，尼莫船長再度怒吼：

「打啊，你這荒謬的船！耗盡你無用的砲彈吧！你絕對躲不過鸚鵡螺號衝角的攻擊。可是我不准你沉在這裡！不准你的殘骸與復仇者號同葬！」

我回到臥房，船長和船副都留在平台上。螺旋槳開始轉動，迅速脫離到敵方軍艦的射程之外。但對方窮追不捨，尼莫船長只是保持著一定距離。

下午四點左右，我耐不住心裡的擔憂，再度來到中央樓梯。蓋板是開著的，我斗膽爬了上去。船長還是焦躁的來回踱步，盯著那艘位於下風處五至六浬的軍艦。鸚鵡螺號有如一頭猛獸繞著軍艦打轉，把它引到東方，任其追逐，卻不發動攻擊。也許是還沒下定決心？

我想再勸他最後一次，但才剛發出聲音，就被擋了下來。

「我就是公理，我就是正義！我是受壓迫者，他們才是施暴者！因為他們，我所愛、所親、所敬，我的祖國、妻子、子女、父親、母親，全在我眼前灰飛煙滅！我所有的恨都在那裡！所以，請閉上你的嘴！」

我望了緊追而來的戰艦最後一眼，隨即去找尼德和顧問。

「我們逃吧！」我吶喊。

「很好。」尼德說，「那艘船是什麼來歷？」

「不知道，無論他是從哪裡來的，天黑前都會被擊沉。無論如何，我寧願與它同歸於盡，也不想淪為這種報復行為的共犯，更何況是無法判斷正當性的情況下。」

「我認為，」尼德蘭冷靜的說，「應該等到天黑。」

夜幕降臨，船上一片死寂。羅盤顯示鸚鵡螺號沒有改變航行方向。我聽見螺旋槳快速且規律拍打著海浪的聲音，我們還在水面上，船身輕晃，時而左偏，時而右傾。

我們三人決定等到軍艦距離夠近時立刻逃跑，得讓對方看到或聽到我們，再三天就月圓，月色明亮。上了軍艦後，即使防不了遭撞擊的威脅，至少已盡了力，無愧於心。好幾次我都以為鸚鵡螺號準備出手了，結果還是任由敵人靠近，沒多久又再次遠離。

大半夜過去了，什麼事也沒發生。我們伺機而動，因為情緒浮躁，並沒有太多交流。尼德蘭一直想著跳海，我強迫他繼續等。依我看，若鸚鵡螺號想攻擊那艘雙甲板戰艦，就得一直待在海面，我們逃跑的機會很大，也很容易。

凌晨三點，出於擔心，我又爬上平台。尼莫船長仍未離開。他站在前方旗幟旁，微風吹拂，黑旗就在他的頭上飛揚。他的雙眼依舊盯著軍艦，目光如熾，似乎在誘引對方前來，比曳引機還有力！

月亮已跨過子午線，木星自東方升起。在這靜謐的大自然中，天空和海洋互相映襯，大海獻上最美的明鏡，可那皓月也許從未仔細照過自己的倩影。

對照鸚鵡螺號船承載的怒火，這一片萬籟俱寂反而令人不寒而慄。

軍艦離我們二浬遠，持續逼近，亦步亦趨跟隨著鸚鵡螺號發出的磷光，一綠一紅的方位燈和主桅杆上的白色船燈清楚可見，船帆索具反射大片亮光，說明軍艦燈火全開。它的煙囪噴出陣陣火光、煤渣紛飛，空中布滿火星。

我一直待到早上六點，尼莫船長似乎從未發現。軍艦離我們僅一浬半了，清晨第一道曙光出現時，對方再度展開攻擊。鸚鵡螺號反攻對手的時刻應該也不遠了，我的同伴和我，也將永遠離開這位我不敢妄議的男人。

他的雙眼依舊盯著軍艦，目光如熾。

我準備下去通知他們時，船副登上了平台，後面跟了幾名船員。尼莫船長沒看見他們，抑或視而不見。他們做了一些簡單的工作，可以說是「準備出擊」的前置作業，包括卸下圍繞平台的扶手繩，同時將船燈罩與駕駛艙罩收入船體，與外殼密合，如此，這艘形似雪茄的潛艇表面再無任何妨礙行動的突出物。

我回到大廳，鸚鵡螺號仍浮在海面。幾縷晨光透進海水，海面微波蕩漾，玻璃窗上閃著旭日紅光。六月二日，可怕的一天開始了。

七點，計程儀顯示鸚鵡螺號速度減緩，我馬上明白是為了讓敵艦靠近。砲聲也因此越發響亮，震耳欲聾。砲彈劃過四周水面，發出的呼嘯。

「兩位，」我說，「時候到了。讓我們握起手，願主保佑！」

尼德蘭神色堅定，顧問一派冷靜，而我則是焦灼不已。

我們走進圖書室，正當我推開通往中央樓梯的門時，聽見蓋板用力關閉的聲音。

加拿大人衝向樓梯，卻被我制止了。一陣熟悉的哨聲響起，我知道水已開始注入儲水槽。果然，不一會兒，鸚鵡螺號已沉入海底數尺。

我知道它的意圖，我們來不及了。鸚鵡螺號並不打算從上方攻擊軍艦堅固的裝甲，而是瞄準了吃水線下方的船底，那個部位的金屬外殼起不了保護作用。

我們又被囚禁了，被迫見證這場正準備上演的慘案。其實，我們也沒有時間多想，只能躲進我的房裡，面面相覷，說不出話。我的腦袋一片空白，無法思考，處於一種坐以待斃的狀態。我靜靜等待、聆聽，完全依賴聽覺而活！

這時，鸚鵡螺號明顯加速，要衝上前去了，整個船殼都震動起來。

我突然發出驚叫。船撞上去了，只是還算輕微。我感覺到衝角穿入的力量，聽見擦撞、刮磨的聲音。鸚鵡螺號以強大的推力劃破軍艦，猶如用利針撕裂船帆！

我受不了了，發狂似的衝出房間，直奔大廳。

尼莫船長也在大廳內，深默、陰沉、冷酷，一心注視著左側壁板外的動靜。一個大型物體沉落水底，為了親眼目睹它的慘狀，鸚鵡螺號也跟著下潛。就在離我十公尺遠的地方，我看見海水洶湧灌入被劃開的船身中，接著淹過雙排大砲和舷牆，甲板上擠滿了驚慌失措的黑影。

水位持續上升，那些可憐的受難者爭相爬上桅杆，他們在水中掙扎，宛如遭海水入侵的蟻窩！

我跟著船長緊盯這一幕，感到不知所措，焦灼緊繃，頭髮豎直，瞪大雙眼，呼吸急促，幾乎要喘不過氣，也發不出任何聲音！一股不可抗拒的引力把我吸在玻璃窗上動彈不得！

大型軍艦緩緩下沉。鸚鵡螺號尾隨其後，監看著它的變化。突然，船身爆炸，高壓空氣震飛了軍艦的甲板，似乎是油箱起火。海水推力之強，連鸚鵡螺號也偏了方向。

不幸的軍艦因此迅速沉落海底。先是擠滿受難者的桅樓，遭人群壓彎的船管，最後是主桅頂端，一一下沉。那龐然大物消失了，連同失事的船員，一起捲入無底深淵……

我轉向尼莫船長。這殘酷的判官，名符其實的復仇天使，仍然注視著對方。等一切結束後，他朝自己的房間走去，打開門走了進去，這一切我都看在眼裡。

我看見他房裡那些英雄肖像的下方，掛著一幅年輕女子和兩個孩子的畫像，尼莫船長凝視畫像良久，朝畫中人伸出手，跪倒在地，泣不成聲。

大型軍艦緩緩下沉。

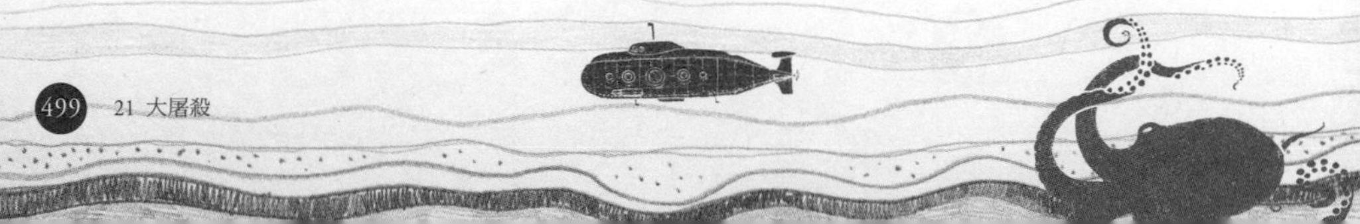

22 尼莫船長最後的話語

大廳壁板將那駭人景象關在外頭，但艙內的燈並未亮起。鸚鵡螺號內只剩黑暗和死寂。潛艇飛快駛離這水下一百尺的毀滅之地。要去哪裡呢？往北或朝南？可怕的報復行動完成後，他要逃去哪裡？

我回到房裡，尼德和顧問相對無言，我對尼莫船長感到厭惡至極。無論他曾受人類如何殘忍的對待，也無權如此懲罰。儘管我什麼也沒做，卻被迫成為共犯！實在太過分了。

十一點，燈亮了。我來到大廳，空無一人。我查看各項儀器，鸚鵡螺號正往北方逃跑，時速二十五浬，時而浮出海面，時而下沉。

從地圖上標記的方位看來，我們正通過英吉利海峽口，急速往北極海方向奔去。

途中有些魚匆匆掠過，比如長吻鯊、錘頭鯊、這一帶海域常見的貓鯊、大型魟魚、看似西洋棋騎士的大群海馬、行動如蛇形煙火的鰻鱺，還有交叉高舉雙螯的螯蟹部隊橫行奔逃，最後是和鸚鵡螺號競速的鼠海豚。可是此時此刻，觀察、研究、分類都已不重要了。

當天晚上，我們已跨越大西洋兩百里格。夜幕低垂，海面蒙上一片漆黑，直至月亮升起才驅散。

我回到房裡，輾轉難眠，噩夢不斷侵擾，一幕幕全是那毀滅性的場景。

從這天起，還有誰知道鸚鵡螺號要把我們帶到大西洋海盆的哪個角落？始終不變的急速！始終處於極北區的濃霧間！會到史畢斯堡根島邊和新地島沿岸嗎？或是走向鮮為人知的海面，如白海、卡拉海、鄂畢灣、利亞霍夫群島，和陌生的亞洲海岸？我無法猜測。我已無法估算過了多久，船上幾座掛鐘已停擺，彷彿置身極區，黑夜與白晝不再規律運轉。我覺得自己被拉進一個足以讓愛倫坡盡情發揮想像力的夢幻之地，時常像是戈登．皮姆一樣，等著看見「那個比陸地上任何居民都高大許多的蒙面人，奮身橫跨極圈屏障的大瀑布。」[1]

我估計，但也有可能是錯的，鸚鵡螺號這段航程持續了十五至二十天，若非發生一場災難，還不知道會走到什麼時候。這段時間內，別說尼莫船長，就連船副也未曾露面，船員也只是匆匆一瞥。鸚鵡螺號幾乎都在水面下潛行，只有換氣時浮出水面，蓋板會自動開闔，地圖上不再標記方位，我全然不知自己身在何方。

還有那個筋疲力竭、耗盡耐心的加拿大人，他也不再露面了。顧問無法從他嘴裡掏出任何一句話，但因怕他思鄉過度、精神錯亂而自尋短見，所以一步也不敢離開他。

就目前的處境而言，我們都明白不可能再這樣下去了。

某個不知日期的清晨，我陷入痛苦難受的昏睡中，半夢半醒。睜開眼時，只見尼德蘭俯身對我輕吐：

「我們逃跑吧！」

我坐起身。

「什麼時候逃？」

「今晚。鸚鵡螺號上似乎已經沒有任何戒備了，船上空無一人。先生，你準備好了嗎？」

「好了。我們在什麼地方？」

「今早，我在濃霧間看到東邊二十浬有塊陸地。」

「什麼樣的陸地。」

1 出自美國作家愛倫坡的著作《南塔基特亞瑟．戈登．皮姆的故事》（*The Narrative of Arthur Gordon Pym of Nantucket*）。

「不知道，但無論如何，都先躲上去再說。」

「好！尼德，今晚就逃，被大海吞沒也沒關係！」

「海況很差，風勢猛烈，但要駕著那艘輕盈的小艇撐過二十浬，對我來說並不難。我已經趁著船員不注意的時候放了一些食物和飲水。」

「我隨你去。」

「對了，」加拿大人又說，「如果被發現了，我會反抗，被殺也不足惜。」

「尼德兄，我們同生共死。」

我心意已決。加拿大人離開艙房後，我走上平台，陣陣浪濤拍擊，我幾乎站不住腳。天氣惡劣，但濃霧後既有陸地，那就要逃。別說一天，就連一個鐘頭也耽誤不得。

我回到大廳，既期待遇到尼莫船長，但又害怕相見。我還有什麼好說的？隱藏得住他強加在我身上的厭惡感嗎？不！最好還是別見面了！最好忘了他！可是……！

多麼漫長的一天啊，這將是我在鸚鵡螺號的最後一天了！我獨自待著，尼德蘭和顧問怕露出破綻，盡量避免和我說話。

六點，我一點也不餓，還是吃了點晚餐。儘管胃口很差，為了保持體力，仍勉強塞了點東西。

六點半，尼德蘭走進我的房裡對我說：

「出發前，我們不會再見面了。十點，月亮還沒升起時，我們趁黑行動。我們在小艇上等你。」

說完後，加拿大人就走了，我連回應的機會都沒有。

我走進大廳，想再次確認鸚鵡螺號的方向。儀器顯示，我們正以驚人的速度往北北東前進，深度為五十公尺。

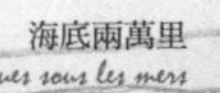

我看了最後一眼這房裡收藏的大自然珍寶和堆積在陳列室裡的豐富藝術品，這些珍藏總有一天要和收藏者同葬大海。我想好好把它們印在心上，在那裡待了一個小時，在天花板電燈的光照下，重新檢閱了玻璃櫃裡的寶藏，然後才回到房裡。

我穿上厚實的海上裝備，把筆記全收好，貼身繫妥。我的心跳得厲害，壓抑不了內心的激動。這般慌亂緊張的模樣，絕對會在尼莫船長面前露出破綻。

此刻他在做什麼？我貼上他的房門聽了一下，房裡傳來腳步聲，船長在裡頭，而且還沒睡。每個動作都讓我覺得他要到我面前質問為何逃跑！我心裡不停響若警報，想像力又讓它們聽起來更響。這種感覺十分難受，甚至讓我興起闖進他房裡與他面對面，直接用肢體動作和目光對決的想法！

簡直是瘋了。幸虧我忍住了，躺回床上，放鬆過於緊繃的肌肉。我的神經略為鎮定，但腦子仍然興奮異常，鸚鵡螺號上的回憶一幕幕湧上心頭。自林肯號落難後，所有與它一起度過的幸與不幸之事，海底狩獵、托雷斯海峽、巴布亞島的野人、擱淺、珊瑚墓地、蘇伊士水道、聖托里尼島、克里特島潛水、南極、受困冰原、對戰章魚、灣流上的暴風雨、復仇者號，還有軍艦與全數船員沉沒海底的駭人場景！往事歷歷在目，就像劇院裡不停更換的布幕。而在這怪異的幻境中，尼莫船長的身形逐漸放大，直到超出常人的比例。他不再是和我一樣的人類，而是水中人、海中神。

九點半了。我緊抱著快要炸開的頭，閉上眼，不願再思考。再半個小時！這半個小時的噩夢簡直要把我逼瘋了！

這時，我隱約聽見管風琴的樂音，和弦中流露著無以名狀的哀傷，出自一個欲斬斷世間情仇的靈魂，最深沉的控訴。我用全身感受著這樂音，屏氣凝神，和尼莫船長一起沉浸在這超脫塵世的醉人樂章。

突然，我的腦海閃過一個可怕念頭。尼莫船長離開他的臥房了，現在正在我逃跑時必經的大廳裡。我會在那裡見到他最後一面，他可能會看到我，也可能跟我說話！只要一個手勢，一句話，他就能把我拴在船上！

十點的鐘聲就要響起，出發與朋友會合的時間到了。

即使他站在我面前，我也不能再猶豫了。我小心翼翼打開房門，可是轉動門把時發出的聲音似乎異常的大，大概是出自我的想像力吧！

我爬過鸚鵡螺號的昏暗廊道，每走一步就歇一下，藉此緩和心跳。

總算抵達大廳斜角的門邊。我輕輕開啟，廳內一片漆黑。管風琴的樂音微弱，尼莫船長就在那裡，但沒有發現我。他全神專注在音樂中，我想即使燈火通明，恐怕也感覺不到我的存在。

我緩緩移動地毯上的腳步，避免發出任何聲響，因此花了五分鐘才走到圖書室另一邊的門。

就在我要打開門時，尼莫船長一聲嘆息把我釘在原地動彈不得。我知道他站起身了。藉由圖書室透進大廳的幾縷微光，我瞄到了他的身影。他的雙手交叉在胸前，一聲不響的走向我，與其說是走路，不如說是像幽靈一般飄來。他的胸口因哭泣而鼓脹，喃喃自語，最後幾句如雷震耳。

「全能的上帝啊！夠了！夠了！」

是他良心發現，正在告解嗎？

我慌忙走進圖書室，爬上中央樓梯，沿著上層通道抵達小艇停放處。我鑽進入口，兩位同伴已在裡面了。

「走吧！走吧！」我喊道。

「立刻出發！」加拿大人回答。

加拿大人已用事先準備好的扳手，把鸚鵡螺號鋼板上的孔洞關好，螺絲鎖好，小艇的開口也拴上了，正要把固定小艇的螺栓轉開。

船內突然傳來一陣聲響，有人在大聲呼喊。發生什麼事了？我們被發現了嗎？我感覺到尼德蘭在我手上塞了一把短刀。

「好的！」我小聲說，「我們視死如歸！」

加拿大人停下手邊的工作。我聽見一個詞，一個被重複了二十次的詞，一個可怕的詞，我明白鸚鵡螺號內騷動的原因了。船員們的喊叫聲不是針對我們！

「大漩渦！大漩渦！」船員叫著。

大漩渦！還有什麼慘事能比現在聽到的這個詞更糟的？所以我們正處在危機四伏的挪威海域上？就在小艇離開鸚鵡螺號時，它也將被捲入深淵之中嗎？

漲潮時，法羅群島和羅浮敦群島間的海水會受擠壓而竄流，形成一股強力漩渦，船隻一旦被捲入就休想脫身。巨浪從四面八方襲捲而來，集中到這人稱「大西洋肚臍」的漩渦之中，引力範圍可達十五公里遠，不僅會吸入船隻，就連鯨魚，甚至北極熊都無一倖免。

船長駕著鸚鵡螺號至此，也許有意，也許無心。鸚鵡螺號被捲進這螺旋狀的圓孔中，越往內半徑越小。還掛在船側的小艇也被吸了進去，正高速旋轉。我感覺到長時間旋轉所造成的暈眩。我們驚慌失措，極度恐懼，血液循環停止，神經反應不再，就像瀕死般冷汗直流！脆弱的小艇周圍盡是可怕的呼嘯！幾浬外傳來的回音咆哮令人恐懼！打在海底尖石上而碎裂的浪濤，聲響多麼駭人！再堅固的物體碰上那些尖石也當粉碎。根據挪威諺語，這力道還能將樹幹毀成「一張毛皮」！

情勢太糟了！我們陷入天旋地轉之中，鸚鵡螺號像人一樣抵禦，它的鋼鐵肌肉喀啦作響，有時被拉起而直立，我們也隨之豎起！

「挺住！」尼德說，「旋緊螺栓，只要緊貼著鸚鵡螺號，也許還有救……！」

話沒說完，只聽見喀嚓一聲，螺絲脫落了，小艇脫槽而出，如投石器裡的小石子般被拋入漩渦之中。

我的頭撞上鐵條，撞擊力道猛烈，失去了知覺。

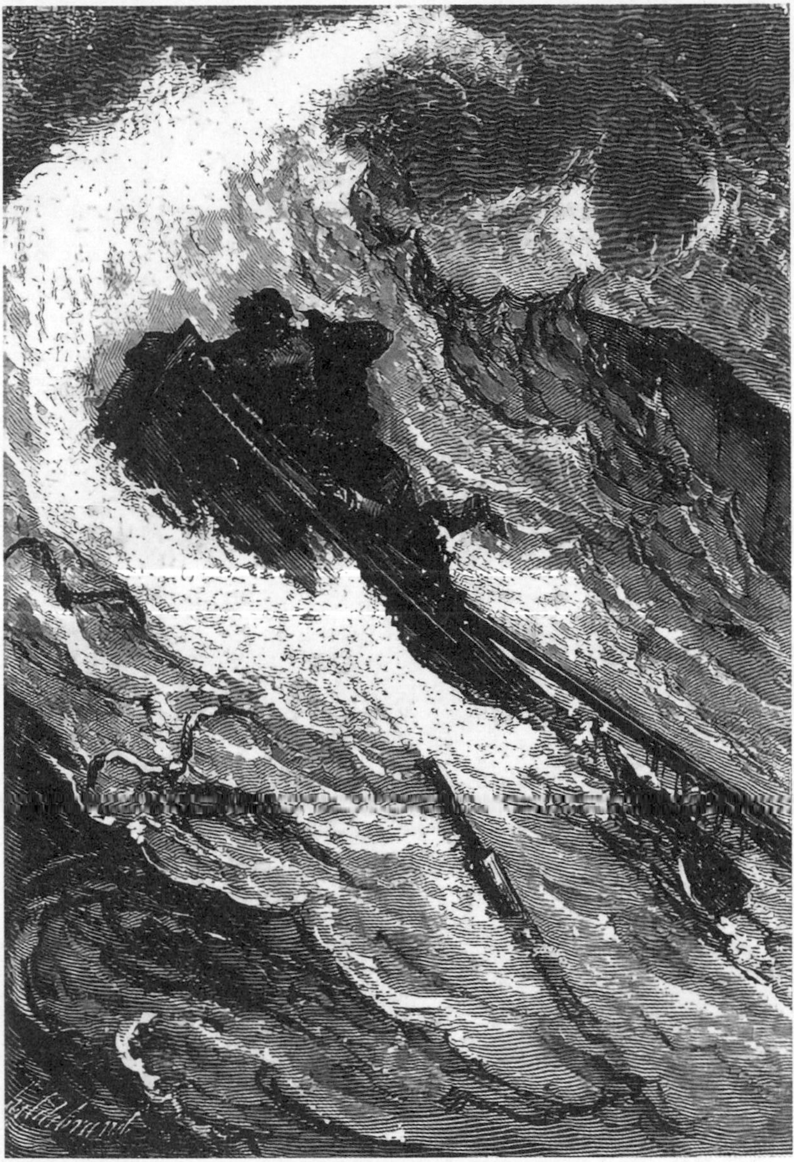

©Wikimedia commons

小艇被拋入漩渦之中。

23 結局

這趟海底之旅就這麼結束了。那天夜裡後來發生了什麼事，小艇是如何從大漩渦裡逃出的？尼德蘭、顧問和我又是怎麼從深淵脫身的？我毫無印象。只知道轉醒時，已經躺在羅浮敦群島上一名漁夫的小屋內了。而我的兩位夥伴也安然無恙，在身邊握著我的手。我們激動擁抱。

當下，我們無法立即回到法國。往來於挪威南北之間的交通不多，我們只能等待北角那半個月來一次的汽船。

這些善良的漁民接待了我們，我也是在此處重讀了這一趟冒險紀事。這些記錄精確無誤，沒有任何一個細節被忽略，沒有一個情節過於誇張，忠實呈現了人類無法涉足的奇異海底世界，隨著人類科技進步，我想總有一天，這條路終將暢行無阻。

人們會相信我嗎？我也不知道，但也無所謂了。如今我能肯定的是，我有資格評論海洋了。不到十個月內，我走過了兩萬里格，行經太平洋、印度洋、紅海、地中海、大西洋、南北極海域的海底世界，看遍奇幻美景！

可是鸚鵡螺號後來怎麼了呢？是否成功抵抗了大漩渦？尼莫船長還活著嗎？他將繼續在海底執行報復，還是在那次大屠殺後就收手了呢？那份記載了他生平的手稿，是否會隨著海浪漂流，直到被人發現？我總有一天會知道這個男人的姓名嗎？如果確定了那艘沉沒軍艦的國籍，是否就能揭曉尼莫船長的國籍了？

希望如此。願他那艘堅不可摧的潛艇能戰勝海上最駭人的漩渦，能在吞沒無數船隻的海域中全身而退！這麼一來，尼莫船長將能永遠住在這片海上，這片他認定的家鄉，就此放下心中

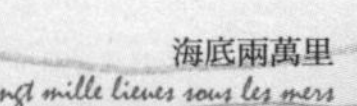

我躺在漁夫的小屋。

的仇恨！願海底奇觀能澆熄他的復仇怒火！願他內心的判官能離去，只留下那樂於探索海洋奧祕的學者！他的命運雖奇特，卻也令人敬佩。難道我還不理解這道理嗎？我自己不也在這個超現實世界中，生活了十個月嗎？六千年前的《傳道書》曾提出一個問題：「誰能探得深淵之底？」如今世上只有兩個人有資格回答，那就是尼莫船長和我。

野人

野人文化 讀者回函卡

書　名

姓　名　　　　　　　　　　　□女 □男　年齡

地　址

電　話　　　　　　　　　　　手機

Email

□同意 □不同意　收到野人文化新書電子報

學　歷 □國中(含以下)□高中職　□大專　□研究所以上

職　業 □生產/製造 □金融/商業 □傳播/廣告 □軍警/公務員
□教育/文化 □旅遊/運輸 □醫療/保健 □仲介/服務
□學生 □自由/家管 □其他

◆你從何處知道此書？
□書店：名稱 ______________ □網路：名稱 ____________
□量販店：名稱 ____________ □其他 __________________

◆你以何種方式購買本書？
□誠品書店 □誠品網路書店 □金石堂書店 □金石堂網路書店
□博客來網路書店 □其他 _________________

◆你的閱讀習慣：
□親子教養 □文學 □翻譯小說 □日文小說 □華文小說 □藝術設計
□人文社科 □自然科學 □商業理財 □宗教哲學 □心理勵志
□休閒生活（旅遊、瘦身、美容、園藝等） □手工藝／DIY □飲食／食譜
□健康養生 □兩性 □圖文書／漫畫 □其他 ______

◆你對本書的評價：（請填代號，1. 非常滿意 2. 滿意 3. 尚可 4. 待改進）
書名 _____ 封面設計 _____ 版面編排 _____ 印刷 _____ 內容 _____
整體評價 _____

◆你對本書的建議：

野人文化部落格 http://yeren.pixnet.net/blog
野人文化粉絲專頁 http://www.facebook.com/yerenpublish

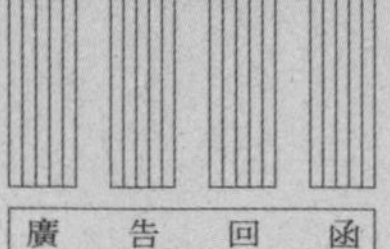

廣 告 回 函
板橋郵政管理局登記證
板 橋 廣 字 第 143 號

郵資已付　免貼郵票

23141
新北市新店區民權路108-2號9樓
野人文化股份有限公司 收

請沿線撕下對折寄回

書號：0NGA1038

十五少年漂流記（二版）

繁體中文全譯本首度面世｜復刻 1888 年初版插圖｜法文直譯精裝版

- 法文直譯，繁體中文首度全譯本
- 經典落難文學代表作
- 92幅初版原稿復刻插圖，跟著十五少年挑戰孤島生存！

紐西蘭查理曼國際學校的十四名學生計畫在暑假時乘船出航旅遊，然而船隻陰錯陽差在沒有船員，只有一名少年實習水手在船上的情況下漂出港口，經過一場暴風雨後，十五名少年漂流到一座無人荒島之上。這群少年最大的只有十四歲，最小的還不滿九歲。為了生存下去等待救援，他們展現了智慧、友誼以及勇氣，即使在險惡的環境裡，他們依然謹守英式教育，互相看顧、友愛、自尊自重，不曾放棄希望。

環遊世界八十天

獨家繪製全彩冒險地圖｜復刻 1872 年初版插圖｜法文直譯精裝版｜

- 法文直譯，名家全譯本
- 59幅初版原稿復刻插圖，重回1872年大無畏冒險時光
- 獨家繪製全彩冒險路線地圖！
- 科幻冒險小說之父凡爾納最為人熟知的世界之作！

說走就走，八十天環遊世界！神祕的英倫紳士福格先生下了一個兩萬英鎊的賭注，成了轟動一時的新聞。在當時的交通條件下，這幾乎是不可能的任務。福格與他的管家百事通必須精準把握時間，所有環節都不能出錯，下了火車上輪船，下了輪船上火車，一點都不能延誤。同時，福格不僅要解決大自然的重重障礙、被警探當做銀行大盜一路跟蹤、阻撓，甚至還要英雄救美！但是他以驚人的冷靜、沉著，超人的毅力、智慧，克服一切困難與障礙，跨越四大洲，橫越三大洋，一路上使用了各種各樣的交通工具：輪船、火車、馬車、商船、雪橇，甚至還有大象(就是沒有熱汽球)，終於在八十天之內完成任務。

鸚鵡螺號的海底旅行處處充滿驚奇！
試著用這張地圖一一回顧吧～
也可以用筆記下專屬於你自己的兩萬里回憶喔！